Marie Wendland

Bei Ebbe geht das Meer nach Hause

Über die Autorin

Marie Wendland ist das Pseudonym einer Autorin aus dem schleswig-holsteinischen Lauenburg. Sie liebt das Wasser; die Elbe, an der ihre Heimatstadt liegt, genauso wie die nordischen Meere, sodass es sie so häufig wie möglich an die Nord- oder Ostsee zieht. Durch ihre Freude am Lesen ist sie zum Schreiben gekommen. *Bei Ebbe geht das Meer nach Hause* ist ihr erster Roman.

Marie Wendland

Bei Ebbe geht das Meer nach Hause

Roman

epubli

Impressum

Verlag: Marie Wendland
c/o AutorenServices.de
Birkenallee 24
36037 Fulda

marie.wendland@autorenservices.de

Druck: epubli - ein Service der neopubli GmbH, Berlin

Der Text enthält Verweise auf folgende Werke:

S. 116:
Lucy Maud Montgomery, *Anne auf Green Gables*, 2. Auflage, Arena Taschenbuch 2001

Lucy Maud Montgomery, *Anne auf Green Gables – Auf dem Weg ins Glück*, 7. Auflage, Arena Taschenbuch 2006

Lucy Maud Montgomery, *Anne auf Green Gables – Schicksalhafte Jahre*, 4. Auflage, Arena Taschenbuch 2002

S. 116, 129:
Lynne Gessner, *Das Mädchen aus dem Indianerladen*, Deutscher Taschenbuch Verlag, München 1976

S. 133:
Antoine de Saint-Exupéry, *Der kleine Prinz*, 7. Auflage, Karl Rauch Verlag, Düsseldorf 1999

S. 267:
Joanne K. Rowling, *Harry Potter und der Stein der Weisen*, Carlsen Verlag, Hamburg 1998

Für Oma, die das Lesen liebt

Prolog

Wangerooge, Oktober 1981

„Nein!“

Damit war es heraus und das Wort schien bedrohlich in der eingetretenen Stille nachzuhallen. Aber Klara hatte keine Zeit, sich vor sich selbst zu erschrecken. Das war nur der erste Schritt gewesen, jetzt musste es irgendwie weitergehen. Darüber hatte sie sich nur leider vorher keine Gedanken gemacht. Klara wusste nur, dass sie das hier nicht mehr wollte, dass sie nie mehr hinterherlaufen wollte, wenn sie es doch besser wusste. Also drehte sie sich langsam um und ging, ohne sich noch einmal umzusehen. Sie zögerte nicht und sie rannte nicht, auch wenn sie den Impuls dazu unterdrücken musste. Nein, Klara ging einfach, ein Schritt nach dem anderen, die Straße hinunter, aus dem Dorf heraus, sie ging immer weiter. Dabei liefen die letzten zwei Tage, die in der vergangenen halben Stunde ihren traurigen Höhepunkt gefunden hatten, wie ein Film in ihrem Kopf ab.

~

Gestern waren sie in Hamburg zu dieser Klassenreise auf die kleine Nordseeinsel aufgebrochen. Radfahren, Volleyball und eine Wattwanderung standen auf dem Programm. Dumm nur, dass einige der achtundzwanzig Siebtklässler schon viel zu erwachsen für diesen Kinderkram waren. Oder gerade noch nicht erwachsen genug, wie Klara sich im Stillen dachte. Gesagt hätte sie so etwas natürlich nie.

Das mulmige Gefühl im Magen, das sie schon Monate vor der Abreise begleitet hatte, bestätigte sich schon während der dreistündigen Busfahrt. Vorne neben dem Fahrer stand gerade Frau Blum, ihre Lehrerin für Deutsch und

Kunst, mit einem Mikrofon in der Hand wie ein Reiseleiter und berichtete über ihr Ziel: Wangerooge, die östlichste der sieben bewohnten ostfriesischen Inseln, flächenmäßig das zweitkleinste dieser Eilande, 1804 zum Seebad ernannt. Klara hatte die meisten dieser Informationen bereits zu Hause in der Bibliothek nachgelesen. Zum einen wusste sie gerne, bevor sie einen Bus bestieg, wo sie ankommen würde, zum anderen war sie lieber vorbereitet, sollte sie im Unterricht danach gefragt werden. Ja, so war Klara nun einmal.

Trotzdem hörte sie Frau Blum geduldig zu, als jemand in der Sitzreihe neben ihr ihren Namen zischte. Unwillig drehte sie den Kopf: Bettina Waldschleger. Bettina gehörte zu diesen selbst ernannten Erwachsenen in der Klasse, die den erbärmlichen Zustand der Kindheit wie ein aus der Mode geratenes Shirt abgestreift hatten und somit den Übrigen natürlich haushoch überlegen waren. Zumindest in Bezug auf ihre schon sehr beachtliche Oberweite mochte das richtig sein. Klara dagegen war noch platt wie ein Brett, dafür einige Zentimeter größer als die meisten anderen Mädchen. Wie auch immer, Bettina hatte der gesamten Klasse klargemacht, wie schrecklich klug und schrecklich hübsch sie war. Dabei fand Klara sie insgeheim einfach nur schrecklich.

Jetzt säuselte Bettina süßlich lächelnd, aber mit einem teuflischen Funkeln in den Augen: „Selbst du bist eingeladen, Klara Strebermeier. Du wirst mich doch nicht enttäuschen und ablehnen, nicht wahr?“ Dabei drehte sie ein zusammengefaltetes Stück Papier zwischen den Fingern. Spelmeier, Strebermeier. Klara fiel zum gefühlt eintausendsten Mal auf, wie schlecht dieses Wortspiel mit ihrem Nachnamen doch war. Trotzdem versetzte es ihr, auch wie jedes Mal, einen Stich. Sie wollte nach dem Zettel greifen, doch Bettina zog ihn so weit auf ihre Seite zurück, dass Klara sich mit dem ganzen Oberkörper über den Gang beugen musste, um ihn zu erreichen. Natürlich bemerkte sie dabei den missbilligenden Blick von Frau Blum und hatte augenblicklich ein schlechtes Gewissen. Ja, so war Klara nun einmal.

Heute Abend in unserem Zimmer. Nach der Bettenkontrolle. Wer etwas Essbares hat, bringt es mit. Mehr stand da nicht auf dem unschuldig weißen Zettel, trotzdem reichte es, um bei Klara Übelkeit und Magenkrämpfe auszulösen. Warum sollte sie mitten in der Nacht in einem fremden Zimmer hocken? Sie wollte gar nicht wissen, was Bettina und ihr Gefolge da vorhatten. Außerdem wollte sie am nächsten Morgen nicht völlig übernächtigt sein. Außerdem… außerdem war das ganz einfach gegen die Regeln und damit tat man in Klaras Welt so etwas nicht. Bestimmt würden sie schon erwischt, wenn sie in ihren Nachthemden über die Flure huschten, wie peinlich.

Diese letzte Befürchtung würde sich allerdings nicht bewahrheiten, wie Klara in der Jugendherberge angekommen feststellte. Ob das eine Erleichterung war, wusste sie jedoch nicht, denn der nächtliche Weg in ein fremdes Zimmer blieb ihr nur deswegen erspart, da das hinterhältige Los sie in ein Zimmer mit Bettina und Co verfrachtet hatte. Da konnten die fünf Tage Klassenfahrt lang werden.

Im Endeffekt überstand Klara die nächtliche Zusammenkunft einschließlich Flaschendrehen genauso wie das Frühstück am darauffolgenden Morgen. Ja, auch das muss erwähnt werden, denn bei einer Bettina in der Klasse wurde selbst das Frühstück zum Spießrutenlauf. Zumindest wenn man wie Klara zwar noch keine Brüste, dafür aber die gleiche Menge Fettgewebe an anderen Stellen verteilt hatte. Danach brach die ganze Gesellschaft unter der Leitung von Frau Blum ins Inseldorf auf. Von der Jugendherberge aus, die im alten Westturm in den Dünen untergebracht war, bedeutete das eine kleine Wanderung. Dort angekommen folgte ein Besuch im Leuchtturmmuseum, bevor Frau Blum ihre Schäfchen in kleine Gruppen aufteilte, die das Dorf auf eigene Faust erkunden durften. Pünktlich um 15:00 Uhr würden alle wieder zum gemeinsamen Kuchenessen in der Jugendherberge erwartet.

Es versteht sich schon fast von selbst, dass Klara sich erneut in einer Gruppe mit Bettina wiederfand. Zum Glück war wenigstens auch Gaby mit von der Partie, die zu Hause in der gleichen Straße wohnte und somit seit der ersten Klasse Klaras Schulwegfreundin war. Mit drei weiteren Mädchen trabten sie daraufhin einer gelangweilten Bettina hinterher, die dem verträumten Inseldorf erwartungsgemäß wenig abgewinnen konnte. Wenn sie doch bloß die neueste Bravo hätten, um sich abzulenken… Leider hatte der Kiosk, den sie in der kleinen Einkaufsstraße schnell gefunden hatte, inzwischen Mittagspause. Bis 15:00 Uhr. Vollkommen logisch also, dass sie nicht um 15:00 Uhr im Westturm Kuchen essen würden, wenn sie jetzt warteten, bis der Laden wieder öffnete. Für Bettina war das jedoch weniger logisch oder besser gesagt war es ihr völlig egal. Wen interessierte schon die Anweisung der Lehrerin? Klara interessierte sich dafür, sehr sogar. Es würde fürchterlichen Ärger geben, wenn sie nicht pünktlich zurück wären. Außerdem, und das war vielleicht sogar noch schlimmer, würde Frau Blum sich sorgen, dass ihnen etwas passiert war.

„Wir sollten lieber zurückgehen“, begann Klara zaghaft, doch Bettina brachte sie mit einem verächtlichen Schnauben zum Schweigen.

„Gaby, überleg doch mal. Lass uns einfach gehen“, wandte sie sich noch einmal leise an die Freundin. Gaby schwankte sichtlich zwischen ihrer Freundin und dem, was sie insgeheim auch für richtig hielt, und Bettina und ihrem Gefolge, das endlich bereit schien, sie aufzunehmen.

„Bitte, Gaby!“ Klaras strahlend blaue Augen hatten einen flehenden Ausdruck angenommen und schimmerten bereits feucht. Aber Gaby schüttelte nur entschuldigend den Kopf und ließ sich neben die anderen auf den Kantstein sinken.

Klara fühlte sich plötzlich, als würde sie im stürmischen Meer ertrinken. In ihrem Kopf hämmerte es und ihre Beine waren wie gelähmt. So viel zum Thema Freundschaft!

„Siehst du“, triumphierte Bettina hämisch, „niemand interessiert sich für den ollen Kuchen und die olle Blum. Wir hängen hier lieber noch ab.“

Und dann auf einmal war es heraus: „Nein!“ Klara würde hier nicht noch weiter abhängen! Plötzlich funktionierten auch ihre Beine wieder und sie drehte sich um und ging.

~

Sie hatte noch nicht ganz realisiert, was sie da eben getan hatte (sich Bettina Waldschleger widersetzt!), als sie merkte, wie weit sie schon gegangen war. Hinter ihr lagen das Dorf und ein kleines Wäldchen, vor ihr erstreckte sich die Heidelandschaft. Zu ihrer Linken konnte sie den Deich erkennen, auf dem sie vorhin ins Dorf gelaufen waren, aber direkt vor ihr erhob sich der Westturm zwischen den Dünen. Sie konnte also genauso gut diesen Weg weitergehen, um dorthin zurückzukommen. Rechts von sich hörte sie ein rhythmisches Rauschen und wusste, dass dort hinter der hohen Dünenkette das offene Meer liegen musste. Unglaublich, dass sie schon seit fast vierundzwanzig Stunden hier war, ohne den Strand gesehen zu haben. Ein Weg aus Holzplanken führte wenige Meter vor ihr über die Düne und nach einem prüfenden Blick auf die Uhr folgte sie diesem.

Oben angekommen eröffnete sich ihr ein atemberaubender Blick auf den breiten Strand, der durch eine Reihe weißer Schaumkronen vom tiefblauen Meer getrennt war. Bis zum Horizont war da nichts außer diesem Blau und darüber der ebenfalls strahlend blaue Himmel. Überwältigt von dieser Weite hockte Klara sich auf die Planken, die von der Sonne ganz warm waren. Sie musste den Kopf nur ein kleines Stück drehen, dann konnte sie das Meer, die Insel und das Watt auf der anderen Seite des Deichs mit einem Blick erfassen.

Klara versuchte die Gedanken, die in ihrem Kopf verrücktspielten, zu ordnen, aber es wollte nicht gelingen. Hier oben schien alles ganz klar und einfach. Hier das Wasser, dort das Land, klar voneinander abgegrenzt. Wenn doch alles so einfach wäre. Sie richtete den Blick wieder auf den Horizont und atmete tief die salzige Luft ein. Der frische Wind kühlte ihr erhitztes Gesicht und wirbelte ihre honigblonden Haare herum. Mit einem Mal löste sich der zähe Nebel in ihrem Kopf, der es ihr unmöglich gemacht hatte zu denken, und sie wurde ganz ruhig. Es war so einfach. Hier das Wasser, dort das Land, hier richtig, dort falsch. Sie wusste, was für sie richtig war und sie hatte es schon immer gewusst. Also würde sie ab jetzt auch danach handeln. Aber was würden die anderen sagen? Wie würden sie sie behandeln? In diesem Moment machte ihr das keine Angst mehr. Jahrelang hatte sie versucht, sich anzupassen, nicht aufzufallen, und was hatte es ihr genützt? Gar nichts. Sie war trotzdem nur Klara Strebermeier und eine echte Freundin hatte es ihr auch nicht eingebracht. Der Gedanke an Gaby, wie sie sich in Bettinas Gefolge einreihte, tat immer noch weh. Also Schluss mit all dem. Ab heute gab es nur noch Klara Spelmeier und die stand zu sich selbst.

Kapitel 1

Edinburgh, April 2018

„Vielen Dank, hier Ihre Tickets. Möchten Sie noch einen Audio-Guide dazu buchen?“, fragte die Dame hinter der Glasscheibe des Schalters möglichst freundlich und in möglichst akzentfreiem Englisch. Tagesformabhängig fiel ihr das eine oder das andere schwerer.

Heute drängelten sich mal wieder besonders viele Touristen aus aller Welt auf dem Vorplatz des Edinburgh Castles. Alle waren vorwiegend kurz angebunden und gehetzt, um möglichst schnell dem kalten Nieselregen zu entkommen, der heute die ganze Stadt einhüllte. Da war eine Schlossbesichtigung doch die ideale Beschäftigung, um diesen Regentag sinnvoll zu nutzen. Besonders wenn man Athlet im touristischen Triathlon war und eine Stadt in kultureller, kulinarischer und architektonischer Sicht in unter einem Wochenende zu bezwingen versuchte. Eigentlich eine Verschwendung der 17 Pfund pro Ticket, dachte die Dame hinter der Glasscheibe, während sie kurz dem amerikanischen Pärchen nachblickte, das sich eilig in das erstbeste Gebäude des Schlosskomplexes schob. War doch die Aussicht vom Edinburgh Castle, das auf seinem Felsen über der Stadt thronte, mindestens ebenso viel wert, wie einen kurzen Blick auf die hier lagernden schottischen Kronjuwelen zu erhaschen. Heute war diese Aussicht aber leider nur zu erahnen. Hinter dem Nebelschleier hätte sich ebenso gut der brasilianische Dschungel, die sibirische Tundra oder ein galaktisches Portal in ein anderes Sonnensystem verbergen können. Das wäre doch mal eine echte Attraktion, überlegte unsere freundliche

Ticketverkäuferin und wandte sich den nächsten Kunden zu, Koreaner ihrem geschulten Blick nach.

Im Hintergrund strömten ebenso viele Menschen schon wieder aus dem Schloss heraus, wie immer noch in einer kompliziert gewundenen Schlange auf Einlass warteten. Wie Wasser in einem Kanal strömten sie die Royal Mile, die touristische Schlagader der Old Town hinab, die von verrußten, mittelalterlichen Häusern eng umschlossen wurde. Wer den Besuch im Castle schon abgehakt hatte, konnte jetzt in Souvenirshops mit einer schier endlosen Auswahl an Schals mit Schottenkaro oder bei Bier und Burger in einem gemütlichen Pub typisch schottische Lebensart tanken. Manche wagten sich aber auch aus dem Schutz der Vordächer heraus und durch die Princes Gardens, die in dem natürlichen Graben, der die Old von der New Town trennte, angelegt waren. Auf der anderen Seite angekommen wurden sie dafür von der breiten Princes Street belohnt, an der namhafte Markenstores mit schicken Glasfronten wie aufgereiht nebeneinander lagen.

Hatte das trübe Wetter, das zu allem Überfluss schon in die zweite Woche ging, also durchaus das Potential hart arbeitenden Edinburghern die Laune zu verderben, tat es dem touristischen Erlebnis kaum einen Abbruch. Viele Besucher schienen den stetigen Nieselregen sogar als festen Bestandteil ihres Wochenendprogramms zu betrachten - typisch schottisch eben.

Einige besonders Hartgesottene spazierten sogar auf dem Calton Hill, der die Royal Mile und die parallellaufende Princes Street am östlichen Ende begrenzte und quasi auf Augenhöhe mit dem Edinburgh Castle lag. Gut in grellbunte Wetterjacken verpackt fotografierten sie in zügiger Abfolge den schmalen Turm des Nelson Monuments, das National Monument, das dem griechischen Pantheon nachempfunden war, und dieses dritte Monument, das auf jeder zweiten Postkarte der Stadt zu sehen war. Dieses runde mit den Säulen, dessen Namen sich irgendwie keiner merken konnte. Dann versuchten sie noch, durch die grauen Schwaden den Firth of Forth am Horizont auszumachen, und bewunderten pflichtschuldig den fantastischen Blick auf die Stadt. Danach konnten sie sich endlich auf den Rückweg machen, um zum nächsten Programmpunkt überzugehen. Am besten dem mit Bier und Burger.

~

Hätte jedoch einer von ihnen das National Monument etwas eingehender betrachtet, das sich in seiner tonnenschweren Nutzlosigkeit (man konnte es tatsächlich noch nicht einmal betreten) düster vom grauen Himmel abhob, wäre ihm jemand aufgefallen, der es irritierenderweise nicht so eilig hatte, dem Wetter zu entkommen: Zwischen den Säulen und durch den Querträger mehr schlecht als recht von der durchdringenden Nässe geschützt saß ein Mädchen.

Zuerst fielen ihre rostroten Haare auf, die ihr lockig über den Rücken fielen. Der Rest des Mädchens verschwand fast in einem dunkelblauen Hoodie mit der Aufschrift „University of Edinburgh“. Dabei erschien ihr jeder Gedanke an ein Studium an dieser Universität genauso unrealistisch, wie den feuchten Sweatstoff auszufüllen. Beides war ihr mindestens drei Nummern zu groß. Aber eigentlich hatte sie solche Gedanken auch nie. Sie hatte mal gehört, die Zukunft sei ein Buch, dessen Seiten ein jeder selbst beschreiben konnte. Nur leider hatte sie immer das Gefühl, dass jemand in ihrem Buch schon herumgekritzelt hatte. Und das auch noch auf

Chinesisch, sodass sie keine Ahnung hatte, was der Witzbold sich dabei gedacht hatte. Aber auch darüber machte sie sich eigentlich keine Gedanken. Ihr Leben war eben so, wie es war. Meistens funktionierte dieser Ansatz ganz gut. Klar, manchmal war das Leben auch einfach scheiße, aber das hatte ja wohl schließlich jeder mal, oder? Also nicht irritieren lassen und einfach weitermachen, schließlich lässt sich ja alles trainieren: Wenig Hoffnungen, keine Träume, keine großen Pläne. Dann war das Leben ok, nicht mehr und nicht weniger. Und so machte dieses rothaarige Mädchen eben das, was sie so machte. Wie zum Beispiel an einem kühlen Aprilsonntag auf dem National Monument zu sitzen und zu warten.

Heute wartete sie für ihren Geschmack aber schon entschieden zu lange. Sie war ja schließlich nicht zum Spaß hier und außerdem wurde ihr langsam kalt. Entnervt kickte sie mit ihrem Turnschuh eine gebrauchte Spritze beiseite. Ja, diese Souvenirs übersahen die Touristen immer, dabei war doch bekannt, was auf dem Calton Hill nachts so abging. Sie hatte dieses nächtliche Treiben schon des Öfteren miterlebt, trotzdem würde sie selbst nie etwas nehmen. Nur falls das jetzt jemand denken sollte.

Das Mädchen zog die Kapuze über den Kopf und duckte sich, als eine Familie mit zwei nörgelnden Kindern ziemlich dicht an ihrem Platz vorbeiging. Auf diese Leute wartete sie bestimmt nicht. Sie atmete auf, als alle vier an ihr vorbei waren, ohne sie zu bemerken. Vielleicht hatten sie sie auch gesehen, nahmen aber einfach keine Notiz von ihr. Nicht aufzufallen war fast wie unsichtbar zu sein, hatte sie festgestellt. Und das war eine Gabe.

Jetzt näherte sich ihr wieder eine Gestalt, aber dieses Mal erkannte sie schon von weitem ihre Kontaktperson. Na endlich!

„Hey, Swirrel!", tönte der junge Mann schon, bevor er auf fünf Meter herangekommen war.

„Schrei noch lauter, Josh", entgegnete die Angeredete mit gedämpfter Stimme und blickte dabei möglichst unbeteiligt in die andere Richtung. Man nannte sie Swirrel, Eichhörnchen, wegen ihrer roten Haare, die sie wie auch heute meist zu einem dicken Zopf band. Sie hasste diesen Spitznamen, denn er erinnerte sie ständig daran, dass ihre Haare rot waren wie eine Signalflagge. Außerdem waren die roten Eichhörnchen in Großbritannien vom Aussterben bedroht, na herzlichen Dank auch! Trotzdem war Swirrel ihr immer noch lieber als ihr richtiger Name, irgendwie anonymer.

„Stell dich nicht so an, hier is' doch kein Schwein." Josh steckte sich eine Zigarette an und blies bläuliche Kringel in den Regen.

„Jetzt sag' schon, was du zu sagen hast", versetzte Swirrel entnervt, „ich hab' schließlich nicht den ganzen Tag Zeit."

„Oh, die Dame hat noch Verpflichtungen", sagte Josh gedehnt und lachte, wobei er ein grunzendes Geräusch von sich gab. Der Typ ist wie ein ganzer Bauernhof, dachte Swirrel wieder einmal, lacht wie ein Schwein, hat ein Gesicht wie eine Ratte und ist doof wie ein Schaf. Wobei das jedem Schaf gegenüber eine Beleidigung war. Sie nannte ihn insgeheim deswegen auch „Unsere kleine Farm". Das war einer ihrer Tricks sich Dinge einzuprägen, sie dachte sich passende Spitznamen dafür aus. Vielleicht wäre sie sogar auf die Sache mit Swirrel selbst gekommen. Zum Glück brauchte sie aber noch keine Eselsbrücke um sich zu merken, wer sie selbst war.

Als Josh aufgehört hatte zu lachen, baute er sich wichtig vor ihr auf: „Heute Abend steigt das Ding. 23:00 Uhr. Bushaltestelle am Theater. Crispy wird da sein. Kannst du dir das merken?"

Swirrel schnaubte. Natürlich konnte sie sich das merken. Sie war nur ehrlich überrascht, dass Josh das auch hinbekommen hatte. Sichtlich zufrieden mit dieser Leistung, blies er jetzt weitere Kringel in die Luft. Als er sich wieder umdrehte, war der Platz auf dem National Monument leer. Das Mädchen war verschwunden.

~

Swirrel grinste, als sie die Stufen vom Calton Hill hinuntereilte und unten angekommen über einen alten Friedhof huschte. Wie einfach war es doch, Josh unbemerkt stehen zu lassen. Jetzt musste sie nur noch schnell zurück in die Wohngruppe, sonst verpasste sie das Abendessen. Und das würde auffallen und Auffallen war das letzte, was sie wollte. Aber auch der Rückweg war einfach. Es war Sonntag, die Stadt war voll, da konnte sie einfach so in der Menge verschwinden. Außerdem war es ja schließlich nicht verboten, sonntagabends durch die Innenstadt zu spazieren. Sie nahm hier und da eine Abkürzung durch einen Hinterhof, dann hatte sie schon Tollcross erreicht. Dieser Stadtteil war bei weitem nicht so historisch wie die Old Town, so pompös wie die New Town oder so idyllisch wie das beschauliche Stockbridge. Dafür galt Tollcross inzwischen als in.

Swirrel bog um die letzte Ecke, dann verlangsamte sie ihre Schritte, strich sich die losen Strähnen aus dem Gesicht und ging gelassen weiter, als wäre sie nur mal kurz beim

Kiosk gewesen. Das Haus, in dem ihre Wohngruppe untergebracht war, war ein schmuckloses, zweigeschossiges Gebäude, das niemandem auffiel und das von außen nicht preisgab, was sich drinnen befand. Das gefiel Swirrel irgendwie. Sie schloss lautlos die Tür auf und wollte schnell in ihrem Zimmer verschwinden, um den nassen Pulli loszuwerden. Sie hatte die Tür im ersten Stock schon fast erreicht, da hörte sie eine vertraute Stimme hinter sich: Laurel Todd, 32 Jahre alt, Sozialarbeiterin und ihre Betreuerin hier in der Wohngruppe.

„Ally?“ Sie hasste es, wenn jemand sie beim Namen rief. Das war, als würde plötzlich ein Scheinwerfer auf sie gerichtet werden. Sie ignorierte die Stimme und ging weiter, aber Laurel ließ sich nicht abschütteln. „Allison Christie, ich rede mit dir!“ Das waren jetzt mindestens zwei fette Scheinwerfer.

Unwillig drehte sie sich um und setzte ein möglichst unschuldiges Lächeln auf. „Hallo Laurel, hab‘ dich gar nicht gehört.“

Laurel überging höflich, dass das äußert unglaubwürdig war und fuhr unbeirrt fort: „Bin ich froh, dass ich dich gefunden habe, ich suche dich schon den ganzen Nachmittag. Wo warst du denn?“

„In der Stadt“, antwortete Ally ausweichend und wollte weitergehen, aber Laurel ließ nicht locker.

„Und wo hast du so abgehangen? Los, sag‘ mal, vielleicht kannst du mir ja noch ein paar coole Spots verraten“, fragte sie aufgesetzt lässig.

Ally verdrehte die Augen. „Hier und da, war nur ein bisschen an der frischen Luft.“

Laurel änderte blitzschnell die Strategie, setzte ihr strenges Erwachsenengesicht auf und versuchte es noch einmal:

„Allison Christie, du bist noch nicht volljährig und ich habe die Verantwortung für dich. Du sagst mir jetzt auf der Stelle, wo du heute warst!“ Ally schwieg, was zeigte, wie wenig respekteinflößend Laurel war. Bei niemandem sonst hätte Ally sich das getraut.

„Du hast doch nicht wieder gestohlen?“, flüsterte Laurel jetzt übertrieben leise dafür, dass die beiden nach wie vor alleine im Flur waren.

„Ich habe noch nie gestohlen“, entgegnete Ally und das war die Wahrheit.

Ja, Ally schlich sich häufig fort und stromerte durch die Stadt, auch an Orte, die für ein junges Mädchen gemeinhin wenig typisch und auch wenig geeignet waren. Ja, Ally verkehrte mit Leuten, die man gut und gerne kleinkriminell nennen konnte. Neben ihrer Gabe, nicht aufzufallen, war sie klein und flink, hatte eine schnelle Auffassungsgabe und ein gutes Gedächtnis. Zudem kannte sie die Stadt inzwischen besser als ihre Westentasche. All das machte Ally zum perfekten Spitzel. Und so erfuhr so manche zwielichtige Gestalt regelmäßig von ihr, wer mit offenem Fenster schlief, unter welchem Blumentopf der Haustürschlüssel versteckt war oder welcher Hotelgast die neueste Fotoausstattung im Gepäck hatte. Dass diese Betätigung auch nicht gerade ehrenhaft war, war Ally dabei egal. Sie stahl ja nie selbst. Und außerdem achtete sie penibel darauf, dass niemand auf Grund ihrer Informationen verletzt wurde, dann passte das schon. Naja, jeder zog seine moralischen Grenzen eben anders.

Laurel zuckte die Schultern. Ally war sich nicht sicher, inwieweit sie ihr glaubte. Dass Laurel ihre Streifzüge durch die Stadt so oder so nicht guthieß, war aber ohnehin klar. Ihre Betreuerin wollte, dass Ally das tat, was Jugendliche in ihrem Alter normalerweise taten: Mit ihren Mitbewohnern in der Küche sitzen und quatschen, mit den Klassenkameraden beim Imbiss abhängen, mit der besten Freundin shoppen gehen. Blöd nur, dass Ally eigentlich keine Freunde hatte. Was hätten die auch mit jemandem anfangen sollen, der kaum einen zusammenhängenden Satz herausbrachte, wenn mehr als zwei Leute dabeistanden. Aber sie fühlte sich in Gesellschaft einfach unwohl, denn Gesellschaft hieß, dass sie unweigerlich beachtet wurde. Allein die Vorstellung, in einer Boutique eine Jeans zu probieren und sich den Ratschlägen der Verkäuferin erwehren zu müssen oder auf die plumpen Flirtversuche ihrer Mitschüler einzugehen, war ihr ein Graus. Nicht dass sie all das nicht ausprobiert hätte, es führte aber leider nur zu dem Ergebnis, dass Ally regelmäßig im Boden versinken wollte. Laurel das klar zu machen, hatte sie bereits mehrfach versucht und inzwischen aufgegeben. Trotzdem ließ die Nervensäge sie einfach nicht in Ruhe.

Deswegen wunderte es Ally auch nicht, dass Laurel sie, jetzt wieder auf die kumpelhafte Tour, fragte, ob sie nicht zusammen zu Abend essen wollten, „um mal wieder zu quatschen“. Ally wollte das natürlich keinesfalls, denn quatschen hieß bei Laurel verhören, sie nickte aber schicksalsergeben.

Dabei war es auch nicht so, dass sie Laurel nicht ausstehen konnte. Sie traute ihr sogar und das war mehr, als Ally über jeden anderen Menschen sagen konnte. Aber Laurel war trotzdem eine nervige Klette. Was Ally daran besonders störte, war, dass die Sozialarbeiterin es dabei zwar ehrlich gut meinte, das aber vornehmlich aus beruflichem Ehrgeiz und weltanschaulichen Idealen. Allison Christie war eines ihrer Projekte, deswegen begegnete Ally ihr ebenso „auf Arbeitsebene". Irgendwann würde sie nicht mehr hier wohnen und dann würde Laurel neue Projekte haben, deswegen lohnte es einfach nicht, irgendwelche Gefühle zu investieren. Das gehörte auch zu Allys Regeln, damit das Leben irgendwie ok war und es auch bleiben würde.

Dabei musste sie zugeben, dass Laurel ihren Job gut machte, besser als alle anderen Betreuer, die sie im Laufe der Jahre kennengelernt hatte. Ihr Beruf war ganz klar ihre Berufung und fügte sich nahtlos in ihre sonstige Lebenseinstellung ein: Laurel kämpfte für eine bessere Welt! Wenn sie nicht in der Wohngruppe arbeitete, war sie Vorstandsmitglied eines interkulturellen Vereins und schrieb Petitionen gegen die Verschmutzung der Meere durch Plastikabfälle. Sie selbst benutzte natürlich keinerlei derartige Verpackungen, sondern trug stets einen abbaubaren Jutebeutel bei sich. Gleiches galt für ihren Becher aus Bambus, aus dem sie ihren Bio-Tee schlürfte. Laurel ernährte sich ausschließlich vegan und verzichtete auch bei ihrer Kleidung auf jegliche tierische Materialien. Dagegen hatte Ally auch überhaupt nichts einzuwenden, aber warum mussten ihre Klamotten denn auch sonst so „öko" aussehen? Wahrscheinlich weil genau das Laurel gefiel und so vervollständigte diese ihr Selbst mit einer lila Haarsträhne im kurzen Pixicut, unzähligen Festival-Bändern ums Handgelenk und einer kleinen afrikanischen Gottheit aus Holz, die stets in ihrem linken Ohrläppchen baumelte. Es war also nicht schwer zu erraten, warum Ally ihr den Spitznamen „die Engagierte" gegeben hatte. „Mutter Theresa" hatte auch zur Auswahl gestanden, aber die war in Allys Vorstellung nicht auf so eine verbissene Weise heilig.

~

Wenig später war Ally, endlich in einem trockenen Shirt, auf dem Weg in die große Gemeinschaftsküche, die sich in einem Anbau hinter dem Haus befand. Der Raum war dank mehrerer bodentiefer Fenster hell und in freundlichem Gelb gestrichen. Ein langer Holztisch mit verschiedenen Stühlen dominierte die Küche. Einige der zwölf Jugendlichen zwischen vierzehn und achtzehn Jahren, die hier in der Wohngruppe lebten, waren bereits versammelt. Manche halfen Susan, der zweiten Sozialarbeiterin in Vollzeit, beim Kochen, andere waren in ihre Smartphones vertieft.

Keiner von ihnen sah auf, als Ally eintrat. Schnell ließ sie sich auf den Stuhl gegenüber von Laurel sinken, die ihr völlig überflüssigerweise zugewinkt hatte. Als ob man sich hier in dieser Küche verfehlen könnte. Tapfer machte sie mit Laurel Smalltalk, bis das Essen auf dem Tisch stand. Kaum hatte sie aber den ersten Bissen auf der Gabel, stellte Laurel die Frage, die sie scheinbar schon den ganzen Tag auf der Zunge hatte: „Und? Jetzt erzähl' doch mal. Wie soll es jetzt bei dir weitergehen?"

Ich esse jetzt, dann gehe ich schlafen und um 23:00 Uhr treffe ich Crispy am Theater, dachte Ally, aber das wollte und durfte Laurel natürlich nicht wissen. Also antwortete sie nur vage: „Mal schauen."

„Jetzt komm', Ally, das kann doch nicht dein Ernst sein", ereiferte Laurel sich, „du bist sechzehn Jahre alt, da kann man doch erwarten, dass du dir wenigstens ein paar Gedanken für die Zukunft machst!" Ally seufzte schwer. Nein, darüber wollte sie doch nicht nachdenken, geschweige denn mit Laurel darüber diskutieren. Brachte doch sowieso nichts.

Laurel seufzte ebenfalls. Wenn sie sich Ally so ansah, war es aber auch wirklich schwer zu glauben, dass das Mädchen bereits sechszehn war: Ally klein und elfenhaft zierlich, dazu kam das blasse Puppengesicht mit den Sommersprossen und den großen braunen Augen. Der ernsthafte Blick in diesen Augen war das einzige, was Laurel stets aufs Neue dazu brachte, dieses Mädchen nicht abzuschreiben. „Gut, dann überlegen wir jetzt mal gemeinsam. Im Sommer machst du deinen ersten Schulabschluss, du könntest danach weiter zur Schule gehen."

Diese Möglichkeit war Ally natürlich bekannt, aber wollte sie das? Das bedeutete eine neue Klasse und eine neue Klasse bedeutete zum einen neue Mitschüler. Einige davon würden sie vielleicht einfach nur kennen lernen wollen, andere waren aber bestimmt nur darauf aus, ein neues Opfer für ihre Hänseleien zu finden. Und eine Rothaarige, die wie dreizehn aussah, im Heim lebte und den Mund nicht aufbekam, war doch die Idealbesetzung für diese Rolle, nicht wahr? Zum anderen bedeutete eine neue Klasse neue Lehrer. Mindestens die Hälfte von denen würde beim Verlesen der Namensliste bei ihr hängen bleiben: „Ally Christie? Du heißt ja wie diese Schauspielerin!" Nein, das war Kristie Alley, so viel hatte Ally nach zahlreichen Vorfällen dieser Art schon herausgefunden, auch wenn sie sich nicht erinnern konnte, jemals einen Film mit dieser Dame gesehen zu haben. Aber allein die Ähnlichkeit der Namen führte dazu, dass Ally mehr Aufmerksamkeit zu Teil wurde, als ihr lieb war. Weiter zur Schule zu gehen, erschien ihr also nicht die beste Idee zu sein.

Laurel schien ihr Schweigen auch so zu deuten und fuhr fort: „Die andere Möglichkeit ist natürlich eine Ausbildung. Da gibt es ja diverse Möglichkeiten. Was meinst du, was dir liegen könnte?" Das war die falsche Frage, dachte Ally und stocherte lustlos in ihren Nudeln herum. Egal, was ihr vielleicht lag (wobei sie im Moment keine Idee hatte, was das sein mochte), entscheidend war doch, ob sie es auch konnte. Allein die Vorstellung ein Bewerbungsgespräch durchzustehen verursachte ihr Bauchschmerzen. Und sollte sie dann wider Erwarten doch jemand einstellen, würde sie sogar mit Kunden sprechen müssen und zusätzlich zur Schule gehen. Also auch keine gute Idee.

Da war es doch besser, sie würde sich irgendeinen Job suchen, bei dem sie nur in irgendeinem Lager Pakete packen musste und niemanden interessierte. Ally konnte sich Laurels Reaktion auf einen solchen Vorschlag aber nur zu gut vorstellen, also sagte sie nur: „Ich überleg‘ mal, ok?" Dann entschuldigte sie sich unter einem Vorwand und verschwand auf ihr Zimmer. Der Nudelteller auf ihrem Platz war noch fast voll.

Kapitel 2

Wangerooge, April 2018

Klara Klassen, geborene Spelmeier, war immer noch eine schöne Frau. Das hielt sogar ihrem kritischen Blick in den Spiegel und der gnadenlosen Badezimmerbeleuchtung stand. Vielleicht war sie jetzt mit 49 Jahren sogar noch schöner als mit Anfang zwanzig. Ihr honigblondes Haar fiel seidig und ohne eine einzige graue Strähne über ihre Schultern. Ihre Augen strahlten immer noch in unzähligen Blauschattierungen, als hätten sie das ganze Meer in sich aufgesogen. Trotz der frühen Jahreszeit war ihr Gesicht durch die viele Zeit an der frischen Nordseeluft schon leicht gebräunt und auf der Nase zeichneten sich zarte Sommersprossen ab. Diese fielen aber kaum jemandem auf, denn außer ihrem Mann kamen nur wenige Klara jemals nah genug. Ihr stolzer Blick hielt andere auf Distanz. Mit den Jahren war aus dem Stolz, den sie sich als Teenager mühsam antrainiert hatte, echter Stolz auf das Erreichte geworden und genau dieses Selbstbewusstsein machte Klara heute so anziehend.

Sie warf einen letzten prüfenden Blick in den Spiegel, dann zog sie eine praktische Fleecejacke über ihre schlanken Arme und eilte aus dem Bad. Als sie im Wohnzimmer des hellen Apartments, das in schlichtem, aber hochwertigem skandinavischen Stil eingerichtet war, nach ihrem Handy suchte, fiel ihr Blick auf das gerahmte Foto, das dort auf der Anrichte stand:

Sie selbst in einem luftigen, geblümten Sommerkleid, aus vollem Herzen lachend. Neben ihr stand ein braun gebrannter Mann mit einem spitzbübischen Grinsen, in dessen dunkles Haar sich bereits größere Mengen Grau mischten. Ralph.

Niemand sonst konnte sie so zum Lachen bringen wie er, bei niemanden sonst konnte sie sich so fallen lassen. An dem Abend im letzten Sommer, an dem dieses Bild aufgenommen worden war, war er ganz spontan mit ihr zum Jahrmarkt ans Festland gefahren, in dem kleinen offenen Motorboot eines Freundes. Bei jeder Welle, die das Boot nahm, war Wasser aufgespritzt und Klara hatte jedes Mal gequietscht. In Harlesiel angekommen waren sie komplett nass und hatten an einem der Marktstände ihr Sommerkleid mit den pinken Blümchen und ein Shirt mit Sesamstraßen-Aufdruck für Ralph kaufen müssen. Klara hatte sich kaputtgelacht, als sie ihn damit gesehen hatte. Sie waren sogar mit dem Riesenrad gefahren, hatten sich dabei einen Liebesapfel geteilt und Klara hatte sich gefühlt wie ein verliebter Teenager. Dabei war sie eigentlich froh, dass sie dieses Alter hinter sich hatte. Damals hatte es Ralph noch nicht in ihrem Leben gegeben und wer weiß, wo sie heute ohne ihn wäre. In den vergangenen Jahren hatte sich alles zum Guten gewendet. Alles, außer dieser einen Sache, die nie wieder gut werden konnte. Klara erinnerte sich selbst daran, dass sie mit ihrem Leben, so wie es heute war, sehr zufrieden sein konnte.

Als sie das Apartment verließ und durch die noch menschenleeren Gänge und vorbei an der Rezeption Richtung Terrasse ging, fiel ihr dieser Gedanke leicht. Alles war nicht nur blitzsauber, sondern auch geschmackvoll und mit viel Liebe zum Detail eingerichtet. Klara hatte Stunden auf Märkten und in kleinen Boutiquen verbracht, um die Lampenschirme, Spiegel, Kerzenhalter und Zuckerdosen zusammenzutragen. Jetzt bildeten alle Teile zusammen mit den schlichten Holzmöbeln und hellen Stoffen ein harmonisches Ganzes. Ja, hier konnten die Gäste sich wohlfühlen.

Die Liebe zu Hotels begleitete Klara bereits seit ihrer Kindheit. Deswegen hatte sie nach dem Abitur zum großen Entsetzen ihrer Familie und Lehrer eine Ausbildung im Hotelgewerbe begonnen. Wie konnte sie nur? Bei ihren Abschlussnoten hätte sie Medizin oder Jura studieren können. Aber das Gefühl, sich in frisch gestärkte Bettwäsche fallen zu lassen, oder der Anblick eines liebevoll arrangierten Frühstücksbuffets, konnten ihr ein Lächeln ins Gesicht zaubern, egal wie mies der Tag auch gewesen sein mochte. Dieses Lächeln auch anderen zu entlocken, empfand sie als fast ebenso edle und sinnvolle Aufgabe, wie Kranke zu heilen oder Angeklagte zu verteidigen. Diese Leidenschaft, ihr Ehrgeiz und ihr Intellekt hatten dazu geführt, dass sie schnell in der Branche fußfasste. Sie verstand ein Hotel als das komplexe und empfindliche System, das es eben war und das nur funktionierte, wenn alle Rädchen abgestimmt ineinandergriffen. Das bedurfte einem perfekten Plan und dessen disziplinierter Umsetzung und dafür war Klara genau die Richtige. Zudem waren die Gäste schon seit ihrem ersten Arbeitstag an regelmäßig dem Charme ihrer blauen Augen, ihres Lächelns und ihrer fein gedrechselten Sätze erlegen.

Aber so höflich und charmant sie den Gästen gegenüber war, so unnachgiebig und herrisch konnte sie ihre Kollegen und später ihre Mitarbeiter behandeln. Wenn Klara wusste, wie etwas funktionieren musste (und sie wusste es in den allermeisten Fällen tatsächlich), dann sagte sie es auch. Das hatte sie sich schließlich geschworen und sie hielt sich daran. Auch wenn es ihr anfangs so schwergefallen war, dass sie sich manche Stunde weinend auf dem Schulklo verstecken musste, war es ihr irgendwann wirklich vollkommen gleichgültig geworden, was andere über sie dachten. Ja, wer nicht angreifbar sein will, wird eben hart. Dass diese Einstellung sie irgendwann in die Selbstständigkeit führen würde, hatte Ralph ihr schon prophezeit, lange bevor Klara selbst diese Idee gehabt hatte. Heute wusste sie, dass es der richtige Schritt gewesen war. Als Chefin war sie zwar gefürchtet, aber geachtet, als Angestellte aber war sie mit wachsender Erfahrung immer häufiger angeeckt.

Auch war es die richtige Entscheidung gewesen, auf diese Insel, die ihr an jenem schicksalhaften Nachmittag damals im Oktober quasi das Leben gerettet hatte, zurückzukehren. Dass es dazu gekommen war, kam Klara manchmal wie ein kleines Wunder vor. Dabei wusste sie natürlich, dass es so etwas wie Wunder rational betrachtet überhaupt nicht gab. Trotzdem erinnerte sie sich immer gerne an den Tag vor inzwischen elf Jahren zurück, an dem sie dieses Haus, das heute ihr Hotel war, entdeckt hatte. Der weniger rationale Teil von ihr, der klein, aber hartnäckig war, hatte sofort gewusst, dass das vernachlässigte Gebäude einmal ihr Hotel werden würde.

~

Es war damals eine besonders stressige Zeit gewesen, was für Klara immer bedeutete, dass sie früher oder später Meerweh bekam. Unzählige Orte an der Nord- und Ostsee hatte sie mit Ralph in den Jahren zuvor bereits erkundet: Egal ob Rügen, Sylt, Büsum oder Norderney, Hauptsache der Wind wehte und der Horizont war endlos. Aus irgendeinem Grund war Klara aber ausgerechnet in diesem Jahr Wangerooge wieder eingefallen.

Ein paar Wochen später hatten die Klassens dann an einem windigen Freitag im November auf dem Oberdeck der Fähre gestanden. Als Klara die eckige Kontur des Westturms, die schemenhaft aus dem herbstgrauen Dunst auftauchte, nach fünfundzwanzig Jahren wiedersah, verspürte sie ein merkwürdiges Kribbeln in der Magengegend. Sie musste wirklich total überspannt sein! Gut, dass jetzt ein herrlich faules, verlängertes Wochenende vor den beiden lag. Am nächsten Tag schlenderten sie nach einem ausgiebigen Frühstück zunächst durch die kleine Einkaufsstraße, bevor sie zu einem ausgedehnten Streifzug über die Insel aufbrachen. Der Himmel war immer noch grau, die Heide vertrocknet und die Möwen schrien klagend, aber Klara merkte schon nach wenigen Metern, wie die Weite der Nordsee mit ihrer rauen Schönheit ihre Kraftreserven auffüllte. Sie folgten den rot gepflasterten Fußwegen immer weiter, bis sie das westliche Ende der Insel erreicht hatten. Hier war die Dünenkette zur Seeseite hin mit Beton, Asphalt und Schutt befestigt, um die Nordsee daran zu hindern, sich die Insel bei Sturmfluten Stück für Stück zurückzuholen. Stand man auf dieser Befestigung, die die Insulaner Deckwerk nannten, konnte man bei klarer Sicht westlich die Nachbarinsel Spiekeroog ausmachen, drehte man sich um 180°, hatte man einen guten Überblick über die Insel selbst. Neben dem Westturm aus dunklem Backstein und dem rot-weiß geringelten neuen Leuchtturm gab es im Inselwesten nur wenige Gebäude. Keine weiß getünchten Villen, die an Wangerooges Vergangenheit als mondänes Seebad erinnerten, oder schnuckelige Einfamilienhäuser standen hier, sondern praktische Bauten, die gemacht waren, um dem rauen Klima zu trotzen.

Klaras Blick wanderte langsam weiter Richtung Anleger, da sah sie es zum ersten Mal: Etwas abseits der anderen Gebäude, duckte sich ein Haus aus rotem Backstein in die Dünen. Ohne dass sie es hätte benennen können, hatte dieses Haus etwas an sich, dass sie wie magisch anzog. „Komm', Schatz, das schauen wir uns mal an!" Sie gingen auf dem Deckwerk weiter, bis sie einen verschlungenen Dünenpfad erreichten, der direkt auf das Haus zuführte. Klara zögerte.

„Was ist denn?", fragte Ralph. „Du wolltest es dir ansehen, also gehen wir hin."

„Vielleicht ist das Privatgelände", überlegte die brave Klara und sah sich so unbehaglich um, als würde sie einen Banküberfall planen.

„Steht hier ein Schild? Nö! Dann also los." Damit zog Ralph sie am Ärmel und schon nach wenigen Minuten hatten sie das Haus erreicht. Der Bau war länglich und schlicht und das Dach weit nach unten gezogen. Das Besondere aber waren die Fenster, die in einem leuchtenden Meerblau gestrichen waren. Hier und da blätterte die Farbe ab.

„Ich denke, hier wohnt keiner mehr", meinte da auch Ralph und ging ungeniert um das Haus herum. Klara folgte ihm und sah, dass sich nach hinten heraus ein rechtwinkliger Anbau an das Haupthaus anschloss. Dieser wiederum reichte bis zu einem großen Holzschuppen heran, den sie für eine Scheune gehalten hätte, würde sie nicht wissen, dass es auf der Insel keine Landwirtschaft gab. Alles wirkte alt und vernachlässigt, man spürte aber noch deutlich die liebevolle Hand, die dieses Fleckchen Erde einst geschaffen haben musste. Sie gingen noch ein Stück weiter und entdeckten an der Hausseite, die zur Straße gerichtet war, ein rotes Schild mit weißer Schrift: Zu verkaufen. Ralph deutete darauf und zog vielsagend die Augenbrauen hoch.

„Quatsch!" Klara schüttelte energisch den Kopf, ging aber noch einmal zum Haus zurück. Durch eine verstaubte

Scheibe sah sie drinnen etwas, das nach einem Verkaufstresen aussah, sowie ein Gewirr aus Stühlen und einigen Tischen. „Du, ich glaube, das war mal ein Café“, überlegte sie und konnte nicht vermeiden, dass ihre Stimme aufgeregt klang. Ralph hatte bereits sein Handy gezückt und begann zu tippen. „Was machst du?“, fragte Klara skeptisch.

Ralph grinste. „Ich ruf‘ den Makler an.“ Er deutete auf die Telefonnummer auf dem roten Schild.

„Das ist verrückt!“

„Warum?“ Ralph zuckte die Schultern. „Nur mal gucken kostet ja nichts.“ Dachte Klara später an dieses Moment zurück, beschlich sie jedoch der Verdacht, dass Ralph von Anfang an die Chance gewittert hatte, sie endlich in die Selbstständigkeit zu schubsen.

Der Makler wohnte nicht weit von Harlesiel entfernt und wollte sich tatsächlich schon am nächsten Tag mit ihnen für eine Hausbesichtigung treffen. „Hab‘ ich noch nicht lange im Angebot“, erklärte er, als er umständlich die von der Feuchtigkeit verzogene Tür aufschloss, „stand aber lange leer, bevor sich die Erben jetzt zum Verkauf entschlossen haben.“

Fast ehrfürchtig betrat Klara das Haus und sah sich um. „Leider ist der Zustand nicht mehr der beste“, murmelte der Makler in ihrem Rücken, der das Haus heute anscheinend zum ersten Mal sah. „Dafür ist der Preis aber auch fair, obwohl das Grundstück allein schon ein Vermögen wert wäre.“ Mit seiner ersten Aussage hatte er dabei zweifellos Recht: Das wenige Mobiliar war alt und abgenutzt, die Wände fleckig und die Fenster zugig. Jedoch waren die Zimmer schön geschnitten und das Haus war von innen geräumiger, als es von draußen erschien.

Klaras Fantasie lief auf Hochtouren und in ihrem Kopf explodierten die Bilder. „Hier unten müsste wieder ein Café rein und draußen hat man dann eine herrliche Sonnenterrasse in den Dünen. Und in den Anbau kommen Gästezimmer.“ Der Makler führte sie jetzt durch einen Flur ins erste Obergeschoss und Klara erstarrte. „Und hier würden wir wohnen“, flüsterte sie und griff nach Ralphs Hand. In der Tat war das Zimmer, in dem sie gerade standen, außergewöhnlich: Mehrere Dachfenster ließen den Raum selbst an diesem trüben Novembertag hell erscheinen. In die Dachschräge war Richtung Westen ein großer Giebel mit einem halbrunden Fenster eingelassen, das den Blick auf die Dünen freigab. Vor allem aber konnte man von hier aus das Meer sehen, das in diesem Moment ruhig und einladend da lag, als würde es auf sie warten.

Als die beiden am Ende des Tages in einem gemütlichen Insellokal aufs Abendessen warteten, sprudelte Klara immer noch vor Ideen. Alles rein hypothetisch versteht sich.

„Soso, wollen Sie hier also ein Haus kaufen“, fragte der Wirt, als der die Getränke brachte, ohne anstandshalber wenigstens so zu tun, als hätte er nicht mitgehört.

„Das war nur so ein Gedanke, wahrscheinlich eher nicht“, schränkte Klara gleich ein, aber Ralph nutzte die Gelegenheit und erkundigte sich, ob der Mann etwas über das leerstehende Haus am Westturm wusste.

„Soso, ihr meint Idas Haus“, erwiderte dieser, als würde das alles erklären.

„Wer ist Ida?“, fragte jetzt auch Klara neugierig nach.

„Wer war Ida, ist wohl eher die Frage. Ida Paulsen, sie hat viele Jahre in dem Haus gewohnt und hatte auch lange so’n kleinen Kiosk da.“ Klara fiel ein, dass sie während der Klassenfahrt damals dort Erdbeermilch gekauft hatten. Es hatte aber auch Spülmittel, Dosentomaten und Zahnpasta dort gegeben. „Anfang der Achtziger ist ihr der Laden dann zu viel geworden“, fuhr der Wirt fort, „da war sie aber schon weit über siebzig. Ist dann aber noch bis zu ihrem Tod in dem Haus geblieben. 2000 war das, da erinner‘ ich mich noch genau dran.“

Idas Haus. Ein freudiger Schauer lief Klara über den Rücken. Das Haus hatte also wirklich eine Seele.

„Es gab auch ein kleines Café in Idas Haus, oder?“, erkundigte sie sich, als der Wirt wenig später die gebratenen Schollen (die wirklich vorzüglich waren) servierte.

„Joa, kann schon sein, dass die alte Ida da mal Kaffee verkauft hat“, brummte er. „Heute ist sowas dann ja immer gleich ein Café und es gibt Cappuccino und so’n Gedöns.“ Er verschwand, um einen anderen Tisch zu bedienen, tauchte aber wenig später wieder auf.

„Soso, Hamburger seid ihr also und wollt Idas Haus kaufen“, stellte er noch einmal fest und sah sie argwöhnisch an. „Wollt ihr dann bestimmt abreißen und so schicke Apartments bauen lassen.“

„Nein!“, rief Klara aus tiefstem Herzen. „Das Haus muss stehen bleiben. Ich würde gerne ein kleines Hotel daraus machen. Mit einem Café natürlich“, fügte sie fast schüchtern hinzu.

„Soso, ein kleines Hotel willst du daraus machen“, echote der Wirt und rieb sich den Schnurrbart. „Stell‘ dir dat man nicht so einfach vor, Deern. Da brauchst du mehr als so’n bisschen schaumige Milch. Die Touris müssen da erst mal hinkommen, in den Westen. Und wir Insulaner sind schon so’n spezielles Völkchen. Und im Winter kann‘s schon mal ungemütlich und einsam werden. Und wenn ich erst an das Haus denke…oh, oh." Er schüttelte sorgenvoll den Kopf und brachte ihnen unaufgefordert zwei Schnaps. „Hier, könnt ihr wohl brauchen. Aber Respekt, wenn ihr's wirklich versuchen wollt."

Zuerst musste Klara sich ein Schmunzeln verkneifen. Der Mann war anscheinend nicht nur reichlich konservativ, sondern hielt sie augenscheinlich auch für ein unbedarftes, kleines Blondchen aus der Großstadt, obwohl er kaum zehn Jahre älter war als sie. Dann sickerte aber langsam die Erkenntnis durch, dass er mit allem Recht hatte, und ihre Begeisterung verpuffte.

„Lass' uns darauf trinken", sagte Ralph da aber und hob das kleine Glas.

„Worauf?", erwiderte Klara gereizt.

„Darauf, dass wir ernsthaft darüber nachdenken werden."

~

Ja, sie dachten darüber nach und nicht nur das: Konten wurden geprüft und Banken konsultiert, während Klara einen ersten Businessplan ausarbeitete. Ohne wäre das ganze Unterfangen natürlich ein Himmelfahrtskommando geworden, was sie um jeden Preis vermeiden wollte. Nicht nur, dass sie existenzielle Angst vor einer Pleite hatte, ihr war es auch schlichtweg ein Graus mit diesen naiven Aussteigern in einen Topf geworfen zu werfen, die ohne Geld, ohne Plan und ohne Sprachkenntnisse in irgendein exotisches Land auswanderten und dann später in einer Reality Show wieder auftauchten.

Wenige Tage vor Ende des Jahres 2007 war dann tatsächlich der Kaufvertrag unterzeichnet, ohne dass die Klassens es schon richtig begreifen konnten. Neben dem durchdachten

Businessplan hatte dabei vor allem Klaras seltsames Gefühl, dass Idas Haus sie brauchte, den Ausschlag gegeben. Was sie aber selbstverständlich niemals zugegeben hätte. Dann war aber alles ganz schnell gegangen: Die Eigentumswohnung in Hamburg wurde verkauft und stattdessen mieteten sie ein kleines Apartment, in dem Ralph unter der Woche wohnen würde. Dass er nämlich weiterhin mit seinem gut bezahlten Job als Unternehmensberater von Hamburg aus für einen gefüllten Kühlschrank sorgen würde, war wesentlicher Bestandteil ihrer Finanzierung. Klara war somit die meiste Zeit auf sich allein gestellt, als sie im März auf die Insel zogen.

Idas Haus hatte ihr einen im wahrsten Sinne des Wortes frostigen Empfang bereitet und es hatte Tage und etliche Diskussionen mit der veralteten Heizung gekostet, die klamme, abgestandene Luft aus dem Haus zu vertreiben. Schnell war klar, dass Klara ihre Ansprüche an die Renovierung würde zurückschrauben müssen, um überhaupt erst einmal die notwendigen Sanierungsarbeiten bezahlen zu können. Das aus der Not heraus geborene Weniger-ist-mehr-Konzept, wie Ralph es getauft hatte, zog sich bis heute durchs ganze Hotel. Warum neue Café-Bestuhlung kaufen, wenn man die alte doch mit etwas Beize und Zeit (ok, viel Zeit!) aufbereiten konnte? Warum in einheitliche Dekoartikel investieren, wenn gebrauchte Einzelstücke doch viel mehr Charme hatten? Warum meterweise Wände mit schweren Stofftapeten beziehen, wenn schlichtes Weiß die Einrichtung doch viel besser zur Geltung brachte? Dieser Ansatz hätte wohl leicht in einer Geschmacksverirrung à la Dauerbaustelle trifft Tante Ernas Wohnzimmer enden können, aber glücklicherweise hatte Klara auch hier gewusst, was sie tat. Vielleicht, dachte sie manches Mal, wäre es Ida so auch viel lieber gewesen. Durch die vielen Stunden, die sie allein mit dem Haus verbrachte, hatte sie inzwischen das Gefühl, die ehemalige Besitzerin zu kennen, auch wenn sie von ihr noch nicht einmal ein Foto gesehen hatte.

Was neben Klaras Händchen für Inneneinrichtung einen weiteren Segen für Idas Haus bedeutete, war die Beliebtheit, die die alte Frau auf der Insel genossen hatte. Vielen Insulanern nötigte das eine gewisse Anerkennung dafür ab, dass diese Hamburger ihr Haus erhalten wollten (Ralph vermutete ihren brummigen Wirt hinter der rasanten Verbreitung dieser Nachricht). Ohne die großzügige Hilfe der ansässigen Handwerker wäre das Hotel niemals bis zur geplanten Eröffnung im Mai fertig geworden.

Dann war da aber noch die Sache mit dem Namen gewesen. Eigentlich war das typische Vorgehen dabei kinderleicht, wie Klara schnell festgestellt hatte. Zuerst wählte man eine passende Bezeichnung für das Gebäude, wie Villa (auf der Insel gerade sehr beliebt), Schlösschen, Haus oder Residenz. Im nächsten Schritt entschied man sich für einen möglichst maritimen Begriff, der idealerweise auch noch mit Lage des Objekts harmonierte. Hoch im Kurs standen hierbei Düne, Strand, Heckenrose, Watt oder Leuchtturm. Dann musste man nur doch beide Begriffe kombinieren und schon waren idyllische Domizile wie das „Gästehaus Dünenblick", die „Strandresidenz" oder die „Villa am alten Leuchtturm" geboren, die allesamt einen perfekten Urlaub am Meer versprachen. Klara experimentierte hin und her und kreierte etliche Namen, die sowohl passend als auch klangvoll waren. Leider waren sie aber auch allesamt leer und oberflächlich. Einfach seelenlos. Die beste und gleichzeitig einfachste Idee kam ihr erst wenige Tage vor der Eröffnung, sodass sie bereits Albträume gehabt hatte, ein namenloses Hotel anbieten zu müssen. Sie stand gerade im kleinen Inselsupermarkt und versuchte der Verkäuferin zu erklären, wohin ihre umfangreichen Einkäufe geliefert werden sollten: „Straße zum Westen 40, bitte."

„Hm? Welches Haus soll das denn sein?"

„Das kleine Backsteinhaus mit den blauen Fenstern", versuchte Klara zu erklären.

„Hm?"

„Idas Haus!" Damit war alles klar gewesen und ihr war es wie Schuppen von den Augen gefallen: Idas Haus würde immer Idas Haus sein, genauso wie sie immer Klara sein würde und keine Heike, Marion oder Petra. Aber hätte Ida das auch so gesehen? Wieder einmal merkte Klara, wie wenig sie über diese Frau wusste, egal wie nah sie sich ihr manchmal fühlte. In ihrer Unschlüssigkeit war sie über die Insel spaziert und wie zufällig auf dem kleinen Inselfriedhof gelandet, auf dem sie zuvor ein mit Heide bedecktes Grab entdeckt hatte: *In dankbarer Erinnerung an Ida Paulsen. 6. September 1904 - 17. Februar 2000. Nur wer vergessen wird, ist tot, du aber wirst leben.* Gerade als Klara die Inschrift las, fiel ein Sonnenstrahl durch die Wolkendecke und brachte die weißen Lettern zum Leuchten. Ach, zum Teufel mit allen Pro-und-Contra-Listen! Es würde ihr, Klara Klassen, eine Ehre sein, dass die Erinnerung in Idas Haus weiterleben konnte.

~

Klara war so in ihre Gedanken versunken, dass sie fast über die ältere Dame stolperte, die gerade aus Zimmer 8 kam. „Guten Morgen, Frau Meister! Haben Sie gut geschlafen?"

„Vorzüglich, Frau Klassen, vorzüglich", entgegnete diese, „die Stille hier ist einfach einmalig! Und in dieser herrlich duftenden Bettwäsche zu schlafen, da fühlt man sich ja fast wie eine Prinzessin." Frau Meister kicherte leise vor sich hin und Klara beglückwünschte sich innerlich kurz selbst. Ja, genauso sollten sich ihre Gäste fühlen!

„Jetzt muss ich aber weiter, meine liebe Frau Klassen. Mein Helmut wartet auf seine Zeitung." Sie schickte sich an, den Gang hinunter zu trippeln, als Klara sie freundlich zurückhielt:

„Da werden Sie jetzt noch kein Glück haben. Heute ist noch kein Schiff gekommen, wir haben Niedrigwasser."

„Ja, wir sind ja auf einer Insel…", Frau Meister kicherte erneut, dieses Mal jedoch etwas hilflos. Ihre Morgenroutine war aus dem Takt geraten!

„Bei uns laufen die Uhren etwas anders, da haben Sie Recht. Aber machen Sie sich keine Sorgen", beruhigte Klara sie, „sobald die Zeitungen angekommen sind, bringe ich Ihnen eine aufs Zimmer. Genießen Sie doch in der Zwischenzeit den Sonnenaufgang. Es ist doch ein herrlicher Morgen!"

Frau Meister wirkte ehrlich überrascht von diesem Vorschlag, einfach untätig der Sonne beim Aufgehen zuzusehen, aber nach kurzem Zögern wandte sie sich doch der Eingangstür zu. Sie war ja schließlich im Urlaub!

Zufrieden mit sich setzte Klara ihren Weg zur Hintertür fort und stand kurz darauf auf der hinteren Terrasse. Diese war auf zwei Seiten von den Gebäuden des Hotelkomplexes umschlossen, auf den anderen Seiten grenzte sie direkt an die mit Hagebutten und Strandhafer bewachsene Düne. Klara überquerte die Terrasse, die noch im morgendlichen Schatten lag, und folgte dem verschlungenen Dünenweg, der inzwischen mit Holzplanken befestigt war und durch dichtes Gebüsch fast vollständig verborgen von Idas Haus zum Strand führte. Nach wenigen Metern hatte sie den höchsten Punkt der Düne erreicht und vor ihr erstreckte sich das offene Meer. Die Brandung rollte unablässig gegen den grauen Wall des Deckwerks, was Klara heute sah, war aber vollkommen harmlos. Es war ein ruhiger Morgen. Der Wind, der ihr die Haare ins Gesicht trieb, war nur leicht und die Sonne strahlte zwischen lockeren Wolken hindurch. Noch war es kühl, aber Klara war sicher, dass ihnen ein milder Tag bevorstand, der viele Spaziergänger und Radfahrer ins Café führen würde.

Sie blieb ganz ruhig stehen und betrachtete das Zusammenspiel von Meer, Strand und Himmel. Klara kam jeden Morgen hierher und jedes Mal war sie gefangen von der Schönheit des Meeres. Egal, ob im Winter oder Sommer, bei Sturm oder strahlendem Sonnenschein, Klara liebte das Meer mit all seinen Gesichtern.

Nach wenigen Minuten wandte sie sich um, um zum Hotel zurückzukehren. Von ihrem Platz oben auf der Düne hatte sie den gesamten Gebäudekomplex im Blick, auch wenn sie jetzt blinzeln musste, um gegen die noch tief stehende Sonne etwas zu erkennen. Vieles hatte sich in den vergangenen Jahren verändert: In der ersten Saison war sie mit nur drei Gästezimmern und Cafébetrieb gestartet. Zum Glück war ihr Konzept aufgegangen und das Geschäft lief gut an. Über die Jahre konnte sie so die bestehenden Gebäude komplett ausbauen und sogar einen zweiten Flügel anbauen. Im ursprünglichen Haus befand sich heute weiterhin das Café und Bistro, das auch den Hotelgästen als Frühstücksraum diente. Im ersten Stock hatten Ralph und Klara ihre eigene Wohnung eingerichtet, genauso wie Klara es sich erträumt hatte. Der Anbau war um eine Etage aufgestockt worden und beherbergte die inzwischen zwölf Hotelzimmer. Der Holzbau war isoliert worden und diente als Saal für Feierlichkeiten. In den neu geschaffenen Zimmern darüber brachte Klara ihre Saisonkräfte unter. Der zweite Flügel war in einer Linie mit dem Haupthaus angebaut, sodass zwischen diesem und dem Hoteltrakt eine zweite Terrasse mit Grillplatz und kleinem Spielplatz entstanden war, die den Hausgästen vorbehalten war. In diesem Neubau waren sechs Ferienwohnungen eingerichtet worden, in denen Klara inzwischen viele Stammgäste begrüßen durfte. Bei allen Baumaßnahmen war Klara der ursprünglichen, schlichten Backsteinoptik treu geblieben, sodass sich das Hotel heute harmonisch in die raue Nordseelandschaft einfügte. Dieser Verzicht auf große Glasfronten, drei und mehr Stockwerke oder kastenförmige Bauwerke, die das Grundstück bis auf den letzten Zentimeter ausfüllten, hatten Klara zudem endgültig die Anerkennung der Insulaner eingebracht. Ein nicht zu vernachlässigender Fakt, wenn man auf so einer kleinen Insel heimisch werden wollte. Über das kleine Detail, das Klara stets am wichtigsten gewesen war, schüttelten aber dennoch viele den Kopf: Jedes neue Fenster musste meerblau sein.

Inzwischen waren zehn Jahre vergangen, seit sie das erste Mal mit Ralph auf dem Deckwerk gestanden hatte. In diesem Sommer würde das Hotel „Idas Haus“ Jubiläum feiern. Dieser Gedanke erfüllte Klara mit tiefer Genugtuung. Wer kämpft, konnte alles schaffen. Und was einen dabei nicht umbrachte, machte eindeutig stärker.

Kapitel 3

Edinburgh, April 2018

22:30 Uhr. Wie jedes Mal war Ally wach, bevor der Wecker ihres Handys klingelte. Sie stellte den Alarm aus, stand leise auf und zog sich im Dunkeln zügig an. Über ihren inzwischen wieder trockenen Hoodie zog sie ihre dicke Winterjacke. Die Nacht würde nicht nur empfindlich kalt, sondern aller Wahrscheinlichkeit nach auch genauso nass werden wie der Nachmittag. Sie verstaute Handy und Schlüssel in den Jackentaschen, dann öffnete sie vorsichtig die Tür und schlich durch den Flur Richtung Haustür. Bei jedem ihrer nächtlichen Ausflüge war dieses erste Stück des Weges das heikelste. Heute hatte zu allem Überfluss Laurel die Nachtschicht und verbrachte die Nacht in der Wohngruppe. Und diese lauschte garantiert auf jedes kleinste Geräusch, aus Angst jemand könnte sich wegschleichen. Wie kam sie bloß auf so eine abwegige Idee? Ally grinste still vor sich hin. Als sie an Laurels Zimmertür vorbeikam, hörte sie aber von Drinnen nur monotones Schnarchen und hätte am liebsten laut losgelacht. Sie riss sich aber zusammen und ging vorsichtig weiter. Eine weitere Begegnung mit Laurel wollte sie heute um jeden Preis vermeiden!

Als sie endlich auf dem Bürgersteig stand, atmete sie auf. Geschafft. Wieder einmal. Ally blickte sich kurz prüfend um, dann schlug sie zielstrebig den Weg Richtung Festival Theatre ein. Die aufziehende Nacht hatte die Stadt verändert. Der stete Strom aus Touristen mit Kameras um den Hals war versiegt. Stattdessen teilten sich dahineilende Pärchen auf dem Weg zurück ins Hotelzimmer, aufgebrezelte Partygänger und dunkle Gestalten, die stets eine Straßenseite für sich alleine hatten, die Straßen. Von allen unbeachtet kam Ally schnell voran und erreichte pünktlich die vereinbarte Bushaltestelle. Sie lehnte sich scheinbar unbeteiligt an eine Mauer und zog das Smartphone aus der Tasche, als würde sie auf den Bus warten. Es musste auf die Minute genau 23:00 Uhr sein, als ein großer Schatten neben ihr auftauchte. Crispy war da. Obwohl das bestimmt nicht sein richtiger Name war, hatte Ally auch ihn mit einem Spitznamen bedacht. „Kastenbrot“. Damit waren sowohl sein Äußeres als auch sein Charakter vollumfänglich beschrieben. Wenigstens war er pünktlicher als sein Kumpel mit dem Rattengesicht und bewegte sich trotz seiner Statur überraschend schnell und gewandt.

Nachdem die beiden einige belanglose Worte gewechselt hatten, schlenderten sie wie ziellos auf das Theater zu. Wie geplant war die Vorstellung gerade zu Ende und das Foyer und der Platz davor füllten sich mit Menschen. Crispy blieb im Schatten einiger Müllcontainer stehen und nickte Ally zu: „Los geht's, Swirrel, dein Auftritt!“ Oh ja, ihr großer Auftritt… Diesen Teil ihrer Verabredungen hasste Ally. Aber es half ja nichts, genau dafür war sie hier. Also strich sie sich die Haare ordentlich aus dem Gesicht, steckte den roten Zopf in den Kragen und ging auf das hell erleuchtete Foyer zu. Als Crispy das nächste Mal hinsah, war Ally bereits in der Menge verschwunden. Vor allen Augen und doch irgendwie unsichtbar schlängelte sie sich durch die Leute. Sie war doch einfach nur ein Mädchen, das gerade aus dem Theater kam und nach ihrer Begleitung Ausschau hielt. Wer würde beim Blick in ihr unschuldiges Puppengesicht schon etwas anderes vermuten. Die meisten Theaterbesucher nahmen aber ihre Umwelt ohnehin nicht wahr, sie waren noch zu gefangen in der fantastischen Welt, in die die Aufführung sie entführt hatte. Auf jeden Fall würde sich morgen niemand mehr an das Mädchen erinnern, das ihnen auf dem Weg nach draußen begegnet war.

Ally aber nahm jedes Detail in sich auf. Systematisch scannte ihr Blick jeden, der ihr entgegenkam. Dieses Pärchen hier war zu alt, dieser Herr hatte die falsche Nase. Also weitergehen. Sie musste nicht lange suchen, dann hatte sie die gefunden, wegen derer sie heute hier waren. Das Pärchen war Anfang dreißig und gut gekleidet. Er war hochgewachsen, hatte einen Seitenscheitel und trug eine schwarze Brille. Sie war mindestens zwei Köpfe kleiner als ihr Freund, blond und heute Abend auffallend hübsch zurechtgemacht. Kein Wunder, dachte Ally, dass der Typ verrückt nach ihr war.

~

Deswegen waren ihr die beiden gestern auch aufgefallen, als sie sich wild knutschend in den Princes Gardens herumgedrückt hatten. Als der Typ seine Freundin wenig später in einer Eisdiele zurückgelassen und sich nach einer umständlichen Entschuldigung eilig entfernt hatte, war Ally ihm gefolgt. Zu gerne hätte sie entdeckt, dass die Blondine nur die heiße Affäre war und auf einem Spielplatz die Ehefrau und zwei kleine Kinder warteten. Dieser Ehefrau einen kleinen, anonymen Tipp zukommen zu lassen, hätte ihr gefallen. Dazu war es jedoch nicht gekommen, denn der Typ war in einem exklusiven Juweliergeschäft verschwunden und kurz darauf mit einer kleinen, schwarzen Samtschatulle wieder herausgekommen. Ein Verlobungsring! Das war nicht schwer zu erraten gewesen, besonders da der Typ angefangen hatte, nervös mit der Schatulle zu spielen, bevor er sie tief in der Manteltasche versenkt hatte. Ally war ihm zurück zu der Blondine gefolgt, die er dann mit den Theaterkarten überrascht hatte. „Hier, Schatz, die habe ich gerade gekauft. Für morgen Abend gab es noch günstige Restplätze." Was für ein Lügner, hatte Ally gedacht, die Karten hatte er doch schon länger. Und günstige Restkarten waren das somit bestimmt nicht. Er hatte das Ganze also von langer Hand geplant, woraus Ally gefolgert hatte, dass der Ring an diesem Abend den Besitzer wechseln sollte. Zudem hatte sie an der Farbe der Karten das Theater erkannt, das er ausgesucht hatte (nach allem, was Ally so zu Ohren kam, sehr gute Wahl). Sie kannte also den Ort, die Zeit und das Objekt. Bei so vielen Details, die ihr quasi auf dem Silbertablett geliefert wurden, konnte sie einfach nicht widerstehen. Daran änderte auch das aufkommende Mitleid nichts, das sie mit dem potentiellen Bräutigam empfand.

~

Ally beobachtete, wie das Pärchen jetzt auf den Taxistand zuging, an dem noch ein Fahrzeug wartete. Scheinbar zufällig verstellte sie den beiden den Weg, als sie sich bückte, um den Schnürsenkel neu zu binden. Als sich ihre Zielpersonen an diesem Hindernis vorbeigedrängelt hatten, war bereits eine fünfköpfige Familie dabei, sich in das Taxi zu quetschen. Jetzt müsst ihr warten, ihr Turteltäubchen, Pech gehabt! Äußerlich wirkte Ally vollkommen unbeteiligt, innerlich jubelte sie aber über den gelungenen Schachzug. Die beiden schienen aber auch nicht allzu traurig über die Verzögerung, sie waren einfach viel zu verliebt und viel zu selig über den schönen Abend. Genau das würde sie unaufmerksam machen. Zufriedene Theaterbesucher und/oder Verliebte waren einfach die idealen Opfer. Jetzt musste Ally aber schnell sein, bevor das nächste Taxi eintraf. Sie huschte zurück zu den Müllcontainern, wo Crispy wartete.

„Auf zwei Uhr, das Pärchen am Taxistand, die Schatulle ist in seiner rechten Manteltasche“, informierte sie Crispy, während sie ihre Jacke in eine dunkle Ecke stopfte und die Kapuze tief ins Gesicht zog. Dann eilten beide los, sie von links, er von rechts auf den Taxistand zu. Ally rempelte die Blondine scheinbar aus Versehen an, murmelte eine Entschuldigung und verschwand hinter der nächsten Ecke. Der Typ bemühte sich erwartungsgemäß sofort um seine strauchelnde Freundin und bemerkte Crispy nicht, der ihm von hinten blitzschnell in die Tasche griff, um daraufhin ebenfalls in der Dunkelheit zu verschwinden.

Wenig später traf Ally Crispy hinter den Müllcontainern wieder, als sie gerade ihre Jacke wieder anzog. Er lachte euphorisch und ließ den Ring im Schein der Straßenlaterne funkeln. Der Diamant in der schlichten Fassung war wirklich beeindruckend groß!

„Ey, sei vorsichtig, du Depp. Ich will nicht in die Sache mit reingezogen werden!“, herrschte Ally ihn an.

„Nicht mit reingezogen werden? Was redest du da, Swirrel, das Schätzchen hier verdanke ich nur dir.“ Er tätschelte den Ring wie ein kleines Kätzchen. „Was willst du dafür?“

„Gar nichts, weißt du doch“, erwiderte Ally ungerührt, schloss den letzten Kopf ihrer Jacke und wandte sich zum Gehen. „Mach’s gut, Crispy!“

Tatsächlich verdiente Ally mit ihren Informationen keinen Penny. Sich zu bereichern würde sich für sie anfühlen, als wäre sie Teil des Verbrechens. Aber Crispy oder Josh waren ja die Langfinger, nicht sie. Sie konnte ja eigentlich gar nichts dafür, dass das Kastenbrot zufällig dem Typ einen Ring klaute, dessen Freundin sie aus Versehen angerempelt hatte. Ally spielte dieses Spiel schon so lange, dass sie diese

Logik inzwischen uneingeschränkt glaubte. Und vor allem war sie gut darin. Verdammt gut. Das war auch der einzige Grund, warum sie sich immer wieder den Risiken solcher Aktionen aussetzte, egal wie groß ihre Angst vor Aufmerksamkeit auch war. Jeder brauchte schließlich irgendetwas, worin er gut war. Andere zogen ihr Selbstbewusstsein vielleicht aus guten Noten, sportlichen Erfolgen oder einem großen Freundeskreis. Bei Ally war es eben der Kick, den sie verspürte, wenn eine unscheinbare Samtschatulle von einer Manteltasche zur anderen wanderte.

Zufrieden mit dem bisherigen Verlauf der Nacht schlenderte Ally durch die Straßen. Jetzt eine Zigarette! Leider waren ihre Jackentasche bis auf Handy und Schlüssel leer. Dabei hatte sie doch erst gestern eine Schachtel gekauft (gekauft wohlgemerkt!). Wenn da nicht mal wieder Laurel dahintersteckte! Zum Glück wusste Ally, bei wem sie zu dieser Tageszeit eine Zigarette schnorren konnte. Sie bog in eine dunkle Gasse ab und verschwand durch einen versteckten Zugang in der Mary King's Close. Die ehemalige Gasse war seit einer mittelalterlichen Pestepidemie zugemauert und hatte sich mit dem angrenzenden Labyrinth aus Gängen und Kammern zu einer „Stadt unter der Stadt" entwickelt. Ally umging geschickt eine Gruppe Touristen, die viel Geld gezahlt hatten, um sich geführt von kostümierten Schauspielern in Edinburghs Unterwelt so richtig schön zu gruseln. Es gefiel ihr gar nicht, dass diese Gruseltouren immer beliebter wurden. Diesen Ansturm auf eines ihrer Lieblingsverstecke fand sie viel furchteinflößender als die Geister irgendwelcher Pestopfer, die hier unten spuken sollten.

In der Dunkelheit eines Seitenganges sah sie ein Feuerzeug aufflackern und wusste, dass sie Daphne gefunden hatte.

„Hey, Kleines", grüßte diese und lächelte breit, sodass ihre gelblichen Zähne im Schein des Feuerzeugs blitzten. Ungefragt reichte sie Ally eine Zigarette, wobei ihre unzähligen Strassarmreifen klimperten. Daphne war für Ally eine schöne Frau: Mit ihrem glänzenden schwarzen Haar, den langen Beinen in schimmernden Strumpfhosen, dem perfekten Make-up und den paillettenbesetzten Kleidern drehte sich wohl jeder nach ihr um. Ally bewunderte Daphne dafür, dass sie diese Aufmerksamkeit so genoss. Ihr Blick fiel auf den kurzen fransenbesetzten Lederrock, den diese heute trug. „Neu?"

„Oh ja!" Daphne drehte sich kokett. „Man verdient ja kein Geld, wenn man immer dieselben Fummel anhat."

Ally wollte nicht weiter darüber nachdenken, wie genau Daphne ihr Geld verdiente. Also nickte sie nur, als wüsste sie genau, wovon diese sprach, und konzentrierte sich auf ihre Zigarette. Rauchend lehnten die beiden nebeneinander an der kalten Wand, ohne ein weiteres Wort zu wechseln. Ein bisschen Gesellschaft, mehr wollte keine von ihnen. Irgendwann trat Daphne ihren Zigarettenstummel mit dem Absatz aus, winkte zum Abschied und verschwand. Auch Ally machte sich wieder auf den Weg.

Sie hatte es aber nicht eilig, zurück in ihr Bett zu kommen. Aufgeputscht von Adrenalin war sie nicht im Geringsten müde. Sie schlenderte durch die Straßen und nahm dabei gierig jedes kleinste Detail wahr. Wer wusste schon, wofür es nützlich sein konnte. In einer ruhigen Wohnstraße war trotz der späten Stunde ein Fenster im Erdgeschoss erleuchtet.

Ally spähte hinein und sah ein Kind mit seiner Mutter am Küchentisch sitzen. Die Augen des kleinen Jungen waren vom Weinen noch gerötet, jetzt umklammerte er aber zufrieden eine dampfende Tasse mit Kakao oder heißer Milch, wie Ally vermutete. Bestimmt hatte er schlecht geträumt und die Mutter tröstete ihn. Ally betrachtete die Szene wie einen Nachrichtenbeitrag über ein verheerendes Erdbeben in Südostasien. Sie wusste, was das Geschehen für die Beteiligten bedeuten musste, aber nachempfinden konnte sie es nicht. Es war einfach viel zu weit weg.

Ohne so recht zu wissen, wohin sie ging, fand sie sich irgendwann auf dem noch menschenleeren Platz vor dem Edinburgh Castle wieder. Von hier konnte sie fast die ganze Stadt überblicken. Über den Dächern im Osten wurde bereits ein schmaler Streifen Rosa sichtbar. Ally kletterte auf eine Mauer, kuschelte sich in ihre Jacke und sah zu, wie die Sonne immer weiter aufstieg und die gelblichen Fassaden, die für die Stadt typisch waren, zum Leuchten brachte. Ganz langsam erwachte die Stadt unter ihr zum Leben. Was konnte es schon Schöneres geben als so einen Moment?

Kapitel 4

Wangerooge, April 2018

Klara hatte die Terrasse noch nicht ganz erreicht, da hörte sie schon laute Stimmen, Pfiffe und noch lauteres Gelächter aus dem Café. Sie beschleunigte ihre Schritte und als sie eintrat, verstummte das Gegröle schlagartig. Julia wischte gerade die Tische im Frühstücksbereich, Stina werkelte an der Kaffeemaschine und Patrick stand daneben und stützte mit seinem muskulösen Oberkörper die Wand ab.

Er stützte die Wand ab? War das Gebäude denn etwa einsturzgefährdet? Klara nahm sich vor, ihm umgehend eine wertschöpfendere Aufgabe zuzuteilen. Zuvor musste sie hier aber einiges klarstellen.

„Guten Morgen! Ich hoffe, ich störe nicht?“ Klara musste gar nicht laut sprechen, um Autorität auszustrahlen. Augenblicklich schienen Stina, Julia und Patrick den Atem anzuhalten. Die drei waren Anfang zwanzig und wollten hier für ein paar Monate jobben, bevor das Studium losging. Die Betonung lag hier ganz klar auf „wollten“, denn die Abbrecherquote bei solchen studentischen Aushilfen war recht hoch. Vielen wurde Wangerooge nach einigen Wochen schnell zu klein. Insel war eben nicht für jeden etwas, genauso wenig wie Klaras Anforderungen.

„Unsere Gäste kommen hier her um sich zu erholen. Egal, ob das heißt morgens auszuschlafen oder zu meditieren, Ruhe ist dabei äußerst hilfreich. Wenn jemand von euch damit ein Problem hat, empfehle ich einen Job auf dem Hamburger Kiez.“

Patrick sah kurz danach aus, als würde er diese Möglichkeit ernsthaft in Betracht ziehen. Dann könnte auch er vielleicht mal wieder ausschlafen. Seit er Anfang des Monats hier angefangen hatte, war sein Biorhythmus total durcheinander!

Klara war aber noch nicht fertig: „Ich gehe davon, dass sich jeder von euch gut daran erinnert, was ich euch an eurem ersten Arbeitstag gesagt habe."

Julia musterte eingehend die Maserung des Holztisches vor sich, als würde sie dort nach ihrer Erinnerung suchen. Das waren aber auch wirklich zu viele Informationen gewesen. Wer sollte sich denn das alles merken, was man hier beachten musste?! Sie hatte sich den Job im Café irgendwie gechillter vorgestellt!

Zum Glück fügte Klara hinzu, worauf sie hinauswollte: „Ich habe euch gesagt, die Arbeit hier soll allen Spaß machen. Das funktioniert aber nur, wenn sich jeder an die Spielregeln hält. Dazu gehört auch, vor lauter Spaß das Arbeiten nicht zu vergessen. Deswegen schlage ich vor, ihr legt jetzt einen Zahn zu, damit die Küche das Frühstück anrichten kann." Dass das keinesfalls als Vorschlag gemeint war, war wohl jedem klar. „Patrick, du machst schon mal die Terrasse fertig!" Patrick löste sich von der Wand (die wie durch ein Wunder tatsächlich nicht einstürzte) und latschte nach draußen.

Stina wischte ein letztes Mal über das glänzende Chrom der großen Kaffeemaschine und schnitt dann ein goldfarbenes Paket auf, um Kaffeebohnen aufzufüllen. Sofort verdrängte der intensiv aromatische Duft jeden Hauch von Reinigungsmittel, der noch in der Luft lag. Weiter kam Stina aber leider nicht. Egal von welcher Seite sie die Maschine auch untersuchte, eine Öffnung für Kaffee fand sie nicht. Sie seufzte. Im Gegensatz zu ihren beiden Mitstreitern fand sie den Job hier ziemlich cool. Wenn es jetzt noch wärmer wurde, könnte sie sich nach ihrer Schicht an den Strand legen, einmalig! Deswegen war sie fest entschlossen, diesen Job bis zum Ende ihres Vertrags im Oktober zu behalten. Wenn nur diese Kaffeemaschine sie nicht ständig so dumm dastehen ließe!

„Klara", begann sie zögerlich und spähte zu ihrer Chefin hinüber, die gerade die Tafel neben der Tür mit den Gerichten des Tages beschrieb, „ich glaub', ich brauch' nochmal Hilfe."

„Klar, bin sofort bei dir!" Stina stellte überrascht fest, dass Klaras Stimme nicht mehr im Geringsten sauer klang. Wirklich böse war diese auch gar nicht gewesen. Sie hatte inzwischen zehn Jahre Erfahrung mit studentischen Aushilfen, wusste, wie diese tickten, und hatte sogar Verständnis dafür. Trotzdem wusste sie auch, wie sie mit ihnen reden musste, damit der Laden hier lief. Gerade am Anfang der Saison war es besonders wichtig streng zu sein, sonst würde sie den Sommer über nur Ärger haben. Und war erstmal Hauptsaison hatte sie dazu weder Zeit noch Nerven.

Klara unterstrich „Zwiebelsuppe mit Käse-Croutons" und „Schwedische Manteltorte" jeweils mit einem schwungvollen Schnörkel, dann wischte sie sich die Kreide von den Händen und wollte Stina zur Hilfe eilen. Als sie aber den Tresen umrundete, ertönte ein lautes Klirren und Klara blieb wie angewurzelt stehen.

~

Die Stille, die daraufhin eintrat, war so bedrohlich wie die vor einem schweren Gewitter. Selbst die Möwen über den Dünen und die Spatzen auf der Terrasse schienen ihr Krächzen und Schilpen vorsorglich eingestellt zu haben. Klara machte vorsichtig einen Schritt aus den Glasscherben heraus, in die sie zuvor getreten war, und zupfte das Flaschenetikett ab, das unter ihrem grauen Sportschuh mit den neonorangen Streifen kleben geblieben war. Holunderblütenlimonade. Mehrwegflasche. Naja, das jetzt wohl nicht mehr. Klara holte mehrmals tief Luft, dann befahl sie langsam, sehr deutlich und so laut, dass auch Patrick auf der Terrasse sie hören konnte: „Herkommen. Alle."

Hatten die drei zuvor schon vermutet, dass Klara sauer gewesen war, wussten sie in diesem Moment, dass sie falsch gelegen hatten. Jetzt war Klara sauer!

„Wer von euch war gestern zum Fegen eingeteilt?" Alle Blicke gingen zu Boden, als wollten sie sich selbst davon überzeugen, dass dieser eindeutig nicht gefegt worden war. „Ihr wisst, ich habe den Plan gemacht, also zwingt mich nicht nachzusehen."

„Das war wohl ich." Patrick stand trotz seiner Größe und Statur da wie ein Erstklässler.

„Und?"

„Es könnte wohl sein, dass ich das gestern nicht gemacht habe", murmelte Patrick. Julia sog scharf die Luft ein, als würde sie einen Thriller verfolgen.

„Warum?" Patrick trat von einem Bein aufs andere und versenkte die Hände in den Taschen seiner tiefsitzenden Jeans. „Ich habe dich was gefragt. Warum wurde mein Café gestern nicht gefegt?" Klara schaffte es problemlos, einen nicht gefegten Boden auf eine Ebene mit einem versehentlich freigesetzten Virus zu heben.

„Ich hab' halt geguckt… Und da sah das alles sauber aus. Also sauber genug. Und da hab' ich gedacht, alle zwei Tage fegen reicht dicke."

„Vielleicht solltest du neben deinen Muskeln zur Abwechslung mal dein Hirn trainieren." Dass Klara zu zimperlich war, konnte ihr keiner nachsagen. „Erstens: Wenn ich dir eine Aufgabe gebe, wird sie erledigt. Zweitens: Es ist mein Hotel, das heißt, ich entscheide, wie sauber hier der Boden zu sein hat. Und drittens: Hier geht es nicht nur um Sauberkeit. Was wäre gewesen, wenn ich Sandalen angehabt hätte? Oder später ein Hund in die Scherben getreten wäre? Oder ein kleines Kind sie in den Mund gesteckt hätte? Dann könntest du jetzt Blut aufwischen und ich hätte eine Klage am Hals!"

„Aber das hat er doch nicht gewollt", kam Stina Patrick zur Hilfe.

„Davon gehe ich aus, das ändert aber nichts am Sachverhalt. Hätte er hier gefegt, wäre ihm dieser Scherbenhaufen aufgefallen. Und selbst Patrick wäre dann wohl auf die Idee gekommen, ihn zu entfernen." Spätestens jetzt war Klara unter der Gürtellinie angekommen. Aber in solchen Momenten war ihr das egal. „Patrick, fegen. Jetzt, heute Abend und die nächsten zehn Abende." Hätte Patrick ihr vor fünf Minuten noch zu gerne vorgehalten, dass er schon jetzt nicht wusste, wie er alle seine Aufgaben in einer Schicht schaffen sollte, blieb ihm der Widerspruch jetzt im Hals stecken.

Klara drehte sich um, stürmte in ihre Wohnung, schnappte nach ihrer Handtasche, stürmte vorne aus dem Gebäude und schwang sich auf ihr Fahrrad. Als sie sich entfernt hatte, löste sich die Schockstarre über Idas Haus. Julia begann die Tische einzudecken. Patrick suchte fluchend nach Handfeger und Schaufel. Die Spatzen schilpten, die Möwen krächzten. Nur Stina stand noch immer da, die goldfarbene Packung in der Hand. Kaffee würde es heute Morgen wohl vorerst nicht geben.

~

Klara radelte zügig Richtung Inseldorf. Die braunen Reifen ihres weißen Fahrrads mit dem braunen Ledersattel, den passenden braunen Griffen und einem geflochtenen Weidenkorb am Lenker surrten auf dem glatten Asphalt. Der frische Wind kam ihr frontal entgegen und machte das Treten anstrengend. Er kühlte aber auch ihr Gesicht und Klara beruhigte sich. Es mussten noch einige Kleinigkeiten für das Mittagsgeschäft besorgt werden, das konnte sie im Dorf gleich erledigen. Die meisten Lebensmittel und Verbrauchsgüter für das Hotel wurden zwar am Festland bestellt, mit dem Frachtschiff geliefert und von einem Fuhrunternehmer per Elektrokarre direkt vor ihrer Tür abgestellt. Trotzdem ging immer mal wieder eine Zutat aus und musste in einem der beiden kleinen Supermärkte nachgekauft werden. Das hatte Klara heute Vormittag sowieso vorgehabt, nur ihr Abgang war so nicht geplant gewesen.

Sie wusste selbst nicht genau, warum sie manchmal so wütend werden konnte. Sie wusste nur, dass es ihr nicht gefiel. Inhaltlich bereute sie die Sache dabei überhaupt nicht. Die Vorstellung, wie ein kleiner Junge eine Glasscherbe in seine patschigen Händchen nahm und Blut zwischen seinen kleinen Fingern hervorrann, ließ sie immer noch erschaudern. Nein, sowas durfte nicht passieren! Aber dass sie wegen so einer Sache so wütend wurde, dass es ihr schwer fiel sich zu beherrschen, war zutiefst unprofessionell.

Trotzdem passierte es immer wieder. Plötzlich war da etwas Dunkles in ihr, das sich rasend schnell ausbreitete und ihr Herz und ihren Kopf besetzte. Versuchte Klara dieses

Dunkel zu fassen, fand sie nur ein Gefühl von Angst, das sie in ihr Herz gesperrt hatte und das dort über die Jahre einen hässlichen Fleck hinterlassen hatte. Angst vor dem Unkontrollierbaren. Angst vor dem Unumkehrbaren. Angst vor der Hilflosigkeit. Klara versuchte sich gerne einzureden, dass dieses Gefühl irgendwann einfach da gewesen wäre, irgendeine hormonbedingte Störung. Aber tief in ihrem Inneren wusste sie, wann es angefangen hatte, wusste es auf das Jahr, den Tag, die Stunde, die Minute genau.

Ihr Handy vibrierte. Sie hielt an, zog es aus der Jackentasche und sah Ralphs Grinsen auf dem Display.

„Hi!", begrüßte sie ihn und rang nach Luft. Sie war von der Fahrt gegen den Wind ziemlich außer Atem.

„Hallo, mein Schatz. Störe ich vielleicht gerade bei irgendwas?" Sie sah das Grübchen, das sich dabei über seinem rechten Mundwinkel bildete, vor ihrem inneren Auge und musste schmunzeln. Typisch Ralph!

„Nein, du weißt doch, ich schalte mein Handy aus, wenn wir allein sein wollen", entgegnete sie mit ernster Stimme, aber ihre Augen blitzten fröhlich.

„Jetzt beflügele die Eifersucht deines dich abgöttisch liebenden Ehemanns nicht auch noch! Du weißt doch, was Fernbeziehungen für psychische Belastungen auslösen können."

„Ach, in Hamburg findest du bestimmt eine nette Therapeutin. Außerdem führen wir keine Fernbeziehung, du bist nur vier Tage die Woche weg." Jetzt musste sie doch laut lachen und Ralph lachte sofort mit. Sie liebten diese Neckereien beide.

Plötzlich tauchten die unfreiwillige Einwegflasche und das untrainierte Hirn von Patrick (hatte sie das wirklich gesagt?) aber wieder in ihrem Kopf auf und Klara verstummte. Ralph spürte ihren Stimmungsumschwung sofort. Auch typisch!

„Was hast du denn heute schon erlebt? Es ist doch noch nicht mal 9:00 Uhr!"

„Im Café lagen Glasscherben. Ich hab' Patrick ziemlich angefahren." Ralph kannte sie gut genug, um zu wissen, was das bedeutete.

„Der Kerl ist Bodybuilder, du solltest wirklich vorsichtig sein, Schatz. Nein, Spaß beiseite, er macht auf mich keinen empfindlichen Eindruck. Er wird es also überleben." Klara wusste sehr zu schätzen, dass Ralph sie aufheitern wollte, und es gelang sogar ein wenig. Trotzdem hatte selbst ihr wunderbarer Ralph nur eine vage Ahnung von dem Dunkel in ihrem Herzen.

Kapitel 5

Edinburgh, Mai 2018

Es war Mai geworden. Die unzähligen rosa Kirschblüten, die die ehrwürdigen Gemäuer lebendig gemacht hatten, waren längst einem satten Grün gewichen. Die Temperaturen stiegen und mit ihnen die Anzahl der Touristen. Das gefiel Ally. Je mehr Touristen kamen, desto oberflächlicher und gleichgültiger wurde die Stadt.

Sonst hatte sich nichts verändert. Und egal wie ausdauernd Laurel auch nervte, Ally gab sich alle Mühe, dass das auch so blieb. Vogelstraußtaktik nannte ihre Betreuerin das. Ally verstand aber beim besten Willen die ganze Aufregung nicht. Ok, es waren nur noch drei Wochen bis zu den Abschlussprüfungen. Na und? Ally würde schon durchkommen und das musste bei einem Blick auf ihre letzten Zeugnisse auch Laurel klar sein.

Ally war stets eine gute Schülerin gewesen und das hatte zwei Gründe. Zum einen war ihr das Lernen von Anfang an leichtgefallen. Sie wusste selbst nicht so recht, warum das so war, aber wenn das Leben es schon einmal gut mit einem meinte, sollte man ja bekanntlich nicht zu viel nachfragen. Zum anderen hatte sie schnell erkannt, dass die Lehrer einen in Ruhe ließen, wenn man nicht aus der Reihe tanzte. Also erledigte sie die Hausaufgaben, erschien morgens pünktlich und antwortete, wenn sie gefragt wurde. Letzteres kostete sie dabei die größte Überwindung, was dazu führte, dass sich Ally tatsächlich nur dann am Unterricht beteiligte, wenn sie ausdrücklich gefragt wurde. Ausgezeichnete schriftliche Leistungen trafen somit auf geradeso ausreichende mündliche und sicherten Ally im Klassenschnitt regelmäßig einen Platz im guten Mittelfeld. Und das führte wiederum dazu, dass auch ihre Klassenkameraden sie in Ruhe ließen. Nur Streber und Loser fielen auf.

Ally war sich sicher, dass sich dieses Muster auch bei den anstehenden Prüfungen fortsetzen würde. Und mehr als einen befriedigenden Abschluss wollte sie auch gar nicht. Wozu auch?

„Hey, Swirrel, wie weit is‘ es noch?“, riss Josh sie aus ihren Gedanken und sie war ganz froh darüber. Vielleicht hätte sich sonst doch noch ein winziger, aber hartnäckiger Gedanke an die Zukunft in ihren Kopf verirrt.

„Dauert noch. Du weißt doch, wie weit es nach Leith ist!“, entgegnete Ally und beschleunigte ihre Schritte. Crispy neben ihr fing unmittelbar an zu schnaufen wie eine historische Dampflock. Er mochte zwar spurtstark sein, aber Kondition hatte der Typ eindeutig keine!

Sie war nicht gerne mit dem Kastenbrot und der kleinen Farm unterwegs. Die beiden schafften es immer wieder, von allen Seiten schräg angeguckt zu werden. Ally konnte das nachvollziehen, sie mochte die beiden eigentlich ja auch nicht.

„Warum rennen wir nochmal mitten in der Nacht in den Hafen?“, fragte Josh jetzt und blieb stehen.

„Weil Swirrel da ein schlecht gesichertes Büro aufgetrieben hat. Wieder nicht zugehört, oder was?“, entgegnete Crispy entnervt, blieb aber auch stehen, erleichtert über die kurze Pause.

Und weil ihr euch nicht in der Lage gefühlt habt, da alleine hin zu finden. Noch nicht mal mit Navi, fügte Ally in Gedanken hinzu. Sie standen in einer Wohnstraße auf halbem Weg zum Hafen Leith. Ally wollte sich gerade wieder zum Gehen wenden, als Crispy sie am Arm zurückhielt und nach vorne deutete.

„Ja, und?“, flüsterte sie. Vielleicht fünfzig Meter vor ihnen war ein Pärchen in ihre Straße gebogen und wurde gerade vom Schein einer Straßenlampe erfasst. Er war groß, extrem hager und ging leicht gebeugt. Zusammen mit den weißen, dünnen Haaren erweckte das den Eindruck eines greisen Storchs. Die Frau trug einen eleganten, langen Mantel, Pumps und erschien auf Grund einer dicken Schicht Make-Up und dunkelrotem Lippenstift alterslos. Langsam entfernten sich die beiden von Ally und ihren Begleitern.

„Guck‘ doch mal die Tasche. Auf so eine ist meine Alte schon lange scharf“, raunte Crispy zurück, „dafür lass‘ ich heute glatt den Elektrokram in diesem Büro sausen.“

Ally wurde mulmig. Das war gar keine gute Idee! Sie wusste nichts über diese Herrschaften, was das Risiko der Aktion zu einer unbekannten Variablen machte. Obwohl sie wusste, dass es sinnlos war, startete sie einen verzweifelten Versuch, das Kastenbrot umzustimmen: „Ne, lass‘ weiter gehen. Wenn du den Elektrokram verscherbelst, kannst du deiner Süßen zehn Taschen kaufen.“

„So süß is‘ sie auch wieder nicht.“ Crispy kratzte sich am Kopf. Die Verarbeitung verschiedener Argumente überforderte seinen Verstand sichtlich. „Nein, ich sage jetzt, was wir machen. Wir gehen da jetzt hin und holen uns die Tasche. Dann hauen wir ab.“

Was für ein grandioser Plan! Ally war total verzweifelt. Das konnte ja nur schief gehen!

„Na gut, mach‘, wie du denkst. Aber ich hau‘ ab“, wisperte sie zögernd und wollte sich umdrehen.

„Nein, du. Du bleibst schön hier und wartest!“, mischte sich jetzt Josh ein wie die Stimme aus dem Off. Das machte überhaupt keinen Sinn! Und egal, wie häufig Ally die Szene später im Kopf durchspielte, sie fand keine vernünftige Erklärung für das, was da in Joshs Schafskopf gerade abgegangen war. Sie wusste, dass es keinen Grund gab, zu bleiben. Sie wusste, dass sie nicht bleiben durfte. Sie wusste, was für Idioten Josh und Crispy waren. Aber Ally schaffte es nicht, genau das zu sagen. Genauso wenig schaffte sie es, sich umzudrehen und diesen verdammten ersten Schritt zu machen. Dafür hätte sie Selbstbewusstsein gebraucht und als ihr in diesem Augenblick wieder einmal deutlich wurde, dass sie genau das nicht hatte, wich auch das letzte bisschen Widerstand aus ihrem Körper und ließ sie zurück wie einen schlaffen Luftballon. Sie konnte nur noch die Schultern zucken, sich in den Schatten drücken und hilflos zusehen, wie Josh und Crispy mit ins Gesicht gezogenen Kapuzen auf das Ehepaar zustürmten.

Sonderlich vorsichtig waren sie bei ihrer Aktion nicht. Da die Straße aber sonst menschenleer war, hätte die Sache tatsächlich gutgehen können. Wäre da nicht dieser Storch gewesen. Als Crispy sich die Tasche geschnappt hatte und die beiden in die Dunkelheit davon rannte, setzte der Mann ihnen in einem Tempo nach, das ihm auf den ersten Blick niemand zugetraut hätte.

„Mist!“, hörte Ally Crispy fluchen, der nochmal einen Zahn zulegte und hinter der nächsten Ecke verschwand. Obwohl die Handtasche mit diesem verschwunden war, nahm der Storch jetzt Josh aufs Korn. Dieser schlug einen Haken und Ally musste vor Schreck einen Aufschrei unterdrücken. Er rannte direkt auf sie zu, den Mann im Schlepptau! Jetzt war Josh schon auf einer Höhe mit ihr und rannte unbeirrt weiter.

Lauf schon, befahl Ally sich selbst, aber sie zögerte einen Moment zu lange. Der Storch griff nach vorne und erwischte einen Zipfel ihrer Jacke. Für den Bruchteil einer Sekunde sahen sich die beiden in die Augen. Hätte ich ihn vorher beobachtet, hätte ich sofort gemerkt, dass der nicht altersschwach ist, ging Ally durch den Kopf. Dann löste sich endlich der Schockzustand und sie konzentrierte sich auf das Wesentliche und riss sich los. Zu ihrer Linken tauchte eine flache Gartenmauer auf, die sie mühelos überwand. Auch wenn ihr Verfolger gut in Form war, dieses unerwartete Hindernis war zu viel für ihn. Es blieb ihm nichts anderes übrig, als einem rostroten Zopf hinterher zu sehen, der im Dunkeln des Gartens verschwand.

Als Ally hinter sich keinen zweiten Aufprall auf dem Rasen hörte, wusste sie, dass sie den Storch abgeschüttelt hatte. Aber sie rannte immer weiter und ignorierte ihre brennenden Beine und den stechenden Schmerz in der Lunge. Das lenkte sie wenigstens von ihren wild kreisenden Gedanken ab. Er hatte sie gesehen! Und nicht nur das: Er hatte sie registriert! Das war noch nie passiert. Warum hatte sie sich bloß auf diese Schnapsidee eingelassen? Warum, warum?

Erst als sie in die Straße ihrer Wohngruppe einbog, blieb sie das erste Mal stehen. Die Hände auf die Oberschenkel gestützt, versuchte sie wieder zu Atem zu kommen. Ihr war, als hätte die Nacht plötzlich Augen bekommen, die sie aus jeder Mülltonne und jedem Blumentopf heraus anstarrten. Du warst es, Allison Christie, wir haben dich genau gesehen, schienen auf einmal die Geräusche der schlafenden Stadt im Chor zu flüstern. Sei nicht albern, schalt Ally sich und schlüpfte ins Haus. Ohne sich auszuziehen, legte sie sich ins Bett und zog die Bettdecke bis zum Kinn.

~

Am nächsten Tag, zum Glück einem Samstag, stand Ally später auf als gewöhnlich. Trotzdem war sie völlig gerädert. So musste sich ein schlimmer Kater anfühlen! Es hatte bestimmt noch eine Stunde gedauert, bis ihr Puls sich in der Nacht soweit beruhigt hatte, dass sie einschlafen konnte. Dann hatten die Alpträume angefangen. Im Traum war Ally wieder gerannt, aber sie hatte nicht gewusst, wohin. Hinter ihr hatte sich eine Armee von Störchen genähert, die mit ihren langen Schnäbeln nach ihr hackten. Und jedes Mal, wenn sie geglaubt hatte, ihnen entkommen zu können, war Josh mit seinem rattenhaften Grinsen vor ihr aufgetaucht wie eine undurchdringliche Felswand und hatte ihr den Weg versperrt. Im Endeffekt war Ally froh gewesen, als sie endlich vom Geräusch des Staubsaugers geweckt worden war. Das Schwindelgefühl, das sie beim Aufstehen überrascht hatte, war jetzt einem drückenden Kopfschmerz gewichen und ihr Mund fühlte sich so trocken an, als hätte sie gerade eine Wüste durchquert.

Sie raffte ein paar Kleidungsstücke zusammen und huschte über den Flur ins Bad. Hastig trank sie zwei Zahnputzbecher voll kaltem Wasser. Es schmeckte nach alter Zahnpaste, aber das war ihr gerade egal. Als sie aus der Dusche trat, hörte sie ein Stimmengewirr aus dem Flur, vermischt mit einem Klappern, das wahrscheinlich aus der Küche kam. Es war Samstagmorgen, was zum Teufel war hier los? Die einzigen Frühaufsteher waren Laurel und Susan, das da draußen klang aber, als wäre schon das ganze Haus auf den Beinen.

Sie zog gerade hastig die linke Socke über ihre noch feuchte Haut, als es ihr einfiel. Heute war der 14. Mai. Das bedeute, dass heute dieser Parlamentsabgeordnete, der sich ständig für irgendwelche sozialen Projekte engagierte, die Wohngruppe besuchen würde. Laurel hatte davon erzählt. Maxwell Goulding, jetzt fiel ihr sogar wieder der Name ein. Auch die Presse wurde erwartet, ein Abgeordneter zusammen mit einer Schar hilfsbedürftiger Kinder, das ging schließlich immer. Ally musste eindeutig schleunigst hier weg!

Ihre Haare waren noch nass und hinterließen eine dunkle Spur auf ihrem Pullover, als sie Richtung Haustür schlich. Alle waren so beschäftigt, dass wie gewohnt niemand Notiz von ihr nahm. Zumindest fast niemand.

„Ally, wo willst du denn jetzt hin? Du weißt doch, was heute hier los ist“, hörte sie plötzlich Laurel hinter sich. „Los, mach‘ dich irgendwo nützlich. Wir wollen doch einen guten Eindruck machen!“

Ally wollte das bestimmt nicht. „Ich brauch‘ mal frische Luft, ich hab‘ irgendwie Kopfschmerzen“, entgegnete sie und machte einen weiteren Schritt Richtung Tür, aber Laurel verstellte ihr den Weg. Wie konnte sie nur!

„Dann geh‘ doch hinten in den Garten, da ist die Luft bestimmt besser“, schlug diese jetzt mit einem angestrengten Lächeln vor, „und nimm vorsichtshalber eine Tablette. Du weißt, wie sehr sich Mr. Goulding freut, alle zwölf Mitglieder der Wohngruppe persönlich kennen zu lernen.“ Das war eindeutig. Ally hatte keine Chance.

Pünktlich um 14:00 Uhr waren dann tatsächlich alle zwölf Jugendlichen sowie Laurel und Susan in der Küche versammelt. Es roch nach frisch gebackenen Scones und den langen

Tisch zierte ein Blumenstrauß. Der Fotograf von der Zeitung machte einige Testaufnahmen, wofür er unter Allys Mitbewohnerinnen ausreichend Freiwillige fand. Sie selbst lehnte in einer Ecke und hoffte, dass der Zirkus einfach schnell vorbeigehen würde. Ein paar Minuten später wedelte Susan aufgeregt mit den Armen in der Luft, als wollte sie abheben, und rief: „Jetzt kommt er! Er kommt!" Auf dem Flur waren Schritte zu hören, dann betrat ein elegant gekleideter Herr den Raum. Mit seiner hageren, leicht gebeugten Statur und den weißen Haaren sah er aus wie... ein Storch.

Ally schnappte nach Luft. Das konnte nicht wahr sein! Edinburgh hatte fast eine halbe Millionen Einwohner, dazu kamen Tausende Touristen. Wie konnte der Zufall so grausam sein und gerade den einzigen Menschen, der sie jemals bei einer ihrer Touren erkannt hatte, zu Maxwell Goulding machen, Abgeordneter des schottischen Parlaments?

Vielleicht war es zu dunkel gewesen und er hatte ihr Gesicht nicht richtig sehen können. Oder er hatte unter Schock gestanden. Oder seine Brille nicht aufgehabt. Ally versuchte, sich nichts anmerken zu lassen und einfach weiter zu atmen, denn immerhin bestand ja noch die Möglichkeit, dass sie heil aus der Nummer herauskäme. Obwohl das eigentlich unwahrscheinlich war, denn es ging hier schließlich um sie, Allison Christie, auf der Warteliste der Glücksfee auf Platz 1.000.038.

Dass sie Recht behalten sollte, wurde schon wenig später klar, als Laurel mit dem Storch auf sie zukam. „Und das, Mr. Goulding, ist unsere Allison, genannt Ally, Christie. Nicht zu verwechseln mit Kristie Alley." Laurel kicherte übertrieben. „Sie lebt jetzt schon seit zwei Jahren hier bei uns und macht in ein paar Wochen ihren ersten Schulabschluss."

„Ich freue mich dich kennen zu lernen, Ms. Allison Christie", sagte Goulding und reichte Ally seine dünne, aristokratische Hand. Er lächelte, aber Ally sah deutlich das Aufflackern des Erkennens in seinen Augen. „Du hast sehr schöne Haare. Mir ist, als hätte ich sie schon einmal irgendwo gesehen." Als Ally schwieg, wurde er etwas deutlicher: „Das kann noch nicht lange her sein. Gestern Nacht vielleicht?" Sie wollte alles abstreiten, aber in ihrem Kopf wirbelten die Worte nur wild durcheinander und sie bekam sie nicht zu fassen. Also schwieg sie weiter, was Goulding als Antwort ausreichend erschien. Immer noch lächelnd wandte er sich an Laurel: „Ms. Todd, können wir uns irgendwo ungestört mit Allison unterhalten?"

„Ja, natürlich. Kommen Sie, wir gehen gleich hier nebenan ins Büro", strahlte Laurel ihn an. Was dachte sie sich bloß? Dass Goulding Ally ein Stipendium oder einen Orden verleihen wollte?

Ally wusste nicht, wie sie ins Nachbarzimmer gekommen war, so weich wie sich ihre Beine anfühlten, aber jetzt saß sie neben Laurel auf dem kleinen orangefarbenen Sofa. Goulding hatte ungefragt auf Laurels Schreibtischstuhl Platz genommen. „Ms. Todd, ich denke, Allison möchte Ihnen ein kleines Geheimnis verraten", eröffnete er das Gespräch und sah Ally herausfordernd an. Beim Blick in seine grauen Augen bemerkte sie überrascht, dass diese sie keineswegs unfreundlich musterten. „Gut, wie ich sehe, möchte Ms. Allison mir den Vorzug geben. Vielleicht ist sie noch etwas müde von der letzten Nacht", fügte er nach einer längeren Pause hinzu und fuhr dabei seelenruhig mit einem langen Finger die Konturen der Schreibtischlampe nach.

„Also ich verstehe überhaupt nichts mehr", platzte es jetzt aus Laurel heraus, „Ally war in der Nacht natürlich in ihrem Bett. Sie ist schließlich erst sechzehn Jahre alt. Mr. Goulding, ich muss doch sehr bitten, aber was wollen sie uns hier unterstellen?" Ally fand, dass das eigentlich sehr lieb von Laurel war. Trotzdem nützte es natürlich nichts. Der Storch schüttelte nur ruhig den Kopf, dann fasste er schnörkellos zusammen, was sich des Nachts in der Straße auf halbem Weg zum Hafen Leith zugetragen hatte. Ally beobachtete fasziniert, wie Laurels Gesicht erst blass, dann so orange wie das Sofa wurde.

„Mr. Goulding, hören Sie. Wie ich eben bereits gesagt habe, Ally ist sechzehn Jahre alt und hat es nicht leicht gehabt bisher. Wir bemühen uns hier natürlich alle nach Kräften um die Jugendlichen, aber spurlos geht so eine Kindheit trotzdem an keinem vorbei. Und gerade in diesem Alter probieren sich Jugendliche eben aus. Ich bin sicher…"

Goulding hob die Hand, um Laurels Redefluss zu unterbrechen. „Allison, was hast du denn zu der Sache vorzubringen?" Sein Blick ruhte unverwandt auf ihrem Gesicht, sodass es sich anfühlte, als müsse es jeden Moment Feuer fangen.

Goulding wartete. Laurel wartete. Sogar Ally wartete. Wahrscheinlich darauf, dass sich der Boden auftun würde. Als das aber nicht passierte, öffnete sie den Mund und sagte nur, den Blick auf den herzlosen Boden gerichtet: „Ich stehle nicht."

„Das stimmt. Ally ist ein gutes Mädchen. Gute Noten. Sie ist einfach in die falschen Kreise geraten, sie selbst würde nie…", Laurel ließ sich nicht unterkriegen, aber Goulding unterbrach sie ein zweites Mal.

„Das glaube ich Ihnen, Ms. Todd", sagte er schlicht, was Laurel so verblüffte, dass sie erstmal aus dem Konzept kam. Auch Ally war verwirrt. Er glaubte ihr? Warum saßen sie dann noch hier? „Ich glaube Allison, dass sie keine Verbrecherin ist. Ich glaube aber auch Ihnen, Ms. Todd, dass Allison in die falschen Kreise geraten ist. Und das kann ich natürlich nicht gutheißen. Es wäre doch eine große Verschwendung, wenn die junge Dame hier doch noch auf die schiefe Bahn gerät." Goulding zwinkerte Ally zu. „Die Frage ist nur, was können wir dagegen tun, Ms. Allison?"

Irgendetwas an der Art, wie er sie „Ms. Allison" nannte, führte dazu, dass Ally sich wichtig und ernst genommen fühlte. Während sie diesem ungewohnten Gefühl noch nachspürte, hatte Laurel schon wieder das Wort ergriffen: „Diese Frage habe ich mir natürlich auch schon gestellt. Ideal wäre wohl ein längerer Auslandsaufenthalt. Andere Kulturen erleben, eine Fremdsprache vertiefen, endlich auf eigenen Beinen stehen. Internationalität ist heutzutage so wichtig für junge Menschen."

„Eine Luftveränderung! Ja, das ist doch eine formidable Idee!" Der Storch war vor Begeisterung aufgesprungen.

„Leider sind unsere Mittel in dieser Hinsicht sehr begrenzt", schränkte Laurel ein, „wenn Sie sich allerdings dafür einsetzen würden, dass wir ein Budget für Schüleraustausche bekämen…"

„Nein, nein, das würde viel zu lange dauern", winkte Goulding ab, „nein, wir müssen eine andere Lösung finden." Er schritt jetzt vor dem orangefarbenen Sofa auf und ab, die Hände hinter dem Rücken verschränkt. „Ein Praktikum. Das wäre doch die ideale Lösung! Ms. Allison, welche Fremdsprache sprichst du?"

„Deutsch", erwiderte Ally abwesend. In ihrer wachsenden Begeisterung hatten weder Laurel noch der Storch mitbekommen, dass Allys sowieso schon blasses Gesicht die Farbe des Putzes an der Wand angenommen hatte. In ihrem Kopf war nur noch Platz für dieses eine Wort. Luftveränderung. Eine andere Stadt. Ein anderes Land. Fremde Menschen. Das würde sie nicht überleben! Das konnten sie ihr doch nicht antun! Flehend sah sie zu Laurel hinüber. Diese bemerkte Allys Blick, interpretierte in aber genau falsch: „Sie haben Recht, lieber Mr. Goulding, ein Praktikum ist perfekt. Da kann Ally gleich erste Berufserfahrung sammeln. In drei Wochen könnte es sogar schon losgehen, dann haben wir den Schulabschluss in der Tasche." Ally war so schockiert, dass sie sich noch nicht mal über dieses kindische Wir, das Laurel gerne benutzt, aufregen konnte.

Der Storch hatte aber sowieso nicht mehr zugehört. Immer noch auf und ab staksend murmelte er vor sich hin: „Deutsch, das ist sehr gut… Ich hatte doch da diese Bekanntschaft gemacht… Das würde schon passen… Ja, ich denke, das ist die Lösung." Nach diesen rätselhaften Ausführungen verabschiedete er sich auf seine außergewöhnlich höfliche Art, die Ally inzwischen kaum mehr verwunderte, und verließ umgehend das Haus. Goulding war in seinem Element. Er liebte es, wenn er seine zahllosen Kontakte spielen lassen konnte, um etwas Gutes zu tun! Auf dem orangefarbenen Sofa blieben sowohl Ally als auch Laurel reichlich verblüfft zurück.

Genauso perplex war der Fotograf, als er nach dem dritten von Susans vorzüglichen Scones feststellte, dass Maxwell Goulding bereits gegangen war. Hatte der Abgeordnete ihn etwa vergessen?

Kapitel 6

Hamburg, Mai 2018

Ralph Klassen schob seinen ledernen Bürosessel zurück und drehte sich zur bodentiefen Fensterfront. Direkt vor ihm legte gerade ein Kreuzfahrtschiff am Cruise Center an, dahinter hoben sich in Blau und Rot die Kräne des Containerhafens vom Grau des Himmels ab. Dieser Ausblick hatte jedes Mal etwas Majestätisches. In Gedanken ging er noch einmal die E-Mail durch, die er gerade gelesen hatte und merkte, wie dabei eine Idee in seinem Kopf erschreckend schnell Gestalt annahm.

Dass er diese E-Mail überhaupt geöffnet hatte, war reiner Zufall gewesen. Ralph war gerade sein Postfach auf der Suche nach den neuesten Zahlen für seine Projektpräsentation durchgegangen, als ihm der Betreff „Hilferuf" ins Auge fiel. Normalerweise löschte er solche Nachrichten sofort, konnte es sich doch nur um zwielichtige Hilfsorganisationen handeln, die auf sein Geld aus waren. Während er sich gerade vornahm, die IT mal wieder zu bitten, die Spam-Kriterien zu verschärfen, musste er wohl einen Moment zu lange mit dem Cursor auf der Nachricht gestanden haben, sodass sie sich im Vorschaufenster öffnete. Auch so eine Voreinstellung, die er schon lange geändert haben wollte! Als Nächstes war sein Blick auf den Absender gefallen. Maxwell Goulding. Irgendetwas sagte ihm der Name. Vielleicht also doch kein Spam, das hieß aber noch lange nicht, dass es sich lohnen würde diese E-Mail zu lesen. Ralph bekam schließlich täglich Dutzende Nachrichten von Leuten, die er mal irgendwo getroffen hatte und die sich jetzt was auch immer von ihm erhofften. Jeder schien der Meinung zu sein, dass es sich in jedem

Fall lohnte, einen Unternehmensberater auf der Kontaktliste zu haben.

Dieser Goulding war Schotte! Jetzt fiel es Ralph wieder ein. Er hatte ihn kurz vor Weihnachten auf einer Spendengala getroffen, die er vertretungsweise für seinen Chef besucht hatte. Leider hatte sich Klara einen Infekt eingefangen gehabt und hatte ihn nicht begleiten können. Wirklich schade, an der anwesenden Masse an aufgetakelten Tussis hätte sie ihre Freude gehabt! Stattdessen hatte er sich an diesem Abend gut mit Goulding unterhalten und dabei einiges über schottischen Whisky gelernt. Der Mann hatte ihm gefallen, denn im Gegensatz zur Mehrheit der Teilnehmer (zu der auch Ralph gehörte), deren Engagement sich auf die jährliche Teilnahme an solchen Galas beschränkte, schien er tatsächlich für seine sozialen Projekte zu brennen. Nach drei gemeinsamen Whiskys hatten sich ihre Wege dann aber wieder getrennt, wie es bei einem schottischen Abgeordneten und einem Hamburger Unternehmensberater zu erwarten gewesen war.

Und jetzt schrieb dieser Goulding ausgerechnet ihm und bat um Hilfe: Er wäre auf ein junges Mädchen aufmerksam geworden, das ohne den Halt einer Familie aufwachsen musste und nun Gefahr lief, vom rechten Weg abzukommen. An dem Mann war doch wirklich ein Pastor verloren gegangen, dachte Ralph schmunzelnd. Für dieses Mädchen suchte Goulding jetzt einen Praktikumsplatz, um sie ihrer gewohnten Umgebung für einige Monate zu entziehen. Dabei hatte er sich daran erinnert, dass Ralph ihm vom Hotel seiner Frau auf einer kleinen Nordseeinsel erzählt hatte. Welche das war, war ihm leider entfallen, auf jeden Fall hielt er eine solche Umgebung für ideal geeignet.

Er hatte nicht Unrecht, dachte Ralph, und stellte dabei fest, dass er immer noch auf den Hafen blickte. Was sollte ein Teenager auf Wangerooge schon groß anstellen? Er drehte sich wieder zu seinem Laptop und warf einen zweiten Blick auf die recht dürftigen Fakten, die Goulding mitgeliefert hatte: Sechzehn Jahre. Gute Schulbildung. Gute Deutschkenntnisse. Ralph wusste genau, dass Klara bei der Auswahl ihrer Aushilfen sehr genau darauf achtete, dass diese bereits volljährig waren. Alles andere war schon in Bezug auf Arbeitszeiten und Jugendschutz viel zu anstrengend. Auch würde es im Umgang mit den Gästen nicht gerade hilfreich sein, wenn man kein deutscher Muttersprachler war. „Gute Kenntnisse“, das konnte ja alles und nichts heißen…

Trotzdem kam er nicht von der Vorstellung los, diesem Mädchen in Idas Haus eine Chance zu geben. Vielleicht würde es sogar auch Klara helfen? Sie gab es zwar nicht zu, aber Ralph wusste, dass diese alte Geschichte sie immer noch belastete.

Seine Entscheidung war zumindest gefallen, jetzt musste er die Sache nur richtig anpacken. Er war es gewohnt, verschiedene Stakeholder von unbequemen Schritten zu überzeugen, aber seine Frau war schon ein besonderer Fall. Ralph gab seinem Sessel noch einmal Schwung, sodass er sich um 360° drehte, dann griff er nach seinem Tablet und öffnete eine neue Notiz. Projekt Whisky. Er schmunzelte.

Kapitel 7

Wangerooge, Mai 2018

Zur gleichen Zeit balancierte Klara gerade gekonnt zwei Stücken Schokoladentarte sowie ein Stück Stachelbeertorte zwischen Kinderkarren und Hunden hindurch zu den wartenden Gästen an Tisch 18. Seit Tagen war es sonnig und hochsommerlich warm. Das musste zwar leider als klares Zeichen für den Klimawandel gedeutet werden, führte aber dazu, dass die Terrasse hinter Idas Haus brechend voll war. Trotzdem nahm Klara sich wie immer die Zeit, ein paar Worte mit den Gästen zu wechseln, während sie die Bestellung reservierte.

„Klara, Küche!“, rief Stina, die sich gerade ebenfalls mit einem vollen Tablett in ihre Richtung schlängelte.

„Bin sofort da!“ Klara verabschiedete sich mit einem Lächeln von der Familie an Tisch 18. „Das Paar an Tisch 4 möchte zahlen“, informierte sie Stina im Vorbeigehen leise, dann senkte sie die Stimme noch weiter und fragte: „Wo zum Teufel steckt Patrick schon wieder?“ Stina zuckte nur mit den Schultern, was die Bierflaschen auf ihrem Tablett gefährlich ins Wanken brachte, und eilte weiter. Da eine Servicekraft fehlte, kamen sie und Klara heute kaum zum Luftholen.

Klara verdrehte möglichst unauffällig die Augen. Der unselige Glasscherbenvorfall war leider nicht das einzige Ärgernis im Fall Patrick geblieben. Nachdem dieser zunächst nur lautstark bekundet hatte, dass die Arbeitsbedingungen im Hotel kurz gesagt schlicht menschenunwürdig waren, war er inzwischen augenscheinlich dazu übergegangen das Problem eigenmächtig zu lösen: Wenn die Frühschicht seinem Biorhythmus wiedersprach, kam Patrick eben erst eine halbe Stunde später nach unten geschlurft. Wenn es klar unter seinem Niveau war, Betten zu beziehen, legte Patrick den Stapel Bettwäsche eben nur auf dem Kopfkissen ab und ging wieder. Wenn das ältere Ehepaar am Ecktisch ihm zu geschwätzig war, wartete Patrick eben so lange am Tresen, bis Stina oder Julia sich erbarmt hatten, die Bestellung aufzunehmen. Klara hätte diese Liste im Kopf noch um einige Punkte ergänzen können, aber dafür hatte sie jetzt keine Zeit. An der Küchenaufgabe warteten schließlich vier Portionen Currywurst, die nicht kalt werden durften.

Sie wollte das Gebäude gerade voll beladen wieder verlassen, da sah sie im Augenwinkel die Gruppe Radfahrer winken, die sich an den Tischen vor dem Gebäude niedergelassen hatte. Sie nickte ihnen durchs Fenster zu und formte mit den Lippen ein stummes „Bin gleich bei Ihnen!". Dann umrundete sie geschickt zwei Kleinkinder, die auf dem Boden mit ihren Sandförmchen spielten, und erreichte endlich die Familie an Tisch 11, die sie bereits mit hungrigen Blicken verfolgt hatte. „Ich wünsche guten Appetit! Ketchup und Mayo bringt die Kollegin gleich." Klara gab Stina ein kaum merkliches Zeichen und wandte sich den Radfahrern zu. Was Patrick in Sachen Engagement und Lernwilligkeit fehlte, glich Stina gleich doppelt aus. Ein echter Glücksgriff! Klara lächelte. Auch wenn ihr heute Abend höchstwahrscheinlich Arme und Beine wehtun würden, liebte sie dieses Chaos doch.

Die Radfahrer wollten schnell zahlen, um noch vor dem Abendessen ihr Hotel zu erreichen. Klaras Blick streifte die Rennräder und die professionell anmutende Fahrradbekleidung und sie verkniff sich ein Schmunzeln. Es war gerade

16:30 Uhr und Klara schätzte, dass die Gesellschaft die fünf Kilometer bis zum Inseldorf in zwanzig Minuten bewältigt hätte. Wenn sie sich Zeit ließen. Wangerooge mochte zwar für die Insulaner und auch für viele Touristen das Größte sein, wirklich größer war das Eiland dadurch aber noch nicht geworden! Da jeder der acht Gäste für sich zahlte, dauerte es etwas, bis jeder sein Portemonnaie aus den engen Radtrikots geschält hatte. Klara nutzte die willkommene Verschnaufpause und ließ den Blick über den neuen Leuchtturm und die Wiesen schweifen, die sich direkt vor dem Haus erstreckten. Auf dem Deich zu ihrer Rechten schlenderte gerade Hand in Hand ein junges Pärchen.

Klara stutzte und sah noch einmal genauer hin. Er war groß und extrem muskulös, sie wasserstoffblond und für diese Insel ziemlich aufgebrezelt. Patrick und Julia. Da bestand überhaupt kein Zweifel! Julia hatte heute ihren freien Tag, das ging schon in Ordnung. Aber Patrick? Und er versuchte noch nicht einmal, nicht aufzufallen, er latschte da einfach seelenruhig vor sich hin! Wie dreist war das denn? Und seit wann waren die beiden eigentlich zusammen?

In der Zwischenzeit hatten sie Idas Haus erreicht und Patrick lief zumindest rot an, als er Klara vor dem Haus stehen sah. Julia kicherte bloß, als sei das Ganze ungemein komisch. Leider verstand Klara den Witz nicht. „Wir reden, wenn die Gäste weg sind. Macht euch irgendwo nützlich!“, sagte sie möglichst ruhig. „Also natürlich nur, solltet ihr zufällig nichts Besseres vorhaben.“ Diese Spitze konnte sie sich dann doch nicht verkneifen.

~

Es war schon halb acht, als die letzten Gäste gegangen waren. Eigentlich schloss das Café um 19:00 Uhr, aber natürlich wurde niemanden der halb volle Teller unter der Gabel weggezogen. Während Klara die Tische und Stühle windsicher zusammenstellte, ging sie im Kopf ihre Optionen durch: Dass sich Patrick doch noch zu einer echten Unterstützung mausern würde, hielt sie inzwischen für ausgeschlossen. Wie bei allen Aushilfen, war sein Vertrag auf ein halbes Jahr befristet, vom dem bereits einige Wochen abgelaufen waren. Trotzdem würden die noch verbleibenden Monate zu lang werden, wenn sie Klara nur Geld, Zeit und Nerven kosteten. Zum Glück hatte sie in den Arbeitsverträgen eine Probezeit von zwei Monaten vorgesehen. Anderenfalls wäre es selbst in einem scheinbar so klaren Fall wie hier schwierig geworden, das Arbeitsverhältnis vorzeitig zu beenden. Waren ihre Kenntnisse in Sachen Arbeitsrecht zu Beginn ihrer Selbstständigkeit noch recht dünn gewesen, wusste Klara inzwischen glücklicherweise recht sicher, was ging und was nicht ging.

Schnell rechnete sie im Kopf nach, ob die zwei Monate Probezeit auch wirklich noch nicht abgelaufen waren. Als sie feststellte, dass einer Kündigung nichts im Wege stand, atmete sie erleichtert auf, musste dann aber doch schlucken. Egal, wie sehr Patrick sie nervte, sie tat so etwas nie gerne. Aber es half ja nichts! Das Hotel war ein Wirtschaftsunternehmen, das Gewinne zu erzielen hatte, und keine soziale Einrichtung. Im Endeffekt ging es immer auch um Klaras Existenz, da konnte sie sich keine Sentimentalität leisten.

Keine zwanzig Minuten später hatte sie Patrick in ihrem Büro ihre Entscheidung mitgeteilt und ihn mit sofortiger Wirkung von der Arbeit freigestellt. Diesem war es zwar sichtlich peinlich, als Klara seine Verfehlungen noch einmal aufzählte, trotzdem wirkte er auch irgendwie erleichtert. Er war bestimmt ein guter Kerl, dachte sie, nur eben nicht für diesen Job. Nachdem er gegangen war, lehnte sie sich in ihrem Stuhl zurück und holte ihr Handy hervor. Sie wollte gerade Ralph anrufen, um ihm von den Neuigkeiten zu berichten, da klopfte es an der Tür.

„Ja, bitte?"

„Darf ich kurz stören?", fragte Julia überraschend forsch und stand schon im Zimmer, bevor Klara antworten konnte. „Du hast Patrick echt gefeuert?" Ihre Augen blitzten angriffslustig.

„Ja, ich habe das Arbeitsverhältnis im Rahmen der Probezeit beendet."

„Dein Ernst? Wie kommst du dazu?"

Klara versuchte ruhig zu bleiben, es gab schließlich keinen Grund sich zu rechtfertigen: „Julia, das ist vertraulich und geht nur Patrick etwas an. Frag' ihn bitte selber, wenn du Näheres wissen möchtest."

„Das hab' ich ja!"

„Was möchtest du dann jetzt von mir?" Klara massierte sich die Schläfe. Sie hatte inzwischen Kopfschmerzen.

„Das ist doch Müll! Du denkst echt, dass dein beschissenes kleines Hotel der Nabel der Welt ist! Schon mal was davon gehört, dass es sonst noch was gibt im Leben?"

Schon mal was davon gehört, dass man so nicht mit seiner Chefin spricht? Klara sprach den Gedanken nicht aus, denn es hätte sowieso zu nichts geführt. Ihr war inzwischen klar, dass hier zu viele Hormone im Spiel sein mussten. Also erklärte sie Julia noch einmal, was ihr zuvor selbst bezüglich der Gewinnerzielungsabsicht von Wirtschaftsbetrieben durch den Kopf gegangen war, und fügte hinzu: „Und natürlich ist die Arbeit bei Weitem nicht das Einzige im Leben.

Aber wenn man sich dazu entschieden hat, einen Job anzunehmen, muss man die geforderte Leistung auch erbringen. Euer Gehalt ist doch keine gut gemeinte Spende."

„Und was, wenn ich mich nicht mehr dazu entscheide, diesen lächerlichen Job zu machen?"

„So eine Entscheidung sollte man nie leichtfertig treffen. Aber ich kann und werde dich natürlich nicht dazu zwingen, weiter hier zu arbeiten." Klara war ehrlich überrascht über die Richtung, die das Gespräch eingeschlagen hatte.

„Wenn Patrick geht, gehe ich auch!", verkündete Julia entschieden und schob die Unterlippen vor wie ein schmollendes Kleinkind.

„Das ist natürlich schade, aber ich werde meine Entscheidung bezüglich Patrick nicht zurücknehmen. Ich denke, das kannst du verstehen." Klaras Kopfschmerz hatte sich irgendwo hinter der linken Augenbraue festgesetzt und forderte sie eindringlich auf, diese Unterhaltung zu beenden. „Wenn du sicher bist, dass du das willst, brauche ich von dir eine schriftliche Kündigung."

„Was muss drinstehen?", fragte Julia ungeduldig, während sie ein Blatt Papier aus dem Drucker zupfte.

„Julia, du musst nichts überstürzen", versuchte Klara sie doch noch zu beruhigen.

„Will ich aber. Also was soll ich schreiben?"

„Dass du das befristete Arbeitsverhältnis im Rahmen der Probezeit unter Einhaltung der Frist von zwei Wochen kündigst. Oben deine Adresse, darunter meine, dann der Text und deine Unterschrift", erklärte Klara resigniert, „das heißt dann, du bekommst noch für die nächsten zwei Wochen dein Gehalt, ich werde dich aber wie Patrick ab sofort freistellen.". Sie hatte kurz mit dem Gedanken gespielt, Julia während der zweiwöchigen Kündigungsfrist weiterarbeiten zu lassen, aber welchen Sinn hätte das noch gehabt? Die aufgedrehte und etwas oberflächliche Julia mit ihrem schwarzen Eyeliner, dem auffälligen Modeschmuck und den pinken Hotpants war nicht wirklich ihr Typ, aber sie war ein nettes Mädchen und hatte in den letzten Wochen gute Arbeit gemacht.

„Es tut mir leid, dass es jetzt so endet", sagte sie deswegen auch, als Julia ihr die handgeschriebene Kündigung hinhielt, und meinte es auch so, „wenn du es dir anders überlegst, steht dir die Tür hier offen."

Julia wirkte wie eine Rakete, der plötzlich der Treibstoff ausgegangen war, als sie leise antwortete: „Mir tut es auch leid. Aber ich will bei Patrick bleiben."

„Dann bleibt mir nur, euch beiden alles Gute zu wünschen." Klara versuchte ein Lächeln, auch wenn ihr das in Anbetracht der Arbeit, die jetzt erstmal von vier Händen weniger erledigt werden musste, schwerfiel. „Ihr verabschiedet euch morgen noch, bevor ihr geht?" Julia nickte, dann war sie auch schon aus der Tür heraus.

Klara blies sich eine Haarsträhne aus der Stirn, dann steckte sie ihr Handy wieder in die Tasche. Heute war ihr nicht mehr nach einem Telefonat mit Ralph. Sie wollte jetzt nur noch den Hund aus ihrer Wohnung holen und sich am Strand die Kopfschmerzen wegpusten lassen. Und dann schlafen.

~

„Das kann doch nicht dein Ernst sein!", platzte es aus Klara heraus, als hätte man hoch explosiven Sprengstoff gezündet. In diesem Fall handelte es sich aber um eine kontrollierte Sprengung, für die Ralph den Auslöser in der Hand hielt.

Gelassen lehnte er sich zurück und beobachtete, wie Klara aufgesprungen war und jetzt in ihrem Wohnzimmer auf und ab ging. Ralph kannte diese erste Phase eines Veränderungsprozesses sowohl theoretisch als auch praktisch aus zahlreichen Beratungsprojekten. Sie war in den allermeisten Fällen genauso kurz wie heftig. Also wartete er ab und ließ den bisherigen Verlauf des Tages Revue passieren.

Nachdem er gestern Gouldings E-Mail gelesen hatte, war ihm schnell klar geworden, dass er Klara weder am Telefon von seiner Idee überzeugen, noch bis zum nächsten Wochenende damit warten konnte. Schließlich hatte die Woche gerade erst angefangen und Goulding suchte schon ab Mitte Juni einen Praktikumsplatz für seinen Schützling. Also hatte Ralph noch am Abend seine Assistentin gebeten, seine Termine für die nächsten eineinhalb Tage zu verschieben, und hatte sich früh am nächsten Morgen ins Auto Richtung Harlesiel gesetzt. Klara hatte er nicht mehr angerufen und da sie sich gestern auch nicht gemeldet hatte, hatte er sie einfach mit seiner Ankunft überraschen wollen.

Gegen 10:00 Uhr hatte er bereits beim Flugplatz geparkt und keine Viertelstunde später war die Cessna bereits in der Luft gewesen. Die Flüge zur Insel waren zwar teurer als die Fährverbindung, dafür aber auch deutlich schneller und tideunabhängig. In nur fünf Minuten überwanden die Inselflieger den schmalen Streifen Nordsee zwischen Wangerooge und dem ostfriesischen Festland. Diese fünf Minuten liebte Ralph aber, sodass er immer gerne auf das Flugzeug auswich, wenn gerade keine Fähre fuhr. Heute waren sie über ein gelb leuchtendes Rapsfeld hinweg gestartet, bevor die Maschine abdrehte und das Wattenmeer überflog. War wie heute Niedrigwasser, konnte man von oben ein erstaunliches Gemälde aus Prielen, Sandbänken und Wasserflächen bewundern. Neben Ralph waren heute vier weitere Passagiere an Bord gewesen: Zwei Touristinnen aus Bayern, die der wackligen, kleinen Cessna und dem lauten Getöse der Turbinen mehr als skeptisch gegenübergestanden hatten, ein Heizungsmonteur inklusive Ausrüstung sowie eine Styroporkiste mit frischem Fisch für eines der Inselrestaurants, die Sandra vom Flugplatz Ralph kurz vor Start auf den Schoß gedrückt hatte. Ein ganz gewöhnlicher Flug also.

Nach einem ausgiebigen Spaziergang über die Insel, um vom Flugplatz zu Idas Haus zu gelangen, hatte er sich frisch und siegessicher gefühlt und war Klara mit einem breiten Grinsen und einem langen Kuss entgegengetreten. Diese hatte erstaunlich kühl auf seine Überraschung reagiert, was Ralph erst jetzt im Nachhinein richtig bewusst wurde. Trotzdem war bisher alles glatt gelaufen. Zunächst hatte er schnell einige Tische abgeräumt (es passte so gar nicht zu Klara, schmutziges Geschirr so lange stehen zu lassen, aber auch diesen Gedanken hatte er nicht weiterverfolgt), dann hatte er sich mit seiner Frau und zwei Espressi in ihre Wohnung zurückgezogen und seine Idee präsentiert. So weit, so gut.

Er folgte Klara mit den Augen, die immer noch durchs Wohnzimmer tigerte. „Das kann wirklich nicht dein Ernst sein“, wiederholte sie jetzt noch einmal und ließ sich in einen Sessel fallen. Bevor Ralph seine sorgfältig präparierten Argumente auch nur vorbringen konnte, fuhr sie fort: „Weißt du eigentlich, was hier los ist? Patrick musste ich gestern entlassen und dann hat Julia auch gleich gekündigt! Kannst du dir das vorstellen?“

„Naja, die beiden hatten schließlich was miteinander“, erwiderte Ralph trocken und merkte zu spät, dass sie das nur noch aufgebrachter werden ließ. Anscheinend waren Klara im Gegensatz zu ihm die Blicke, mit denen Patrick seine Kollegin regelmäßig aufgefressen hatte, nicht aufgefallen. Da sollte noch mal einer sagen, Männer wären nicht sensibel!

„Ist ja auch ganz egal“, ereiferte Klara sich weiter, „auf jeden Fall haben sie heute Morgen beide die erste Fähre genommen, ich weiß gerade nicht, wie ich den Laden am Laufen halten soll, und dann tauchst du hier auf und kommst mir mit so einem Vorschlag. Wir sind doch kein Ferienlager!“ Ihre blauen Augen fixierten ihn und warteten offensichtlich auf eine Antwort. Ralph beeilte sich, seine Argumentation den veränderten Rahmenbedingungen anzupassen. Er musste sich kurz selbst daran erinnern, dass er es gewohnt war mit unvollständigen Briefings zu arbeiten und dass gerade in solchen Situationen Spontaneität zu seinen Stärken gehörte.

„Aber das passt doch dann perfekt!“, verkündete er schließlich. Klara schnaubte nur. Das Wort „perfekt“ war wohl das letzte, mit dem sie die derzeitige Situation umschreiben würde.

„Nein, wirklich. Schatz, überleg‘ doch mal“, fuhr Ralph fort, während er sich fast verschwörerisch zu ihr vorlehnte, „dir fehlt eine Aushilfe und genau in diesem Moment bekommst du jemanden auf dem Silbertablett serviert. Das ist doch schon fast Schicksal.“ Jetzt grinste er, denn er wusste natürlich, dass seine Frau dem Konzept Schicksal sehr kritisch gegenüberstand. Auch Klara musste sich ein Schmunzeln verkneifen. Wenn Ralph da war, fühlte sich alles gleich viel leichter an. Überzeugt hatte er sie trotzdem noch lange nicht!

„Du hast eine Sache vergessen.“ Sie lehnte sich ebenfalls nach vorne, sodass sich ihre Nasenspitzen fast berührten. „Mir fehlt nicht eine Aushilfe, mir fehlen zwei!“

„Das heißt, wenn ich dir noch eine zweite Kraft besorge, sagst du Ja?“ Ralph war durchaus bereit, sich auf den Handel einzulassen.

„Nein.“ Klara lehnte sich wieder zurück und verschränkte die Arme vor der Brust. „Wenn du das nämlich nicht schaffst, ist es zu spät, um diesem Abgeordneten wieder abzusagen. Das heißt, das gesamte Risiko würde bei mir liegen.“

„Klingt nach einem schlechten Deal“, musste Ralph zähneknirschend zugeben.

Während er noch überlegte, was er stattdessen anbieten könnte, sprach Klara schon weiter: „Kein Problem, ich habe eine bessere Idee. Du hast doch im Sommer vier Wochen Urlaub, um an deinem Buch zu schreiben. Wenn du niemanden findest, arbeitest du diese vier Wochen stattdessen im Hotel mit.“ Sie lächelte unschuldig. Langsam fing die Sache an, ihr Spaß zu machen!

Ralph fuhr sich über seine Bartstoppeln. Er hatte sich heute Morgen noch nicht mal die Zeit zum Rasieren genommen. Ihm gefiel so gar nicht, was Klara da vorschlug, aber wenn es die einzige Lösung war? Er wusste selbst nicht warum, aber er wollte inzwischen unbedingt, dass Projekt Whisky ein Erfolg wurde.

„Gut, dann schlag ein.“ Er hielt ihr die ausgestreckte Hand hin und freute sich über ihr sichtlich perplexes Gesicht. Damit hatte Klara wirklich nicht gerechnet.

„Na schön, wenn es dir so wichtig ist, nehmen wir die Praktikantin." Ihre Hände hatten sich schon fast berührt, da zog sie die Hand zurück und ballte sie stattdessen zur Faust.

„Was ist mir dir, Schatz?", reagierte Ralph sofort besorgt auf ihren Stimmungsumschwung.

„Das Mädchen, von dem du erzählt hast, ist sechzehn und wenn ich das richtig verstanden habe, nicht ganz einfach. Das ist eine große Verantwortung, die wir da übernehmen würden. Wir sollten uns sicher sein, dass wir das leisten können. Nicht nur unseretwillen, auch ihr zuliebe. Wir dürfen nicht darüber entscheiden, als wäre es ein Spiel."

„Du hast Recht, wir dürfen nicht nur an uns und das Hotel denken. Aber gerade deswegen halte ich es für eine gute Idee. Ich habe Maxwell Goulding kennen gelernt und wenn er diesem Mädchen eine Chance geben möchte, hat er gute Gründe dafür. Sie hat es bisher nicht leicht gehabt." Ralph nahm Klaras Hand in seine und löste vorsichtig ihre verkrampften Finger. „Mit diesem Hotel hier am Meer haben wir uns doch unser kleines Paradies geschaffen. Es wird bestimmt auch ihr guttun hier zu sein. Und es wird ihr guttun, wenn du dich ein bisschen um sie kümmerst. Ich kann mir niemand Besseres dafür vorstellen." Dieses Argument hatte Ralph sich absichtlich bis zum Schluss aufgespart und während er es aussprach, merkte er, wie sehr er tatsächlich davon überzeugt war.

Klara zögerte. Sie war keineswegs davon überzeugt, dass sie die Richtige für diese Aufgabe war. Vielmehr war sie sich sicher, genau die Falsche dafür zu sein. Diese Praktikantin würde keine gewöhnliche Aushilfe sein, sie war ja fast noch ein Kind. Noch dazu ein Kind, das anscheinend Hilfe brauchte. Ok, Klara, sei nicht albern, mit sechzehn Jahren ist man durchaus schon selbstständig und muss nicht mehr gefüttert werden, versuchte sie sich selbst zu beruhigen. Trotzdem echote dieses eine Wort wieder und wieder in ihrem Kopf. Kind. Nein, Klara konnte das nicht. Sie öffnete den Mund, um Ralph genau das zu sagen. Sie wusste, dass er sie dann nicht weiter bedrängen würde. Trotzdem sprach sie es nicht aus, sondern klappte den Mund einfach wieder zu. Denn seit Ralph ihr von seinem wahnwitzigen Plan erzählt hatte, war da dieses Gefühl. Es war ein leichtes, ein gutes Gefühl. Als würde ein Luftzug ein Windspiel zum Klingen bringen. Sobald sie sich aber umwandte, um das Windspiel zwischen den grünen Zweigen zu entdecken, war der Wind verebbt und das Klingen war nur noch eine Erinnerung.

Sie sah aus dem großen Dachfenster. Das Dünengras wiegte sich sanft im leichten Wind, dahinter lag das Meer und funkelte im Licht der grellen Mittagssonne wie ein riesiger Saphir. Von der Terrasse drang das dröhnende Lachen von Nils, ihrem Koch, sowie das Kichern einiger Mädchen nach oben. Bestimmt hatte er ihnen gerade einen seiner Witze erzählt, die nur er lustig fand. Wenn er aber anfing zu lachen, musste trotzdem jeder mitlachen... Ralph hatte Recht, sie hatten sich hier ein kleines Paradies geschaffen. Vielleicht waren sie es diesem Mädchen wirklich schuldig, etwas von ihrem Glück zurückzugeben. Vielleicht war gerade sie, Klara Klassen, es diesem Kind schuldig.

Mitte Juni bis Mitte Oktober, hatte Ralph gesagt, also vier Monate. Das war keine Ewigkeit. Stina würde da sein und könnte die junge Kollegin an die Hand nehmen. Im besten Fall hätten sie bis dahin eine weitere neue Aushilfe gefunden. Klara atmete noch einmal tief durch, dann öffnete sie den Mund erneut: „Ok.“ Während Ralph sie stürmisch küsste, wurde ihr klar, dass sie nichts über dieses Mädchen wusste. Noch nicht einmal ihren Namen. Vielleicht wollte sie das im Moment auch noch gar nicht.

Kapitel 8

Edinburgh - Hamburg - Wangerooge, Juni 2018

Ally starrte aus dem Fenster ohne daran zu denken, dass sie sich jetzt eigentlich von der Stadt verabschieden sollte. Die Busse dieser Linie hatten nur ein Ziel, den Flughafen. Es bestand also kein Zweifel, dass auch Ally dort ankommen würde. Ankommen, um dann gleich weiterzureisen. Um die Stadt zu verlassen. Ihre Hände krampften sich um den Griff des geliehenen schwarzen Rollkoffers vor ihr. Dicht neben ihr saß Laurel, das hieß, Weglaufen war zwecklos. War sowieso zwecklos, denn eins hatten sie ihr klar gemacht: Wenn sie den Praktikumsplatz nicht annahm, würde Goulding sie anzeigen.

Laurel studierte unterdessen interessiert die anderen Fahrgäste. Das war doch eigentlich Allys Ding, aber heute konnte sie sich nicht darauf konzentrieren. Weder auf den Typen, der sein Smartphone nicht richtig weggesteckt hatte, noch auf den kleinen Jungen, der gedankenversunken ein lila Kaugummi in die ebenfalls lilastichigen Haare einer älteren Dame einarbeitete (was Laurels ungeübtem Auge natürlich beides entgangen war). Ally starrte einfach weiter aus dem Fenster auf die vorbeiziehenden Häuser irgendeines Vororts und versuchte die eine Frage zu ignorieren, die seit ein paar Wochen ihr ständiger Begleiter war. Wie konnte es soweit kommen? An welcher Stelle war sie falsch abgebogen, wann hätte sie diese Katastrophe noch verhindern können?

Sie wusste nur, dass plötzlich alles ganz schnell gegangen war. Nur wenige Tage nach Gouldings überraschendem Auftritt war Laurel mit einem höchstzufriedenen Gesichtsausdruck in Allys Zimmer gestürmt: Es hatte geklappt! Dieser wundervolle Maxwell Goulding hatte sich derart für Ally eingesetzt, dass sie die unglaubliche Chance bekäme, ein Praktikum in einem exklusiven Hotel im Norden von Deutschland zu absolvieren! Ihre Gebete waren tatsächlich erhört worden! In dieser Art war es noch geraume Zeit weitergegangen. Aber schon die ersten Sätze dieser flammenden Rede hatten ausgereicht, um Ally das sichere Gefühl zu geben, Laurel zu hassen. Wie konnte diese Frau, die doch Psychologie studiert hatte und noch dazu jeden Tag um Ally herumschlich, sie so schlecht kennen? Das Gefühl, wieder einmal alleingelassen und verraten worden zu sein, war so stark geworden, dass Ally sicher gewesen war, es müsse krank machen. Aber sie war nicht krank geworden. Das empfand sie auch jetzt noch als weitere Ungerechtigkeit des Schicksals. Nein, sie hatte in den folgenden Wochen sogar ihre Abschlussprüfungen bestanden.

Natürlich war ihr der Gedanke gekommen, einfach durchzufallen. Einfach Blümchen und kleine Elefanten auf die Fragebögen zu malen und sonst gar nichts. Aber selbst das hatte Ally sich nicht getraut. Ihre Lehrer wären schockiert gewesen, Laurel und Susan natürlich sowieso. Jeder ihrer Mitschüler und Mitbewohner hätte es mitbekommen. Ein echter Eklat! All das hätte Ally vielleicht sogar in Kauf genommen, so groß war ihre Panik, die Stadt verlassen zu müssen. Was schließlich den Ausschlag gegeben hatte, statt niedlicher Tierchen stolze 86% richtige Antworten zu Papier zu bringen, war der Storch gewesen. Trotz seines Lächelns und seiner ausgesuchten, altmodischen Höflichkeit hatte Ally Angst vor ihm. Größere Angst als vor Menschen im Allgemeinen. Sie konnte sich zwar vorstellen, dass er ihr genau wie Laurel auf eine verquere Weise helfen wollte. Noch besser konnte sie sich aber vorstellen, was passieren würde, wenn sie sich dieser Hilfe verweigert hätte. Er hätte sie angezeigt, sie an den Pranger gestellt und zu einer Kriminellen gemacht! Ohne Mitleid, da war sich Ally sicher gewesen, denn die Großzügigkeit eines Maxwell Goulding geringzuschätzen, musste in seinem Weltbild einer Gotteslästerung gleichkommen. Also hatte sie, kaum dass der Stempel auf ihrem Abschlusszeugnis getrocknet war, den Koffer gepackt, den Susan ihr geliehen hatte, und war in diesen Bus gestiegen, als Laurel es gesagt hatte.

Ally riss sich von den vorbeihuschenden Häuserzeilen los und betrachtete stattdessen den Rollkoffer. Die Ecken waren abgeschrammt und der schwarze Stoff hatte bereits einige Flecken. Das Modell war unauffällig. Wenigstens der Koffer passte zu ihr! Fast alles, was sie besaß, steckte jetzt in seinem rechteckigen Bauch. Das war auch nicht schwer: Klamotten waren Ally immer unwichtig gewesen, sodass der Inhalt ihres Kleiderschranks sehr übersichtlich war. Dazu kamen der Kosmetikbeutel, ein Block und ein paar Stifte und der Stoffhund, den angeblich ihre Mutter ihr hinterlassen hatte.

Dieser Hund aus verfilztem, gelbem Plüsch war der einzige persönliche Gegenstand in Allys Sammlung. Sonst machte sie sich nichts daraus, irgendwelche Andenken anzuhäufen. Es gab einfach nicht viel, an das sie sich gerne erinnert hätte. Und selbst den Plüschhund, der nie einen Namen bekommen hatte, hätte sie fast in ihrem Zimmer zurückgelassen. Sie hatte irgendwie das seltsame Gefühl, er würde zu viel über sie und das, was ihr bisher passiert war, verraten. Vielleicht mehr als sie diesen Leuten, zu denen sie kommen würde, jemals erzählen wollte. Aber Ally mochte Hunde und da sie sicher war, in Deutschland einen Freund zu brauchen, war das gelbliche Tier im Koffer gelandet.

Der Bus bremste so abrupt, dass Laurel Ally anrempelte und sie aus ihren Gedanken riss. Sie hatten den Flughafen erreicht. Natürlich hatten sie das, dachte Ally und fühlte sich wieder einmal bestätigt. Natürlich war keines der Szenarien, das ihr in den letzten Tagen eingefallen war, eingetreten: Der öffentliche Nahverkehr war nicht bestreikt worden, keine Bombenentschärfung legte die halbe Stadt lahm, der Busfahrer hatte sich nicht verfahren und keine militante Gruppierung hatte den Bus entführt… Genauso wenig würde das Flugzeug wegen eines Triebwerkschadens nicht starten können, der Zoll sie nicht einreisen lassen, der Mietwagen in Deutschland eine Panne haben oder dieses Hotel die ganze Sache mit dem Praktikum für einen Irrtum erklären. Gut, dass Ally erst gar keine Energie darauf verschwendet hatte, ernsthaft auf eine dieser Optionen zu hoffen (wobei ihr die Idee, dass sie auf Grund ihrer Fähigkeiten für den schottischen Geheimdienst ausgewählt würde, immer noch ausnehmend gut gefiel). „Komm, wir müssen aussteigen!“ Laurel schnappte sich mit der einen Hand den Rollkoffer, den Ally immer noch umklammert hielt, mit der anderen Hand dirigierte sie Ally an der Schulter aus dem Bus und in den Terminal.

Scheinbar endlose zwei Stunden später hatten die beiden ihre Plätze in einem Airbus A320 eingenommen. Als die Triebwerke mit einem Röhren gestartet wurden, merkte Ally, wie Laurel neben ihr erleichtert aufatmete. Wahrscheinlich hatte diese bis zuletzt Angst gehabt, ihr Schützling könnte ihr entwischen. Hatte sie denn nicht gemerkt, dass Ally längst aufgegeben hatte? Um sicherzugehen, dass Ally wohlbehalten an ihrem Ziel ankam (oder einfach um ihrer Aufsichtspflicht nachzukommen), würde Laurel sie trotzdem nach Deutschland begleiten. Die Maschine bewegte sich jetzt gemächlich über das Rollfeld und Ally vergaß vorerst fast das Ziel ihrer Reise. Da sie Edinburgh in ihrem Leben noch kein einziges Mal verlassen hatte, war sie naturgemäß noch nie geflogen und verfolgte jetzt mit Spannung den Start. Laurel krallte währenddessen ihre Fingernägel in die Sitzlehnen und war ganz blass geworden. Anscheinend wusste sie bereits, dass sie nicht gerne flog. Geschah ihr Recht! Ally spürte ein Ziehen in der Magengegend als das Flugzeug beschleunigte. Dann löste sich das Fahrwerk mit einem leichten Ruck vom Asphalt und sie waren in der Luft! Wie gebannt sah Ally aus dem Fenster auf die Stadt, die unter ihnen im gleißenden Sonnenlicht lag. Als wollte es ihr den Abschied noch schwerer machen, zeigte sich das schottische Wetter heute von seiner besten Seite. Das Edinburgh Castle, die grüne Fläche der Princes Gardens, durchzogen von Bahngleisen, sowie die rechtwinkligen Straßenzüge der New Town schickten Ally einen letzten Gruß.

Die Stadt wurde kleiner und kleiner, dann war sie verschwunden. Aber nicht nur Edinburgh war verschwunden, auch Ally war auf einmal nicht mehr da. Das wurde ihr schlagartig bewusst, als um sie herum nur noch Licht und endloses Blau waren. Sie wusste nicht genau warum, aber sie war immer stolz darauf gewesen, Schottin und Edinburgherin zu sein. Das war nicht nur Teil ihrer Identität, das war ihre Identität. Vielleicht weil da sonst nicht viel war, das sie ausmachte. Sie kannte diese Stadt besser als sich selbst und war mit der Stadt verwachsen wie mit einem lebenswichtigen Organ. Und dieses Organ war jetzt herausgerissen und lag

Tausende Meter unter ihr. Ally fühlte sich plötzlich entsetzlich leer. Sogar die Angst, die sich in den letzten Wochen in jeder Zelle ihres Körpers eingenistet hatte, war verschwunden. Vielleicht war das so, wenn das Schlimmste bereits eingetreten war.

~

Das Terminal 2 des Hamburger Flughafens war mindestens doppelt so groß wie der gesamte Flughafen von Edinburgh. Wie in Trance folgte Ally Laurel erst zur Gepäckausgabe, dann zum Mietwagenschalter und weiter ins Parkhaus. Als sie sich ins Auto setzen wollte, wurde ihr das erste Mal bewusst, dass die Leute hier auf der falschen Seite der Straße fuhren. Auch Laurel brach augenblicklich in Panik aus. Obwohl Ally bisher noch gar nicht an diese Option gedacht hatte, erschien ihr ein tragischer Unfall im Rechtsverkehr in diesem Moment tatsächlich ein recht realistisches Szenario zu sein. Besonders da ihr die Stadt auf den ersten Blick nicht gerade sympathisch erschien: Unmengen von Autos verstopften die vielspurigen Straßen. Zu den Seiten erhoben sich undurchdringliche Wälder aus Verkehrsschildern, die Ally fremd waren. Die mit grellbunter Leuchtreklame übersäten Gebäude im Hintergrund sahen aus wie schmuddelige Bauklötze. Trotz allem erreichten sie unversehrt die Tiefgarage eines Hotels, das Laurel im Voraus gebucht hatte. Da es bereits später Nachmittag war, würden sie heute hier übernachten, um dann am nächsten Morgen mit dem Mietwagen zu diesem anderen Hotel aufzubrechen, an das Ally nicht denken wollte. In ihrer derzeitigen Verfassung störte sie sich noch nicht mal daran, dass sie und Laurel sich ein Zimmer teilten. Obwohl diese wieder einmal schnarchte, sank Ally irgendwann in einen traumlosen Schlaf, aus dem sie am nächsten Morgen wieder erwachte, ohne zu wissen, ob sie überhaupt geschlafen hatte.

Nach einem hastigen Frühstück programmierte Laurel das Navi und Ally registrierte zum ersten Mal das Ziel der Reise: Harlesiel, scheinbar ein kleinerer Ort an der Nordseeküste. Sie hatte sich bisher nie mit deutschen Landschaften beschäftigt und hatte deswegen keinerlei Vorstellung von diesem Punkt auf der Karte. Aber allein der Name dieses Ortes machte ihn erschreckend real. Knapp drei Stunden würden sie dorthin unterwegs sein. Dann ging es auch schon los und bei näherer Betrachtung war Hamburg gar nicht so furchtbar. An einigen Stellen hätte es Ally vielleicht sogar gefallen können, aber sie ließen die Stadt schnell hinter sich und bewegten sich auf einer schnurgeraden Autobahn unaufhaltsam Richtung Westen.

Als Laurel nur noch geradeaus fahren musste, entspannte sie sich sichtlich und fand zu Allys Leidwesen auch ihre Sprache wieder. Wie aufgezogen plapperte sie drauflos und berichtete in den schillerndsten Farben von ihrem Reiseziel, als wäre sie selbst schon mindestens dreimal dort gewesen. Ally schaute betont teilnahmslos aus dem Fenster und versuchte sie zu ignorieren. Denn das Gefühl, diese Frau zu hassen, konnte sie immer noch nicht abschütteln. Die Landschaft, die an ihr vorbeizog, war ein ziemlich eintöniger Mix aus Feldern, Baumreihen und riesigen Logistikzentren neben der Straße. Nichts, das sie hätte ablenken können. Sie konnte somit nicht verhindern, dass sich doch die eine oder andere Information aus Laurels Redeschwall in ihren Kopf schlich: Ein kleines Hotel direkt am Meer - Auch Edinburgh lag am Meer, zumindest an einem Meeresarm, dem Firth of Forth. Vielleicht erinnerte dieser Ort also ein bisschen an den Hafen von Leith… Sehr familiär, wenige Zimmer - Das gefiel Ally gar nicht, hieß es doch, dass es schwieriger werden würde, dort nicht aufzufallen…. Beliebtes Touristenziel - Das klang schon besser. Sie musste also nur aus diesem Hotel verschwinden, dann konnte sie wie gewohnt in der Masse untertauchen… Autofreie Zone - Auch nicht schlecht, sie würde also zumindest nicht schon vor der Haustür von Falschfahrern übergemangelt werden…. Einstündige Fährfahrt - Fähre???

Ally wandte sich ruckartig zu Laurel um und fragte sichtlich irritiert: „Laurel, wieso sollte ich denn mit einer Fähre fahren?"

„Naja, man kann auch mit so ganz kleinen Flugzeugen hinfliegen. Aber das ist viel teurer und ich traue solchen fliegenden Konservenbüchsen ja sowieso nicht", entgegnete die Angeredete fröhlich. Zuerst dachte Ally, Laurel hätte die Frage nicht richtig verstanden, dann begriff sie langsam.

„Dieses Harlesiel ist… eine Insel?"

„Aber nein, das habe ich dir doch schon zu Hause erklärt. Harlesiel ist der Fährhafen am Festland. Wangerooge ist die Insel und da liegt ja das Hotel. Es heißt übrigens Idas Haus. Niedlich, nicht wahr?"

„Das Hotel liegt auf einer Insel?" Ally wollte es immer nicht ganz glauben.

„Ja, klar. Du weißt aber schon, was eine Insel ist, oder? Wie Großbritannien, nur kleiner." Laurel lachte herzhaft. „Sehr viel kleiner sogar, nur ungefähr acht Quadratkilometer groß. Etwa 1.200 Einwohner." Sichtlich stolz über ihr Wissen schwieg sie einen Augenblick, was Ally Zeit gab diesen Schock zu verarbeiten. Sie würde auf einer winzigen Insel gefangen gehalten werden! Hinterwäldlerische Dörfler würden sie beobachten wie ein exotisches Tier! Das war ja wie eine Mischung aus Robinson Crusoe und der Truman Show!

Weil ihr nichts Besseres einfiel, guckte sie weiter aus dem Fenster. Sie hatten irgendeine größere Stadt mit B hinter sich gelassen und fuhren jetzt auf einer kleineren Autobahn weiter. War Ally die Gegend um Hamburg herum im Vergleich zum hügeligen Edinburgh schon flach vorgekommen, wusste sie jetzt, dass alles steigerungsfähig war. Hier war es eindimensional. Ein besseres Wort fiel ihr einfach nicht ein. Vollkommen platte grüne Flächen, die sich unter einem tristen grauen Himmel bis in die Unendlichkeit erstreckt hätten, würde die gnädige Erdkrümmung nicht den Blick begrenzen. Lediglich Windräder (ok, viele Windräder!) und vereinzelte Bauernhöfe, die wie auf einem Präsentierteller dalagen, unterbrachen die grüne Ödnis. Ally spürte, wie eine einzelne Träne ihre Wange herunterlief, und wischte sie schnell mit dem Handrücken weg. Sie wollte nicht, dass Laurel sich genötigt fühlte, sie zu trösten. Irgendwann musste sie dann eingedöst sein, denn als sie aufwachte, sagte das Navi gerade in einem völlig unpassend heiteren Tonfall: „Sie haben Ihren Bestimmungsort erreicht."

Laurel fuhr nicht wie die Autos vor ihr auf einen eingezäunten Parkplatz, sondern hielt auf einem Seitenstreifen. „Ich kann dich nur noch schnell zur Fähre bringen, dann muss ich gleich wieder los. Schließlich muss ich die ganze Strecke zurückfahren und darf meinen Rückflug nicht verpassen."

„Wenigstens gibt es für dich einen Rückflug", murmelte Ally vor sich hin und wollte schon aussteigen. Da Laurel aber anscheinend auf eine Antwort wartete, fügte sie trotzig hinzu: „Mach‘ dir nichts draus, ich werd‘ schon ankommen. Und wenn ich doch absaufe, ist ja auch nicht so tragisch!“

Mit niemandem sonst würde sie jeweils so reden. Das wurde Ally klar, als sie mit ihrem Rollkoffer im Schlepptau Laurel in Richtung eines kastenförmigen Gebäudes folgte. Einerseits war sie froh, dass Laurel gleich wieder zurückfuhr, dann konnte sie ihr endlich nicht mehr auf die Nerven gehen. Andererseits war Laurel auf ihre Art ganz nett, vollkommen harmlos und vor allem bekannt. Und momentan war sie das einzige, was von Allys Welt übriggeblieben war. Sobald sie wieder in den kleinen silbernen Mietwagen stieg, würde Ally vollkommen allein sein.

Während Laurel am Schalter eine Fahrkarte kaufte, sah Ally sich um. Viel gab es nicht zu sehen. Es gab das Gebäude, vor dem sie gerade stand, und den großen Parkplatz. Auf der einen Seite wurde das Gelände von einem langgestreckten, grasbewachsenen Wall, auf dem Schafe weideten, begrenzt, auf der anderen Seite dümpelte ein mittelgroßes Schiff im grauen Wasser. Das musste die Fähre sein. Zwischen Parkplatz, Ticketschalter und Schiff herrschte ein ziemliches Gewusel aus Kindern, Koffern, Bollerwagen, Hunden und Erwachsenen, die versuchten irgendwie den Überblick zu behalten. Ally meinte, genau zu erkennen, wer das erste Mal hier Urlaub machte und wer schon häufiger da gewesen war.

Dann kam Laurel zurück und drückte Ally ihr Ticket in die Hand. Gemeinsam gaben sie noch den Koffer auf, dann war alles erledigt.

„Und denk‘ dran, dass du auf Wangerooge direkt am Anleger abgeholt wirst. Mr. und Mrs. Klassen werden da sein. Und schreib‘ mir, wenn du im Hotel angekommen bist. Und anrufen kannst du auch jederzeit. Dein Handytarif gilt auch im Ausland." Laurel schien eine imaginäre Liste abzuarbeiten. „Und gib dir Mühe bei der Arbeit. Und", ihre Stimme wurde leiser, „mach' bloß keinen Mist. Das ist deine letzte Chance!" In normaler Lautstärke fügte sie noch hinzu: „Du schaffst das schon. Und im Oktober hole ich dich dann genau hier wieder ab."

Ally nickte stumm und als Laurel sie umarmen wollte, drehte sie sich weg. Ohne sich noch einmal umzusehen, ging sie durch das Drehkreuz und bestieg die Fähre. Vom Oberdeck aus beobachtete sie, wie Laurel eilig zurück zum Mietwagen ging. Als ihre lila Haarsträhne hinter der Ecke verschwand, rollte eine weitere Träne über Allys Wange.

~

„Klara, kommst du?" Ralph stand schon in der Tür. „Was macht Frauchen denn schon wieder?" Der Golden Retriever zu seinen Füßen sah ihn verständnisvoll, aber vollkommen unwissend an. „Wir müssen los, ich kann das Schiff schon sehen. Schatz, wo bist du denn?"

„Hier! Bin sofort da!" Ralph folgte der Stimme bis ins Gästezimmer. Klara schloss gerade den letzten Knopf des Bettbezugs und strich dann sorgfältig die Bettdecke glatt.

„Oh, ich dachte, unsere Praktikantin wohnt bei den anderen Saisonkräften." Ralph sah sich überrascht im Zimmer um. Alles, was hier abgestellt gewesen war, war verschwunden. Dafür standen auf der Kommode einige ordentlich aufgereihte Bücher sowie eine rosablühende Orchidee. Dann fiel sein Blick auf das filigrane Blumenmuster der weißen Bettwäsche „Und wo kommt überhaupt diese Bettwäsche her? Die kenn' ich noch gar nicht."

„Die ist auch neu. Ich dachte, das könnte ihr gefallen.“ Klara wirkte nervös, als sie noch einmal über die Bettdecke strich. „Ich hatte überlegt, dass es besser ist, wenn sie hier bei uns wohnt. Ich will nicht, dass sie da drüben alleine auf irgendwelche dummen Gedanken kommt. Hier haben wir sie einfach besser im Blick.“ Unnötigerweise schob sie den Stapel Handtücher auf der Fensterbank zurecht, sodass er exakt parallel zur Fensterscheibe ausgerichtet war. Perfekt. Klara konnte sich selbst nicht erklären, warum sie sich im letzten Moment für ihr privates Gästezimmer entschieden hatte. Einerseits war es tatsächlich die Befürchtung, sie könnten ihrer Verantwortung nicht gerecht werden, wenn sie die Minderjährige in ihrer Saisonkräfte-WG unterbringen würden. Andererseits hatte es sich einfach gut angefühlt, das Zimmer hier herzurichten, die Bettwäsche und die Blume zu kaufen. Erst später war ihr eingefallen, dass eine Sechzehnjährige, die irgendwie auf die schiefe Bahn gerade war, nicht unbedingt auf Blümchenmuster stehen musste. Egal, damit musste sie jetzt erstmal leben. „Ich hoffe, das ist in Ordnung für dich?“

„Ja, ist ok. Vielleicht hast du Recht, dass es so besser ist“, erwiderte Ralph mit größtmöglichem Ernst. Ihm war diese Idee schon war Tagen gekommen. Klara wäre aber nicht Klara gewesen, wenn sie nicht hätte selber darauf kommen müssen. „Dann bist auch unter der Woche nicht so alleine.“ Jetzt grinste er doch.

„Als ob mich das stören würde“, entgegnete Klara würdevoll und schob sich an ihm vorbei aus dem Zimmer. „Worauf wartest du? Ich dachte, wir haben es eilig.“ Ralph und der Golden Retriever tauschten wissende Blicke, dann folgten sie ihr.

~

Die Fahrt mit dem Schiff war anders, als Ally es sich vorgestellt hatte. Am meisten irritierte sie, dass neben der Fähre zunächst kein Wasser gewesen war. Nur eine schlammige braune Masse, in der Möwen und andere Vögel pickten. Es ging quälend langsam voran. Irgendwann sah Ally am Horizont zwei Leuchttürme auftauchen. Aber anstatt auf diese zuzusteuern, schien das Schiff geradewegs an der Insel vorbeizufahren. Ally wandte sich ab und beobachtete stattdessen die anderen Fahrgäste. Sie hatte es schließlich nicht eilig anzukommen. Erst als ein dumpfer Aufprall das ganze Schiff durchschüttelte, blickte sie sich wieder um. Das mussten diese Gummiteile an der Kaimauer gewesen sein, gegen die die Fähre beim Anlegen gestoßen war. Sie waren also am Ziel. Da die Touristen bereits vor der Gangway Schlange standen, wartete Ally erstmal in ihrer Nische und sah sich um. Auf der einen Seite des kleinen Hafenbeckens parkten schwere Baufahrzeuge neben Bergen aus Sand und Schutt. Auf der anderen Seite lagen einige Segel- und Motorboote in einem Yachthafen. Sonst waren da nur noch einige Holzhütten, die auf Pfählen vielleicht zwei Meter über dem Boden standen, und ein verkrüppelter Baum ganz oben auf einer Düne, der durch den Wind ganz schief geworden war. Die Touristen strömten jetzt auf einen Zug zu, der aussah, als hätte ein Kind ihn gemalt. Die Lok war rot und die Wagons blau-weiß lackiert. Vor allem aber war er viel kleiner und schmaler als alle Züge, die sie jemals hatte in Waverley Station einfahren sehen.

Ally reihte sich entschlossen in die Schlange ein und verließ das Schiff. Jetzt gab es sowieso kein Zurück mehr. Als sie die Gangway betrat, erinnerte sie sich, dass sie direkt hier am Anleger abgeholt werden sollte. Also sah sie sich noch einmal suchend um und entdeckte etwas abseits ein Paar mit einem Hund. Aufmerksam betrachteten sie jeden, der den Anleger betrat, als würden sie jemanden erwarten. Das musste das Ehepaar Klassen sein. Beide schätzte sie auf um die fünfzig. Er trug ein lässiges Poloshirt, Shorts und lederne Bootsschuhe. Seine Haut war gebräunt und sein Haar einen Hauch zu lang und schon ziemlich grau. Die Uhr an seinem Handgelenk sah teuer aus. Ally wollte schon beschließen, diesen Schnösel nicht zu mögen, aber er sah mit seinen unzähligen Lachfältchen um die Augen herum so gutmütig aus, dass sie sich das erstmal offenließ. Ihr Blick wanderte weiter zu der Frau und es verschlug ihr fast den Atem. Sie hatte nicht gewusst, dass eine Frau so schön sein konnte. Dabei hatte sie keinerlei Ähnlichkeit mit irgendeinem Topmodel und war ja auch gar nicht mehr jung. Auch trug sie keinen auffälligen Schmuck oder sexy Kleider, wie Daphne das tat. Sie stand da einfach in einem weißen Top und kurzen Jeans, eine dünne, beige Strickjacke über den Schultern, die blonden Haare locker zurückgebunden. Ihre ganze Haltung und der Blick ihrer unglaublich blauen Augen strahlten aber etwas Majestätisches, Stolzes aus. Das schienen auch die Touristen zu merken, die unwillkürlich gebührenden Abstand hielten.

Ally stand immer noch einige Meter von den beiden entfernt und konnte sich nicht dazu entschließen weiter zu gehen. Da erhob sich plötzlich der Hund, trottete auf sie zu und nahm ihr so die Entscheidung ab. Mit seinem braungelben, wuscheligen Fell und der etwas behäbigen Statur sah er fast aus wie ihr Plüschhund, nur natürlich viel größer.

„Hey, wer bist du denn?“ Ally strich ihm vorsichtig über den Kopf. Mit Tieren war alles viel einfacher. Den Hund störte es bestimmt auch nicht, dass sie noch Englisch sprach.

„Das ist Troll. Ich glaube, er wollte dich unbedingt kennen lernen.“ Ally erschrak, als sie sah, dass der Mann seinem Hund gefolgt war. Sie erinnerte sich daran, dass sie jetzt Deutsch sprechen musste, leider fiel ihr aber gerade gar nichts Intelligentes ein, das sie sagen konnte.

„Troll? Ist das ein deutscher Vorname?“, fragte sie stattdessen und ärgerte sich im gleichen Moment. Er hielt sie doch bestimmt für dämlich!

„Nein, ein Troll ist eine Art Kobold. Wie sagt man auf Englisch? It's a gremlin“, antwortete der Mann aber, ohne im Mindestesten irritiert zu wirken. Seine Augen lächelten immer noch.

„Ach so, dann weiß ich, glaube ich, was das bedeutet. Im Englischen gibt es das Wort auch, wir sprechen es nur anders aus. Warum heißt er so?“ Ally konnte sich das auch nicht erklären, aber es war gar nicht so schwer mit diesem Fremden über seinen Hund zu sprechen. Die Worte purzelten einfach so aus ihrem Mund.

„Trolle sollen sehr kleine Köpfe haben. Und als unser Troll ein Welpe war, war sein Kopf auch viel zu klein für seinen Körper.“

„Jetzt sieht er aber gut aus, hat er nochmal Glück gehabt.“ Ally vergrub die Hände in Trolls weichem Fell.

„Ich bin übrigens Ralph. Und ich vermute, du bist Allison Christie, unser Gast aus Edinburgh?“

„Ja, ich bin Ally.“

„Hallo, Ally.“ Er reichte ihr die Hand, die sie schüchtern ergriff. In der Zwischenzeit war auch die Frau zu ihnen getreten.

„Klara Klassen. Guten Tag, Allison.“ Ihre Stimme war so bestimmt, dass Ally unwillkürlich den Kopf einzog. Sag jetzt bloß nichts Falsches, schoss es ihr durch den Kopf. Sie legte sich den Satz ihm Kopf sorgfältig zurecht, dann antwortete sie in ihrem besten Schuldeutsch: „Guten Tag, ich freue mich, Sie kennen zu lernen.“

„Du kannst Klara und Du zu mir sagen. Das machen wir hier so und das ist für eine Engländerin bestimmt auch einfacher.“ Ally nickte, ohne sie auf den kleinen, aber entscheidenden Punkt hinzuweisen, dass sie Schottin und damit keineswegs Engländerin war. Auch verkniff sie sich zu sagen, dass sie doch eigentlich viel lieber Ally genannt werden wollte.

„Ach, dein Koffer!“ Ralph eilte auf einen der Bahnangestellten zu und sagte etwas, dass Ally nicht verstehen konnte. Der Mann kratzte sich am Kopf.

„Ally, wie sieht dein Koffer aus?“, rief Ralph zu ihnen herüber.

„Ein schwarzer Rollkoffer“, erwiderte Ally leise.

„Du musst schon lauter sprechen. Wie soll er dich denn sonst verstehen?“ fragte Klara von der Seite. Als Ally nur rot anlief und schwieg, antwortete sie an ihrer Stelle. Ralph sagte noch etwas und der Mann verschwand in Richtung des Gepäcks, das gerade in bunten Gepäckregalen vom Schiff gehoben wurde.

„Ok, das dauert jetzt etwas“, rief Ralph dann, „wir müssen erstmal herausfinden, in welchem Gepäckregal der gelandet ist.“

Ohne überlegen zu müssen, sagte Ally: „Das war ein rotbraunes, das schon ziemlich verschrammt war. Auf der Seite war in Weiß die Zahl 21 aufgemalt.“ Sie musste sich noch nicht einmal anstrengen, um solche Details wahrzunehmen. Klara sah sie überrascht an, dann soufflierte sie Ralph und dem Bahnangestellten, der sichtlich erleichtert wirkte, auch diese Information. Er hatte wirklich Besseres zu tun, als knapp zwanzig Gepäckregale nach einem Allerweltskoffer zu durchsuchen!

Während sie warteten, merkte Ally, dass Klara sie die ganze Zeit ansah. Die unglaublich blauen Augen betrachteten sie freundlich, aber gleichzeitig kritisch, sodass Ally sich noch unwohler fühlte, als das sowieso schon der Fall war. Sie hatte das Gefühl, dass diese Frau sie nicht nur ansah, sondern in sie hineinsah! Zum Glück kam Ralph jetzt mit ihrem Koffer zurück und sie wandten sich zum Gehen.

Der Weg, den sie einschlugen, führte links an einer Düne entlang und geradewegs auf einen der beiden Türme zu, die Ally von der Fähre aus gesehen hatte. Rechts von ihnen lag eine Art Bucht, auf deren anderer Seite Ally ein Dorf erkennen konnte. Dahinter meinte sie bereits das Ende der Insel zu sehen. Sie sprachen nicht viel und Ally hatte fast das Gefühl, dass auch Ralph und Klara irgendwie nervös waren. Sie gingen etwa eine Viertelstunde auf den eckigen Backsteinturm zu, bevor sie ihn aber ganz erreicht hatten, bogen die Klassens nach links ab und steuerten auf einen Gebäudekomplex zu, der fast verborgen in den Dünen lag. Sofort fiel Ally auf, dass jedes der vielen Fenster in einem leuchtenden Blau gestrichen war. Auf dem Dach blitzte ein glänzender Wetterhahn und überall standen sorgfältig arrangierte Töpfe mit blühenden Blumen verteilt. So hatte Ally sich das Hotel nicht vorgestellt. Auf den zweiten Blick war der ganze Komplex zwar deutlich größer als das alte Haus, das ihr zuerst ins Auge gefallen war und das anscheinend das Hauptgebäude war. Trotzdem wirkte hier alles so persönlich und gemütlich, wie sie sich als Kind in ihren seltenen Träumen ein Zuhause vorgestellt hatte. Das war also Idas Haus. Wer das wohl war?

„Da wären wir. Willkommen zu Hause", sagte Ralph jetzt mit einer kleinen Verbeugung. Egal was sie eben noch gedacht hatte, jetzt wollte alles in Ally schreien, das ist nicht mein Zuhause, aber sie schwieg. Stattdessen sagte Klara: „Ich zeige dir jetzt dein Zimmer und du kannst erstmal auspacken. Dann zeigt Ralph dir bestimmt noch das Hotel, bevor es Abendessen gibt."

Das Zimmer, in das Ally geführt wurde, lag im ersten Stock des Haupthauses, hatte ein Fenster zur Terrasse und war mit weißen Möbeln freundlich eingerichtet. Es gab einen Kleiderschrank, ein Bett mit Nachttischchen, einen blauweiß gestreiften Ohrensessel und eine kleine Kommode. Das Bett war ordentlich gemacht, es lagen Handtücher bereit und auf der Kommode standen sogar Blumen, ganz so als hätte sich jemand Mühe gegeben, den Raum herzurichten. Obwohl er so ganz anders war, als Allys Zimmer in der Wohngruppe, musste Ally zugeben, dass er ihr gefiel. Während sie sich noch umsah, hatte Klara bereits ihren Koffer aufgemacht. Ally erschrak und riss schnell den gelben Stoffhund heraus und stopfte in unter die Bettdecke. „Es geht schon, Sie, ich meine du musst mir nicht helfen." Obwohl ihr das Siezen ja eigentlich fremd war, passte es perfekt zu dieser Frau.

„In Ordnung. Komm' dann runter ins Café, wenn du fertig bist." Als sie schon in der Tür stand, fügte Klara noch hinzu: „Und eins möchte ich gleich klarstellen: Während deines Praktikums wird nicht geraucht!“ Ally erstarrte. Hatte sie etwa den leichten Zigarettengeruch bemerkt, der von ihrer Kleidung ausging? Es war doch alles frisch gewaschen. „Haben wir uns verstanden?“

„Ja.“ Mehr brachte Ally nicht heraus, sie schwor sich aber auf dieser Insel keine einzige Zigarette anzurühren. Nicht, dass Laurel ihr das Rauchen nicht auch verboten hätte, aber Klara war ganz und gar nicht wie Laurel.

Das Auspacken ging schnell und im Café erwartete Ralph sie bereits zur Schlossbesichtigung, wie er es nannte. Ally fiel auf, dass er mit ihr langsamer sprach. Sie verstand ihn zwar auch so sehr gut, trotzdem fand sie das irgendwie nett. Ansonsten ließ sie die vielen neuen Eindrücke einfach auf sich einrieseln. Sie hatte inzwischen das Gefühl, seit einer Woche nicht mehr geschlafen zu haben, und konnte sich kaum konzentrieren.

„Hattest du denn eine gute Reise?“, fragte Klara beim anschließenden Abendessen. Ally knabberte an ihrem Salat herum und versuchte zu verbergen, dass sie viel zu müde und viel zu aufgeregt war, um zu essen.

„Ja, es war alles gut.“ Ally fiel es zunehmend schwerer, die Worte in der fremden Sprache richtig zu sortieren. „Ich habe das erste Mal geflogen, das war schön.“

„Ich bin das erste Mal geflogen“, korrigierte Klara sofort. „Ich habe dir einige Bücher in dein Zimmer gelegt, die ich früher gerne gelesen habe. Es ist für deine Sprachkenntnisse bestimmt gut, wenn du nebenbei etwas liest.“ Ally lief schon wieder rot an und hatte das Gefühl im Erdboden versinken zu müssen.

„Ich finde, Ally spricht schon sehr gut Deutsch", sagte Ralph da und zwinkerte ihr zu. Ally sah ihn fast erschrocken an. Dass sich jemand so darum bemühte, dass es ihr gut ging, kannte sie nicht. Und tatsächlich fühlte sie sich etwas besser. Trotzdem war sie heilfroh, als sie sich nach dem Essen in ihr Zimmer verabschieden konnte. Obwohl es noch früh und taghell war, legte sie sich ins Bett und schlief ein.

Mitten in der Nacht wachte sie wieder auf und musste sich erstmal orientieren. Im Zimmer war es stockdunkel, kein einziges Licht drang durchs Fenster. Aber noch etwas war hier anders als in Edinburgh. Es war still. Vollkommen still. Keine vorbeifahrenden Autos, keine lachenden Passanten, keine Sirenen. Nichts. Ally fühlte sich elend in dieser stummen Finsternis. Sie war jetzt wirklich hier, auf dieser kleinen Insel, in einem fremden Land, bei fremden Leuten! Und Klara, die ja auch ihre Chefin sein würde, war genauso furchteinflößend wie sie schön war. Ally war sich ganz sicher, dass sie ihren Ansprüchen unter keinen Umständen genügen würde. Sie wurde noch trauriger. Da half es auch gar nichts, dass Ralph und Troll sie anscheinend mochten. Sie wollte weinen, aber es ging einfach nicht. Aber was hätte das auch schon gebracht? Sie würde noch genau 119 Tage hier sein, das stand zweifelsfrei fest. 119 Tage, aber morgen würde es schon ein Tag weniger sein. Dieser Gedanke tröstete sie etwas und sie schlief wieder ein.

Zwei Zimmer weiter lag auch Klara hellwach in ihrem Bett. Sie war auf alles vorbereitet gewesen. Auf einen rebellischen Teenager. Auf eine jugendliche Kriminelle. Auf Piercings, Tattoos und patzige Antworten. Sie hatte jahrelange Erfahrung mit Azubis und Disziplin war bei ihr nie ein Problem gewesen. Egal ob jemand schlampig war, sich nicht benehmen konnte oder schlicht keinen Bock auf gar nichts hatte, sie kannte ein Mittel dagegen. Mit diesem Mädchen hatte sie aber nicht gerechnet. Wie konnte dieses verschüchterte, kleine Wesen die Person sein, die dieser Goulding angekündigt hatte? Hatten die Schotten sich geirrt? Klara wälzte sich auf die andere Seite und sah durch das Dachfenster zu den unzähligen Sternen über ihr. Sie hatte keine Ahnung, wie sie mit ihr umgehen sollte. Dabei war ihr mangelndes Selbstbewusstsein ja noch nicht mal fremd. Nein, sie wusste ja selbst am besten, wie es sich anfühlte, wenn man sich am liebsten unsichtbar machen würde. Vielleicht war es ihr gerade deswegen inzwischen so zuwider. Wer unsicher war, machte sich zum Opfer. Wie weh das tat, hatte sie mehr als einmal am eigenen Leib erfahren. Aber sie wusste auch, dass es nicht so sein musste. Jeder hatte schließlich die Wahl.

Kapitel 9

Hamburg, Juni 1988

„Dann stimmen wir jetzt ab!“ Bettina hatte sich mit übergeschlagenen Beinen auf dem Lehrerpult niedergelassen, sodass ihr kurzer Jeansrock einen Tick zu weit hochrutschte. Vermutlich war das Absicht. Es waren schließlich alle Augen des versammelten Deutsch-Leistungskurses auf sie gerichtet. Zuvor hatte sie gerade wortreich erklärt, dass die Schule unmöglich von ihnen, dem Abiturjahrgang, verlangen könnte, dass sie hier zwei Stunden ihrer kostbaren Zeit vergeudeten. Es müsste doch wohl jedem daran gelegen sein, dass sie sich voll und ganz auf ihre mündlichen Prüfungen konzentrierten. Alles andere wäre doch reine Schikane und das ließen sie nicht mit sich machen! Dabei hatte sie kämpferisch die zur Faust geballte Hand gehoben, als wäre sie Johanna von Orleans auf dem Weg in die entscheidende Schlacht.

Klara seufzte. Das war doch alles zu albern! Bio war ausgefallen, deswegen hatten alle, die den Deutsch-LK gewählt hatten, jetzt zwei Freistunden. Gut, das war nervig. Sie hatten ihre schriftliche Abi-Prüfung in Deutsch bereits geschrieben, deswegen war der verbleibende Unterricht für niemanden mehr wirklich relevant. Das Schuljahr ging dem Ende entgegen und obwohl das mündliche Abitur noch ausstand, löste sich die Anspannung mehr und mehr in ausgelassene Feierstimmung. In drei Wochen waren sie endlich frei! Oder auch nicht, dachte Klara, als ihr Blick einige Mitschüler streifte, die noch gute Chancen hatten durchzufallen. An deren Stelle würde sie sich darüber Sorgen machen und nicht so einen Aufstand wegen zwei überflüssiger Freistunden anzetteln. Für Klara kam es schon aus Prinzip nicht in Frage, die Stunden zu schwänzen.

„Wir stimmen ab“, wiederholte Bettina jetzt, „wer dafür ist, dass wir verschwinden, meldet sich. Enthaltungen werden nicht akzeptiert.“ Klara merkte, wie das altbekannte Magengrummeln einsetzte. Sie können dich zu nichts zwingen, sagte sie sich immer wieder und lehnte sich möglichst gelassen auf ihrem Stuhl zurück.

„Wer ist dafür?“ Erwartungsgemäß gingen fast alle Hände nach oben, einige ganz euphorisch, andere eher zögerlich. Nur Klara regte sich nicht und auch Imke neben ihr meldete sich nicht. Stattdessen warf sie Klara einen verzweifelten Blick zu. Diese schüttelte nur den Kopf und lächelte ihr aufmunternd zu.

Imke war Klaras Rettung gewesen, da war sie sich sicher. Egal, wie sehr sie es gewollt hatte, alleine hätte Klara es wohl nicht geschafft, sich langfristig gegen alle Bettinas dieser Welt zu behaupten. Zum Glück war zu Beginn des achten Schuljahres dann Imke in ihre Klasse gekommen. Ein kleines, rundliches Mädchen mit blonden Löckchen, die sich lustig um ihr Gesicht ringelten. Mit ihren Eltern war sie aus einem kleinen Ort irgendwo in Schleswig-Holstein nach Hamburg gezogen. Da Klara es den anderen ja seit einigen Monaten schwer gemacht hatte, sie zu triezen, war das „dicke Landei“ schnell zum neuen Opfer auserkoren worden. Das hatte sie einfach nicht zulassen können! Nachdem die beiden deswegen zunächst eine Art Zweckgemeinschaft gegründet hatten, war Immi heute ihre beste Freundin. Sie war immer fröhlich und spontan, Klara stark und vernünftig. Sie konnten sich (wirklich!) aufeinander verlassen.

„Und wer ist wohl dagegen?", fragte Bettina jetzt und sah mit einem spöttischen Grinsen zu den beiden Freundinnen herüber. Wieder sah Immi Klara fragend an, aber diese schüttelte noch einmal kaum merklich mit dem Kopf. Keine von beiden meldete sich.

„Enthaltungen werden nicht akzeptiert. War das so schwer zu verstehen?"

Klara holte noch einmal tief Lust, dann sagte sie ganz ruhig und fest: „Das war keine Enthaltung. Ich war ganz einfach nicht Teil dieser Abstimmung. Im Gegensatz zu euch brauche ich nämlich keine Mehrheitsentscheidung als Rechtfertigung. Wenn ich nach Hause gehen will, gehe ich nach Hause, wenn ich hierbleiben will, bleibe ich. Ich vermute, Immi geht es ähnlich." Klara stand auf. „Komm, wir warten draußen in der Sonne!" Imke nickte zustimmend und erhob sich ebenfalls. Klara räumte so ruhig wie möglich ihr Zeug zusammen, während die anderen sie anstarrten. Sie spürte die bohrenden Blicke in ihrem Rücken. Jetzt bloß nicht die Nerven verlieren, sagte sie sich beschwörend. Sie schwang ihre Tasche über die Schulter, warf das lange, blonde Haar nach hinten und verließ so würdevoll wie möglich den Raum. Erst als sie auf dem Schulhof stand, atmete sie auf. Wie sie diesen ewigen Kampf hasste!

Immi tauchte jetzt neben ihr auf und brach in hysterisches Kichern aus.

„Was ist denn auf einmal so witzig?", fragte Klara irritiert.

„Die haben ja fast gesabbert!" Imke konnte sich gar nicht wieder einkriegen.

„Wer?" Klara kicherte inzwischen auch, einfach weil Immi sie wie immer ansteckte.

„Na, die ganzen Typen! Die glotzen bestimmt immer noch deinem Hintern hinterher.“

„Blödsinn!“ Clare verdrehte die Augen.

„Klara“, ließ sich da eine Stimme hinter ihnen vernehmen. Holger war ihnen gefolgt und trat jetzt unschlüssig von einem Bein aufs andere. „Heute Abend machen wir ‘ne kleine Party. Ich hab‘ sturmfrei. Komm doch auch vorbei! Und du natürlich auch, Immi.“

Klara und Immi wechselten einen vielsagenden Blick, dann sagten sie wie aus einem Mund: „Danke, aber kein Bedarf.“ Wieder brachen sie in Kichern aus. Holger wurde rot, gab aber noch nicht auf. Er kam noch ein Stück näher und raunte ihnen verschwörerisch zu: „Ein Kumpel von mir hat auch Gras besorgt.“

Klara wandte sich mit einem süßen Lächeln zu ihm um. „Und ich dachte bis jetzt, nur Kühe fressen Gras. Wie man sich doch täuschen kann!“ Holger seufzte schicksalsergeben und trollte sich mit hängenden Schultern. Bei der konnte echt keiner landen!

„Wie gemein! Du bist schuld, wenn der in seinem Leben kein Mädchen mehr anspricht.“ Immi hatte die Szene verfolgt wie eine spannende Seifenoper. „Der kriegt doch eh den Mund nicht auf.“

Klara zuckte die Achseln und grinste. „Tja, persönliches Pech. Komm, wir haben noch genug Zeit, uns vor Deutsch ein Eis zu holen!“

„Aber du hast gemerkt, dass das gar kein Blödsinn war, was ich gesagt hab‘, ne?“, fragte Imke beim Gehen triumphierend. „Die stehen auf dich. Alle. Holger, Jens, Andy und ganz besonders Gregor.“ Sie schloss genießerisch die Augen und betonte jede Silbe des Namens. Gregor war schließlich der Schwarm aller Mädchen von der zehnten bis zur dreizehnten Klasse.

„Quatsch", meinte Klara noch einmal, jedoch nicht mehr ganz so überzeugt. Ihre Ohren wurden sogar ein bisschen rot. „Von mir wollen die alle bestimmt nichts. Und Gregor erst recht nicht! Außerdem hab' ich auf sowas jetzt sowieso keinen Nerv."

„Wieso nicht? Kleiner Sommerflirt kann doch nie schaden." Imke klimperte kokett mit den Wimpern.

„Sag mal, für wen hältst du mich?", fragte Klara gespielt empört und knuffte ihrer Freundin in die Seite.

„Für die Schönste im ganzen Land!" Immi hielt Klara einen imaginären Spiegel vor, bis sie sich vor lauter Kichern den Bauch halten musste. „Ne, jetzt mal ernsthaft. Du bist total hübsch, sieh das doch endlich mal ein. Und die Jungs finden das auch. Nur bist du denen wahrscheinlich zu kratzbürstig."

„Ja, zum Glück! So hab' ich wenigstens meine Ruhe!"

Vielleicht machte aber gerade diese Distanziertheit Klara noch aufregender. Das merkte sie allerdings nicht. Sie war einfach nur froh, dass das Leben deutlich einfacher geworden war, seit sie nicht mehr zu groß, zu schwer und zu platt war. Und natürlich seit sie eine echte Freundin hatte.

„Für meine Freundin bitte zwei Kugeln in der Waffel, Schokolade und Stracciatella" verkündete diese gerade dem Eisverkäufer. Klara nickte.

„Und für Immi bitte auch zwei Kugeln, aber im Becher. Zitrone und Karamell." Sie schüttelte sich beim Gedanken an diese Kombination, aber Imke leckte sich über die Lippen. Selbst beste Freundinnen konnte sich schließlich nicht immer einig sein. Arm in Arm schlenderten sie zur Schule zurück.

Wie erwartet war Deutsch gähnend langweilig. Im Kopf ging Klara schon mal durch, was sie heute noch für ihre Geschichtsprüfung wiederholen wollte. Sie hatte einen genauen Plan, der sogar zu Hause an ihrer Schranktür klebte. Abi war darin nur ein Zwischenziel. Es folgten die Punkte „Ausbildung“, „Berufserfahrung in einem 5-Sterne-Hotel“, „Führungsposition“, „Hoteldirektorin“. Ganz unten hatte sie die Stichworte „Heirat“ und „Familie“ ergänzt, ohne weiter darüber nachzudenken. Klar, das gehörte auf jeden Fall zu ihrer Lebensplanung, war aber gefühlt noch Lichtjahre entfernt.

Beim Gedanken an ihren Plan spürte Klara eine Mischung aus Vorfreude und Genugtuung. Sie würde allen zeigen, wozu Klara Strebermeier fähig war! Nichts und niemand würde sie davon abhalten können, denn sie ganz allein hatte die Sache in der Hand. Ein fantastisches Gefühl!

Kapitel 10

Wangerooge, Juni 2018

Sie hatte es in der Hand gehabt. Und sie hatte es doch noch versaut.

Es war gerade erst 5:00 Uhr, aber vor dem Fenster war es bereits hell. Kurzentschlossen schlug Klara die Decke zurück und stand leise auf, um Ralph nicht zu wecken. Sie würde sowieso nicht mehr schlafen können. Erst hatte sie sich ewig hin und her gewälzt, weil sie dieses Mädchen, das jetzt tatsächlich auf der Insel war und gerade in ihrem Gästezimmer schlief, nicht aus dem Kopf bekommen hatte. Und dann waren natürlich die alten Erinnerungen wieder hochgekommen. Das hatte ja passieren müssen! Beim Gedanken an Immi musste sie trotzdem schmunzeln. Wie schade, dass ihre beste Freundin nach dem Abi ein Au-pair-Jahr in Frankreich eingelegt hatte und seitdem dort hängengeblieben war. Inzwischen mit drei erwachsenen Kindern, vier Katzen und sogar schon einem Enkelkind.

Im Gästezimmer starrte Ally gegen die weiße Decke. Seit es draußen dämmerte, war sie wach. Wobei „wach" definitiv nicht der richtige Ausdruck für den Zustand war, in dem sie sich befand. Obwohl sie am Abend todmüde gewesen war, hatte sie schlecht geschlafen. In einem ihrer wirren Träume war die Insel im Meer versunken, bis nur noch der windschiefe Baum auf der Düne herausguckte. An diesen hatte Ally sich geklammert und Tausende Menschen in Booten hatten sie angestarrt und ausgelacht. Beim Aufwachen war sie noch froh gewesen, dem Traum entkommen zu sein, aber dann fiel ihr mit ernüchternder Klarheit wieder ein, dass sie sich ja gerade in einem ganz realen Albtraum befand.

In der Wohnung regte sich jetzt etwas. Ally erkannte das Geräusch einer laufenden Dusche und der Klospülung, dann Schritte auf leicht knarzendem Holz (das musste das Wohnzimmer sein) und wenig später das Klacken einer schweren Tür (vermutlich der Wohnungstür). Wer verließ denn so früh schon das Haus? Ally stand auf und spähte aus dem Fenster. Klara überquerte gerade die Terrasse und steuerte auf einen schmalen Weg in den Dünen zu. Wo wollte sie denn bloß um diese Uhrzeit hin? Hinter der Düne konnte schließlich nicht viel mehr als Wasser sein. So hatte Ally das Prinzip Insel zumindest bisher verstanden. Ihre Neugier war geweckt und da sie gerade sowieso nichts Besseres zu tun hatte, zog sie schnell Pulli und Jeans über und schlich ebenfalls aus der Wohnung.

Klara ging noch einige Meter auf dem Deckwerk entlang, bevor sie sich auf einem großen Stein niederließ. Es war Hochwasser. Aufgewirbelt von den Wellen hatte das Wasser heute ein trübes Blaugrün. Der Himmel war noch grau, aber es war ein leichtes Grau. Jederzeit konnten die Wolken aufreißen und einen strahlend blauen Himmel freigeben. Im Osten zeigte sich sogar bereits ein heller Streifen Sonnenlicht. Es würde ein schöner Tag werden. Klara atmete tief durch und konnte endlich ihre Gedanken ordnen. Sie hatte es versaut, daran bestand kein Zweifel. Zweimal sogar. Sie hätte nicht schwach werden dürfen, nicht die Nerven verlieren dürfen. Aber sie konnte es nicht mehr ändern, egal wie häufig sie sich das in den letzten neunundzwanzig Jahren gewünscht hatte. Sie fixierte den hellen Streifen am Horizont, der sich immer weiter ausdehnte und die weißen Schaumkronen aufleuchten ließ. Ohne dass es ihr wirklich bewusst war, fasste sie einen Entschluss. Sie konnte und sie würde verhindern, dass sich so etwas auch nur im Entferntesten wiederholte. Nicht hier, nicht auf ihrer Insel.

Als Ally aus dem Haus trat, empfing sie die kühle Morgenluft, die so frisch und rein war, dass es ihr fast den Atem verschlug. Mit einem kleinen Umweg schaffte sie es problemlos den Dünenweg zu erreichen, ohne aus einem der Fenster gesehen werden zu können. Wer wusste schon, wie viele Leute hier um 5:00 Uhr morgens bereits auf den Beinen waren. Der Weg durch die Dünen war kaum hundert Meter lang und mit Holzplanken befestigt, die nass und dadurch extrem glitschig waren. Es musste in der Nacht geregnet haben. Ally hob den Blick kaum vom Boden, um bloß nicht geräuschvoll auszurutschen. Erst als das hier allgegenwärtige Rauschen anschwoll, blickte sie auf und blieb wie angewurzelt stehen.

Vor ihr erstreckte sich das offene Meer. Schäumend klatschten die Wellen keine fünf Meter von ihr entfernt gegen einen massiven Wall aus Beton, Asphalt und Steinen. Ally kannte den Firth of Forth, sie hatte gestern bereits einen Streifen der hiesigen Nordsee mit der Fähre überquert, aber das hier war mit nichts zu vergleichen. Diese unendliche Weite, die Kraft der Wellen, das war einfach majestätisch. Es zog sie wie magisch an, gleichzeitig war es einfach schrecklich. Sie fühlte sich entsetzlich klein und verletzlich gegenüber dieser endlosen Wüste aus tosenden Wellen unter dem endlosen grauen Himmel. Sie schloss die Augen und presste die Hände auf die Ohren, um das ewige Rauschen des Wassers zum Verstummen zu bringen, aber es half nichts. Von diesem Meer ging eine Macht aus, die Ally nicht in Worte fassen konnte.

Sie öffnete die Augen wieder und konzentrierte sich auf ihr eigentliches Ziel. Klara saß ein gutes Stück von ihr entfernt auf einem Stein und blickte aufs Wasser. Warum machte sie das? Sie saß einfach da, völlig versunken, als gäbe es nichts auf der Welt außer ihr und dem Meer. Ally ließ sie nicht aus den Augen, aber es passierte sonst nichts. Nach vielleicht zehn Minuten erhob Klara sich wieder und Ally rannte zurück zum Hotel, bevor sie sie entdecken konnte.

„Guten Morgen!“ Ally erschrak, als sie die Tür leise schloss und Ralph fast in die Arme lief. „Wo kommst du denn schon her?“

„Ich konnte nicht mehr schlafen und hab‘ mich draußen schon ein bisschen umgesehen“, antwortete Ally möglichst vage. Aus einem ihr bisher unbekannten Bedürfnis heraus, etwas zu sagen, ergänzte sie: „Du bist aber auch ganz schön früh auf.“

„Ja, ich bin wohl aufgewacht, als Klara aufgestanden ist. Dabei bemüht sie sich immer leise zu sein. Sie muss auch schon irgendwo draußen unterwegs sein.“ Ally zuckte nur mit den Achseln und es entstand eine Pause.

„Weißt du, ich dachte, nach dem Frühstück suchen wir ein Fahrrad für dich und ich zeige dir das Dorf. Einverstanden?“ Ralph redete einfach weiter, als würde er nicht bemerken, wie unsicher Ally war. Und als sie nickte, lächelte er, als würde er sich tatsächlich darauf freuen.

Während des Frühstücks beschäftigte Ally sich mit zwei Fragen, ohne eine Antwort darauf zu finden: Wo um alles in der Welt wollte Ralph hier ein Fahrrad für sie suchen? Und wann war sie das letzte Mal Fahrrad gefahren? Die Lösung der ersten Frage war recht simpel, wie sie wenig später feststellte. Zum Hotel gehörte nämlich ein kleiner Fahrradverleih für Touristen.

„Gut, dann lass' uns mal schauen." Ralph inspizierte jedes der aufgereihten Räder. „Welches möchtest du denn?" Als Ally zögerte, fragte er, als wäre es das Normalste der Welt: „Du kannst kein Fahrrad fahren? Ist nicht schlimm, kriegen wir alles hin."

„Doch, ist nur schon ziemlich lange her, glaub' ich."

„Dann haben wir ja gar kein Problem. Ich hab' mir nämlich mal sagen lassen, das verlernt man nicht." Ally war da noch nicht ganz so überzeugt.

„Diese Räder hier müssten die richtige Größe für dich haben. Rot, Weiß oder Grün? Such' dir deine Lieblingsfarbe aus." Ralph hatte drei Fahrräder mit buntem Gestell nach vorne geschoben.

Meine Lieblingsfarbe? Ally konnte sich nicht erinnern, dass sie schon einmal jemand danach gefragt hätte. Rot wohl eher nicht, da reichten ihr schon ihre Haare… Bevor sie weiter darüber nachdenken konnte, steuerte sie schon aus dem Bauch heraus zielsicher auf eins der Räder zu. Dann also Grün.

„Schön! Solange du hier bist, gehört das Rad dir. Dann kann es ja losgehen", sagte Ralph zufrieden und schwang sich auf sein mattschwarzes Trekkingrad.

Sie fuhren auf einem grasbewachsenen Wall entlang, wie Ally bereits in Harlesiel einen gesehen hatte. Deich wurde das hier genannt, erklärte Ralph ihr. Er sollte die Insel vor Hochwasser schützen. Dann deutete er auf eine kleine Herde Kühe zu ihrer Linken. „Das sind unsere Sommergäste!

„Sommergäste?“ Ally war sich nicht sicher, ob sie ihn verstanden hatte. Vielleicht war das im Deutschen ja auch ein Wort für eine Kuhrasse.

„Ja genau. Die Kühe sind nur über den Sommer hier, deswegen nennen wir sie so. Ein Landwirt vom Festland bringt sie jedes Jahr mit dem Frachtschiff her.“ Als Ally sich das vorstellte, musste sie laut loslachen. Das war schon lange nicht mehr vorgekommen.

„Und wann werden sie wieder abgeholt?“

„Meistens im Oktober. Höchstwahrscheinlich erlebst du das Schauspiel also dieses Jahr mit.“ Ally stellte irritiert fest, dass sie sich darauf freute.

Im Dorf angekommen schoben sie ihre Räder vorbei an einem roten Leuchtturm durch eine gemütliche Einkaufsstraße, in der sich Cafés und kleine Läden aneinander reihten. Ralph grüßte zu allen Seiten, da hier jeder jeden zu kennen schien. Mit einigen Insulanern wechselte er ein paar Worte und stellte ihnen Ally vor, wobei er rücksichtsvoll darüber hinwegsah, dass diese abwechselnd rot und blass wurde. Inzwischen war sie sich recht sicher, dass sie ihn mochte.

„Da vorne ist der Hauptstrand. Komm, wir holen uns ein Eis und setzen uns ein bisschen in die Sonne!“, schlug Ralph dann vor. Ally war zwar nicht gerade begeistert davon, schon wieder dieses Meer sehen zu müssen, aber sie folgte ihm natürlich.

Hier war der Strand anders als hinter Idas Haus. Breit und hell und belebt. Das Meer war bestimmt hundert Meter entfernt und die Wellen, die gemächlich auf den Sand schwappten, waren viel kleiner als noch am Morgen. Ally sah Sonnenanbeter, Spaziergänger, Surfer und Sandburgenbauer inmitten eines bunten Durcheinanders aus Strandkörben und Handtüchern. Niemand interessierte sich für Ralph und sie, wie sie mit ihren Eistüten eine Treppe zum Strand hinuntergingen. Augenblicklich fühlte Ally sich sicherer. Unten angekommen kickte Ralph seine ausgetretenen Bootsschuhe von den Füßen und sprang in den Sand. „Ich würde an deiner Stelle die Schuhe auch ausziehen, den feinen Sand bekommst du sonst nie wieder raus."

Ally zögerte. Sie konnte sich nicht erinnern, jemals draußen barfuß gelaufen zu sein. Aber sie tat in den letzten Tagen schließlich laufend Dinge, die sie noch nie gemacht hatte. Sie schlüpfte aus Turnschuhen und Socken und trat vorsichtig mit einem Fuß auf den Sand, als würde sie eine dünne Eisdecke betreten. Er war warm und ganz weich. Sie zog auch den zweiten Fuß hinterher und vergrub die Zehen im Sand. Es war herrlich! Völlig unerwartet spürte sie ein kleines prickelndes Glückgefühl in sich aufsteigen.

Auch auf dem Rückweg unterhielt Ralph sie mit Anekdoten und Wissenswertem über Land und Leute. Wenn Ally auch nicht jedes Wort übersetzen konnte, verstand sie die Zusammenhänge ganz gut. Sie hörte aufmerksam zu, während sie neugierig jedes Detail ihrer Umgebung in sich aufsog, und war damit eigentlich ganz zufrieden. Beim Abendessen fielen ihr dann fast die Augen zu und sie gähnte herzhaft. Erschrocken hielt sie sich die Hand vor den Mund und spähte zu Klara hinüber, die aber nur verständnisvoll lächelte. „Mach' dir nichts draus, das kommt von unserer Nordseeluft!" Ally fiel auf, dass sie Klaras Lächeln mochte. Es zauberte einen warmen Glanz in ihre sonst so kalten blauen Augen. Ally war sich sicher, dass diese Frau niemals lächeln würde, ohne es so zu meinen.

Noch 118 Tage, dachte Ally, als sie später im Bett lag. Dann war sie schon eingeschlafen.

~

Ally räkelte sich und konnte sich nicht entschließen, die Augen zu öffnen. Sie hatte lange nicht mehr so gut geschlafen. Tief und traumlos. Durch das leicht geöffnete Fenster drangen Stimmen und Gelächter in ihr Zimmer. Wie spät mochte es wohl sein? Ihr fiel auf, dass sie gar nicht wusste, was für heute geplant war. Sie sollte sich besser beeilen. Trotzdem schlenderte sie erstmal durchs Zimmer und räumte endlich ihre Sachen, die noch immer auf verschiedenen Haufen herumlagen, in Schrank und Kommode. Dabei fiel ihr Blick auf die Bücher, die Klara für sie bereitgelegt hatte, und sie griff nach dem erstbesten: „Anne auf Green Gables". Dem Cover nach zu urteilen war die Hauptfigur rothaarig. Die Arme. Ally drehte das Buch in der Hand und erfuhr, dass sich die Handlung um ein Waisenmädchen drehte. Das war ja wie Reality TV. Neben zwei weiteren Bänden über diese Anne fand Ally noch ein dünnes, zerlesenes Exemplar von „Das Mädchen aus dem Indianerladen". Hier ging es um ein Mädchen, das an einem fremden Ort leben musste, an dem es partout nicht sein wollte. Auch sehr passend. Außerdem waren alle diese Bücher, mit denen sie ja ihr Deutsch verbessern sollte, aus dem Englischen übersetzt. Wollte Klara sie ärgern? Oder war ihr die Ironie ihrer Bücherauswahl schlichtweg gar nicht aufgefallen? Als Ally wenig später ins Café hinunterging, war die positive Einstellung, die sie noch beim Aufwachen erfüllt hatte, schon wieder deutlich gedämpft.

Unten angekommen stellte sie überrascht fest, dass das Café bereits gut besucht war. Es war tatsächlich schon nach

10:00 Uhr. Sie stand eine Weile unschlüssig in einer Ecke, dann entdeckte sie zum Glück Ralph an einem der Tische auf der Terrasse und setzte sich zu ihm.

„Guten Morgen! Na, gut geschlafen?“ Er sah von seinem Laptop auf.

„Ja, ich denke schon. Zumindest lange.“ Ally grinste verlegen.

„Schön! Dann hol‘ dir doch aus der Küche etwas zum Frühstücken.“

„Gleich vielleicht, ich hab‘ gerade noch gar keinen Hunger.“ In Wahrheit hätte Ally ein halbes Wildschwein verspeisen können, traute sich aber absolut nicht, einfach so in eine Hotelküche zu spazieren. Stattdessen fragte sie: „Was soll ich denn eigentlich hier machen? Also im Praktikum, meine ich.“

„Hhm, das kann ich dir gar nicht so genau sagen. Was das angeht, ist Klara hier der Chef. Aber frag‘ sie doch gleich selber, da kommt sie gerade.“ Ralph zog einen freien Stuhl zurück und Klara ließ sich dankbar mit einer Kaffeetasse in der Hand nieder.

„Ihr glaubt gar nicht, was hier heute wieder los ist. Naja, zumindest die Kasse freut’s ja.“ Klara streckte sich auf ihrem Stuhl. „Ich muss auch gleich wieder rein, den Cappuccino gönn‘ ich mir aber erstmal.“

Ralphs Blick in Allys Richtung forderte sie eindeutig auf, jetzt einfach zu fragen, was sie wissen wollte. Sie zögerte aber, schließlich wollte sie Klara doch jetzt nicht bei ihrer Pause stören. An ihrer Stelle erkundigte sich Ralph nach einer Weile: „Schatz, sag‘ mal, steht eigentlich schon fest, welche Aufgaben Ally in den nächsten Wochen übernehmen soll? Wir hatten gerade darüber gesprochen.“

„Ach, da bin ich recht offen. Hilfe können wir überall gebrauchen. Ich halte es sowieso für das Beste, wenn Ally nach und nach alle Bereiche von Hotel und Gastronomie kennenlernt.“ Sie sah Ally an. Eindringlich und direkt in die Augen, wie das anscheinend ihre Art war. „Worauf hast du denn am meisten Lust? Dann fangen wir damit an.“

Ally senkte den Blick. Sie hatte überhaupt keine Lust hier zu sein! Deswegen war es ihr eigentlich auch egal, was sie machte. Natürlich fielen ihr ad hoc einige Dinge ein, die sie ganz bestimmt nicht tun wollte, aber das sagte sie besser nicht. Also schwieg sie und starrte angestrengt auf die Tischplatte.

„Ally? Hast du mich verstanden?“ Sie nickte, denn anlügen mochte sie Klara auch nicht. „Gut. Dann sag‘ doch mal, was möchtest du zuerst kennen lernen? Die Arbeit als Zimmermädchen? Ok, das klingt vielleicht nicht attraktiv. Wie wäre es, in der Küche mitzuarbeiten? Oder im Fahrradverleih?“ Als Ally keine Anstalten machte zu antworten, seufzte Klara gereizt und erklärte: „Irgendeine Arbeit musst du schon machen. Du bist hier schließlich nicht im Urlaub. Am besten du hilfst für den Anfang im Café im Service mit. Der Umgang mit den Gästen ist eine gute Übung, ein bisschen aus sich heraus zu kommen.“ Sie nahm den letzten Schluck aus ihrer Tasse, dann eilte sie zurück ins Café.

Langsam sickerte in Allys Kopf, was Klara da gerade bestimmt hatte. Sie, Ally Christie, die am liebsten unsichtbar sein wollte, sollte Gäste bedienen. Sie ansprechen, höflich sein, vielleicht sogar noch Smalltalk machen. Das ging doch nicht. Warum hatte sie bloß wieder mal ihren Mund nicht aufgemacht? Ohne ein weiteres Wort mit Ralph zu wechseln, verschwand sie wieder in ihrem Zimmer.

Gegen Mittag stand Ralph mit Rollkoffer und Aktentasche im Wohnzimmer. „Klara, ich muss jetzt gleich los!“

„Warte, ich bin gleich da“, kam die Antwort aus dem Badezimmer. „Weißt du schon, wann du wieder hier bist?“

„Am Freitagnachmittag. Ich hab‘ an dem Tag keine Termine mehr und kann in Hamburg schon früh losfahren.“

Ally hörte von ihrem Zimmer aus jedes Wort mit und erlebte gleich den nächsten Tiefschlag an diesem sowieso schon miesen Tag. Ralph würde die ganze Woche nicht auf der Insel sein. Obwohl sie erst zwei Tage hier war, war er bereits zu ihrem Anker geworden. Da konnte er sie doch jetzt nicht allein lassen! Aber natürlich konnte er das, alle ließen sie schließlich allein! Es klopfte an ihrer Tür. „Ally, ich muss jetzt zur Fähre. Ich arbeite ja unter der Woche in Hamburg.“ Na toll, das hieß also, er würde jede Woche weg sein. Und sie würde die ganze Zeit mit Klara alleine sein. „Komm‘ doch kurz raus, ich wollte Tschüss sagen.“ Ally verkroch sich unter ihrer Decke. Sie konnte das Zimmer jetzt einfach nicht verlassen. „Ich denke, sie schläft“, meinte Ralph, scheinbar an Klara gerichtet, dann fügte er leiser hinzu: „Du schaffst das schon, Ally. Ich bin schon gespannt, was du am Freitag alles zu erzählen hast!“

Klara begleitete ihren Mann zur Fähre, was sie nur selten tat.

„Du bist heute so anhänglich. Was ist denn mit dir?“ Ralph legte den Arm um sie.

„Es ist so schade, dass du heute schon fahren musst. Morgen hätte doch auch gereicht.“

„Ich hab‘ doch morgen früh schon einen Termin in Köln, den schaffe ich doch sonst gar nicht.“

„Weiß ich ja, ist aber trotzdem schade." Klara zögerte. „Es ist einfach… Ach, du kommst mit dem Mädchen so gut klar. Viel besser als ich! Ich weiß nicht, wie das werden soll, wenn ich mit ihr alleine bin."

„Ihr beide schafft das schon." Dabei war Ralph sich nach heute Vormittag gar nicht mehr so sicher. Er zweifelte sogar daran, ob die Idee, Ally auf die Insel zu holen, überhaupt richtig gewesen war. Trotzdem sagte er: „Vielleicht ist es sogar gar nicht schlecht, wenn ich weg bin. Dann könnt ihr euch besser aneinander gewöhnen. Und Stina ist ja auch noch da. Die kümmert sich bestimmt gerne um Ally."

Klara nickte wenig überzeugt und schmiegte sich an ihn. „Ich hoffe, du hast Recht!"

„Klar, ich hab' doch immer Recht!" Er grinste schelmisch, sodass Klara auch lächeln musste und ihn gespielt empört in die Seite knuffte. Dann hatten sie den Anleger erreicht. Ralph nahm Klara in seine starken Arme und hielt sie fest, bis die Gangway des Schiffes hinuntergelassen wurde.

„Geh' nicht!" Klara wusste, dass das albern war, aber sie konnte in diesem Moment nicht anders. Ralph strich ihr zärtlich eine blonde Strähne aus dem Gesicht und küsste sie, als würde er eine mehrmonatige Weltreise antreten.

„Bis Freitag, mein Engel. Ich liebe dich!" Damit machte er sich sanft von ihr los und bestieg das Schiff.

Ally verließ ihr Zimmer für den Rest des Tages nicht mehr, auch wenn sie fast verhungerte. Noch 117 Tage. Das waren 16,7 Wochen. 2.808 Stunden. 168.480 Minuten. Rechnen musste eine ähnliche Wirkung haben wie Schäfchenzählen, denn irgendwann schlief sie ein.

~

In dieser Nacht schlief sie erwartungsgemäß wieder schlecht und wachte beim ersten Tageslicht auf. Ihr war übel. Sie wälzte sich noch einige Male hin und her, dann hatte sie eine Entscheidung getroffen. Egal in welcher Einheit sie es ausdrückte, sie würde keine 117 Tage als Kellnerin überleben. Auch keine 116, wenn sie den gestrigen Tag abzog.

Ally zog sich an und schlich wie zwei Tage zuvor über den Dünenweg zum Meer. Wie sie gehofft hatte, saß Klara wieder auf einem der Steine und blickte aufs Wasser. Heute war es leicht diesig, aber der Himmel war bereits hellblau. Die Sonne war aufgegangen und malte eine breite Spur goldenes Licht auf die trägen Wellen. Richtig kitschig sah das aus. Es war aber auch kalt und das Wasser war Ally wieder viel zu nah. Sag einfach, was du zu sagen hast, dann kannst du hier wieder verschwinden, sagte sie sich und wandte sich Klara zu. Nach drei Schritten stockte sie und wollte sich wieder umdrehen. Nein, Ally, du kannst das! Sag einfach, dass du lieber als Zimmermädchen arbeiten möchtest. So schwer ist das nicht! Sie ging noch ein paar Schritte weiter, dann blieb sie wieder stehen. Sie konnte Klara das nicht sagen. Sie fürchtete sich vor ihrer Reaktion, vor dem Blick ihrer blauen Augen. Gleichzeitig war es ihr nicht egal, was Klara über sie dachte. Obwohl sie es doch inzwischen gewohnt sein musste, wollte Ally hier nicht wieder als Angsthase dastehen. Während sich ihre Angst vor ihrer Chefin und ihre Angst vor den Gästen noch einen erbitterten Kampf lieferten, hatte Klara sich erhoben und bemerkte Ally. „Guten Morgen!“ Selbst auf die Entfernung konnte Ally spüren, dass sie lächelte. Trotzdem drehte sie sich erschrocken um und rannte davon. Feigling! Du bist ein jämmerlicher Feigling, Ally Christie, dröhnte es in ihrem Kopf.

Wenig später saß sie mit Klara und zwei weiteren Servicekräften auf der Terrasse, um beim Frühstück den Tag durchzusprechen. Ally konzentrierte sich aufs Essen, denn komischerweise war ihr Selbsterhaltungstrieb noch zu ausgeprägt, um in den Hungerstreik zu treten.

„Dann zeige ich Ally gleich alles“, sagte jetzt das Mädchen ihr gegenüber. Sie war vielleicht fünf Jahre älter als Ally, hatte lange hellbraune Haare, die zu einem Pferdeschwanz gebunden waren, und trug eine Brille mit einem breiten, schwarzen Rand.

„Ok, Stina, ich übernehme dann wieder den Tresendienst“, warf Mats ein, bevor er noch einmal herzhaft in sein Käsebrötchen biss. Seit Anfang des Monats arbeitete der Maschinenbaustudent in Idas Haus. Klara war heilfroh gewesen, nach dem Abgang von Patrick und Julia so schnell Ersatz gefunden zu haben. Zudem war Mats motiviert und schnell von Begriff. Mit seinen dunkelbraunen Locken, die ihm lässig in die Stirn fielen, und seiner charmanten Art kam er auch bei den Gästen gut an.

Und bei Stina, wie Klara vor kurzem festgestellt hatte. Was war bloß in diesem Jahr hier los? Sie betrieb doch keine Partnervermittlung! Sie schob den Gedanken zur Seite und erhob sich. „Sehr schön, dann ist ja alles klar. Ich bin jetzt erstmal im Dorf, sollte aber gegen Mittag wieder hier sein.“

In den nächsten zwei Stunden folgte Ally Stina wie ein möglichst unauffälliger Schatten und versuchte krampfhaft, sich alles zu merken. Stina gab sich so viel Mühe, ihr alles gut zu erklären, dass sie Ally fast wie ein Kleinkind behandelte. Ally nahm ihr das nicht übel, denn es gab wirklich verdammt viele Dinge, die hier beachtet werden mussten. Dann gingen sie dazu über, dass Ally das benutzte Geschirr abräumte, während Stina die Bestellungen aufnahm und servierte. Ally stapelte gerade ungeschickt mehrere Teller, als ein Mann zwei Tische weiter sie ansprach: „Hallo? Kommen Sie bitte mal!“ Als Ally tat, als hätte sie ihn nicht gehört, rief er noch einmal lauter. Mehrere Gäste drehten sich zu ihr um. Nur damit er nicht noch lauter brüllte, ging Ally zu seinem Tisch hinüber. „Na endlich, da sind Sie ja! Die Waffel von meinem Sohn ist nicht richtig durch!“ Für Ally sah das Gebäck eigentlich ziemlich gut aus. „Schauen Sie sich das doch mal an!“, forderte der Herr sie aufgebracht auf und fuchtelte ihr mit seiner Gabel vor der Nase herum, „vollkommen ungenießbar!" Das ist doch nicht meine Schuld, dachte Ally und sah sich verzweifelt um. Wo war Stina denn bloß? „Sind Sie stumm oder was?!“ Inzwischen waren alle Augen auf Ally und den Mann mit der Waffel gerichtet, der augenscheinlich eine Reaktion von ihr erwartete. „Ich…“, stotterte sie ohne eine Idee, was sie überhaupt sagen wollte. Auf ihrer Oberlippe bildeten sich Schweißperlen, „Ich weiß nicht…“ Dann drehte sie sich um und floh von der Terrasse.

Beim Fahrradständer zerrte sie an ihrer Schürze, bis das Band riss, und pfefferte sie auf den Boden. Dann bestieg sie mit noch weichen Knien ihr grünes Fahrrad und trat wie wild in die Pedale, um möglichst schnell von diesem Typen und sowieso allen Leuten hier wegzukommen. Sie kam sich so dumm vor! Sie fuhr immer weiter, bis sie das Dorf erreichte. Vor ihr musste die Einkaufsstraße liegen, also bog sie nach links ab. Auf keinen Fall wollte sie jetzt Klara begegnen! Es ging einen kleinen Berg hinauf, dann hatte sie den Hauptstrand erreicht. Überall war hier dieses bescheuerte Meer! Weil sie außer Atem war, ließ sie ihr Rad stehen, ging zum Strand hinunter und ließ sich abseits von den Strandkörben in den Sand fallen.

„Oh, verdammt. Sorry!“ Ally war so in ihre trüben Gedanken versunken, dass sie den Jungen nicht hatte kommen sehen. Er war einfach plötzlich da, stolperte über ihre Beine und fiel neben ihr in den Sand. „Hab‘ dich nicht gesehen.“

„Ja, klar“, murmelte Ally sarkastisch, hielt sich das Schienbein und wandte sich ab. Sie wollte ihre Ruhe haben.

„Wirklich nicht!“ Er ging einfach nicht. Stattdessen zerrte er eine Brille aus seiner nassen Badeshorts und setzte sie auf die Nase. Augenblicklich rutschte sie wieder runter. „Ich muss das Ding beim Surfen abnehmen, sonst ist es futsch. Und ohne seh‘ ich halt nicht viel.“

Ally musste grinsen, dann prustete sie plötzlich los. Das war doch wirklich einmalig! Seit sie denken konnte, wünschte sie sich unsichtbar zu sein, und dann traf sie einen Typen, der sie wirklich nicht sehen konnte.

„Was ist denn daran so komisch?“, fragte der Junge, der ungefähr in ihrem Alter war, irritiert und setzte sich neben sie.

„Gar nichts.“ Ally biss sich in die Wange und wurde wieder ernst. „Wie kannst du überhaupt surfen, wenn du nichts siehst?“

„Naja, wenn ich alleine auf dem Wasser bin, geht’s ganz gut. Und wenn ich falle, tut’s im Wasser ja nicht weh.“

Ally fing wieder an zu lachen. Der Typ war echt ulkig! Mit seiner rutschenden Brille und der hageren Statur sah er auch gar nicht aus, wie ein typischer Surfer (auch wenn Ally bisher keinem begegnet war). Eher intellektuell. „Warum hast du dir keinen Sport ausgesucht, bei dem du dich und deine Umwelt nicht in Lebensgefahr bringst?“

„Kitesurfen ist cool! Windstärke, Strömung, Größe des Kites, das ist pure Physik!“ Er sah Ally an und seine von der Brille stark vergrößerten Augen blitzten vor Begeisterung. „Ich bin übrigens Finn.“

„Ally.“ Ganz förmlich gaben sie sich die Hand.

„Und was machst du hier so, Ally?“

„Ach, das war eigentlich Zufall.“ Nicht nur, dass sie jetzt hier am Strand saß, auch dass sie überhaupt auf dieser Insel war, war bei näherer Betrachtung Zufall. „Ein ganz beschissener Zufall, wenn du es genau wissen willst.“ Sie gab ihm eine kurze Zusammenfassung ihrer Begegnung mit dem Storch. Vielleicht lag es daran, dass Finn selbst so kauzig war, dass sie so unbefangen mit ihm reden konnte.

„Muss ja nicht unbedingt schlimm sein, so ein Zufall“, erwiderte Finn nachdenklich.

„Wie bitte? Ich hab‘ dir doch gerade gesagt, wie schlimm das ist!“

„Ist eigentlich ganz nett hier.“ Finn tätschelte den Sand neben sich. „Kommt jetzt halt nur drauf an, was du draus machst. Is‘ ja ganz logisch.“

„Hä?“

„Naja, das Verhältnis aus Zufall und Entscheidungen muss eben stimmen. Guck' hier.“ Er fischte eine längliche Muschel aus dem Sand und zeichnete damit eine wild gezackte Linie. Sieht aus wie Herzrhythmusstörungen, dachte Ally. Da sie das deutsche Wort hierfür natürlich nicht kannte, umschrieb sie es. „Genau“, fuhr Finn fort, „so sieht dein Leben aus, wenn alles immer zufällig passiert. Das totale Chaos und irgendwie krankhaft.“ Jetzt zeichnete er eine vollkommen gerade Linie in den Sand. „Und so sieht es aus, wenn man alles plant und nichts dem Zufall überlässt.“

„Wie Herzstillstand“, warf Ally ein und Finn nickte zufrieden.

„Genau. Wenn das Verhältnis aus Zufall und eigenen Entscheidungen aber stimmt, sieht es so aus.“ Es folgte eine Linie mit mäßigen Ausschlägen, die langsam anstieg. „Ist also ganz einfach.“

Ally lachte. Das wurde ja inzwischen fast zur Gewohnheit. „Und von wem ist deine Theorie?“

„Von mir, denke ich.“

„Dann bist du ja doch ein Philosoph und kein Physiker.“

„Vielleicht hast du Recht. Philosophie ist schließlich die Wiege aller Wissenschaften“, überlegte er ernsthaft.

Ally ließ sich das eine Weile durch den Kopf gehen, dann sagte sie zusammenfassend: „Du bist ein Nerd!“

Finn zuckte gelassen mit den Schultern. „Ich weiß.“

Sie verfielen beide in Schweigen und beobachteten einen Kitesurfer, der an einem gelb-schwarzen Schirm hängend waghalsige Sprünge vollführte. Plötzlich fielen Ally Idas Haus, Stina und Klara wieder ein. „Ich muss los!“ Ehe Finn es sich versah, eilte sie zu ihrem Fahrrad und düste davon. Immerhin hatte sie inzwischen keinerlei Bedenken mehr, vom Rad zu fallen.

Als Klara wieder beim Hotel ankam, fand sie eine ziemlich überforderte und total aufgelöste Stina vor. „Was ist denn hier los? Wo ist Ally?“

„Keine Ahnung. Ich glaub‘, ein Gast hat sie blöd angeschnauzt und dann ist sie weggelaufen“, erwiderte Stina hilflos.

„Das kann doch nicht wahr sein! Hier kann doch nicht jeder machen, was er will. Warum hast du nicht besser aufgepasst?“ Klara wusste, dass es ungerecht war, ihren Ärger an Stina auszulassen. Sie spürte aber, wie eine bohrende Angst in ihr aufstieg und konzentrierte sich deswegen lieber auf die Wut. Als das auch nichts half, versuchte sie, sich zu beruhigen: Das Mädchen würde schon wieder auftauchen. Sie war schließlich sechzehn und keine sechs mehr. Außerdem konnte sie die Insel gar nicht verlassen, sie wusste schließlich gar nicht, wo man die Fahrkarten für die Fähre kaufte. Während ihre Gedanken sich wieder verselbstständigten und ihr albtraumhafte Bilder in den Kopf impfen, näherte sich ein grünes Fahrrad, auf dem ein roter Zopf saß. Klaras Angst löste sich schlagartig in Erleichterung, die Wut ließ sich aber nicht so leicht abschütteln.

Ally sah Klara schon von weitem vor dem Eingang stehen und wusste, dass sie ein Problem hatte. Leider wusste sie auch, dass sie hier sonst nirgendwo hinkonnte, und fuhr tapfer weiter. Sie stieg ab, schloss umständlich ihr Fahrrad an, hob die Schürze auf, die immer noch auf dem Boden lag, und wandte sich zum Gebäude. Klara stand ganz ruhig da und wartete. Ally hätte einfach an ihr vorbei ins Haus gehen können, aber Klaras Blick sagte eindeutig, was sie von Ally erwartete. Mit gesenktem Blick ging Ally also auf sie zu.

„Nun?" Klara Stimme war kaum mehr als ein Flüstern, aber härter als Marmor.

„Ich…ich war im Dorf."

„Warum warst du während deiner Arbeitszeit im Dorf?"

„Da war dieser Typ mit der Waffel und er hat gesagt, ich bin stumm, und alle haben geguckt und die Waffel war nicht durch, dabei war sie doch gut und dann wusste ich nicht weiter." Ally merkte selber, dass ihrer Erklärung eindeutig der rote Faden fehlte.

„Alles kein Grund einfach abzuhauen!“ Klara wurde lauter. „Sieh‘ mich an!“ Ally hob langsam den Kopf und erschrak, wie wütend Klara war.

„So etwas möchte ich nicht noch einmal erleben. Wir haben hier alle etwas Besseres zu tun, als nach einer Praktikantin zu suchen. Haben wir uns verstanden?“ Ally nickte, aber Klara reichte das offenbar nicht. „Ab sofort verlässt du das Hotel nicht mehr. Wohnung, Hotel, Café, Terrasse und der Dünenweg zum Meer, das war’s.“ Egal wie ärgerlich Klara auch war, jemandem den Weg ans Meer zu verbieten, wäre ihr unmenschlich vorgekommen. Ally wusste das allerdings nicht zu schätzen. Sie fühlte sich wie ein Tiger im Käfig. Oder vielleicht eher ein Kaninchen im Käfig. Einfach zu verschwinden, war seit Jahren ihre Medizin gegen einfach alles. Und jetzt nahmen sie ihr auch das noch!

„Du bist ganz verschwitzt, geh‘ in dein Zimmer und zieh‘ dir was Frisches an“, fuhr Klara etwas ruhiger fort, „und am besten bleibst du für heute gleich da. Dann weiß ich wenigstens, wo du bist.“ Ally nickte wieder und blinzelte ihre Tränen weg. Klara wandte sich zum Gehen und fügte ganz leise, wie zu sich selbst, hinzu: „Und ich muss keine Angst mehr haben.“ Ally hörte es trotzdem.

In ihrem Zimmer warf Ally sich aufs Bett und wollte endlich weinen, aber es ging nicht mehr. Sie fühlte sich trotzdem elend. Nicht nur, dass sie ab jetzt eingesperrt war und Klara wohl nie wieder unter die Augen treten durfte. Da war noch etwas anderes. In Klaras Blick hatte nicht nur Wut gelegen, sondern auch Unsicherheit und Sorge. Konnte das sein? Was hatte sie eben noch gesagt? „Ich muss keine Angst mehr haben“? Klara hatte sich wirklich um sie gesorgt! Nicht dieses floskelhafte „Wir machen uns alle Sorgen um dich, Ally“, das sie von Laurel oder Susan kannte. Nein, Klara hatte echte Angst um sie gehabt. Wenn das überhaupt noch möglich war, fühlte Ally sich auf einmal noch schlechter. Das hatte sie doch nicht gewollt!

Um sich irgendwie abzulenken, griff sie nach einem der Bücher und zwang sich zum Lesen, bis sie irgendwann ganz vertieft war in die Geschichte der kleinen Libby in ihrem Indianerladen.

~

Ally musste über ihrem Buch eingeschlafen sein, denn als sie wieder aufwachte, war es stockfinster. Das miese Gefühl war immer noch da, aber sie war nicht mehr so verzweifelt, wie noch ein paar Stunden zuvor. Einerseits schämte sie sich zwar immer noch, dass sie Klara durch ihr kindisches Verhalten Angst eingejagt hatte. Andererseits fühlte es sich gar nicht schlecht an zu wissen, dass sich ein anderer ehrlich um einen sorgte. Es war ein schönes, ein warmes Gefühl, das aber auch eine große Verantwortung bedeutete, wie Ally in diesem Moment klar wurde. Wie am Tag zuvor schmiedete sie deswegen einen Plan für den nächsten Morgen. Nur dieses Mal musste es klappen! Vorsichtshalber stellte sie sogar den Wecker ihres Handys.

Als dieser drei Stunden später klingelte, hätte Ally am liebsten weitergeschlafen, beim Gedanken an ihre Mission sprang sie aber aus dem Bett. Es war erst 5:10 Uhr, als sie bereits auf einem der großen Steine Platz nahm, auf denen sie Klara die letzten Tage beobachtet hatte. Auf keinen Fall durfte sie diese heute verpassen! Leider schien Klara aber gerade heute gut zu schlafen und Ally musste lange warten. Zuerst erschienen ihr Meer und Himmel wie eine gleichförmige graue Masse. Je länger Ally aber hinsah, desto mehr

Details erkannte sie: Containerschiffe, die am Horizont auftauchten und wieder verschwanden, ein Schwarm Seevögel, der wie eine wabernde Wolke vorbeizog, zwei Möwen, die um etwas Essbares stritten, ein orangenes Fischernetz, in dem sich kleine Seesterne verfangen hatten. Als Ally bewusst wurde, wie sie sich immer mehr in den Anblick des Meeres vertiefte, schaute sie schnell weg und zählte stattdessen die Pflastersteine unter ihren Füßen. Sie konnte das Meer schließlich nicht leiden!

Gegen 7:00 Uhr sah sie Klara den Dünenweg entlangkommen und ihr Herz begann augenblicklich zu rasen. Sofort erwachte ihr Fluchtinstinkt wieder zum Leben, aber sie zwang sich auf dem Stein sitzen zu bleiben. Jetzt hatte auch Klara sie entdeckt, auf die Entfernung konnte Ally deren Gesichtsausdruck aber nicht deuten. Also wartete sie, bis Klara fast bei ihrem Stein angekommen war, dann stand sie tapfer auf und ging ihr entgegen.

„Hallo, Ally! Was machst du denn hier draußen?“, fragte Klara ehrlich verwundert.

„Du hast gesagt, ich darf hierherkommen“, erwiderte Ally schnell, wie um klarzustellen, dass sie gestern zugehört hatte.

„Ja, alles gut.“ Klaras Augen schienen zu schmunzeln. „Es ist nur noch so früh.“ Wenn du wüsstest, wie lange ich schon hier bin, dachte Ally, konzentrierte sich dann aber schnell auf ihr eigentliches Anliegen. Sie holte tief Luft. Auch Klara schien zu merken, dass sie noch etwas auf dem Herzen hatte, denn sie blieb abwartend stehen.

„Klara, ich“, begann Ally leise, „ich wollte… Es tut mir leid, dass ich gestern weggelaufen bin. Das hätte ich während der Arbeit nicht machen dürfen. Und ich wollte auch bestimmt nicht, dass ihr euch Sorgen macht!“ Sie zwang sich,

Klara anzusehen, die sie kritisch musterte. Je länger Klara schwieg, desto heißer wurde Ally, obwohl wie jeden Morgen ein frischer Wind wehte.

„Sagst du das jetzt, damit ich dir erlaube, wieder auf der Insel herumzustromern?“, fragte Klara streng. Ally schüttelte den Kopf, sodass ihr roter Zopf hin und her flog.

„Nein, ich wollte nur, dass du das weißt.“

„Ok.“ Klara lächelte. „Entschuldigung angenommen!“ Sie hob die Hand und strich Ally über die Schulter. Auch diese lächelte schüchtern. Dann drehte sie sich um und ging beschwingt zum Hotel zurück. Sie fühlte sich gerade ganz irrsinnig glücklich!

Klara setzte sich auf einen der Steine und forschte in ihrem Inneren, was sie von der Sache hielt. Dass Ally die Wahrheit gesagt hatte und sich ab jetzt an die Spielregeln halten würde, davon war sie überzeugt. Bestimmt war es für das Mädchen nicht einfach gewesen, zu ihr zu kommen. Klara war sehr froh, dass sie es trotzdem getan hatte. So ärgerlich der Vorfall gestern auch gewesen war, schien er die beiden im Ergebnis ein kleines Stück näher zusammengebracht zu haben. Und Klara wollte doch so sehr, dass es funktionierte!

Als Ally am Vormittag über die Café-Terrasse huschte, beobachtete Klara sie. Ally erinnerte sie an ein verschrecktes Eichhörnchen, das sich in eine Fußgängerzone verirrt hatte. Kurzentschlossen rief sie: „Ally? Kommst du mal bitte!“

„Ja?“

„Weißt du, ich habe gerade überlegt, ob es für den Anfang nicht doch ein bisschen viel für dich ist, als Servicekraft zu arbeiten. Gäste können schwierig sein, obwohl wir das natürlich nie laut sagen würden.“ Sie zwinkerte Ally zu. „Ich möchte nicht, dass sie es ausnutzen, dass du damit noch nicht umgehen kannst." Obwohl das genau das war, was Ally sich gewünscht hatte, fühlte es sich an, als hätte sie alle enttäuscht. Klara und auch sich selbst. Was war nur mit ihr los? Sonst war ihr so etwas doch immer egal gewesen.

„Das ist aber nicht dein Fehler", beruhigte Klara sie, die spürte, was in Ally vorging, „ich war es, die das falsch eingeschätzt hat." Ally schaute immer noch unglücklich drein. „Ok, ich habe eine Idee." Klara neigte verschwörerisch den Kopf. „Du hilfst jeden Tag ein bisschen hinterm Tresen und wenn Gäste nett aussehen und du soweit bist, versuchst du es einfach nochmal mit dem Bedienen. Vorher sagst du Stina, Mats oder mir Bescheid, dass wir dir im Notfall helfen können. Das machen wir so lange, bis du dich sicher fühlst." Ally nickte. „Gut! Und jetzt gehst du erstmal in die Ferienwohnungen und hilfst Ewa. Das ist meine gute Putzfee."

Als Ally das Café verließ, fühlte sie sich unglaublich erleichtert. Sie würde das schaffen, nahm sie sich in diesem Moment ganz fest vor. Klara sah ihr hinterher und schüttelte den Kopf über sich selbst. So geduldig kannte sie sich gar nicht.

Die Rolle als Zimmermädchen gefiel Ally tatsächlich ziemlich gut. Unauffällig durch die Zimmer zu flitzen und einen Blick auf das Privatleben anderer Leute zu erhaschen, war genau ihr Ding. Nach Feierabend lud Stina sie noch auf eine Cola ein, danach merkte Ally aber wieder, wie eingeschränkt sie hier war. Also setze sie sich auf ihre Fensterbank und las wieder, bevor sie erschöpft von der kurzen Nacht, der Aufregung und der ungewohnten Arbeit früh schlafen ging. Noch 115 Tage.

~

Am Mittwochmorgen nieselte es leicht, als Klara den Dünenweg entlangging. Trotzdem hoffte ein Teil von ihr, dass sie Ally wieder auf dem Deckwerk treffen würde. Sie war sogar ein kleines bisschen enttäuscht, als sie die großen Steine leer vorfand. Dann sah sie im Augenwinkel einen rötlichen Schatten in den Dünen und wenig später kam Ally den Weg entlang. Einige Meter von Klara entfernt blieb sie stehen.

„Da bist du ja wieder!", grüßte Klara.

„Ich wollte nicht stören. Ich wollte nur ein bisschen raus und ich kann ja sonst irgendwo hin."

„Tja, so ist das eben." Klara zuckte mit den Schultern. „Du störst außerdem nicht." Ally blieb eine Weile unschlüssig stehen, dann kletterte sie das Deckwerk ein Stück hinunter, sodass der Abstand zum Wasser für sie gerade noch groß genug war, und warf ziellos ein paar Kiesel ins Wasser.

Klara beobachtete sie von ihrem Platz aus und die Geschichte vom kleinen Prinzen und dem Fuchs kam ihr in den Sinn, die sich jeden Tag ein Stückchen näher setzen konnten.

~

Tatsächlich trafen sich die beiden auch am nächsten Morgen auf dem Deckwerk. Es war ein herrlicher Morgen. Die Sonne war bereits aufgegangen und strahlte von einem makellos blauen Himmel hinab. Flugzeuge hatten ein grafisches Muster aus Kondensstreifen geschaffen, deren Weiß mit den Schaumkronen der Wellen um die Wette leuchtete. Das Meer war heute weiter entfernt als die Tage zuvor und hatte am Fuß des Deckwerks einen Streifen Sand freigelegt, der im Morgenlicht schimmerte. Trotz der frühen Stunde war der Wind lau.

„Ist das schön heute!“, sagte Klara gleichermaßen zu sich selbst und zu Ally.

„Ja…“ Auch wenn es ihr widerstrebte, musste Ally das zugeben.

„Du magst die Nordsee nicht besonders, hab‘ ich recht?“

Ally fühlte sich ertappt. „Naja, sie macht mir ein bisschen Angst. Sie ist so groß und so mächtig und so leer. Hier kann man sich nicht verstecken.“ Jetzt war sie ehrlicher gewesen, als sie es eigentlich vorgehabt hatte.

„Es ist gar nicht falsch, ein bisschen Angst vor dem Meer zu haben“, führte Klara den Gedanken glücklicherweise ganz unverfänglich weiter, „das bewahrt einen davor, sich in Gefahr zu bringen.“

„Es müsste immer so sein wie heute“, warf Ally ein, „so könnte ich das Meer wohl auch mögen.“

Klara schüttelte den Kopf und lachte leise. „Nein, so funktioniert das aber nicht. Man kann das Meer nicht nur manchmal lieben. Man liebt es oder man liebt es nicht. Das ist ganz einfach.“ Sie sagte es ganz ruhig, aber mit einer so großen Sicherheit, das Ally sie unwillkürlich dafür bewunderte. Trotzdem wusste sie nicht recht, ob sie Klara zustimmen konnte. Einer endlosen Wasserfläche überhaupt so etwas wie Liebe entgegenzubringen, empfand sie doch als etwas übertrieben. Klara ging es aber auch gar nicht darum, Ally zu überzeugen, es reichte ihr, dass es ihre Wahrheit war.

~

Am Freitagmorgen hatte es für Ally bereits etwas tröstlich Gewohntes nach dem Aufstehen als Erstes zum Deckwerk zu gehen. Sie grüßte leise und hockte sich mit angezogenen Knien auf den Stein direkt neben Klara. Diese schmunzelte in sich hinein. Dann schwiegen beide, den Blick aufs Meer gerichtet, ohne dass es unangenehm war. Aus einem plötzlichen Impuls heraus sagte Ally nach einer Weile: „In Edinburgh gibt es keinen Horizont. Nur Häuser und Hügel."

Klara sah sie kurz überrascht an und fragte dann: „Wie ist es dort?"

„Ich denke, es ist sehr schön", sagte Ally nachdenklich, „aber es ist ja auch die einzige Stadt, die ich kenne." So differenziert hatte sie die Sache noch nie betrachtet. „Für mich ist es sehr schön dort", ergänzte sie. Das stimmte auf jeden Fall.

„Erzählst du mir etwas über die Stadt und dein Leben dort?", fragte Klara sanft, den Blick weiterhin aufs Meer gerichtet. Ally begann zögerlich, dann sprudelten die Worte nur so aus ihr heraus, als würde ein Damm brechen. Sie erzählte vom Edinburgh Castle und dem Calton Hill, den versteckten Closes und einem Markt, der in einer leerstehenden Kirche untergebracht war, aber auch von der Wohngruppe, Laurel, Josh, Crispy und Daphne und schließlich von der Begegnung mit dem Storch. Als sie geendet hatte, holte sie tief Luft. Sie wusste, was Klara jetzt sagen würde. Dass das nicht das richtige Leben für eine Sechszehnjährige war. Dass sie sich auf ihre Zukunft konzentrieren sollte. Dass sie lieber das tun sollte, was andere Mädchen in ihrem Alter taten. Oder sie war entsetzt und schickte sie auf der Stelle zurück. Komischerweise spürte Ally keine Euphorie bei diesem Gedanken.

Klara aber sagte nichts von alledem. Sie fragte nur ohne jede Wertung: „Und vorher? Was war, bevor du in diese Wohngruppe gezogen bist?" Ally stutzte. Das hatte sie noch nie jemand gefragt. Die Sozialarbeiter zu Hause lasen das stets in ihrer Akte nach, bevor sie Ally einen mitleidigen Blick zuwarfen.

„Ich war in Pflegefamilien. In fünf verschiedenen. Manchmal ein paar Monate, manchmal auch ein paar Jahre. Einige waren ganz schrecklich, andere waren ganz ok. Die Familien, die ok waren, haben immer irgendwann ein eigenes Baby bekommen und haben mich dann zurückgegeben. Meine Mutter hat mich auch abgegeben, gleich nach der Geburt. Sie hat mich beim Krankenhaus abgelegt und einen Plüschhund dazu gepackt. Das war's."

„Und gibt es einen Vater?"

„Wenn ich in Bio richtig aufgepasst habe, muss es einen geben." Ally lachte ein bisschen hohl, ehe sie weitersprach: „Nein, keine Ahnung, wahrscheinlich kennt den noch nicht mal diese Mutter."

Klara sah sie prüfend an und auch in ihrem Blick lag Mitleid. Nur dieses Mal war es echtes Mitgefühl, das machte einen gewaltigen Unterschied.

Am Nachmittag ging Klara zur Fähre, um Ralph abzuholen. Auch das tat sie selten, denn er kannte schließlich den Weg. Dieses Mal hatte sie aber das Bedürfnis erst einmal mit ihm allein zu sein. Da kam er auch schon noch im Anzug die Gangway hinunter. Ein befremdlicher Anblick hier am Anleger! Klara fiel ihm in die Arme wie in einem Hollywooddrama und er küsste sie mindestens genauso filmreif.

Zu Hause angekommen fanden sie Ally beim Gläserspülen hinter der Theke. Als sie Ralph bemerkte, breitete sich ein Strahlen in ihrem Gesicht aus, das bisher noch niemand an ihr gesehen hatte. Obwohl Ally nie bewusst über solche Dinge nachdachte, wurde ihr plötzlich klar, dass Ralph genauso war, wie sie sich einen Dad vorstellte. Und obwohl Ally sich dabei kindisch und albern vorkam, sollte Ralph diesen Spitznamen für immer behalten. Auch Klara war unendlich froh, dass Ralph wieder da war, trotzdem spürte sie einen leichten Stich, als sie jetzt Ally so strahlen sah.

„Was hältst du von einer kleinen Fahrradtour zur Eisdiele? Du hast doch bestimmt viel zu erzählen“, fragte Ralph an Ally gerichtet. Das Strahlen erlosch.

„Das geht leider nicht.“

Obwohl Klara einen zweiten kleinen Stich verspürte, als Ralph Ally auf ein Eis einlud und nicht sie, brachte sie es nicht übers Herz, ihnen den Ausflug zu verbieten. „Ist ok, heute ist ja nicht so viel los im Café.“ Sie wandte sich ab. Was war denn bloß los mit ihr? War sie eifersüchtig auf Ally? Oder etwa auf ihren Ehemann?

Plötzlich merkte sie eine vorsichtige Berührung am Arm und drehte sich um. Ally war ihr gefolgt. „Danke, Klara!“, sagte sie leise, als hätte sie ihre Gedanken erraten.

„Na los, haut schon ab!“ Klara sah den beiden lächelnd hinterher. Kaum hatten sie das Café verlassen, fing Ally an zu reden.

Als Klara am Abend neben Ralph im Bett lag, stützte er sich plötzlich auf einen Arm und sah sie prüfend an. „Warst du vorhin etwa ein bisschen eifersüchtig?“ Noch einer, der ihre Gedanken lesen konnte.

„Quatsch!“, log Klara und fuhr mit dem Finger die Muskeln auf seiner Brust entlang.

„Dann bin ich ja beruhigt.“ Er grinste, dann zog er sie zu sich. Er küsste ihre Ohren, ihre Sommersprossen und ihre Schultern. Und als seine Zunge schließlich ihren Mund fand, war auch Klara vollends beruhigt. Bisher konnte ihr Experiment doch nicht besser laufen. Was wollte sie mehr?

Nach dieser ersten Woche wurde definitiv nicht alles einfacher, aber es entwickelte sich eine Art Alltag mit Höhen und Tiefen. Ally merkte das daran, dass sie irgendwann beim Aufwachen nicht mehr genau wusste, ob es noch 109 oder nur noch 108 Tage waren. Sie holte ihr Handy hervor, um nachzuzählen, aber dann steckte sie es wieder weg. Die Tage vergingen schließlich auch nicht schneller, nur weil sie sie zählte.

Kapitel 11

Wangerooge, Juli 2018

Auch für Klara und Ralph wurde Projekt Whisky, wie Ralph es im Stillen immer noch nannte, schnell zum Alltag. Zum Alltag im positiven Sinn von wachsender Vertrautheit, Zwanglosigkeit und Gewohnheit: Klara wusste inzwischen, was Ally am liebsten frühstückte, diese konnte bald an Klaras Blick ablesen, wann man sie am besten in Ruhe ließ. Troll gewöhnte sich an, vor Allys Zimmertür einzuschlafen und wachte morgens stets auf wundersame Weise auf dem kleinen Teppich direkt vor ihrem Bett wieder auf. Wenn Ralph am Ende seiner Arbeitswoche von der Fähre kam, erwarteten Ally und der Hund in bereits am Anleger. Obwohl erst wenige Wochen vergangen waren, konnte Klara sich nur noch schwer vorstellen, dass es bis vor kurzem noch keine rothaarige Sechszehnjährige in ihrem Leben gegeben hatte.

Dabei war das Zusammenleben trotz der Fortschritte, die sie unbestritten gemacht hatten, keinesfalls einfach. Klara wusste, dass sie selbst an dieser Situation nicht unschuldig war, aber sie fühlte sich unfähig etwas daran zu ändern. Es machte sie einfach wahnsinnig, wenn Ally von einer Sekunde auf die andere wieder in ihrem Schneckenhaus verschwand und kaum mehr ein Wort herausbrachte. Manchmal hasste sie das Mädchen regelrecht für ihre Schüchternheit. Weil ihr nichts Besseres einfiel, reagierte sie häufig selbst für ihre Verhältnisse übertrieben hart, getrieben von einer unterbewussten Hoffnung, Ally würde sich irgendwann zur Wehr setzen. Bisher war das jedoch nicht eingetreten. Stattdessen schlingerten die beiden unbemerkt in einen Teufelskreis hinein.

Wie Klara es vorausgesehen hatte, entspannte Ralph mit seiner bloßen Anwesenheit die Situation deutlich. Oder sie und Ally entspannten sich in seiner Gegenwart, so konnte man es wohl auch sehen. Trotzdem gab es eine Sache, die Klara selbst an den Wochenenden mit Ralph nervte. Eine Sache zwischen ihr und Ralph, die ihr vollkommen neu war. Sie stritten wegen Kleinigkeiten! Zwar versöhnten sie sich jedes Mal genauso schnell wieder, wie der alberne Streit angefangen hatte, aber trotzdem... Das passte so gar nicht zu den beiden! Normalerweise konnten sie jedes Problem vernünftig diskutieren. Und wenn Klara doch mal die Nerven verlor, beruhigte Ralphs entwaffnendes Lächeln sie sofort wieder. Und seit sie eine Wochenendbeziehung führten, war ihnen die Zeit sowieso zu wertvoll zum Streiten geworden. Trotzdem gerieten sie seit Neuestem fast jedes Wochenende aneinander und komischerweise fiel dabei jedes Mal der Name Ally.

Dieses unbekannte Phänomen setzte bereits nach Allys erster Woche in Idas Haus ein. Klara hatte es sich am Samstagabend gerade mit einem Glas Wein im Strandkorb auf ihrem großen Balkon gemütlich gemacht, als Ralph sich vor ihr an die Brüstung lehnte.

„Du kannst dich auch zu mir setzen!“ Klara rückte ein Stück zur Seite.

„Ne, lass mal.“ Ralph wirkte irgendwie unentspannt. „Ich wollte noch was mit dir besprechen. Wegen Ally.“

„Ja?“

„Du kannst das Mädchen doch hier nicht einsperren!“

„Hallo? Ich sperre niemanden ein. Du weißt doch, was passiert ist. Es ist definitiv die beste Lösung, wenn Ally erstmal in der Nähe bleibt." Einigermaßen irritiert musterte Klara ihren Mann, der aber gerade erst anfing sich in Rage zu Rede.

„Du kannst doch überhaupt nicht entscheiden, was Ally in ihrer Freizeit macht. So als Arbeitgeber, meine ich."

„Aber sie ist noch nicht volljährig. Hast du das vergessen?", fragte Klara giftig zurück.

„Schon klar, aber du bist schließlich nicht erziehungsberechtigt."

„Auch schon klar, aber ich habe die Verantwortung, deswegen treffe ich auch die Entscheidungen, was Ally angeht."

„Dann trage ich wohl genauso die Verantwortung und hab' ein Wörtchen mitzureden."

„Ach ja?" Klara war aufgesprungen. „Weil du zufällig mit der Geschäftsführerin des Hotels verheiratet bist, in dem das Mädchen ihr Praktikum macht? Das ist doch völlig nebensächlich!"

„Ja, genau, ich bin nebensächlich. Dir ist meine Meinung völlig egal!"

Eine Weile funkelten sich die beiden böse an, bis ausnahmsweise Klara als erste einlenkte. „Sag' mal, worum geht es hier eigentlich?"

„Willst du noch ein Glas Wein?", wechselte Ralph das Thema und Klara nickte. Als er zurückkam, meinte er nur entschuldigend: „Ich will doch nur das Beste für Ally."

„Aber das will ich doch auch! Vielleicht haben wir da nur einen anderen Ansatz."

„Genau, du bist zu streng", wollte Ralph, der wieder ganz der Alte war, sie necken, aber Klara wurde nachdenklich.

„Vielleicht hast du Recht. Aber so bin ich nun mal."

„Ok", grinste Ralph jetzt, „dann bin ich aber auch so, wie ich bin. Und ich verwöhne Ally eben ein bisschen."

„Na schön." Klara hob abwehrend die Hände. „Aber keine Ausflüge, wenn du nicht da bist, und nicht während der Arbeitszeit."

„Schön." Ralph gab Klara einen schnellen Kuss. „Dann geh' ich jetzt schlafen. Kommst du auch gleich?"

„Ja, bin gleich da." Klara nahm noch einen Schluck Wein und sah in die untergehende Sonne. Irgendwie war es total süß, wie Ralph sich für Ally einsetzte. Wie ein großer, starker Bär. Sie hatte das Gefühl, gerade eine neue Seite an ihrem Mann kennen gelernt zu haben. Und das nach vierundzwanzig gemeinsamen Jahren. Plötzlich hatte sie große Lust diese neue Seite näher zu erkunden. Sehr viel näher. Wenn nötig auch mit vollem Körpereinsatz. Schmunzelnd schlenderte sie Richtung Schlafzimmer.

Ally saß auf ihrer Fensterbank und las, sodass sie jedes Wort mithören konnte. Nicht dass sie etwa aktiv gelauscht hätte, aber das Fenster war eben offen und Ralph und Klara sprachen nicht gerade leise. Anscheinend waren die beiden es einfach noch nicht gewohnt, dass sie nicht alleine in der Wohnung waren. Ally schwankte zwischen Belustigung und Entsetzen. Das war doch wirklich seltsam. Noch vor einem Monat hatte sich niemand ernsthaft um sie gekümmert und selbst wenn doch, hatte sie trotzdem das getan, was sie wollte. Und jetzt stritten sich hier auf dieser Insel gleich zwei Leute leidenschaftlich darüber, wie mit ihr umzugehen war. Und Ally war das alles andere als egal, was noch seltsamer war. Ihr wurde ganz heiß vor Freude darüber, dass Ralph sich so für sie einsetzte. Trotzdem war sie irgendwie doch mehr auf Klaras Seite. Auf jeden Fall sollten die beiden nicht wegen ihr streiten! Fast wäre sie aufgesprungen, um ihnen genau das zu sagen, aber das ging dann doch nicht. Sie war schließlich immer noch Ally. Aber ihr fiel noch eine andere Lösung ein, die sie sich inzwischen durchaus zutraute.

Als Klara am nächsten Morgen im Hotel verschwunden war, setzte Ally sich zu Ralph und fiel gleich mit der Tür ins Haus, bevor sie noch der Mut verließ: „Du, weißt du, Klara und ich kommen eigentlich meistens ganz gut zurecht. Und wenn doch mal was ist, krieg‘ ich das schon hin. Mit ihr, meine ich.“ Obwohl sie sich nicht wirklich klar ausgedrückt hatte, wusste Ralph anscheinend, was sie meinte und lächelte.

„Ok, wenn du meinst, dann versuch‘ ich mich rauszuhalten. Auch wenn's schwer fällt.“ Er zwinkerte ihr zu.

„Gut.“ Ally atmete erleichtert auf und wandte sich zum Gehen. „Und danke!“

„Dafür nicht. Aber auf einen Ausflug darf ich dich trotzdem einladen, oder? Zum Segeln vielleicht?“

„Oh ja!“, rief Ally begeistert, schränkte dann aber gleich ein: „Also wenn Klara nichts dagegen hat.“

Ralph sah ihr kopfschüttelnd und lachend hinterher. „Ally? Bist ein gutes Mädchen!“

Diese wurde bei diesem unerwarteten Lob genauso rot wie ihre Haare. Das Leben auf dieser Insel war doch wirklich erstaunlich!

~

Eine weitere, durchaus angenehme Erkenntnis für Ally war, dass es in ihrem neuen Alltag Höhepunkte gab. Klar, diese fielen nur deshalb so stark ins Gewicht, weil das Leben in Idas Haus natürlich grundsätzlich nach wie vor schrecklich war. Aber trotzdem gab es auf einmal Dinge, auf die Ally sich freute. In Edinburgh waren die Tage dagegen irgendwie beliebig gewesen, auch wenn Ally das um nichts in der Welt zugegeben hätte. Zu diesen Höhepunkten gehörten ganz eindeutig die Tage, an denen Ralph zu Hause war. Auch die morgendlichen Treffen mit Klara auf dem Deckwerk wurden unausgesprochen zum festen Ritual.

Außerdem mochte Ally die Schichten, in denen sie mit Ewa, der guten Putzfee, zusammenarbeiten konnte. Die Polin sprach zwar nur gebrochen Deutsch und kein einziges Wort Englisch, was sie aber nicht davon abhielt, Ally begeistert von ihren Kindern, Enkeln, Hunden, Katzen und Kirschbäumen in Polen zu erzählen, während sie ihr nebenbei beibrachte, in Rekordzeit ein Bett zu beziehen. Zudem war die sonst so gutmütige Ewa leidenschaftlicher Fußball-Fan, sodass Ally sie nach dem frühen WM-Aus der polnischen Nationalmannschaft erst einmal beschwichtigen musste. Danach fieberten sie kurzfristig mit ihrem derzeitigen Gastgeberland mit, bis auch Deutschland in der Vorrunde ausschied. Da Ally sich als patriotische Schottin hartnäckig weigerte, dem englischen Team auch nur einen Daumen zu drücken, jubelten sie daraufhin bis zum Ende des Turniers immer mit der Mannschaft, deren Trikot ihnen gerade besser gefiel. „Ist auch viel besser für Herz“, bewertete Ewa dieses Vorgehen ganz pragmatisch.

Ganz überraschend wurde auch Finn, der surfende Nerd, zu einem weiteren Lichtblick in Allys Inselleben. Konzentriert fabrizierte sie gerade einen Cappuccino mit schon ziemlich perfektem Schaum, als sie ihn draußen auf der Terrasse bemerkte. Das Paar, mit dem er am Tisch saß, mussten seine Eltern sein, denn der Mann hatte denselben intellektuellen Gesichtsausdruck wie er. Die drei kleinen blonden Mädchen, die aussahen wie ein Püppchen in verschiedenen Größen, waren also seine Schwestern. Ohne lange zu überlegen, drückte Ally Stina den Cappuccino für Tisch 3 in die Hand und marschierte mit einem kleinen Block bewaffnet auf die Terrasse. „Hi Platon!" Das war der einzige Philosoph, der ihr spontan eingefallen war.

„Hallo Ally aus Edinburgh", grüßte er ebenfalls, fügte dann aber hinzu: „Wobei ich mir nicht sicher bin, ob ich mit Platon einverstanden bin. Ich stimme in einigen Punkten nicht mit seinen Ansichten überein."

Ally kannte keine einzige dieser Ansichten, also fragte sie nur: „Wer möchtest du denn dann sein?"

Nach kurzer Überlegung erwiderte Finn: „Ich denke, ich möchte ich selbst sein."

Ally hatte irgendwie etwas Spannenderes erwartet. „Na gut, und wer bist du?"

„Das weiß ich noch nicht so genau."

„Wie geht denn das? Du musst doch wissen, wer du bist!" Ally fiel wieder auf, wie kauzig dieser Typ war. Kauzig, aber cool.

„Nein, solange mich niemand fragt, muss ich mich da nicht festlegen. Das ist wie mit Schrödingers Katze."

„Wessen Katze?"

„Schrödinger war ein Wissenschaftler und die Katze ist nur ein Modell. Stell dir vor, eine Katze ist in einer Holzkiste zusammen mit einer Ampulle Gift."

„Das will ich mir nicht vorstellen!" Ally sah das böse Ende für die Katze schon bildlich vor sich, aber jetzt war Finn in seinem Element.

„Also Katze und Gift sind in dieser Kiste, in die man nicht reinschauen kann. Die Giftampulle hat einen Mechanismus, der irgendwann das Gift freisetzt. Wenn das passiert, ist die Katze Geschichte. Solange man die Kiste aber nicht aufmacht, weißt man ja nicht, ob es schon so weit ist. Die Katze ist also weder tot noch lebendig. Und genauso ist das bei mir.“ Er sah Ally triumphierend an, die allerdings nur Bahnhof verstand.

„Du bist eine halbtote Katze?“

„Ne! Und halbtot ist auch nicht richtig, Zwischenzustand trifft es besser. Und das ist doch jetzt logisch: Solange du mich nicht fragst, wer ich sein will, kann ich auch in so einem Zwischenzustand bleiben und muss mich nicht entscheiden, wer ich bin.“

„Ich frag‘ dich sowas nie wieder, versprochen!“ Ally war sich immer noch nicht sicher, ob sie das logisch fand. „Was möchtet ihr denn trinken?“

Als sie die Getränke wenig später unfallfrei auf dem Tisch abgestellt hatte und fragte Finn plötzlich: „Hast du Lust mal mit zum Kiten zu kommen?“

„Ähm…“ Jetzt war Ally wieder aus dem Konzept. Sie musste hier schleunigst weg.

„Du, der Finni ist ein guter Surfer.“ Das war das mittelgroße Püppchen, das Ally mit erstaunlicher Kraft am Zipfel ihrer Schürze festhielt.

„Ja, ähm… Das ist dein Bruder bestimmt, aber ich kann das ja gar nicht.“

„Ich bring es dir bei. Oder erstmal Wellenreiten, das ist weniger komplex“, schaltete Finn sich wieder ein.

„Also ich… ich finde schon Schwimmen im Meer ziemlich… komplex.“ Ally kam sich vor wie ein Trottel.

„Hast du kein Seepferchen?“ Das war das größte Püppchen.

„Was hab‘ ich?“

„Kannst - du - nicht - schwim-men?“, fragte das Mädchen noch einmal, als würde sie mit einer Geisteskranken sprechen. Inzwischen fühlte Ally sich tatsächlich so.

„Doch, nur nicht so gut.“

„Dann gehen wir erstmal zusammen schwimmen. Zum Üben“, legte Finn fest und schien ganz zufrieden mit dieser Lösung.

Das geht nicht, wollte Ally sagen, ich muss arbeiten und ich darf hier nicht weg. Stattdessen merkte sie, wie sie plötzlich nickte und Finn ihre Handynummer auf ihren Notizblock kritzelte. Dann drehte sie sich um und verschwand eilig in der Küche. Ally Christie, bist du irre, schrie es in ihrem Kopf. Was hast du dir denn dabei gedacht?

~

Im Kopf ging Ally die Optionen durch, die sie jetzt noch hatte: a) Sie könnte Finn postwendend absagen, sobald er sich bei ihr meldete. Das war aber natürlich hochnotpeinlich. b) Sie könnte einfach gar nicht auf seine WhatsApp reagieren, was eher ihre Art wäre. Da Wangerooge aber mehr als überschaubar war und er zudem sehr genau wusste, wo er sie finden konnte, war das wohl auch nicht die beste Idee. Außerdem war sie sich gar nicht so sicher, ob sie einer Verabredung mit Finn überhaupt aus dem Weg gehen wollte. Also musste sie wohl c) Klara um Erlaubnis bitten. Halleluja!

Aus taktischen Gründen wartete sie damit bis zum nächsten Freitag. Es konnte schließlich nichts schaden, wenn Ralph in der Nähe war. Während die drei beim Abendessen saßen, brachte sie ihr sorgsam vorbereitetes Anliegen vor.

Unfreiwillig musste sie schmunzeln. Was hatte Laurel zu dem Storch gesagt? Ein Auslandsaufenthalt würde Ally selbstständiger machen? Tatsächlich war sie notgedrungen seit ihrem fünften Lebensjahr selbstständiger als mancher mit Mitte zwanzig. Und sie hatte die damit verbundene Freiheit immer dankend angenommen und bestimmt auch das eine oder andere Mal überstrapaziert. Und jetzt saß sie plötzlich hier und bat diese Leute um ihr Einverständnis zu einer Verabredung zum Schwimmen! Und Möglichkeit d) sich einfach wegzuschleichen, war ihr vorher noch nicht mal in den Sinn gekommen!

„Das ist gegen unsere Abmachung, Ally", sagte Klara jetzt und Ally spürte einen leichten Stich der Enttäuschung. Finn hatte ihr inzwischen bereits geschrieben und war immer noch der Meinung, dass er sich mit ihr treffen wollte.

„Ich weiß. Ich dachte nur, wenn du weißt, wo ich bin. Und es dauert ja auch nicht so lange und nur wenn ich Feierabend habe."

„Vielleicht ist es gar nicht schlecht, wenn Ally sich im Meer etwas sicherer bewegen kann", kam Ralph ihr wie erwartet zur Hilfe, „schließlich sind wir hier von Wasser umgeben." Er zwinkerte Klara schelmisch zu, die ihn über ihren Teller hinweg mit ihrem Blick aufspießte. Ally fing ihren Blick auf und seufzte leise. Vielleicht war es doch keine gute Idee gewesen, auf Ralph zu warten. Jetzt hatte sie wieder den Salat!

„Ist schon in Ordnung, so wichtig ist es ja nicht", ruderte sie zurück. Klara sah sie prüfend an und bemerkte sowohl die gute Absicht als auch den traurigen Schatten, der sich in Allys Augen geschlichen hatte. Wieder einmal wunderte sie sich über sich selbst, als sie sagte: „Ich denke, wir können eine Ausnahme machen. Unter der Bedingung, dass du dich abmeldest, wenn du gehst, und dein Handy mitnimmst." Es war ganz und gar nicht ihre Art inkonsequent zu sein, aber sie genoss das Strahlen, das sich jetzt über Allys Gesicht ausbreitete, viel zu sehr, um ihre Entscheidung zu bereuen.

„Aber bleibt am Hauptstrand und haltet euch an die Badezeiten, dann hat die Wasserwacht ein Auge auf euch. Ich gehe davon aus, dass deine neue Freundin selber gut schwimmen kann?", mischte sich Ralph jetzt doch etwas besorgt wieder ein.

„Klar, Finn ist Kitesurfer", bestätigte Ally.

„Finn? Ein Junge?", fragte Ralph einigermaßen schockiert. Jetzt war es Klara, die anfing zu grinsen, während Ally krebsrot wurde.

„Ja, du kennst ihn sogar. Seine Familie kommt regelmäßig her. Die mit den drei kleinen Töchtern", warf Klara ein.

„Und wir treffen uns ja nur zum Schwimmen", beeilte Ally sich jetzt zu versichern, „und man kann gut mit ihm quatschen, obwohl er ein ziemlicher Nerd ist." Das war noch nicht mal gelogen. Ally gefiel einfach die Vorstellung, einen Kumpel zu haben. Weiter dachte sie trotz ihrer sechzehn Jahre gerade gar nicht.

„Na gut!" Ralph zuckte ergeben die Schultern.

Als Ally die Teller in die Küche brachte, sagte Klara leise, aber für Ally trotzdem vernehmbar, zu Ralph: „Du bist mir einer. Wenn du eine Tochter hättest, würdest du bestimmt seit ihrem zwölften Geburtstag mit einer Schrotflinte auf dem Balkon stehen, um jegliches männliche Wesen auf Abstand zu halten."

„Wer weiß…" Ralphs Gesicht hatte einen melancholischen Ausdruck angenommen.

Warum die beiden wohl keine Kinder haben, fragte Ally sich plötzlich, während sie den Kopf tief in die Spülmaschine steckte, um sie nicht zu stören. Ralph war doch wirklich der ideale Vater. Oder war er früher anders gewesen? Oder hatte Klara keine Kinder gewollt?

Klara kannte die Antwort natürlich und sie verfluchte sich selbst in diesem Moment, dass sie Ralph so gedankenlos auf diese unumstößliche Tatsache gestoßen hatte. Manchmal war sie wirklich ein Trampel! Dieser grinste aber schon wieder und fügte hinzu: „Ich würde ein Jagdgewehr bevorzugen. Ist treffsicherer!"

Als Ally am nächsten Tag mit ihrem alten Badeanzug, den sie Gott sei Dank überhaupt eingepackt hatte, und einem großen Saunahandtuch aus dem Hotel beladen Richtung Dorf radelte, fühlte sie sich ganz einfach großartig. Die Sonne strahlte, der Himmel war tiefblau, die pinken Heckenrosen verströmten einen zarten Duft und der Wind kam von hinten, sodass sie kaum treten musste. Genauso leicht fühlte sich das Leben auf einmal an und Ally wusste gar nicht so recht, wie das passiert war.

Kapitel 12

Wangerooge, Juli 2018

Es war nicht gut, sich wohl zu fühlen, und es war nicht gut, sich sicher zu fühlen. Das machte den darauffolgenden Fall nur tiefer. Ally hatte das schon immer gewusst und trotzdem hatte sie gegen ihre eigene Regel verstoßen. Tja, schön blöd!

Sie war gerade dabei, hartnäckige Zahnpasta-Spritzer vom Badezimmerspiegel in Zimmer 6 zu schrubben. Ewa hatte frei, aber inzwischen kam Ally auch gut alleine klar. Unten vor dem Fenster hörte sie jemanden fluchen, nahm aber kaum Notiz davon, bis Klara wutentbrannt ins Zimmer gestürmt kam. „Was steht das Ding da unten im Weg?“

Das Ding war ein Tretmobil, das im Fahrradverleih vermietet wurde. Wie ein Fahrrad für vier Personen, ein Cabrio mit Tretantrieb oder ein Tretboot fürs Land sahen diese Teile aus. Ein kurzer Blick aus dem Fenster sagte Ally, dass das fragliche Objekt genau vor dem Eingang zum Hotel geparkt war. Höchstwahrscheinlich war es angeschlossen und somit unbeweglich.

„Was ist jetzt? Wo ist der Schlüssel?“, herrschte Klara Ally an. Die blauen Augen blitzten und ihre Körperhaltung ließ sie noch einige Zentimeter größer erscheinen, als sie sowieso schon war. Ally hätte in dieser Situation alles sagen können, zum Beispiel: „Hast du mal im Briefkasten geguckt?“ Da warfen die Touristen nämlich häufig die Fahrradschlüssel hinein, wenn sie ein Gefährt zurückbrachten und gerade keiner im Fahrradverleih war. Oder auch: „Ich helfe dir schnell, das Ding zur Seite zu tragen.“ Immerhin handelte es sich um ein Tretmobil und keinen Panzer. Vielleicht sogar:

„Woher zum Teufel soll ich das wissen? Ich hab' das verdammte Ding da schließlich nicht hingestellt!"

Ally aber machte nur den Mund auf und wartete, dass in ihrem Kopf Wörter zu Sätzen wurden, die sie zwischen den Zähnen durchschieben konnte. Stattdessen verwandelte sich alles, egal ob Deutsch oder Englisch, in zähen Brei, der ihr Hirn verklebte. Also machte sie den Mund wieder zu und schwieg, die Augen aufgerissen wie ein Reh im Scheinwerferlicht. Genau diese Reaktion machte Klara noch rasender, als sie sowieso schon war. Ohne Vorankündigung breitete sich das bodenlose Dunkel in ihrem Inneren wieder aus und bevor sie oder Ally wussten, wie ihnen geschah, hatte Klara ihr eine schallende Ohrfeige gegeben.

Für den Bruchteil einer Sekunde sahen sich die beiden in die Augen und es war schwer zu sagen, in wessen Blick das größere Entsetzen lag. Dann ließ Ally den Lappen, den sie immer noch in der Hand hatte, fallen und floh aus dem Zimmer. Klara blieb reglos zurück und starrte auf den nassen Fleck, der sich unter dem Lappen immer weiter auf dem blütenweißen Bettbezug ausbreitete.

Kopflos stürmte Ally den Flur hinunter. An der weißen Wand hing eine große Leinwand, die eine einsame Bake im ruhigen Meer zeigte. Heute schien das Meer Ally wieder hämisch auszulachen: „Du bist genau wie diese Bake. Ganz alleine und kannst nicht weg!" Da hörte Ally Stimmen, die natürlich nicht aus dem Bild kamen. Links von ihr war eine Abstellkammer, in der Putzmittel lagerten, das wusste sie nach zahlreichen Streichzügen durchs Hotel inzwischen genau. Ohne weiter nachzudenken, öffnete sie die schmale Tür und zwängte sich in den kleinen Raum. Die Stimmen kamen näher und entfernten sich wieder. Ally atmete auf.

Gleichzeitig nahm sie zum ersten Mal den brennenden Schmerz in ihrer rechten Wange wahr. Sie ließ sich auf einen Stapel Klopapier sinken und plötzlich konnte sie weinen. Sie weinte über die Ungerechtigkeit des Schicksals, das sie auf diese Insel verfrachtet hatte, weinte aus Heimweh nach Edinburgh, weinte vor Wut, dass sie sich ganz kurz glücklich gefühlt hatte. Die Tränen liefen und liefen und Ally konnte einfach nicht aufhören zu schluchzen.

Wie in Trance nahm Klara den nassen Lappen vom Bett und wischte die letzten Spritzer vom Spiegel, bis dieser streifenfrei glänzte. Dann bezog sie das Bett neu, verteilte frische Handtücher im Bad und öffnete das Fenster zum Lüften. Als alles fertig war, stand sie hilflos mitten im Raum und wusste nicht wohin mit sich. Die einfachen Handgriffe, die sie nach all den Jahren im Schlaf erledigen könnte, hatten ihre Gedanken gnädig für kurze Zeit betäubt, aber jetzt überschlugen sie sich wieder in ihrem Kopf: Die ganze Zeit über hatte sie doch gewusst, dass Allys Art nur Probleme für das Mädchen bedeutete! Oder war das eigentliche Problem, dass diese Art für sie, Klara, ein Problem war? Problem, Problem, Problem. Das Wort füllte ihren Kopf aus, bis er zu platzen drohte. Ja, eines wusste sie mit Sicherheit: Jetzt hatte sie ein echtes Problem. Sie hatte ein Kind geschlagen, ein Kind, das ihr anvertraut war. Und das unbedacht, aus einer Laune heraus. Von Anfang an hatte sie doch gewusst, dass sie die Falsche war, um sich um dieses Mädchen zu kümmern! Was sie ja wohl gerade eindrucksvoll bewiesen hatte. Aber egal, jetzt musste sie irgendeinen Weg finden, um aus der Nummer wieder herauszukommen. Die rationale Klara wusste das und schaffte es langsam, wieder die Kontrolle zu übernehmen. Erstmal musste sie Ally finden, bevor es jemand anderes tat.

Sie verdrängte die Frage, was sie ihr sagen würde, wenn sie sie gefunden hatte. Wie sollte sie diesem Wesen, das doch offensichtlich selbst Hilfe und Zuwendung brauchte, erklären, was in ihr vorging? Und vor allem: Wollte sie das überhaupt? Nein, Klara konnte Ally nicht sagen, dass sie wütend darüber war, dass Ally sich nicht selbst besser verteidigte, obwohl sie es doch konnte. Im Gegensatz zu diesem anderen Kind, dass vollkommen wehrlos gewesen war.

Als sie den Flur hinuntereilte, bemerkte sie aus dem Augenwinkel, dass die Tür zur Putzkammer nur angelehnt war. Dann hörte sie das leise Schluchzen. Plötzlich war die rationale Klara wieder verschwunden. Die Klara, die sich jetzt durch die Tür schob, sich vorsichtig neben Ally auf einen Kanister Handseife hockte und die Hand nach deren zitternder Schulter ausstreckte, bestand nur noch aus Wärme und wollte nichts als dieses kleine Mädchen zu trösten.

Dieses Mädchen verstand sich gerade selber nicht. Sie müsste diese Frau doch hassen. Klara zwang sie zu Dingen, die sie schon immer verabscheut hatte! Sie hatte sie geschlagen! Und trotzdem hatte sie ganz tief in ihrem Unterbewusstsein gehofft, dass Klara sie hier finden würde. Trotzdem wollte sie in diesem Moment nichts anderes als getröstet zu werden. Von niemandem anderen als von Klara.

Ally lehnte sich vorsichtig an Klara und diese legte die Arme um sie, hielt sie fest und wiegte sie, bis Ally aufgehört hatte zu zittern und jedes Wort überflüssig schien. Das Dunkel war zurückgedrängt, vorerst zumindest.

„Es tut mir leid", flüsterte Klara in Allys Locken.

„Ist schon ok."

„Nein, es ist nicht ok. Und es ist meine Schuld, nur meine Schuld. Das darfst du jedem sagen."

„Aber es muss doch gar keiner erfahren.“ Das war Allys alter Trick: Was niemand mitbekam, passierte auch nicht.

„Das geht doch nicht.“ Klara strich ihr ganz vorsichtig über die Wange.

„Doch, ich bleib‘ heute Abend einfach in der Wohnung und morgen ist alles schon wieder gut.“

„Und Ralph? Du erzählst ihm doch alles, hab‘ ich Recht?“ Gerade gegenüber ihrem geliebten Mann war es Klara besonders peinlich, zu was sie fähig war.

„Nein, das nicht. Das bleibt unser Geheimnis.“ Wie sie es schon Ralph gesagt hatte, fügte Ally hinzu: „Wir beide schaffen das schon.“

Es war, als hätten die beiden ganz plötzlich die Rollen getauscht. Klaras harte Schale hatte einen Riss bekommen, durch den Ally einen Blick auf den verletzlichen Kern darunter erhascht hatte. Und dadurch fiel es ihr plötzlich leicht, stark und sicher zu sein, wenn sie Klara nur damit helfen konnte.

Als Ally sich später im Bett auf ihre rechte Seite drehte, fiel ihr auf, dass ihre Wange gar nicht mehr wehtat. Wie Klara sie in den Arm genommen und an sich gedrückt hatte, spürte sie aber noch ganz deutlich. Bevor Ally einschlief, schloss sie dieses Gefühl ganz fest in ihr Herz ein, um es bestimmt nie wieder zu vergessen.

Kapitel 13

Wangerooge, Juli 2018

„Sag‘ mal, was ist eigentlich los?“ Ralph kam mit einem Handtuch um die Hüfte aus ihrem Badezimmer und rubbelte sich mit einem zweiten durch seine nassen Haare, sodass sie verwegen zu allen Seiten abstanden.

„Es ist zu früh, das ist los“, gähnte Klara und streckte sich im Bett noch einmal ausgiebig.

„Du warst noch nie eine Langschläferin, mein Schatz.“ Ralph gab ihr einen Kuss auf die Nase, wobei er großzügig Wassertropfen auf ihrem Gesicht verteilte. „Außerdem kann ich ja nichts für die Gezeiten.“

„Ich weiß“, kam es gequält von irgendwo unter der Bettdecke. Heute sollte der Segelausflug stattfinden, auf den Ally sich schon seit Wochen freute. Damit sie dabei auf Ralphs sorgfältig ausgetüftelter Route immer genug Wasser unter dem Kiel hatten, mussten sie eben früh los.

„Außerdem hab‘ ich das doch gar nicht gemeint“, griff Ralph seinen Gedanken wieder auf. „Was ist los mit dir und Ally?“

„Nichts. Wieso?“ Natürlich hatte Ralph es auffallen müssen, dass die beiden seit ihrem Treffen in der Abstellkammer anders miteinander umgingen. Dabei waren es gar keine großen Veränderungen. Einige scharfe Kommentare vielleicht, die Klara herunterschluckte. Oder einige Antworten, die Ally etwas leichter über die Lippen kamen. Oder kleine Dinge, die zwischen den beiden auf einmal klar waren, ohne dass sie überhaupt etwas sagen mussten. Auf jeden Fall war da plötzlich ein zartes Band zwischen Ally und ihr. Natürlich musste ihr sensibler Ehemann das sofort bemerken. Trotzdem zuckte Klara jetzt nur mit den Schultern. Geheimnis blieb schließlich Geheimnis.

„Ich weiß nicht." Ralph rieb sich das unrasierte Kinn. „Irgendwas ist anders. Du bist irgendwie anders. So milde." Er lächelte liebevoll. „Steht dir auf jeden Fall." Dann klatschte er in die Hände. „Was ist jetzt? Frühstückst du noch mit uns oder kommst du heute gar nicht mehr hoch?"

Unter der Dusche versuchte Klara selbst richtig zu verstehen, was sie Ralph nicht hatte erklären können. Ja, vielleicht hatte er Recht und sie hatte in der letzten Zeit tatsächlich neue Seiten an sich entdeckt. Oder vielmehr alte Seiten, die sie mühsam unter ihrem strengen Stolz verborgen hatte und von denen sie gar nicht mehr wusste, dass sie sie überhaupt noch hatte. Es war dieses warme, leichte Gefühl, das um sie herumschlich, seit Ally auf der Insel angekommen war. Jetzt hing das Windspiel aber nicht mehr irgendwo in den Bäumen, sondern direkt neben ihr, sodass sie sein sanftes Klingen ganz deutlich hören konnte. Irgendwie beruhigend. Trotzdem war das Dunkle tief in ihr drin immer noch da, was ihr so schmerzlich wie nie zuvor bewusst geworden war. Es war da, es war stark und es würde seinen Platz nicht kampflos aufgeben, denn es wusste, dass es seine Berechtigung hatte. Klara wurde unendlich traurig, als das Bild von Ally, der eine Träne über die rotglühende Wange rollte, wieder in ihr hochkam.

Auch als sie in die Küche kam, in der Ralph und Ally bereits geschäftig ihren Proviant zusammenstellten, war Klara noch immer grüblerisch und einsilbig. „Schatz, hast du meine Sonnenbrille gesehen?", fragte Ralph.

„Was? Keine Ahnung, ist ja schließlich deine.“ Klara werkelte an der Kaffeemaschine herum ohne aufzublicken. Das hatte giftiger geklungen als beabsichtigt. Mal wieder.

„Ralph sagt, du kannst gar nicht mitkommen?“, erkundigte sich Ally vorsichtig.

„Wobei ich immer noch nicht weiß, warum du die da überhaupt dabeihaben wolltest“, erwiderte Ralph so laut, dass Klara es trotz ihres Geklappers hören musste. Obwohl das natürlich ein Scherz war, kam die Botschaft an: Klara, du bist eine alte Ziege!

„Ach, ich weiß schon warum.“ Ally lächelte Klara an, was ihre braunen Augen zum Strahlen brachte.

„Ich muss ja leider arbeiten, aber ihr erzählt mir heute Abend einfach alles!“ Klara war ganz warm ums Herz geworden. Bernstein! Mit einem Mal fiel ihr ein, woran Allys Augen sie erinnerten, wenn sie lachte. Es war die warme Farbe von geschliffenem Bernstein. Und sie wusste plötzlich auch mit erschreckender Sicherheit, was da noch für ein Gefühl in ihr gewachsen war. Es war Liebe. Zärtliche Liebe zu diesem zerbrechlichen, rothaarigen Wesen. Wie eine mächtige Welle rollte das Gefühl auf Klara zu. Eine Welle, die irgendwann brechen würde.

~

Ally genoss den Segeltörn in vollen Zügen. Am Abend kam sie hundemüde und mit einen kleinen Sonnenbrand auf der Nase nach Hause und berichtete Klara mit der Begeisterung eines kleinen Kindes von den Robben, die sie auf einer Sandbank beobachtet hatten, dem Anlegen an der Nachbarinsel, ihrem Picknick dort im Hafen und dem Panoramablick, den man vom Wasser aus auf Wangerooge hatte.

„Und sie hat sogar was gelernt", warf Ralph schmunzelnd ein.

„Oh, ja! Ich weiß jetzt, was man machen muss, um eine Wende zu fahren. Und ich weiß jetzt genau, was die Gezeiten sind und dass ein anderes Wort dafür Tide ist. Bei Flut läuft das Wasser nämlich auf und bei Ebbe…" Ally war so müde und gleichzeitig so aufgekratzt, dass es ihr schwerfiel, die neuen Vokabeln in ihrem Kopf zu ordnen. Was hatte Ralph nochmal gesagt? Bei Flut lief das Wasser auf und bei Ebbe? Bei Ebbe zog es sich zurück, hatte er gesagt, aber das wollte ihr gerade partout nicht einfallen. Also versuchte sie es zu umschreiben: „Und bei Ebbe geht das Meer nach Hause." Das klang so niedlich, dass Ralph und Klara augenblicklich in schallendes Gelächter ausbrachen. Ally schämte sich so sehr, dass sie gar nicht merkte, dass die beiden sie gar nicht auslachten. Stattdessen flitzte sie in ihr Zimmer und schloss die Tür gleich doppelt ab.

An der Schranktür hing inzwischen eine Postkarte aus Edinburgh, die Laurel ihr geschickt hatte. Wie jetzt auch sah Ally sie immer dann an, wenn sie glaubte, das Leben auf dieser Insel nicht mehr ertragen zu können. Neben dem kitschigen Sonnenuntergang über dem Calton Hill klebte eine weitere Postkarte, die sie im Dorf gekauft hatte. Finn hatte sie ausgesucht, wahrscheinlich weil der Spruch auch von ihm hätte sein können: *Ob eine schwarze Katze Unglück bringt, hängt davon ab, ob man ein Mensch ist oder eine Maus.* Ally fühlte sich gerade eindeutig als Maus. Trotzdem huschte ein kleines Grinsen über ihr Gesicht. Wenigstens waren sie morgen wieder zum Schwimmen verabredet!

Nachdem sie am nächsten Vormittag kaum den Mund aufgemacht hatte, damit bloß nicht wieder etwas Dummes herauskam, beschäftigte sie die blöde Sache immer noch, als sie mit ihrem grünen Fahrrad auf dem Weg ins Dorf gegen den Wind ankämpfte. Sie konnte sich noch nicht mal so richtig über das riesige, flauschige Strandlaken freuen, dass Ralph ihr letzte Woche aus Hamburg mitgebracht hatte. Die Farben waren ihr sowieso viel zu auffällig, dachte sie missmutig und stemmte sich mit ihrem ganzen Gewicht in die Pedale. Am Strand angekommen erzählte sie Finn erstmal brühwarm von ihrer ganzen Doofheit und fragte sich gleichzeitig, warum sie das eigentlich machte. Konnte sie denn den Mund nicht mehr halten?

Als sie geendet hatte, sah Finn nachdenklich aufs Wasser. Dann meinte er mit der für ihn typischen Ernsthaftigkeit: „Ich denke, deine Umschreibung ist gar nicht so unzutreffend. Bei Ebbe zieht sich das Meer ja zurück…“

„Ja, das weiß ich jetzt auch“, unterbrach Ally ihn gereizt, aber er redete unbeirrt weiter: „Es zieht sich zurück, das heißt doch, das Meer geht dahin, wo es hingehört. Der Wattboden und Teile vom Strand sind nur bei Hochwasser überflutet, aber bei Ebbe ist das Meerwasser nur da, wo es immer ist. Das ist doch wie nach Hause gehen.“

Zuerst fand Ally es einfach ziemlich süß, dass Finn sie trösten wollte, als sie aber noch eine Weile gemeinsam schweigend aufs Meer gestarrt hatten, fand sie den Gedankengang gar nicht mehr so abwegig. Das Meer ging dahin zurück, wo es hingehörte. Vielleicht war ja deswegen bei Niedrigwasser immer so eine friedliche Stimmung am Strand.

„Komm, Platon, lange genug philosophiert für heute!“ Finn wollte gerade Einspruch erheben, aber Ally hatte schon T-Shirt und Jeans ausgezogen und stürmte Richtung Wasser. Wenig später tobten sie beide kreischend durch die sprudelnden Wellen, die wie abertausende kleine Diamanten in der Sonne funkelten. Schwimmen konnte man das bestimmt nicht nennen, aber es machte irrsinnigen Spaß! Als sie außer Atem waren, ließen sie sich erschöpft in den warmen Sand fallen.

„Jetzt siehst du aus wie ein Schnitzel“, stellte Finn fest ohne mit der Wimper zu zucken.

„Mensch, du bist aber auch wieder charmant heute!“, lachte Ally und rollte einmal um die eigene Achse, bis sie wirklich vollständig mit feinem Sand überzogen war. Du aber auch, wollte sie noch flapsig hinzufügen. Als sie zu Finn hinübersah, ließ sie es aber bleiben. Zum einen stimmte es nicht, denn Finn lag reglos im Sand und war somit höchstens am Rücken paniert. Zum anderen war ihr in diesem Moment zum ersten Mal aufgefallen, dass er gut aussah. Ein Bodybuilder war er bestimmt nicht, aber sein schlaksiger Körper war durchtrainiert und braungebrannt. Auf seinem Bauch, auf dem noch das Salzwasser schimmerte, zeichneten sich alle Muskeln ab, die ein Mensch an dieser Stelle haben konnte. Gedankenverloren blickte er in den Himmel, als würde er mal wieder ein bedeutendes wissenschaftliches Problem wälzen. Irgendwie konnte Intelligenz ganz schön sexy sein.

Als Ally klar wurde, was sie da dachte und dass sie ihn dabei auch noch anstarrte, hüpfte sie wie ein aufgeschrecktes Huhn schnell nochmal ins Wasser. Hatte sie einen Sonnenstich oder warum funktionierte ihr Hirn in letzter Zeit nicht mehr richtig?

Kapitel 14

Wangerooge, August 2018

Was auch immer in den letzten Wochen wichtig gewesen sein mochte, jetzt war das Sommerfest wichtiger. Das Hotel in Idas Haus feierte schließlich nur einmal zehnjähriges Jubiläum. Alle Zimmer waren ausgebucht, der Bürgermeister und die Presse (sogar die vom Festland!) wurden erwartet. Für Klara als Geschäftsführerin würde es der mit Abstand wichtigste Tag in der ganzen Saison werden. Gerade deshalb wunderte Ralph sich einmal mehr über seine Frau, dass diese Stina, die inzwischen kaum mehr aus dem Hotel wegzudenken war, wichtige Teile der Vorbereitung überließ.

Ally wunderte sich dagegen viel mehr darüber, dass es bereits August geworden war. Das bedeutete Halbzeit für ihr Praktikum, was natürlich gut war. Oder auch nicht? Ally schob diese Gedanken wie gewöhnlich zur Seite, hatte sie doch absolut kein Bedürfnis danach, ihr Leben noch verwirrender zu machen, als es gerade sowieso schon war. Zum Glück hatte sie auch kaum Zeit zum Grübeln, denn auch sie half, wo sie nur konnte, tatkräftig bei allen Vorbereitungen. Es war ein ganz neues Gefühl, einmal Teil einer Sache zu sein, statt immer nur der unbemerkte Zaungast. Sie fühlte sich fast ein kleines bisschen wichtig.

Als der große Tag gekommen war, hätte Ally sich dann allerdings doch lieber wieder unsichtbar gemacht. Überall lagen die Nerven blank, es wurde gerannt, gewerkelt und geflucht. Zudem wimmelte es plötzlich von fremden Leuten, von Aushilfskellnern über Floristen bis hin zur freiwilligen Feuerwehr, die eine Hüpfburg für die Kinder aufbaute. Sogar einen Pastor hatte Ally im Gewusel erspäht.

„He, Kleene, wohin denn mit den Lautsprechern?" Hinter Ally stand eine Mischung aus Seeräuber und Rocker, der sich etwas hilflos den verfilzten Bart kratzte. Irritierenderweise schien er tatsächlich der Meinung zu sein, dass Ally hier einen Plan hatte. Das mochte vielleicht an dem neuen, schwarzen Poloshirt mit aufgesticktem Logo des Hotels liegen, das sie heute wie alle anderen Angestellten trug. Vielleicht hatte sie sogar eine grobe Idee, wohin dieser Seerocker seine Boxen und Kabel schleppen sollte, so direkt gefragt war sie sich aber natürlich nicht mehr sicher. Deswegen murmelte nur etwas Unverständliches und winkte hilfesuchend nach Stina, die den Mann ohne Umschweife auf die eigens für diesen Tag aufgebaute Bühne scheuchte. Sie und Klara waren eindeutig in ihrem Element und dirigierten das ganze Chaos wie ein gut eingespieltes Orchester. Ally wurde fast ein bisschen neidisch.

Um sich irgendwie nützlich zu machen, wischte sie zum gefühlt hundertsten Mal die Tische und sah sich dabei gespannt um. Langsam sah man, wie sich alle Details zusammenfügen würden. Unter den Sonnenschirmen baumelten bunte Lampions, neue, üppig bepflanzte Blumenkübel säumten die Wege, auf einem langen Tisch, der das Buffet tragen sollte, wehte eine frisch gebügelte Tischdecke im leichten Wind. Sogar Troll war gebürstet und trug würdevoll eine dunkelblaue Schleife um den Hals. Die sattgrün bewachsenen Dünen vor dem glitzerten Meer bildeten die schönste Kulisse, die man sich überhaupt vorstellen konnte. Über allem schien die Sonne aus einem wolkenlos blauen Himmel, genauso wie sie es seit Tagen bei sämtlichen Wettergöttern bestellt hatten. Eigentlich war es wirklich schön hier!

Als es Abend wurde, waren dann endlich alle Hände geschüttelt, alle Fotos geschossen, alle Reden gehalten und das Buffet (das eindeutig Nils Meisterstück geworden war) bis auf den letzten Krümel verputzt. Der Inselchor hatte gesungen und die Inseltrommler hatten getrommelt. Jetzt wurde es langsam dämmerig, die Lampions gingen an, auf der Bühne spielte eine Band und sowohl Gäste als auch Insulaner tanzten ausgelassen auf der Terrasse. Endlich konnte das Team durchatmen.

~

Unbemerkt von den anderen nahm Ally den Dünenweg zum Strand und ließ sich erschöpft auf das Deckwerk fallen. Was für ein Tag!

„Hey!" Von hinten war Finn aufgetaucht und setzte sich neben sie, wobei er seine Beine kompliziert unter sich verknotete. Anscheinend war Allys Abgang doch nicht so unbemerkt geblieben. „War viel Arbeit heute, ne?"

„Oh ja, mir tut alles weh! Morgen hab' ich bestimmt…wie sagt ihr nochmal? Muskelkatze!" In der zunehmenden Dämmerung fiel Ally zum Glück nicht auf, dass Finn sich in die Wange beißen musste, um nicht zu grinsen. „Aber ist ja gut für uns, dass es so voll war", fuhr sie fort, „gut für Klara, meine ich natürlich."

Finn nickte und stellte zwei geöffnete Flaschen Bier auf den Asphalt zwischen den beiden. „Ich weiß, ich bin noch keine sechzehn, aber Ralph hat sie mir gegeben, das geht dann wohl schon in Ordnung. Bedingung war, dass ich dir eine abgebe."

Jetzt musste Ally schmunzeln. Sie hatte ihr erstes Bier schon mit dreizehn getrunken! Trotzdem war die Aktion ziemlich cool von Ralph. Finn sah sie etwas irritiert an, deswegen wechselte sie schnell das Thema: „Du bist erst fünfzehn?"

„15 Jahre, 10 Monate und 8 Tage", kam es wie aus der Pistole geschossen.

„Oh. Intelligenz macht dann anscheinend alt", stellte Ally trocken fest. Und trotzdem sexy, fügte sie in Gedanken hinzu und wurde augenblicklich verlegen.

„Die Ferien sind nächste Woche zu Ende", murmelte Finn nach einer Weile.

„Und dann?" Ally war es noch gar nicht in den Sinn gekommen, dass nicht nur für sie die Zeit auf Wangerooge endlich war.

„Spätestens in den Herbstferien bin ich wieder da. Wir haben im Dorf ja die Wohnung."

„Sehen wir uns dann nochmal?", fragte Ally und hätte sich am liebsten auf die Zunge gebissen, weil das so hoffnungsvoll klang.

„Wir sind auf Wangerooge. Soll heißen mit an Sicherheit grenzender Wahrscheinlichkeit ja."

Dann verfielen sie beide in Schweigen, während sie ihr Bier tranken. Inzwischen war es fast vollständig dunkel, nur im Westen glomm der Horizont noch in zartem Rosa und Gelb. Von Idas Haus drangen leise Musik und gedämpftes Gelächter zu ihnen herüber, sonst waren Ally und Finn ganz alleine mit sich und dieser Sommernacht.

Krampfhaft überlegte Ally, was sie sagen konnte, denn langsam wurde das Schweigen unangenehm. Aber obwohl sie sonst stundenlang über ihre Anekdoten aus dem Café oder Finns Theorien quatschen konnten, war ihr Kopf jetzt so leer wie ein ausgeblasenes Ei. Sie sah zu Finn hinüber, dem es genauso zu gehen schien. Er erwiderte aber ihr zaghaftes Lächeln, wobei seine weißen Zähne im Dunkeln aufblitzten.

„Ich mag den Song", sagte Ally schließlich, während der Wind Fetzen von Ed Sheerans „Perfect" zu ihnen hinübertrug. Als Finn nicht reagierte, kam sie sich vor wie ein romantischer Vollidiot. Plötzlich lehnte Finn sich aber umständlich zu ihr hinüber und küsste sie. Zuerst ließ Ally es einfach geschehen, dann erwiderte sie den Kuss schüchtern. Nach und nach wurden sie experimentierfreudiger und irgendwann fand Finns Zunge ihren Weg zwischen Allys Lippen.

Dicht neben ihnen schrie eine Möwe und die beiden fuhren auseinander. „Das ist ja eklig." Ally schüttelte sich ein bisschen. Das entsprach durchaus der Wahrheit, schließlich schmeckte sie den Speichel eines anderen in ihrem Mund. Eine Mischung aus Zahnpasta, Pommes und Bier. Aber das war nicht alles. Auf einmal war da ein seltsames Kribbeln in ihrer Magengrube gewesen und Ally konnte sich nicht entscheiden, ob ihr das gefiel.

„Hast Recht." Finn nahm noch einen Schluck Bier. In der Dunkelheit blitzte aber wieder etwas Weißes auf und Ally wusste, das er grinste. Auch sie lächelte still vor sich hin und wandte sich dann wieder zum Meer. Die Positionslichter der Containerriesen, die gemächlich an der Insel vorbeizogen, blinkten im dunklen Wasser wie Glühwürmchen. Sie schwiegen wieder, aber jetzt war es kein unangenehmes Schweigen mehr.

~

Auf der Terrasse vor dem Ferienwohnungstrakt brannte zur Feier des Tages ein Lagerfeuer. Am Nachmittag hatten die Kinder hier Stockbrot gebacken, jetzt saßen die, deren Beine vom Tanzen müde waren, hier bei einem letzten Glas Wein. Ralph rückte zwei Liegestühle näher ans Feuer, denn mit der heraufziehenden Nacht war es empfindlich kühl geworden. Dankbar ließ Klara sich in die Polster sinken und war sich sicher, heute nicht mehr aufstehen zu können. Oder war schon morgen? Ralph hob sein Glas, sodass sich die Flammen in der dunkelroten Flüssigkeit spiegelten. „Auf dich, mein Schatz. Ohne dich würde es das alles hier so gar nicht geben.“ Ein leises Klingen ertönte, als ihre Gläser sich berührten.

„Und ohne dich würde es mich so gar nicht geben“, erwiderte Klara leise. Sie war müde, glücklich und ein wenig betrunken, da durfte man schon mal ein bisschen rührselig werden.

Inzwischen saßen sie alleine am Feuer und die Band auf der anderen Terrasse hatte ihr Repertoire an Schmusemusik ausgepackt. Ralph nahm ihr das Weinglas ab und nahm stattdessen ihre Hand in seine. Für einen Unternehmensberater war seine Haut erstaunlich rau, aber angenehm warm. Klara sah sich verstohlen um, dann rutschte sie von ihrem Stuhl auf seinen Schoß. Ralphs Hände wanderten unter ihre Jacke, während ihre Lippen sein Gesicht erkundeten. Obwohl sie seinen Körper in- und auswendig kannte, küssten sie sich ungeduldig wie verliebte Teenager und kamen sich dabei noch nicht mal albern war. Vielleicht war es die Musik, das Knistern des Feuers, das aufgestaute Adrenalin des ganzen Tages oder einfach die Magie dieser Sommernacht. Als sie sich voneinander gelöst hatten, blickte Klara eng an Ralph geschmiegt ins Feuer. Sie spürte in sich eine tiefe Zufriedenheit, die es schaffte alles Negative in Schach zu halten. Zumindest für diese Nacht.

Die Flammen vor ihren Augen verschwammen und beschworen Bilder herauf, die in ihrem Kopf lebendig wurden. Bilder eines anderen Lagerfeuers und einer anderen Nacht.

Kapitel 15

Hamburg, Juli 1988

„Und? Wie sieht mein Hintern in diesem Rock aus?“ Imke verdrehte sich vor dem Spiegel den Hals, um irgendwie einen Blick auf ihre Rückseite zu erhaschen.

„Ähm… Rund…“, antwortete Klara zögerlich. Das war die einzige, halbwegs vorteilhafte Umschreibung, die ihr für das Desaster, das da vor ihr stand, auf die Schnelle einfiel. Bei Immi gab sie sich zwar gerne Mühe, ihr die Wahrheit schonend beizubringen, anlügen mochte sie sie aber trotzdem nicht. Dafür hatte sie ihre beste Freundin viel zu lieb.

„Hach, es ist ein Trauerspiel!“ Theatralisch ließ Imke sich neben Klara aufs Bett fallen, das bereits mit Kleidungsstücken überhäuft war. Im Liegen schälte sie sich aus ihrem engen Cordrock. „Lass‘ uns lieber überlegen, was du anziehst.“

„Ich weiß noch gar nicht, ob ich hingehe“, antwortete Klara ausweichend.

„Natürlich gehst du!“ Imke hatte sich so abrupt aufgesetzt, dass ihre Ringellocken in alle Richtungen abstanden, und sah ihre Freundin böse an. „Das ist das letzte Mal, dass der ganze Jahrgang zusammen ist. Danach verstreuen wir uns in alle Winde!“

Klara kicherte, wurde dann aber gleich wieder ernst. „Das ist wohl der beste Grund überhaupt nicht hinzugehen. Ich werde die alle bestimmt nicht vermissen. Außer dich natürlich. Musst du denn wirklich nach Marseille gehen?“

„Ist ja nur für acht Monate. Und danach weiß ich dann hoffentlich auch, was ich mit meinem Leben anstelle werde, während du dein erstes Ausbildungsjahr dann schon fast hinter dir hast." Immi lächelte verschmitzt, als sie hinzufügte: „Und das ist der einzig wahre Grund, warum du hingehen musst. Du willst mir diesen letzten Wunsch vor unserer Trennung doch nicht abschlagen." Sie bekam eine türkisfarbene Federboa zu fassen, die ebenfalls auf dem Bett lag (aber in der Kleiderfrage schon sehr früh ausgeschieden war), und fing an, ihrer Freundin damit unter der Nase herum zu wedeln.

„Ist ja schon gut", japste Klara, die schon immer extrem kitzelig gewesen war. „Du kannst aufhören, ich komme ja mit."

„Fein." Imke grinste zufrieden. „Ist ja schließlich auch Tradition, nach dem Abi am Elbstrand Wünsche zu verbrennen."

Tatsächlich traf sich der Abschlussjahrgang ihres Gymnasiums schon seit Jahren für eine letzte gemeinsame Party am Hamburger Elbstrand, nachdem alle Prüfungen abgeschlossen, die Zeugnisse überreicht und der Abiball gefeiert war. Dabei verbrannte jeder einen Zettel mit seinen Wünschen für die Zukunft im Lagerfeuer. Wie dieses Ritual entstanden war, wusste keiner mehr so genau, aber die Abiturienten begingen es in jedem Jahr wieder mit der größtmöglichen Ehrfurcht.

„Och, Immi, wie kann man nur so abergläubisch sein", stöhnte Klara, „als ob deine Wünsche nur dadurch in Erfüllung gehen, dass du ein Stück Papier abfackelst." Sie selbst war sich weiterhin sicher, dass es nur ein Mittel gab, seine Wünsche wahr werden zu fallen. Selber dafür zu kämpfen nämlich.

„Schaden kann es nicht“, verkündete Imke aber entschieden und damit war das Thema für sie erledigt. „Du ziehst übrigens dein neues Kleid an.“

„Das blaue? Das ist doch schulterfrei. Findest du nicht, das ist ein bisschen viel für eine Grillparty am Strand?“

„Kein Stück“, behauptete Immi, als wäre sie die Schutzheilige der Mode höchstpersönlich. „Das ist ein Sommerkleid und es ist schließlich Sommer. Der Sommer unseres Lebens noch dazu.“

„Naja, mal schauen“, murmelte Klara, während sie anfing, Imkes herumliegende Klamotten wieder sorgfältig zu falten. In Wirklichkeit hatte ihre Freundin sie aber schon so gut wie überzeugt.

~

Um Punkt 19:00 Uhr am nächsten Tag stand Imke bei Familie Spelmeier vor der Tür, um Klara abzuholen. Als diese öffnete, pfiff Immi anerkennend durch die Zähne. „Also wenn du nicht meine beste Freundin wärst, könnt‘ ich glatt neidisch werden. Vielleicht ist es gar nicht schlecht für mein Ego, wenn ich dich acht Monate nicht sehe“, rief sie scherzhaft aus.

Klara sah tatsächlich auf eine unaufdringliche Weise atemberaubend aus: Das blasse Blau ihres Kleides mit den feinen weißen Nadelstreifen ließ ihre Augen noch stärker strahlen, als sie es ohnehin schon taten. Der leichte Baumwollstoff umspielte ihre langen Beine und das schulterfreie Oberteil mit der breiten Rüsche am Ausschnitt setzte ihre gebräunten Schultern perfekt in Szene, ohne übertrieben aufreizend zu sein. Die honigblonden Haare waren locker hochgesteckt und sie hatte nur so wenig Rouge aufgelegt, dass ihre ganze Aufmachung vollkommen mühelos wirkte.

Was sie in Wahrheit definitiv nicht gewesen war. Umso mehr freute Klara sich über Immis Kompliment.

„Red‘ keinen Käse“, erwiderte sie trotzdem, „du siehst auch total süß aus!“ Das stimmte auch. Imke hatte sich im Endeffekt für ein pinkfarbenes Shirt entschieden, das in einer weiten Jeans steckte. Ein breiter Lackgürtel betonte ihre Taille und ihre Kurven. Passend zum Oberteil waren auch ihre Lippen knallpink geschminkt.

„Süß, ich hör‘ immer nur süß. Ich hab’s so satt. Ich möchte doch auch nur einmal so richtig heiß aussehen“, maulte Immi.

„Aber dieses eine Mal willst du doch dann wohl nicht für diese Party verschwenden, oder? Komm‘, lass‘ uns fahren. Mein Bruder leiht uns auch sein Auto.“ Klara ging gar nicht weiter auf Imkes Nörgeln ein, denn sie wusste aus Erfahrung, dass es absolut nirgendwohin führte. Als sie in der Nähe des Elbstrands einparkten, war ihre schlechte Laune dann auch erwartungsgemäß wieder vollständig verflogen.

„Oh, Klara, ich bin ganz aufgeregt. Jetzt haben wir echt unser Abi!“, quietschte Immi vergnügt, als sie zum Fluss hinuntergingen. Klara schmunzelte nur darüber, dass ihre Freundin das anscheinend einzig und allein an ihrer Teilnahme an dieser Abschlussparty festmachte.

Am Strand brannte bereits das große Lagerfeuer, obwohl es noch taghell war, und der Geruch nach angekokelten Würstchen lag in der Luft. Eine Gruppe von Leuten spielte Volleyball über ein improvisiertes Netz, andere kümmerten sich um das Feuer (das heißt, sie spielten wie kleine Kinder mit der Glut) und wieder andere standen einfach mit dem ersten Bier in der Hand in Grüppchen zusammen. Klara entdeckte auch eine Handvoll Lehrer, denen die große Ehre zuteilwurde, hier heute anwesend sein zu dürfen.

Die beiden Freundinnen blieben etwas abseits stehen, bis Imke Klara am Arm zog: „Jetzt komm‘ schon, wir stehen hier rum wie Falschgeld.“ Also gesellten sie sich zu einigen Mädchen aus ihrem Kunst-Leistungskurs und prompt steuerte Bettina auf sie zu. Sie hatte anscheinend Wert darauf gelegt, dass jeder mitbekam, wie lange sie vor dem Spiegel gestanden hatte, und hatte mit Lidschatten, Lippenstift und Haarspray nicht gespart. Ihre Hose aus schwarzem Kunstleder sowie das tief ausgeschnittene, mit Pailletten besetzte Shirt waren zweifellos neu und augenscheinlich eigens für den Zweck angeschafft, ihre Oberweite möglichst wirkungsvoll zu präsentieren. „Das Fräulein Strebermeier, was für eine Überraschung. Ist dir langweilig, weil du nichts mehr zu büffeln hast, oder was hast du hier verloren?“, begrüßte sie Klara mit unverkennbarem Hohn in ihrer Singsang-Stimme.

Als würde auch Klara auf einmal die besondere Stimmung dieses Abends spüren, verkniff sie sich den schlagfertigen Kommentar, der ihr inzwischen keinerlei Schwierigkeiten mehr bereitet hätte. Vielleicht war es aber auch einfach die befreiende Gewissheit, dass es für lange Zeit das letzte Mal sein würde, dass sie Bettina Waldschleger sehen musste. „Lass‘ gut sein, Bettina. Wir sind doch langsam erwachsen. Wollen wir uns nicht einfach darauf einigen, dass wir uns nicht sonderlich sympathisch sind, freundlich grüßen und uns dann aus dem Weg gehen?“ Sie zögerte einen Moment, dann streckte sie ihr die Hand entgegen.

Für wenige Sekunden war Bettina so perplex, dass es aussah, als würde sie einschlagen wollen. Die Umstehenden hielten gespannt den Atem an. Dann lachte sie laut und schlug sich dabei auf die Schenkel, dass es auf dem Kunstleder nur so klatschte. „Meinst du ehrlich, ich bin auf deine Vergebung angewiesen?“ Ihr Lachen steigerte sich ins Hysterische. „Du kannst froh sein, wenn ich dir verzeihe, dass du hier überhaupt aufgekreuzt bist. Und das auch noch in diesem Müllsack von einem Kleid.“

„Schade“, entgegnete Klara nur ruhig und ein Teil von ihr meinte es auch tatsächlich so.

„Wenn du möchtest, gehen wir wieder“, flüsterte Immi neben ihr, aber Klara schüttelte nur den Kopf.

„Ne, bestimmt nicht. Den Gefallen tue ich ihr nicht.“ Sie sah Bettina nach, die mit wackelndem Hintern zu den Jungs hinüberging und sich ausgerechnet von Gregor eine Zigarette anzünden ließ. Angeekelt beobachtete sie, wie Bettina mit ihm tuschelte und dann beide vertraulich kicherten. Dann wandte Klara aber entschieden den Kopf ab. Es war ein traumhafter, warmer Abend. Sie hatte Abitur, sie war jung und den Blicken der anderen zu urteilen nicht ganz unansehnlich. Es wäre doch gelacht, wenn sie sich hier nicht einen schönen Abend machen könnte. „Komm‘, Immi, wir holen uns was zu trinken.“

Als es dämmerte, kletterte Gregor, der auch die letzten beiden Jahre ihr Jahrgangssprecher gewesen war, auf eine Bierkiste und alle Anwesenden verstummten augenblicklich und kamen näher.

„Liebe Freunde“, hob er feierlich an und genoss es sichtlich, dass sein weibliches Publikum auf der Stelle dahinschmolz, „inzwischen habe ich so viele Abschlussreden gehalten, dass ich mich fast so fühle wie Helmut Kohl.“ Allgemeines Gelächter und vereinzelte Pfiffe ertönten. „Heute genieße ich es aber besonders, hier noch einmal vor euch zu stehen. Ganz ohne Schlips und Krawatte und fast ohne Anstandswauwaus." Von Seiten der anwesenden Lehrer kamen verhaltene Buh-Rufe. „Und es ist mir eine besondere Ehre, euch jetzt zu dem Ritual aufzufordern, für das wir heute hier sind. Möge es uns wie allen, die vor uns hier standen, Glück bringen." Gregor trug mit seiner Ansprache ziemlich dick auf, aber in diesem Moment störte sich noch nicht einmal Klara daran. Der Himmel hinter den Hafenkränen leuchtete im Westen noch in zarten Pastelltönen, im Osten zeigten sich bereits zaghaft die ersten Sterne dieser Nacht. Fast ohne zu sprechen bildeten die Abiturienten einen Kreis ums Feuer. Die Flammen fraßen sich knisternd durch die schweren Holzscheite und malten die überlebensgroßen Schatten der Umstehenden in den Sand. Gerade in diesem Moment schob sich ein hell erleuchtetes Kreuzfahrtschiff an ihnen vorbei die Elbe hinunter. Klara hatte das eigenartige Gefühl, selbst mit an Bord zu sein, und hätte schwören können, dass es den anderen genauso ging. Das hier war ihr Ausbruch und alles lag noch vor ihnen.

„Dann bitte ich euch jetzt, einzeln vorzutreten und eure Wünsche den Flammen zu übergeben", rief Gregor, der inzwischen zu ihnen in den Kreis getreten war. „Und nicht vergessen: Wenn ihr euren Wunsch verratet, geht er nicht in Erfüllung." Im Feuerschein hatten seine Haare, die sich im Nacken leicht kräuselten, die Farbe von flüssigem Karamell. Klara ertappte sich bei der Überlegung, ob diese Haare wohl genauso weich waren, wie sie aussahen. Genauso wie Gregor jetzt da stand, aufrecht und charismatisch und gleichzeitig jungenhaft lässig, stellte sie sich den Held jedes Frauenromans vor. Oder einen Märchenprinzen. Neben ihr seufzte jemand verliebt und Klara wurde daran erinnert, dass sie leider nicht das einzige weibliche Wesen hier am Elbstrand war.

Einer nach dem anderen traten die jungen Leute vor, warfen einen zusammengefalteten Zettel ins Feuer und sahen zu, wie das Papier in den Flammen tanzte, bevor es Teil von ihnen wurde. Irgendwie war es Klara zuvor doch wie ein schlechtes Omen vorgekommen, nicht an diesem Ritual teilzunehmen. Immi hatte schließlich Recht damit, dass ein bisschen überirdische Unterstützung nicht schaden konnte. Trotzdem hatte Klara lange überlegt, welchen Wunsch sie aufschreiben sollte. Was wollte sie wirklich? Sie selbst sein? Erfolgreich sein? Was brauchte sie dazu? Kraft? Mut? Durchhaltevermögen? Ganz schlicht hatte sie sich am Ende für „Glücklich sein" entschieden. Darum sollte es doch schließlich im Leben gehen, oder? Ohne dass sie es an diesem Abend bereits wusste, sollte sie in den nächsten Jahren ironischerweise genau an diesem Ziel am härtesten arbeiten müssen. Und das obwohl sich alle ihre Wünsche und Pläne erfüllen würden.

Als alle vorgetreten waren, schwiegen sie noch eine Weile andächtig. „Ach, das ist so schön", schniefte Immi neben Klara, die mitfühlend ihre Hand nahm. Und es stimmte. Dieser Abend hatte wirklich etwas Magisches.

Irgendwann knallte irgendwo ein Korken, die Menge zerstreute sich und die Party ging weiter.

Klara und Immi saßen gerade in der Nähe des Feuers, als Gregor sich geschmeidig neben ihnen niederließ. „Hi Klara. Schön, dass du gekommen bist." Er lächelte und entblößte dabei eine Reihe erstaunlich gerader Zähne.

„Hi." Mehr brachte Klara vor lauter Überraschung nicht heraus. Was machte dieser Schwarm aller Mädchen hier neben ihr? Gregor reichte ihr jetzt eine offene Schnapsflasche.

„Hier, Obstbrand. Hat meine Omi selbstgemacht. Mit Obst aus ihrem eigenen Garten." Irgendwie war es niedlich, wie dieser Frauenheld „Omi" sagte.

„Ne, danke, ich muss noch fahren", lehnte Klara aber ab. Plötzlich fühlte sie sich unsicher, zum ersten Mal seit Monaten.

„Ich kann dich nach Hause fahren", entgegnete Gregor gut gelaunt.

Aber du hast auch schon was getrunken, wollte Klara widersprechen, stattdessen sagte sie nur etwas lahm: „Geht nicht, das Auto von meinem Bruder steht hier."

„Geht schon", mischte Imke sich jetzt von der Seite ein, „ich kann den Ford zurückfahren." Damit stand sie auf, drückte Klaras Schulter, zwinkerte ihr zu und schloss sich einige Meter weiter einem anderen Grüppchen an. Immi beschwerte sich zwar immer gerne über Klaras Figur, echter Neid war ihrer wunderbaren Freundin aber vollkommen fremd.

„Problem gelöst!" Gregor hielt ihr noch einmal die Flasche hin. Für gewöhnlich trank Klara kein hartes Zeug. Zögerlich nahm sie trotzdem einen Schluck. Der Schnaps war ihr zu stark und brannte in ihrer Kehle. Sie nahm zwei weitere Schlucke und hatte das Gefühl, dass ihr der Alkohol augenblicklich zu Kopf stieg. Vielleicht war das aber auch nur Gregors Anwesenheit.

„Ich bin wirklich froh, dass du heute Abend hier bist", betonte dieser jetzt noch einmal.

„Warum?“ Schließlich hatten sie das ganze Schuljahr über kaum miteinander geredet.

„Ich wollte dir noch was sagen, bevor wir alle auseinander gehen. Jetzt oder nie, heißt es jetzt wohl.“ Bildete Klara sich das nur ein oder war der lässige Gregor auf einmal nervös? „Ich bewundere dich, Klara. Dafür, dass du dir immer treu geblieben bist. Ich weiß nicht, ob ich das könnte.“ Sie starrte ihn mit offenem Mund an. Wie bitte?

„Aber das bist du doch auch“, erwiderte Klara, als sie sich wieder halbwegs gefasst hatte. Tatsächlich kannte sie Gregor seit der fünften Klasse immer als den gutgelaunten, draufgängerischen und selbstbewussten Jungen, der bald festgestellt hatte, wie seine großen braunen Augen, die langen Wimpern, das breite Grinsen und seine Muskeln auf die Frauenwelt wirkten. „Und alle lieben dich dafür“, fügte sie deswegen noch hinzu.

„Ach was“, lachte er fast etwas traurig. „Sie kennen doch alle nur die äußere Hülle und die lieben sie vielleicht. Wie es darunter aussieht, weiß keiner.“

„Wenn schon die Hülle so vielversprechend ist, muss das Innere ja fantastisch sein.“ Wahrscheinlich war es der Alkohol, dass Klara plötzlich so wagemutig wurde.

„Ich wusste schon, warum ich dich heute hier treffen wollte.“ Gregor lächelte und berührte sie ganz leicht an ihrer nackten Schulter. „Und wie schön du bist!“

„Was sagt Bettina denn dazu, dass du dich mit ihrer Erzfeindin abgibst?“, fragte Klara, als ob es ihr ein kleines Teufelchen in ihrem Kopf eingeflüstert hatte.

Jetzt lachte Gregor laut auf und warf dabei den Kopf in den Nacken. „Was weiß Bettina denn schon? Die ist doch bloß eifersüchtig. Und ich mach‘ es jetzt genau wie du: Heute sind die anderen mir ganz egal." Er rutschte etwas näher an sie heran, die braunen Augen auf sie gerichtet, als wäre Klara die einzige auf der Welt. Sie errötete und bevor sie auch nur ein weiteres Wort sagen konnte, küsste er sie. Das waren nicht die schüchternen Küsse, die sie im letzten Sommerurlaub mit Luca, dem italienischen Kellner, getauscht hatte. Für zwei Wochen waren sie beide schwer verliebt gewesen, bis Klara wieder nach Hause gefahren war und sie sich beide kein einziges Mal geschrieben hatten. Das hier war anders. Gregor küsste sie ungestüm und leidenschaftlich, bis Klara sich ganz benebelt fühlte. So musste sich ein Kuss wohl anfühlen! Und der beleuchtete Hafen im Hintergrund, das knisternde Feuer und die leise Gitarrenmusik waren die perfekte Kulisse. Wieder und wieder küssten sie sich und irgendwann fand Gregors Hand den Weg unter ihr Kleid. Langsam wanderten seine Finger ihren Oberschenkel hinauf. Klara erstarrte. Das ging doch viel zu schnell! Doch dann küsste Gregor sie noch einmal mit einer solchen Intensität, dass sie alles um sich herum vergaß.

„Lass' uns fahren, dir ist doch bestimmt kalt", flüsterte Gregor irgendwann. Klaras Gesicht fühlte sich so heiß an, dass sie überhaupt nicht daran dachte zu frieren. Trotzdem nickte sie. Wie ein echter Gentleman legte Gregor seine Jeansjacke um ihre Schultern und Hand in Hand schlenderten sie zu seinem Wagen. Klara hätte nicht sagen können, wie spät es war. Auch nicht, ob Immi bereits gegangen war oder ob sonst noch jemand am Feuer gesessen hatte. Genauso wenig nahm sie die leeren Dosen und die Zigarettenstummel wahr, die im Fußraum von Gregors aufgemotztem Golf herumlagen. Schweigend fuhren sie durch das nächtliche Hamburg. Klara überlegte krampfhaft, was sie sagen könnte, aber in ihrem Kopf drehte sich alles und eigentlich kannte sie Gregor ja auch gar nicht richtig. Unsinn, sagte das Engelchen in ihrem Kopf, wer sich so küsst, kann sich nicht fremd sein.

An der letzten Kreuzung fiel Klara auf, dass Gregor falsch abgebogen war. Als sie ihn darauf aufmerksam machte, lächelte er nur und fuhr weiter. „Ich dachte, du kommst noch mit zu mir.“ Er streichelte im Dunkeln ihr Knie. Nein! Nein, das geht nicht, schrie das Teufelchen in ihrem Kopf. Oder was es das Engelchen? Unwillig aus ihrem wahr gewordenen Traum aufzuwachen, brachte Klara beide zum Schweigen und nickte. Vor der Haustür angekommen legte Gregor den Finger auf ihre Lippen und flüsterte: „Leise! Wir wollen doch niemanden wecken.“ Vor Aufregung musste Klara kichern und Gregor küsste sie, um sie zum Schweigen zu bringen. Gemeinsam schoben sie sich in den Flur, eine Treppe hoch und in ein dunkles Zimmer. Gregor schloss ab, dann warf er Klara aufs Bett und küsste sie wieder, dieses Mal jedoch hart und fordernd. Seine Lippen wanderten immer tiefer, bis sie ihre Brüste erreicht hatten. „Ich möchte mit dir schlafen, Klara Spelmeier“, raunte er feierlich und öffnete geschickt ihren BH, ohne eine Antwort abzuwarten. Ausgerechnet mit mir, ging es Klara durch den Kopf und es fühlte sich an wie das größte Kompliment, das sie je erhalten hatte. Nachdem sie jahrelang die Häme ihrer Klassenkameraden hatte ertragen müssen, war jetzt ausgerechnet sie es, die Gregor ausgewählt hatte.

Als er mit einer gierigen Bewegung ihren Slip herunterriss, erfasste sie leise Panik. Auch wenn Klara schon neunzehn war, hatte sie das hier noch nie gemacht! Um nichts in der Welt hätte sie das aber in diesem Moment zugegeben.

Wie ferngesteuert schob sie sein Shirt nach oben und erkundete etwas fahrig seinen muskulösen Oberkörper.

Und als sich sein warmer Körper dann an ihren schmiegte, konnte sie überhaupt nicht mehr denken. Sie überließ sich ganz seinen Berührungen und erlebte mit atemlosem Staunen, wozu zwei Körper fähig waren. Immi hatte Recht gehabt, es war der Sommer ihres Lebens! Ihre Zukunft hatte gerade angefangen.

Kapitel 16

Wangerooge, August 2018

Im Halbschlaf spürte Klara eine Hand an ihrem Oberarm und wollte sie instinktiv wegschieben. Als sie aber vollends zu sich kam, wusste sie wieder, wo sie war und beruhigte sich. Von draußen drang das leise Rauschen des Meeres an ihr Ohr, sie lag in ihrem eigenen Bett und neben ihr lag natürlich niemand anderes als Ralph. Es war nur ein Traum gewesen, ein wirrer Traum gespeist aus alten Erinnerungen. Nichts von wem, was so viele Jahre zuvor passiert war, war heute noch wichtig. Nicht hier, nicht auf dieser Insel. Klara wälzte sich auf ihre andere Seite, zerrte an ihrem Kissen, bis sie endlich eine halbwegs bequeme Position für ihren Kopf fand, und steckte die eiskalten Füße zum Wärmen unter Ralphs Decke, bevor sie wieder in einen unruhigen Schlaf fiel.

Als sie am Morgen aufwachte, war sie verschwitzt und ihr Mund war wie ausgetrocknet. Überrascht stellte sie fest, dass das Bett neben ihr leer war. Klara hatte verschlafen! Im Prinzip war das gerade heute kein Weltuntergang, denn es war Montag und somit Ruhetag. Mit den Hotelgästen würden die anderen schon alleine fertig werden. Trotzdem hasste sie es zu verschlafen. Verschlafen hieß die Kontrolle zu verlieren. Klara stand zu schnell auf und das Zimmer drehte sich in ihrem Kopf. Sie ließ sich wieder aufs Bett fallen und atmete tief durch. Der Schwindel ließ nach, dafür spürte sie einen pochenden Schmerz hinter der linken Schläfe. Das mussten die Nachwirkungen des Weins sein, versuchte sie sich selbst zu überzeugen. Dabei wusste sie genau, dass sie nicht so viel getrunken hatte. Denn auch Betrunkensein hieß die Kontrolle zu verlieren. Sie schleppte sich ins Bad, um endlich den kalten Schweiß abzuwaschen, dann stürzte sie ohne auch nur einen Kaffee zu trinken ins Hotel hinunter.

Im Café saßen noch einige Gäste beim gemütlichen Frühstück, die Kaffeemaschine gurgelte, Nils dröhnendes Lachen drang aus der Küche. Alles war wie immer. Klara trat auf die Terrasse und atmete gierig die frische Luft ein. Auch hier sah alles noch genauso aus wie am Abend zuvor. Und doch war alles ganz anders. Wo gestern noch das Kuchenbuffet gestanden hatte, lag jetzt ein zertretenes Stück Käsesahnetorte auf dem Boden. Der Wind, der irgendwann in der Nacht aufgekommen sein musste, hatte eine Lichterkette heruntergerissen, sodass die Lampions jetzt nervtötend gegen ein Fenster schlugen. Wo gestern noch das Lagerfeuer heimelig geknistert hatte, tanzten jetzt nur noch Aschefetzen im Wind. Zum Glück hatte Klara in ihrem Leben schon viele schöne Abende erlebt und kannte deswegen auch das leere Gefühl, dass sich am nächsten Tag unweigerlich einstellte. Auch wusste sie, dass das vorüberging. Nichtsdestotrotz sank ihre Stimmung in diesem Moment auf einen neuen Tiefstand.

Sie sammelte gerade die grünen Scherben einer zerbrochenen Bierflasche unter einem der Tische auf, als Mats von hinten auftauchte. „Klara?“ Sie schreckte hoch und stieß sich prompt den Kopf an der Tischplatte.

“Was?”, fauchte sie ihn an und drückte dabei die Scherben in ihrer Hand ein wenig zu fest.

„Du, ich glaub‘, du blutest.“ Mats deutete auf das kleine, rote Rinnsal, das sich an ihrem Finger entlangschlängelte.

„Ich weiß!“ Klara versuchte die Hand hinter dem Rücken zu verbergen, aber stattdessen verteilte sich das Blut ungefragt in ihrer Jeans. Wenn jetzt noch irgendetwas schief geht, schreie ich, dachte sie entnervt.

Mats räusperte sich zum Zeichen, dass er immer noch da war. „Sag mal, Klara, die ganzen Blumensträuße, wo sollen die denn hin?“

„Kannst du dir das nicht selber beantworten?“

„Ähm, nein…“ So schnell ließ Mats nicht locker. Woher sollte er das auch wissen?

„Dann verteil‘ sie eben auf die Hotelzimmer.“

„Aber da stecken doch noch die ganzen Glückwunschkarten drin!“

„Schmeiß sie halt weg, Herrgott nochmal“, herrschte Klara ihn an und wandte sich zum Gehen. Mats wollte gerade widersprechen, da tauchte Ally von irgendwoher auf. Wie die gute Fee im Märchen brachte sie Mats mit einer kleinen Geste zum Schweigen, angelte dann flink die bunten Karten aus den Blumen und huschte mit ihnen und einem besonders schönen Strauß aus Gerbera in die Wohnung. Gerbera waren nämlich Klaras Lieblingsblumen, das wusste Ally inzwischen. Auch erkannte sie schon recht sicher, wann man Klara besser in Ruhe ließ. Ganz im Gegensatz zu Mats anscheinend.

Klara hatte von alledem nichts mehr mitbekommen, sie pfefferte nur die Scherben in den nächsten Mülleimer und verschwand über den Dünenweg zum Meer. Sie hatte gehofft, dass der Blick aufs Wasser sie wie immer beruhigen würde, aber heute wollte das nicht so recht gelingen. Deswegen setzte sie sich in Bewegung und ging mit schnellen Schritten das Deckwerk entlang. Die Gedanken und Erinnerungen in ihrem Kopf hatten sich zu einem komplizierten Knoten verheddert und Klara hatte Mühe, einen einzelnen der losen Fäden zu fassen zu bekommen.

Das Sommerfest in Idas Haus und der Abend mit Ralph waren wunderschön gewesen, daran bestand überhaupt kein Zweifel. Genauso schön waren die Abi-Party am Elbstrand und die Nacht mit Gregor gewesen, das musste Klara sich eingestehen. Egal, wie sie sich am nächsten Tag gefühlt hatte oder was danach passiert war, das hatte nichts mit der guten Erinnerung zu tun, die sie an diesen Abend hatte. Ok, die Nacht mit Gregor war eine einmalige Sache geblieben. Ja, das hatte wehgetan, aber sie waren jung, da konnte man ja nicht davon ausgehen, gleich den Mann fürs Leben zu finden.

Der asphaltierte Weg auf dem Deckwerk war inzwischen zu Ende, Klara kletterte aber einfach hinunter auf den Strand und ging im festen, feuchten Sand weiter, den die Ebbe freigelegt hatte. In Wahrheit war sie gar nicht traurig, dass die Sache zwischen ihr und Gregor nicht weitergegangen war, weder damals noch später. Und das lag nicht nur daran, dass er sie verarscht hatte. Ungebetene Bilder stiegen in ihrem Kopf auf und sie verscheuchte sie, indem sie ihre Schritte noch weiter beschleunigte. Nein, es lag ganz einfach daran, dass Gregor sich nicht als der Traummann entpuppt hatte, für den ihn alle gehalten hatten. Es waren nur Kleinigkeiten gewesen, manche waren ihr schon beim Licht des nächsten Tages aufgefallen, andere erst später als sie mit Ralph zusammen war. Ihr Traummann hätte nicht versucht, sie mit Obstbrand abzufüllen, noch nicht mal mit dem von „Omi“. Wäre es richtig gewesen, hätten sie miteinander reden können, am liebsten pausenlos, um den anderen immer besser kennen zu lernen. Mit Gregor waren ihr dagegen schon am ersten Abend die Worte ausgegangen. Und vor allem hätte ihr Traummann gespürt, dass es ihr zu schnell gegangen war, und hätte das nicht ausgenutzt! Heiße Wut stieg in Klara auf, dabei wusste sie, dass das, was schlussendlich passiert war, keineswegs nur Gregors Schuld gewesen war. Trotzdem war es gut, dass sie seit dieser Nacht keinen Mucks mehr von ihm gehört hatte. Klara rollte im Kopf auch diesen Gedankenfaden sorgfältig auf und legte ihn zur Seite. Wie gut, dass sie später Ralph kennen gelernt hatte, der so ganz anders war!

~

Sie war gerade mit ihrer Ausbildung fertig geworden und stand in einem schicken Hamburger Hotel hinter der Rezeption, als sie ihn das erste Mal sah. Er war bei weitem nicht so gutaussehend wie Gregor, einfach ein sympathischer junger Mann, vielleicht ein paar Jahre älter als sie. Aber er hatte schon damals dieses Lächeln in den Augen, das deutlicher als tausend Worte sagen konnte: „Alles wird gut!" Das war an diesem Vormittag vor fünfundzwanzig Jahren auch bitter nötig gewesen, denn es war ein schlechter Tag. Nicht ganz so schlecht wie heute, aber trotzdem hatte Klara sich elend gefühlt. Irgendjemand hatte im Belegungsplan herumgefuscht und da Klara gerade Dienst an der Rezeption hatte, sah es so aus, als hätte sie ihre Arbeit nicht ordentlich gemacht. Das war so ungerecht! In diesem Moment war dieser junge Mann in einem Anzug, in dem er sich augenscheinlich nicht wohl fühlte, mit einer Gruppe anderer Anzugträger ins Foyer gekommen. Geschäftsreisende, den Aktentaschen und kleinen schwarzen Rollkoffern nach zu urteilen. Sie hatte sich wie immer größte Mühe gegeben, ihr persönliches Befinden gegenüber den Gästen zu verstecken, und die Herren mit ihrem charmantesten Lächeln begrüßt. Trotzdem hatte dieser Mann sie beim Einchecken eindringlich aus seinen graugrünen Augen angesehen und dann so leise gefragt, dass es außer ihr niemand hören konnte: „Mieser Tag heute?“ Weder machte er sich über sie lustig, noch lagen Vorwurf oder Geringschätzung in seiner Stimme, wie Klara überrascht festgestellt hatte.

„Irgendwie schon“ antwortete sie verlegen und ärgerte sich im gleichen Moment, dass sie so etwas mit einem Gast besprach.

„Was auch immer es ist, werden Sie sich in fünf Jahren noch daran erinnern? Wenn nicht, ärgern Sie sich jetzt auch nicht drüber.“ Er zwinkerte ihr kaum merklich zu und lächelte, ohne dass sich seine Mundwinkel bewegt hatten. Wenige Sekunden später war er im Aufzug verschwunden gewesen. Klara hatte ihm nachgeschaut und überlegt, ob er wohl Psychologiestudent wäre, aber ein Blick ins Reservierungssystem hatte ihr gesagt, dass sein Zimmer im Namen einer Kieler Unternehmensberatung gebucht worden war.

Am nächsten Tag hatte sie ihn wieder gesehen und dieses Mal war er es, der ein wenig derangiert gewirkt hatte. Auf ihre vorsichtige Nachfrage hatte er geantwortet, dass eine wichtige Kundenpräsentation anstand, seine erste noch dazu.

„Tun Sie das, was Sie da tun, gerne?“, fragte Klara. Er nickte und seine Augen strahlten.

„Und sind Sie gut vorbereitet?“ Wieder nickte er voller Überzeugung.

Klara lächelte ihn an. „Dann haben Sie ja alles getan, was Sie können, und es wird schon gut gehen!“

Am dritten Tag war die Gruppe wieder abgereist. Als er seinen Zimmerschlüssel über den Tresen an der Rezeption schob, erkundigte er sich nur: „Besserer Tag?“ Klara nickte. „Bei mir auch.“ Dieses Mal lächelte er von einem Ohr zum anderen. Dann zögerte er einen Moment, holte tief Luft und fragte: „Ich bin noch den ganzen Tag in Hamburg. Haben Sie Lust, in Ihrer Pause oder nach Feierabend etwas mit mir essen zu gehen?“ Zuerst wollte Klara sofort ablehnen, im nächsten Moment spontan zusagen. Dieses Mal schaffte sie es aber ihre Gedanken zur Ordnung zu zwingen und nachzudenken, bevor sie etwas sagte oder tat. „Ich bin übrigens Ralph“, fügte der junge Mann hinzu und wartete etwas nervös, aber geduldig auf ihre Antwort. Ralph ist kein Hotelgast mehr, überlegte Klara schnell, und er ist sympathisch. Und es geht nur um ein Essen. Und es wird bei einem Essen bleiben, wenn ich das will. Ich habe es in der Hand. Den letzten Gedanken widerholte sie wie ein Mantra, dann antwortete sie lächelnd: „Ich kenne einen ausgezeichneten kleinen Italiener.“

Aus einem Abendessen waren zwei geworden. Es folgten stundenlange Telefonate, später gegenseitige Besuche, entweder bei ihr in Hamburg oder bei ihm in Kiel. Irgendwann war Ralph nach Hamburg gezogen und sie waren ein Paar geworden und es seitdem geblieben.

~

Klara sah von dem mit Muscheln bedeckten Sandboden auf, als sie das Klirren von Segelmasten im Wind hörte. Da vorne war die Surfschule, das hieß, sie war tatsächlich bis zum Inseldorf gelaufen. Das waren bestimmt sechs Kilometer, bei Niedrigwasser sogar etwas mehr! Ihr Magen gab ihr deutlich zu verstehen, dass sie nicht gefrühstückt hatte, und ihr Mund war schon wieder trocken. Na gut, sagte sie sich, wenn sie jetzt schon einmal hier war, konnte sie genauso gut gleich etwas essen. Sie ging noch ein Stück weiter und setzte sich in eines der Cafés an der Strandpromenade. So etwas kam selten vor. Am Hauptstrand vor ihr herrschte das typische Gewusel der Hauptsaison. Auch die Sonne schien wieder von einem fast wolkenlos blauen Himmel und scherte sich nicht die Bohne um Klaras miese Laune. Nur ganz hinten am Horizont hing eine graue Wolkenschicht. Klara seufzte. Es hatte gutgetan, den Kopf mit angenehmen Erinnerungen zu füllen. Trotzdem hatte sich eine Erinnerung in ihrem Hinterkopf festgesetzt und ließ sich nicht ganz vertreiben, sodass ihr das Wetter wie ein Spiegelbild ihrer Stimmung erschien. „Los, verzieht euch", zischte sie den dunklen Wolken unsinnigerweise zu.

„He, Klara! Mit wem redest du denn?"

Klara sah überrascht auf. „Hallo Edda", grüßte sie ihre Bekannte, die Kaffee, Rührei und Brötchen vor ihr abstellte und sich auf einen kurzen Plausch zu ihr setzte.

„Und? Wie war euer Sommerfest?"

„Super, hat alles gut geklappt", antwortete Klara wahrheitsgemäß, aber lustlos.

„Ja, ich musste ja leider arbeiten, aber die Natascha aus der Bäckerei hat erzählt, es war einfach großartig", rief Edda begeistert, dann lehnte sie sich zu Klara hinüber und fügte in vertraulichem Tonfall hinzu: „Und ich hab' ja auch gehört, dass die neue Kellnerin im Restaurant vom Klaus auch da war. Nach Hause ist sie wohl aber nicht alleine gegangen."

Klara verdrehte die Augen. Es war doch unglaublich, was jemand, der noch nicht einmal persönlich anwesend gewesen war, schon wieder von Leuten zu wissen glaubte, die er eigentlich gar nicht kannte. Oh, diese Insel! „Ich konnte gestern nicht so genau auf jeden Besucher achten", erwiderte sie deswegen nur vage und wandte sich ihrem Frühstück zu.

„Wie du das auch wirklich immer alles schaffst“, fuhr Edda unbeirrt fort, „die Organisation, die ganze Arbeit gestern, die kurze Nacht…“ Sie hob vielsagend eine Augenbraue. Vielleicht waren Klara und Ralph am Lagerfeuer also doch nicht so alleine gewesen, wie sie gedacht hatten. „Und trotzdem siehst du heute aus, wie aus dem Ei gepellt.“

Tatsächlich fühlte Klara sich, als hätte eine Planierraupe sie überfahren. Sie lächelte gequält über das zweifelhafte Kompliment und war froh, als das Ehepaar am Nachbartisch nach Eddas Aufmerksamkeit verlangte.

Als Klara bezahlen wollte, stellte sie fest, dass sie durch ihren ungeplanten Spaziergang noch nicht einmal Geld eingesteckt hatte. Aber das machte nichts, sie würde einfach anschreiben lassen und das nächste Mal zahlen. Manchmal war es dann doch ganz nützlich, dass hier alle alles voneinander wussten.

Ihr Handy, das sie wenigstens dabeihatte, piepste in der Tasche ihrer Jeans. *Hallo Klara, wann bist du wieder da? Wir suchen dich hier. Ich hoffe, es ist alles ok*, hatte Ally geschrieben. Klara erinnerte sich an das, was sie bezüglich Verschwinden ohne sich abzumelden anfangs zu Ally gesagt hatte und bekam ein schlechtes Gewissen. *Bin im Dorf und in ca. 45 min wieder da. Tut mir leid, dass ich nicht Bescheid gesagt habe*, tippte sie eilig zurück und machte sich auf den Rückweg.

Da es etwas schneller ging, entschied sie sich für den Weg durch die Dünen. Kaum hatte sie den Strand hinter sich gelassen, verstummte das Rauschen der Wellen und es war fast windstill. Die Heide blühte und verwandelte die Hügel in ein abstraktes Gemälde aus unzähligen Violett- und Grünschattierungen. Irgendwo zirpte eine Grille, ein Hase hoppelte unerschrocken vorbei und die beiden Leuchttürme im Westen der Insel wachten hoheitsvoll über der malerischen Szene. Klara war wieder einmal froh, dass sie sich nicht entscheiden musste, ob die Dünenlandschaft oder der weite Strand reizvoller waren. Trotz der sommerlichen Schönheit um sie herum kamen ohne die Ablenkung durch Eddas Tratsch die mühsam weggeschobenen Erinnerungen wieder hoch und dieses Mal ließ Klara sie gewähren. Sie würde sonst heute doch keine Ruhe mehr finden. Außerdem gehörten sie schließlich genauso zu ihrem Leben wie die schönen Momente, ob es ihr gefiel oder nicht.

Als hätte diese Erkenntnis etwas in ihr gelöst, wusste sie plötzlich wieder mit absoluter Klarheit, warum diese Erinnerung ihr nach all den Jahren noch Albträume bereitete. Es lag nicht daran, dass Gregor sie benutzt hatte, und auch nicht daran, dass sie sich zum Gespött der Leute gemacht hatte. Es war allein die Tatsache, dass sie schwach geworden war. Ohne zu überlegen, hatte sie sich dem Gefühl hingegeben, endlich begehrenswert und anerkannt zu sein. Dabei waren rationale Entscheidungen und Standfestigkeit doch das, was sie sich selbst beigebracht hatte. Das, worin sie so gut war. Das, was sie am meisten brauchte, um dem Leben die Stirn zu bieten. Und trotzdem war sie im entscheidenden Augenblick schwach geworden. Und deswegen war alles, was dann passiert war, allein ihre Schuld.

Kapitel 17

Hamburg, Juli 1988

Ihr war übel. Kotzübel sogar. Warum war ihr bloß so übel?

Mit geschlossenen Augen drehte Klara vorsichtig den Kopf ein kleines Stück zur Seite in der Hoffnung, der Brechreiz würde nachlassen. Tat er nicht. Stattdessen spürte sie plötzlich einen warmen, säuerlichen Atem im Gesicht. Konnte man seinen eigenen Atem an der Stirn spüren? Also rein anatomisch gesehen? Eher nicht. Aber warum lag dann eine andere Person in ihrem Bett? Ihr Hirn versuchte angestrengt diese neue Information zu verarbeiten und reagierte mit migräneartigen Kopfschmerzen. Mit einer deutlichen Verzögerung (irgendetwas zwischen zehn Sekunden und einer halben Stunde) sickerte die Erkenntnis durch und sie riss entsetzt die Augen auf. Neben ihr auf dem Kissen lag Gregors Kopf. Jetzt hörte sie auch sein Schnarchen. Sie ließ den Blick etwas tiefer wandern, was ihr Körper prompt mit einer Salve von Blitzen im Bereich der Schläfen quittierte. An Gregors Kopf hing erwartungsgemäß auch der Rest von ihm. Auf dem Bett ausgebreitet wie ein Seestern. Dieser Rest war nackt.

Obwohl jeder Denkprozess eine weitere Ladung Blitze auslöste, schien ihr Erinnerungsvermögen noch zu funktionieren und sie sah plötzlich vor ihrem inneren Auge glasklar, was am Abend zuvor passiert war. Der Elbstrand, das Lagerfeuer, der Obstbrand. Wobei letzteres wohl die Erklärung für ihren desolaten Zustand war. Warum hatte sie dieses Teufelszeug nur getrunken? Dann fielen ihr auch Gregors Küsse wieder ein, die Fahrt in seinem alten Golf und der Weg in sein Bett.

Sie hatte mit ihm geschlafen!

Ihr vorsichtiger Blick auf ihren eigenen Körper bestätigte, dass auch sie vollständig entkleidet war. Sie fröstelte, was zum einen auf ihre Nacktheit zurückzuführen war (und darauf, dass Gregor die Bettdecke komplett annektiert hatte). Zum anderen ließ sie die Tatsache erschaudern, dass sie hier in einem fremden Bett neben einem Kerl lag. Einem Kerl, der ebenfalls nackt war. Und ebenfalls irgendwie fremd. Sie hatte noch eine ferne Ahnung, dass es sich gestern Nacht gut angefühlt hatte, jetzt war das Hochgefühl aber verflogen und hatte nichts als einen schalen Nachgeschmack hinterlassen.

Klara versuchte, sich vorsichtig von Gregor wegzuschieben, aber nach wenigen Zentimetern spürte sie, dass die Matratze unter ihr zu Ende war, und etwas Hartes bohrte sich schmerzhaft in ihren Rücken. Wahrscheinlich die Ecke des Nachttischs. Ihre Augen hatten sich inzwischen an das Dämmerlicht gewöhnt, das im Zimmer herrschte, und sie sah sich erst einmal um: Auf einem Regal lag ein Feuerwehrhelm neben einer Ansammlung von teurem, aber scheinbar ungebrauchtem Werkzeug, ein Star Wars-Poster blätterte von der Tür ab und der Boden war mit Klamotten bedeckt, die einen muffigen Geruch absonderten. Unter dem Bett lugte eine Zeitschrift hervor und bei näherem Hinsehen erkannte Klara, dass es ein Pornoheft war. Dieses ganze Gruselkabinett stand im krassen Gegensatz zu den Spitzengardinen vor dem Fenster. Das hier war eindeutig das Zimmer eines pubertierenden Jungen, der seine Socken nicht alleine waschen konnte, nicht des charmanten jungen Mannes von gestern.

Klara sah wieder zu Gregor hinüber und fragte sich, wie sie in ihm jemals ihren Traummann gesehen haben konnte.

Natürlich wusste sie, dass auch Traummänner im besten Fall Menschen waren, die auch schnarchen konnten und vor dem Zähneputzen Mundgeruch hatten. Trotzdem fühlte sich dieser Morgen einfach nur falsch an. Da war keine Vertrautheit zwischen ihnen, die ihr über diese ungewohnte Situation hinweggeholfen hätte. Da war gar nichts. Wie konnte es denn auch? Sie kannten sich ja schließlich kaum! Das hatte auch ihr neugieriger Blick in seine Privatsphäre ihr gerade bewiesen. Warum nur hatte sie dann überhaupt mit ihm geschlafen?

Auf jeden Fall wollte Klara jetzt nur noch weg. Raus aus diesem Bett, aus diesem Zimmer und aus diesem Haus. Sie erschrak bei der Vorstellung auf der Treppe Gregors Vater zu begegnen oder seinem kleinen Bruder. Er hatte doch einen Bruder oder hatte sie doch mal etwas von einer Schwester gehört? So viel zum Thema Vertrautheit. Es half aber alles nichts, sie musste es riskieren, wenn sie nicht aus dem Fenster springen wollte. Und das könnte eindeutig noch peinlicher enden. Sie hob vorsichtig erst ein Bein aus dem Bett, dann das andere. Als sie sich aufsetzte, knarzte der Lattenrost so laut, dass sie sicher war, das ganze Haus müsste davon wach werden. Oder waren sowieso schon alle auf? Wie spät war es eigentlich? Reglos verharrte sie einen Moment auf der Bettkante, bis sie sich sicher war, dass Gregor weiterhin vor sich hin schnarchte. Dann stand sie auf, fischte Kleid und Slip vom Boden und zog sich leise an. Bitte, bitte, wach nicht auf, betete sie in Dauerschleife, während sie zur Tür schlich. Mit angehaltenem Atem drückte sie die Klinke herunter, aber die Tür ging nicht auf. Sie spürte, wie Panik in ihr aufstieg. Natürlich, Gregor hatte gestern abgeschlossen, schoss es ihr durch den Kopf. Aber wo hatte er denn den

Schlüssel gelassen? Fieberhaft suchten ihre Augen das unaufgeräumte Zimmer ab und fanden ihn nach einer gefühlten Ewigkeit in einem vollen Aschenbecher.

Als Klara den Schlüssel gerade aus der kalten Asche pulte, nahm sie im Augenwinkel eine Bewegung wahr und schaute sich noch einmal um. Gregor blickte sie aus halbgeöffneten Augen schläfrig an, machte aber keine Anstalten etwas zu sagen. „Morgen", murmelte Klara verlegen. Keine Reaktion. War er vielleicht genauso schockiert über das, was passiert war, wie sie? „Gut geschlafen?" Anstelle einer Antwort gab Gregor nur ein undefinierbares Grunzgeräusch von sich und klopfte mit einem dümmlichen Grinsen auf die Matratze neben sich. Was anscheinend als einladende Geste gemeint war, wirkte auf Klara einfach nur abstoßend. Sie war doch kein Schoßhund! Als sie keine Anstalten machte sich zu bewegen, zuckte Gregor nur gleichmütig mit den Schultern. Gleichermaßen fasziniert wie angeekelt verfolgte Klara das Schauspiel, das nun folgte: Den trägen Blick immer noch auf sie gerichtet befreite er umständlich einen Arm aus der Decke und begann wie in Zeitlupe in der Nase zu bohren. Eine Umdrehung, dann noch eine. Als hätte er den Faden verloren, verharrte er dann in dieser Position, bis es ihm schließlich (anscheinend unter Aufbietung all seiner geistigen und motorischen Fähigkeiten) gelangt, den Finger wieder aus seinem Riechorgan zu entfernen. Klaras Hirn schien sich währenddessen gemütlich mit Popcorn und Cola in einen Sessel gelümmelt zu haben und tat rein gar nichts dagegen, dass sie anschließend auch noch mit ansehen musste, wie er sich ausgiebig im Schritt kratzte und dabei genießerisch die Augen schloss. Als würde sich eine Schildkröte in den Sand eingraben, drehte Gregor sich dann schwerfällig im Bett um, zog die Bettdecke bis zum Kinn hoch und wackelte mit dem Hintern hin und her, bis er die ideale Kuhle in seiner durchgelegenen Matratze gefunden hatte. Kurz darauf ertönte ein langgezogener Furz untermalt von dem wiedereinsetzenden Schnarchen.

Echt jetzt? Er schlief einfach so weiter? Wie erstarrt stand Klara mitten im Zimmer, den Schlüssel in der erhobenen Hand wie die Freiheitsstatue ihre Fackel. Als hätte plötzlich jemand mitten in der Kinovorstellung das Licht voll aufgedreht, wurde ihr armes Hirn aus seinem angenehmen Dämmerzustand gerissen und Klara konnte sich wieder rühren. Angewidert wandte sie den Blick ab und machte einen zögerlichen Schritt Richtung Tür. Aber er hatte ihr doch zugelächelt! Oder etwa nicht? Nein, das war kein Lächeln gewesen. Er hatte eindeutig gegrinst und zwar kein verlegenes Grinsen, sondern ein zutiefst selbstzufriedenes! Es war alles noch viel schlimmer, als sie gedacht hatte! Gregor hatte seinen Spaß gehabt und das war's für ihn!

Endlich war Klaras Denkvermögen auf Betriebstemperatur. Entschlossen stopfte sie den Schlüssel ins Schloss und öffnete die Tür. Zum Glück war der Flur vor ihr menschenleer. Sie wollte die Tür hinter sich gerade leise schließen, da hatte sie eine Eingebung. Oh, das war vielleicht sogar die beste Idee, die sie seit Langem gehabt hatte! Mit einem teuflischen Funkeln in den Augen schloss die Tür von außen ab. Doppelt. Dann zog sie den Schlüssel wieder ab, verehrte ihn einer der Zimmerpflanzen, mit denen der schmale Flur vollgestopft war, und rannte die Treppe herunter. Die Holztreppe knarrte missmutig, aber Klara nahm immer zwei Stufen gleichzeitig und hatte die Haustür erreicht, bevor irgendjemand Eindringlingsalarm auslösen konnte. Oder waren hier sowieso alle daran gewöhnt, dass Gregor wechselnden Damenbesuch hatte?

Sie nahm die Abkürzung durch den Vorgarten über den samtweichen, englischen Rasen, der sich unter ihren Füßen angenehm kühl anfühlte. Klara stutzte. Verdammt! Ihre Sandalen lagen noch oben! Sie würde aber lieber barfuß über ein Nagelbrett gehen, als noch einmal umzukehren. Zumal sie jetzt Frau Schmutzler bemerkte, die hinter dem Haus Wäsche aufhängte. Gregors Mutter trug eine geradezu lächerliche Blümchenschürze, als versuchte sie in Zusammenarbeit mit den Spitzengardinen das Bild der mustergültigen Vorstadtfamilie aufrechtzuerhalten. Zu gerne hätte Klara ihr gesagt, was ihr Sohn für ein Arsch war, aber endlich von hier zu verschwinden, war dann doch reizvoller.

Spitze Steinchen bohrten sich in ihre Fußsohlen, als sie den Bürgersteig erreichte, aber sie ignorierte den Schmerz und ging einfach weiter. Es war Freitagvormittag, die Kinder waren in der Schule, die Eltern im Büro oder vielleicht beim Einkaufen und das Wohngebiet wirkte wie ausgestorben, was Klara nur recht war. Nur noch zweimal abbiegen, dann war sie zu Hause!

Vor dem kleinen Kiosk an der Ecke bemerkte Klara eine kleine Menschenansammlung, die so gar nicht ins Bild passte. Gab es hier eine neue Pilgerstätte? Bestimmt fünfzehn Leute standen da um den Stromkasten herum, der zum Tresen für ein frühes Bier umfunktioniert worden war. Also wohl eher keine Pilger. Als Klara näher herankam, stellte sie fest, dass alle ungefähr in ihrem Alter waren. Nach noch ein paar weiteren Schritten erkannte sie Holger, gut zu erkennen an seiner wachsweißen Haut. Dann Frank mit seinem Ziegenbart. Sabine, die wie immer zu laut lachte. Mascha, Timo,

Lutz. Bis auf ein Mädchen, das ein paar Jahre jünger war, stand da Klaras halber Abi-Jahrgang! Und auch die Kleine kam ihr irgendwie bekannt vor. Was machten die alle hier? Klara versuchte, die Nervosität, die unweigerlich in ihr aufstieg, genauso zu ignorieren wie die spitzen Steinchen. Jetzt hatte Holger sie entdeckt, stieß die anderen an und deutete in ihre Richtung. Schlagartig waren alle Augen auf sie gerichtet. Die Mädchen kicherten, die Jungs pfiffen, Bierflaschen klirrten. „Na Klara, gut geschlafen?“ Lutz machte eine anzügliche Bewegung und die Meute johlte. Das kleinere Mädchen aber streckte zufrieden die Hand aus und wartete, bis jeder ihr mit mehr oder weniger Murren einen Geldschein überreicht hatte. Dann rannte sie mit einem letzten, frechen Grinsen in Klaras Richtung die Straße hinunter.

Woher kannte Klara nur dieses Grinsen? Und was war da gerade eigentlich passiert? Wie mechanisch ging Klara weiter, aber ihre Gedanken rasten. Augenscheinlich hatten sie alle hier auf sie gewartet. Woher wussten sie, dass sie aus dieser Richtung kommen würde? Warum interessierte es diese Leute überhaupt? Keinen von denen konnte sie besonders gut leiden und das beruhte auf Gegenseitigkeit. Und wer zum Teufel war dieses Mädchen?

Klaras Kopf arbeitete auf Hochtouren und nach und nach spendierte ihr Gedächtnis weitere Bilder des letzten Abends. Bettinas wackelnder Hintern in der zu engen Kunstlederhose. Bettina, die zu den Jungs hinüber tänzelte. Bettina, die sich von Gregor eine Zigarette anzünden ließ. Bettina und Gregor, die über irgendetwas kicherten.

Bettina.

Gregor.

Da waren plötzlich alle Antworten, nach denen Klara so verzweifelt gesucht hatte, aber mit einem Mal wünschte sie sich, die Fragen nie gestellt zu haben. Dieses Mädchen. Dieses Grinsen. Das war Bettinas Grinsen. Die Kleine war ihre Schwester! Jetzt ergab alles einen Sinn. Einen widerlichen, hinterhältigen Sinn! Die Versammlung hier. Die Geldscheine. Bettina hatte mit ihnen gewettet, dass Gregor sie ins Bett kriegen würde. Und sie hatte gewonnen!

Klara konzentrierte sich nur auf ihre Schritte. Linken Fuß heben, nach vorne ziehen, absetzen. Rechten Fuß heben, nach vorne ziehen und absetzen. Als sie an den anderen vorbeiging, zwang sie sich, ihnen in die Augen zu sehen. Ihr Blick sollte sie alle aufspießen, aber die Tränen kamen ihr in die Quere. Hilflos sah sie wieder zu Boden und beschleunigte ihre Schritte. Wie konnte sie nur so dumm gewesen sein? Wie konnte sie geglaubt haben, dass Gregor etwas an ihr fand? Ob Bettina ihren Gewinn wohl mit ihm teilte? Was bekam er dafür, dass er mit ihr geschlafen hatte? Was war Bettina ihre Rache an Klara Strebermeier wohl wert? Was war sie überhaupt wert? Gar nichts! Du bist wertlos und naiv und dämlich, höhnte Bettinas Stimme in ihrem Kopf.

Auf dem Treppenabsatz stieß Klara fast mit ihrer Mutter zusammen, die gerade aus dem Haus kam. „Hallo Schätzchen! Kommst du von Immi?“

„Ja, ich hab‘ bei ihr übernachtet, weil es gestern so spät geworden ist“, log Klara und schluckte tapfer die Tränen hinunter. Ihre Mutter hatte sich ihre ganze Schulzeit über fürchterliche Sorgen um sie gemacht, weil ihre Mitschüler sie hänselten. Damit sollte jetzt endlich Schluss sein.

„Hattet ihr denn einen schönen Abend? Du siehst etwas mitgenommen aus“, fragte Frau Spelmeier auch gleich besorgt.

„Ja, alles gut“, murmelte Klara. „Ich hab‘ wohl nur ein bisschen viel getrunken.“

„Du? Du trinkst doch nie was!“

„Ja und jetzt weiß ich auch wieder, warum.“ Klara versuchte ein Lächeln. „Ich glaub‘, ich leg‘ mich besser noch ein bisschen hin.“ Sie gab ihrer Mutter einen Kuss auf die Wange und schob sich an ihr vorbei ins Haus.

Oben angekommen warf sie sich aufs Bett und endlich konnte sie den Tränen freien Lauf lassen. Klara beweinte die Ungerechtigkeit der Welt, die Schlechtigkeit der Menschen und vor allem ihre eigene Dummheit. Sie heulte und heulte, bis sie nicht mehr konnte und auf ihrem nassen Kissen einschlief.

Als sie wieder zu sich kam, war es früher Nachmittag. Die Übelkeit war weg und die Kopfschmerzen waren auf ein dumpfes Pochen zusammengeschmolzen. Sie pfefferte das unselige Sommerkleid in eine Ecke und huschte unter die Dusche. Es tat gut, Gregor von ihrem Körper abzuwaschen, aber egal wie heiß sie das Wasser stellte und wie viel sie schrubbte, aus ihrem Kopf bekam sie ihn nicht so schnell heraus. Irgendetwas musste sie unternehmen. Zunächst machte sie sich ein Käsebrot, um wenigstens ihren rebellierenden Magen zu beruhigen. Dann schnappte sie sich noch mit dem Brot in der Hand den Telefonhörer und wählte Imkes Nummer. Nach nur zweimal Klingeln nahm ihre Freundin ab. „Na? Wie war’s?“, fragte sie aufgeregt und völlig ahnungslos.

„Immi, wir müssen Einkaufen fahren“, sagte Klara anstelle einer Antwort. „Ich brauch‘ neue Sandalen.“

Als ob dieser Vorschlag vollkommen selbsterklärend und ihr diese Idee auch gerade gekommen war, antwortete Immi nur: „Ok, ich bin in einer halben Stunde bei dir.“

~

Während der gesamten Fahrt ins Einkaufszentrum schwieg Klara beharrlich und Imke schaffte es mit nahezu heldenhafter Willenskraft ebenfalls den Mund zu halten. Ausgerechnet als ihre Freundin dann gerade dabei war, den sperrigen Kleinbus ihres Vaters rückwärts in eine enge Parklücke zu manövrieren, platzte Klara mit der ganzen Geschichte heraus. Das Heck des Wagens schon in der Parklücke, die Motorhaube noch auf der belebten Straße bremste Immi so abrupt, dass sie prompt den Motor abwürgte. Ohne sich im Mindesten um die anderen Autofahrer zu scheren, die sich laut hupend und fluchend an ihnen vorbeidrängelten, starrte sie Klara mit weit aufgerissenen Augen an. „Das kann nicht sein! Vielleicht hast du das ja alles falsch verstanden. Ich mein‘, Bettina ist eine blöde Gans, aber das bringt selbst die nicht.“

„Immi, hast du mir zugehört? Da gab es nichts falsch zu verstehen!“ Klara blickte sich hektisch um und sah, dass sich hinter ihnen bereits ein beträchtlicher Stau gebildet hatte. „Und jetzt fahr‘ bitte endlich von der Straße, bevor noch jemand die Polizei ruft!“

Seelenruhig parkte Imke zu Ende ein, während sie jedes erdenkliche Schimpfwort, das ihr auf Deutsch oder Französisch in den Sinn kam, auf Bettina anwandte. „Aber bist du sicher, dass Gregor was damit zu tun hat?“, fügte sie dann fast flehend hinzu. „Ich meine, es ist schließlich der Gregor…"

„Ganz sicher!" Klara knallte die Autotür zu, sodass der ganze Wagen schepperte. Wut war so viel angenehmer als Selbstzweifel und Scham! „Du hättest ihn sehen müssen, wie er da im Bett gelegen hat!"

„Pass' auf, der Bus geht noch kaputt! Kannst du ihn dann nicht anzeigen?"

„Wen? Das Auto?" Klara hatte sich so in Rage geredet, dass sie Immis Gedankensprüngen nicht mehr folgen konnte.

„Ne, Gregor natürlich. Ich meine, wenn er…und du eigentlich nicht wolltest…"

„Naja, vergewaltigt hat er mich bestimmt nicht. Gestern wollte ich das alles. Und gestern hat es mir wohl auch irgendwie gefallen", stöhnte Klara.

„Dann ist doch gut." Imke wirkte fast erleichtert. „Ich mein', die ganzen Idioten siehst du nie wieder und jetzt bist du wenigstens keine Jungfrau mehr, wenn du mit der Ausbildung anfängst." Klara brachte ein erstes Schmunzeln zustande, so unfreiwillig komisch war Imkes Logik. Was bitte hatte denn das eine mit dem anderen zu tun? „Und fürs erste Mal ist Gregor doch keine schlechte Wahl. Attraktiv und gut gebaut ist er schließlich", ergänzte Imke.

„Ja, eine attraktive und gut gebaute Hohlbirne, höchstens das ist er. Immi, begreif' es doch, der Typ geht gar nicht."

„Manche Geschenke sollte man wohl besser nicht auspacken. Trotzdem schade, die Verpackung hat mir so gut gefallen." Mit dieser fast schon philosophischen Erkenntnis zerrte Immi Klara in den Schuhladen. Da sie sowohl mit der Rache- als auch mit der Aufmunterungsstrategie nicht weitergekommen war, versuchte sie es anschließend mit Ablenkung. Zu Klaras neuen Sandalen gesellten sich so schnell eine neue Jeans, ein Shirt und Nagellack. Als Imke ihre Freundin dann auch noch zum Friseur schleifen wollte, streikte Klara aber.

„Na gut, ist sowieso zu heiß dafür“, kapitulierte Immi ziemlich schnell. „Dann geht's jetzt zum Schwimmen an den Tonteich.“ Damit war auch Klara einverstanden.

~

Im dunklen Wasser des Badesees, der in einer ehemaligen Tongrube nur wenig außerhalb von Hamburg entstanden war, glitzerte die Sonne und die umstehenden Bäume spendeten angenehmen Schatten. Quietschend sprangen die beiden Mädchen ins kühle Nass, wobei sie ganzen Schwärmen von Kindern ausweichen mussten, die wohl inzwischen Schulschluss hatten. Während Immi sich nach einer kurzen Abkühlung auf ihrem Handtuch ausstreckte, schwamm Klara auf die gegenüberliegende Seeseite, wo nur ein paar einzelne Schwimmer ihre Bahnen zogen.

Dankbar über die Ruhe drehte sie sich auf den Rücken und ließ sich treiben. Wie schwerelos lag sie auf dem spiegelglatten Wasser und spürte, wie das weiche Wasser ihre Haut streichelte. Klara liebte Wasser, sie liebte die Sanftheit und die unbändige Kraft, die dieses Element in sich vereinte. Noch mehr jedoch liebte sie das Meer mit seiner endlosen Weite und Klarheit. Wie gerne wäre sie jetzt dort! Sie ließ den Kopf nach hinten sinken und sobald ihre Ohren unter Wasser waren, verstummte alles um sie herum. Kein Rauschen in den Baumkronen, keine schreienden Kinder, jetzt gab es nur noch Klara.

Eine einzelne runde Wolke stand direkt über ihr am Himmel und verdeckte für einen kurzen Augenblick die Sonne. Sie beobachtete, wie die Wolke sich in die Länge zog, sich in der Mitte verwirbelte und dann ihre Ränder immer mehr ausfransten, bis sie sich vollständig aufgelöst hatte. Wenn das Chaos in ihrem Kopf doch auch so schnell verschwinden würde! Immis Ablenkprogramm hatte zweifellos gutgetan, aber Klara wusste, dass es ihr erst wirklich besser gehen würde, wenn sie in ihrem Kopf Ordnung geschaffen hatte. Krampfhaft versuchte sie, das ungute Gefühl zu fassen, dass immer noch in ihr lauerte. Hier das Land, da das Wasser, so hatte es doch immer funktioniert. Sie musste ihre Probleme nur sortieren, dann würde sie schon mit ihnen fertig werden. Sie konzentrierte sich auf den weiten Himmel über ihr, aber immer wieder kamen die hohen Bäume in ihr Blickfeld und genauso beschränkt fühlte sie sich selbst. Egal wie sehr sie es versuchte, sie konnte die zuversichtliche Entschlossenheit, die sie die letzten Jahre getragen hatte, nicht mehr heraufbeschwören.

Eine kleine Welle schwappte über sie hinweg, sodass sie Wasser in die Nase bekam und wild mit den Armen paddeln musste, um nicht unterzugehen. Stell dich nicht so an, Klara, schalt sie sich selbst, während sie zum anderen Ufer zurückschwamm. Ja, du hast mit einem Idioten geschlafen. Ja, du hast dich reinlegen lassen. Ja, sie lachen über dich. Aber du musst diese Menschen nie wiedersehen. Du musst bei der nächsten Party nicht wieder so viel trinken. Du musst nicht mit jedem ins Bett gehen, der ein bisschen mit dir flirtet. Also entspann' dich einfach. Es ist ja schließlich nichts passiert. Es ist gar nichts passiert!

Kapitel 18

Wangerooge, August 2018

Weit draußen über der Nordsee hatten sich Wolken gebildet, die aussahen wie dicke, flauschige Schafe. Vom Wind getrieben jagten sie über den blauen Himmel und wenig später war die Insel ein kunstvoller Flickenteppich aus Licht und Schatten, dessen Muster sich laufend veränderte. Jetzt leuchteten die weißen und roten Streifen des neuen Leuchtturms gerade im gleißenden Licht, während Idas Haus im Schatten lag. Augenblicklich wurde es deutlich kühler, aber schon im nächsten Moment waren die Wolken weitergezogen und die Hitze, die sich seit Wochen in den Dünen staute, gewann wieder die Oberhand. Längst sprachen die Meteorologen von einem Jahrhundertsommer!

Ally stand vor dem Hotel und betrachtete den Himmel, während sie den aufkommenden Wind genoss. Niemals hätte sie es für möglich gehalten, dass sie von etwas so Banalem wie dem Wetter einmal so fasziniert sein würde. Aber Sonne, Wolken, Regen und Nebel sowie Tag und Nacht gaben dem Meer und der Insel jeden Tag ein neues Gesicht, sodass sie nie müde wurde, dieses Naturschauspiel zu beobachten. Irgendwie war Klaras Stimmung wie das Wetter hier, dachte sie, während die Wolken weiterhin rasend schnell über sie hinwegzogen. In einem Moment war sie lieb und sanft und im nächsten schon wieder hart und abweisend wie Marmor. Und abends wusste man auch bei ihr nie, was der nächste Morgen bringen würde. Ally seufzte. Seit dem Sommerfest war Klaras Laune ein festhängendes Tiefdruckgebiet. Dabei war der Abend so schön gewesen! Sie dachte an den Kuss und ein leicht debiles Lächeln schlich sich in ihr Gesicht.

Aber obwohl auch sonst alles bestens gelaufen war, war Klara seitdem abwechselnd übermäßig gereizt oder in sich gekehrt.

Jedem hier im Hotel war das bereits aufgefallen. Stina und Mats wären am liebsten nur noch auf Zehenspitzen durchs Café geschlichen, Nils verkniff sich seine Witze und die praktisch denkende Ewa hatte nur düster verkündet: „Frau Klara essen zu wenig. Wenig essen nicht gut für die Seele!“ Sogar Troll, der wohl der gutmütigste Hund überhaupt war, brummte grimmig, wenn Klara ihm zu nahekam und drehte ihr dann demonstrativ den Rücken zu.

„Ally? Bist du hier irgendwo?“ Es war Stina, die auf sie zukam und mit einem Stück Papier in der Luft wedelte. „Post für dich! Sag‘ mal, alles ok mit dir?“ Stina sah sie mit einem prüfenden Blick mit ihren braunen Bambi-Augen an, die durch ihre starken Brillengläser zusätzlich vergrößert wurden.

„Ja, klar!“, sagte Ally ein wenig zu schnell, denn eigentlich litt sie mit am meisten unter Klaras schlechter Laune. Deren Ausbrüche verunsicherten sie immer noch jedes Mal und machten ihr schlichtweg Angst. Trotzdem wäre es ihr falsch vorgekommen, mit den anderen über ihre launische Chefin zu lästern. Es war, als würde der Pakt, den sie mit Klara geschlossen hatte, unausgesprochen immer noch gelten: Sie beide schafften das schon allein! Ally nahm Stina ihre Post ab, murmelte ein Danke und verschwand in ihrem Zimmer. Es war eine Postkarte von Ralph mit einem Foto eines hohen Kirchturms inmitten eines Meers von Häusern.

Liebe Ally, hatte Ralph auf der Rückseite geschrieben, *das ist der Michel, eins der Wahrzeichen von Hamburg. Den Turm kann man besichtigen und hat von oben dann einen fantastischen Blick auf*

die Stadt. Das würde dir bestimmt auch gefallen! Halt die Ohren steif!
Ralph

Er hatte ihr schon häufiger Karten mit schönen Bildern oder lustigen Sprüchen geschickt, wenn er unter der Woche in Hamburg war, und Ally freute sich jedes Mal. Inzwischen hing schon eine ganze Kartensammlung an ihrer Schranktür. Ally hängte das neueste Exemplar mit Tesafilm dazu und seufzte noch einmal tief. Ralph fehlte ihr. Finn, der vor ein paar Tagen abgereist war, fehlte ihr. Aber am meisten fehlte ihr Klara, was doch eigentlich komisch war, denn sie war ja schließlich anwesend. War da, aber doch irgendwie unerreichbar, was viel schlimmer war als echte Entfernung. Die konnte man wenigstens mit WhatsApp überbrücken. Aber warum fühlte sie sich denn überhaupt einsam? Allein sein war doch genau das, was sie bisher immer gewollt hatte.

Und dann war da noch die viele Arbeit im Hotel, die allen langsam an die Kraftreserven ging. Inzwischen verstand Ally, warum manche Insulaner das Ende der Saison herbeisehnten, auch wenn sie danach nicht mehr so viel einnehmen würden. Im Winter würde die Insel dann wieder nur den Einheimischen gehören und zur Ruhe kommen, hatte sie gehört. Aber dann würde Ally natürlich schon lange wieder in Edinburgh sein. Sie seufzte ein drittes Mal und kam sich vor wie eine trübselige Tante.

„Ally, was macht du da?“, fauchte Klara, die plötzlich in der offenen Tür aufgetaucht war. „Habe ich dir nicht schon tausend Mal gesagt, dass der Schrank von dem Tesafilm kaputt geht? Nimm die Karten ab und putz den Klebefilm weg, aber nicht mit einem harten Schwamm!“ Nein, das hatte sie noch kein einziges Mal gesagt, überlegte Ally, sagte aber sicherheitshalber nichts. Klara hatte sich sowieso schon wieder zum Gehen gewandt, was seltsam genug war. Die Klara, die sie bisher kennengelernt hatte, hätte keine Anweisung gegeben, ohne darauf zu bestehen, dass diese umgehend umgesetzt wurde. Trotzdem hängte Ally alle Postkarten vorsichtig ab, nur um festzustellen, dass kein bisschen Klebe an der Schranktür zurückgeblieben war. Grrr!

Anstatt einfach die Augen zu verdrehen und die Sache zu vergessen, nahm Ally sich Klaras Auftritt doch wieder zu Herzen, egal wie albern das Ganze eigentlich war. Dabei hatte sie inzwischen gelernt, dass diese ihren Ärger einfach an irgendetwas auslassen musste, egal ob das gerade gerecht war oder nicht. Sie wusste aber auch, dass etwas mit Klara nicht stimmte, wenn sie sich so verhielt, und das tat fast genauso weh, als würde es Ally selbst nicht gut gehen.

Sie schnappte ihr Handy und tippte: *Danke für die Karte :-).* Dann stockte sie und ihre Finger schwebten unschlüssig über der Tastatur. Selbst Ralph wollte sie nicht sagen, was hier gerade los war. Er hatte es schließlich am Wochenende selber gemerkt und machte sich bestimmt schon genug Sorgen. Trotzdem fügte sie ein ihrer Meinung nach ausreichend neutrales „Kommst du schon Donnerstag nach Hause?" hinzu, bevor sie die Nachricht abschickte. Wie selbstverständlich sie die Insel dabei als Zuhause bezeichnete, fiel ihr gar nicht auf.

~

Am nächsten Morgen schlenderten Klara und Ally wieder gemeinsam zum Deckwerk. Ally war froh darüber, dass Klara wenigstens ihr Ritual beibehielt, auch wenn sie die letzten Tage sehr schweigsam gewesen war. Auch heute starrte sie fast teilnahmslos aufs Wasser, ohne wirklich wahrzunehmen, dass das Meer wie fließendes Silber im Morgenlicht vor ihnen lag. Es war wie verhext, dass sie die alten Erinnerungen einfach nicht mehr aus dem Kopf bekam, dachte Klara. Was wollten sie denn von ihr und warum ließen sie sie nicht einfach in Frieden? Sie spürte, wie das Dunkel in ihrem Inneren immer stärker wurde, und schaffte es trotzdem nicht dagegen anzukämpfen.

Ally sah Klara von der Seite an. Wieder war da dieser traurige Blick, der ihre blauen Augen so dunkel erscheinen ließ wie einen bodenlosen Brunnen. Sie zögerte einen Moment, dann fasste sie sich ein Herz und fragte: „Dir geht's nicht gut, oder?" Als Klara nicht reagierte, legte Ally ihr vorsichtig die Hand auf die Schulter und wiederholte die Frage.

Klara zuckte zusammen, sodass Ally hastig die Hand zurückzog. Dabei war es keinesfalls die Berührung gewesen, die Klara erschreckt hatte, sondern die Erkenntnis, wie gut Ally sie bereits kannte. Ohne dass Klara es sich bisher eingestanden hatte, war dieses Mädchen ihr näher gekommen, als sie es je für möglich gehalten hätte. Sie schob den Gedanken zur Seite und sagte anstelle einer Antwort: „Was planst du eigentlich nach dem Praktikum hier?"

Der vermeintlich unverfängliche Themenwechsel gelang nicht nur reichlich holperig, sondern ging auch gründlich schief. Klara hatte ihren Satz kaum beendet, da fing Ally schon an, nervös auf ihrem Stein hin und her zu rutschen. Alles, nur nicht dieses Thema! Ally wollte jetzt und hier genauso wenig darüber nachdenken wie noch in Edinburgh. Vielleicht sogar noch weniger, denn der Gedanke daran, dass dieser Sommer irgendwann zu Ende gehen würde, löste so widersprüchliche Gefühle in ihr aus, dass sie sich lieber nicht mit ihnen auseinandersetzen wollte. „Mal schauen", antwortete sie deswegen wie immer und kam sich dabei vor wie eine

Schallplatte mit Sprung. „Das wird sich schon irgendwie finden."

Klara fuhr zu ihr herum und packte sie so hart am Arm, dass es fast wehtat. „Unsinn! Nichts findet sich einfach so!", sagte sie barsch und warf Ally dabei einen so vernichtenden Blick zu, dass diese erschauderte. Gleichzeitig fragte Klara sich, warum sie Allys Planlosigkeit so wahnsinnig wütend machte. War das nicht eigentlich normal für einen Teenager? Die Vergangenheit würde sich nicht wiederholen. Ally würde nicht denselben Fehler machen wie sie. Aber sie würde einen anderen Fehler aus denselben Gründen machen. Dieser Gedanke machte Klara rasend. Sie wusste schließlich, wo diese Vogelstraußpolitik hinführte. Nämlich auf direktem Weg in die Katastrophe! Sie bemerkte, dass Ally sie vollkommen perplex anstarrte und fügte hinzu: „Das wird nicht gut gehen, darauf kannst du Gift nehmen! Es gibt keine glücklichen Fügungen, auch wenn du dir das in deinem naiven, kleinen Kopf so zurecht fantasierst. Du landest höchstens auf der Straße!"

„Nein", murmelte Ally unbehaglich, „ich werde schon irgendwas arbeiten."

„Irgendwas, irgendwie. Du musst schon wissen, was du willst. Von nichts kommt schließlich nichts!"

„Aber ich will nichts", flüsterte Ally so leise, dass ihre Worte fast vom Wind verschluckt wurden.

„Was? Sprich lauter, wenn du was zu sagen hast!", herrschte Klara sie an, ohne zu merken, dass sie selbst inzwischen fast schrie.

„Ich weiß nicht, was ich will! Und ich muss es auch gar nicht wissen. Denn ich hab' nichts und ich bin nichts und Glück habe ich auch nie und deswegen ist überhaupt alles sinnlos.“ Ally war selbst überrascht, dass sie das Dilemma, in dem sie schon ihr ganzes Leben feststeckte, auf einmal so präzise auf den Punkt bringen konnte.

„Hör‘ doch mit dem Selbstmitleid auf“, sagte Klara nach einer Pause leise. Es war, als wäre ihr plötzlich die Luft ausgegangen. Sprach sie noch mit Ally oder mit sich selbst? „Manchmal merkt man erst, was man hat, wenn man es verloren hat. Und dann ist es zu spät“, fügte sie bitter hinzu und Ally glaubte, in ihren Augen so etwas wie Enttäuschung zu erkennen. Dieser Blick traf Ally so hart, dass sie sich mit einem Mal wünschte, Klara würde sie weiter anschreien. Stumme Tränen rannen über ihre Wangen.

Schweigend saßen die beiden nebeneinander. Ein Teil von Klara wollte Ally trösten, wollte sagen, sie hätte es nicht so gemeint, aber das stimmte nicht. Klara wusste, dass es die Wahrheit war, und deswegen hatte sie es genauso gemeint. Obwohl sie es um jeden Preis hatte vermeiden wollen, hatte das Gespräch (wenn man es überhaupt so nennen konnte) genau die Erinnerungen wachgerüttelt, die sie seit Jahren erfolgreich verdrängte. Warum funktionierte das in letzter Zeit nicht mehr? Egal was sie tat, alles schien sie wie ein mächtiger Sog in die Vergangenheit zurückzuziehen.

Kapitel 19

Hamburg, August - September 1988

„Von mir aus könnte es ewig so weitergehen“, seufzte Klara schläfrig und nippte an ihrer eiskalten Cola. Die Sonne schien warm auf ihre braunen Beine, während der Rest von ihr im angenehmen Schatten der hohen Bäume lag. Im Hintergrund hörte man das Kreischen von Kindern gefolgt vom Geräusch aufspritzenden Wassers. Nie hätte sie es für möglich gehalten, dass das Leben ohne die Schule so schön sein konnte. Obwohl Klara immer gerne gelernt hatte, fühlte sie sich jetzt unendlich frei und glücklich.

„Oh ja“, stimmte Immi ihr zu und wrang ihre nassen Locken direkt über Klaras Gesicht aus, sodass diese quietschte, als die Tropfen ihre sommersprossige Nase herunterliefen. Dabei war es überhaupt nicht kalt. „Das ist wie Ferien, nur viel besser“, ergänzte Imke und streckte sich ebenfalls wieder auf ihrem Handtuch aus. Damit hatte sie eindeutig Recht. Ferien haben bedeutete nämlich genau zu wissen, dass es maximal sechs Wochen später wieder genauso weitergehen würde wie vorher. Man wusste, wo man im Stoff stehen geblieben war, und hatte immer irgendwie das Gefühl, irgendetwas wiederholen oder vorbereiten zu müssen (zumindest war es Klara jedes Mal so gegangen). Jetzt war die Situation eine ganz andere: Die Schulzeit lag unwiederbringlich hinter ihnen und die Zukunft hatte noch keine konkrete Form angenommen. Klar, sie alle hatten Pläne, vom Studium über den Ausbildungsplatz bis hin zur Weltreise. Momentan ähnelte aber alles noch einem verschwommenen Bild, vom dem man nur wusste, dass es bunt und schillernd war. Noch nicht mal Klara wäre in diesem Sommer auf die Idee gekommen, an ihrem Englisch zu arbeiten, weil sie es ja bestimmt noch einmal brauchen würde.

Herrlich faule, sonnige Sommerwochen lagen bereits hinter ihr: Zwei Wochen Familienurlaub in Dänemark, die sie hauptsächlich mit einem guten Buch in den Dünen verbracht hatte, das Rauschen des Meeres in den Ohren und den warmen Sand unter den Füßen. Das hatte den Kopf freigemacht. Ein Wochenend-Trip nach Kopenhagen, den ihr die lieben Großeltern zum Abi geschenkt hatten. Das hatte die Lust auf Neues geweckt. Endlose Stunden, die sie wie auch jetzt gerade mit Immi am Tonteich verbrachte. Das musste die Freundschaftsreserven für die nächsten Monate auffüllen, die Imke in Frankreich verbringen würde. Der Abschied auf Raten von der allerbesten Freundin der Welt war der einzige Wehrmutstropfen für Klara. Ansonsten ging es ihr einfach prächtig und die unsägliche Nacht mit Gregor war nur noch eine verblassende Erinnerung, nicht wichtiger als der letzte Besuch beim Zahnarzt.

Der Juli war in den August übergegangen und der Sommer floss weiterhin träge dahin, als würde er tatsächlich niemals enden wollen. Klara wurde aber immer kribbeliger, egal wie sehr sie sich bemühte, die Zeit bis zum Beginn ihrer Ausbildung uneingeschränkt zu genießen. Immer häufiger schlichen sich kleine nervöse Gedanken in ihren Kopf: War es die richtige Entscheidung gewesen? Hätte sie doch auf all die gutgemeinten Ratschläge hören sollen? Konnte sie sich unter den anderen Azubis behaupten oder gingen jetzt alle Hänseleien von vorne los? Alle sagten die Berufsschule wäre ein Klacks für sie, aber stimmte das wirklich? Oder würde sie doch auf die Nase fallen und sich schon wieder zum Gespött der Leute machen? Und was zog sie eigentlich am ersten Tag an? Die Zeit scherte sich aber nicht im Geringsten um sie und schritt unaufhaltsam immer weiter voran. Schon war der Tag gekommen, an dem Klara, selbst total verheult, einer tränenüberströmten Immi am Flughafen hinterherwinkte. Danach war es endgültig vorbei mit der Gelassenheit. Ohne die bisherige Ablenkung steigerte Klaras Nervosität sich fast ins Hysterische. Sie hatte kaum Appetit, bügelte gefühlte hundert Mal ihre neue Bluse, schlief schlecht und von Albträumen geplagt und wunderte sich deswegen auch nicht darüber, dass ihre Periode aussetzte. Genauso war es in der heißen Abi-Phase auch gewesen, das waren einfach die Nerven.

Völlig unbeeindruckt von den Sorgen und Nöten unzähliger Abiturienten neigte sich der August dem Ende zu und der 1. September brach sonnig und unverbraucht an. Für Klara bedeutete das den Beginn einer neuen Ära, die drei Jahre andauern und, wenn alles gut ging, mit einem Abschluss als geprüfte Hotelfachfrau enden würde. An diesem ersten Tag fing aber erstmal alles ziemlich unspektakulär und harmlos an: Mit dreiundzwanzig anderen Neuen sowie deren Angehörigen versammelten Klara und ihre Eltern sich im eleganten Saal des renommierten Hamburger Hotels Ludwig, das sich als Familienbetrieb in der dritten Generation mit vier Sternen schmücken durfte. Die Personalchefin hielt eine herzliche Eröffnungsrede, dann begrüßte der Hoteldirektor persönlich den neuen Ausbildungsjahrgang. Anschließend wurde noch der Ablauf der nächsten Tage besprochen, ein Gruppenfoto wurde geschossen, es gab Kaffee und Kuchen und dann war der erste Tag auch schon vorbei.

Ein Aspekt dieser nur zweistündigen Veranstaltung war aber doch erwähnenswert. Nein, eigentlich sogar zwei. Als

Hoteldirektor Klaus Ludwig auf die Bühne gebeten wurde, entstand eine kleine Pause, die Klara dazu nutzte sich umzusehen. Viele der angehenden Hotelfachleute, Köche oder Konditoren waren jünger als sie, was nicht weiter verwunderlich war, denn Abitur war ja keine Voraussetzung für diese Ausbildungsberufe. Alle waren aber ausnahmslos mindestens genauso nervös wie sie selbst. Und genauso neugierig wie sie sich umsah, wanderten auch alle anderen Augenpaare durch den Raum. Viele Blicke blieben dabei an ihr hängen, sodass Klara instinktiv ihren marineblauen Blazer mit den neuen Schulterpolstern nach Fusseln absuchte. Sie richtete auch sicherheitshalber den Kragen ihrer neuen, weißen Bluse mit den Stecknadelpünktchen, dann fiel ihr aber plötzlich auf, dass niemand sie abschätzig musterte. Vielmehr erkannte sie Interesse und vielleicht sogar ein kleines bisschen Bewunderung auf den fremden Gesichtern. Unwillkürlich entspannte sie sich. Niemand hier kannte Klara Strebermeier und niemand würde sie je kennen lernen. Ihr Selbstbewusstsein machte einen fröhlichen Hüpfer.

Die zweite bemerkenswerte Sache ereignete sich beim gemeinsamen Kaffeetrinken. Während sich alle anderen zum Kuchenbuffet drängten, um auch ja noch ein Stück der berühmten Ludwigschen Marzipantorte zu ergattern, stand ein blasses Mädchen etwas abseits und nestelte unsicher an ihrem Rocksaum. Ihr graues Kostüm war nicht gerade vorteilhaft, aber die glänzenden, schokoladenbraunen Haare, die ihr fast bis zum Po reichten, glichen das locker aus. Von Zeit zu Zeit blickte sie verstohlen hoch, nur um dann rot anzulaufen und sich wieder ihrem Rock zu widmen. Klara sah sie an und spürte einen Stich im Herzen. Vielleicht lag es daran, was sie selbst durchgemacht hatte, auf jeden Fall hatte sie inzwischen eine Antenne für Außenseiter. Ohne lange zu überlegen, ging sie auf das Mädchen zu und stellte sich vor. Nachdem die andere diesen Schreck verarbeitet hatte, erwiderte sie noch etwas zögerlich, dass sie Maren hieße, im Frühling neunzehn geworden wäre und die Ausbildung zur Hotelfachfrau absolvierte. Klara lächelte. „Dann haben wir ja schon zwei Dinge gemeinsam!" Damit war das Eis gebrochen und die beiden waren in den nächsten Wochen unzertrennlich. Natürlich war Maren nicht wie Immi, aber trotzdem war Klara sich vom ersten Moment an sicher, dass sie sie sehr gern haben könnte.

Als sie wenig später mit ihren Eltern nach Hause fuhr, war sie nahezu überwältigt, wie gut der Tag gelaufen war. Es kam Klara fast ein bisschen unverschämt vor, dass sie so viel Glück hatte.

~

Dank Klaras Fleiß und ihrer hilfsbereiten Art hielt ihre Glückssträhne an. Die Berufsschule empfand sie fast als Entspannung, denn die ersten guten Noten kamen quasi von alleine, während sie sich im Hotel immer besonders anstrengte. Scheinbar mühelos erledigte sie so alle Aufgaben zur vollsten Zufriedenheit und wurde schnell der Liebling aller Ausbilder. Da sie sich trotzdem nie zu schade war, anderen zu helfen (auch wenn das bedeutete, den Dreisatz zwanzig Mal zu erklären), neidete ihr niemand ihren Erfolg und Klara fühlte sich anerkannt wie noch nie in ihrem Leben. Nach nur drei Wochen hatte sie das Gefühl, noch nie etwas anderes gemacht zu haben.

Nur eine Sache bereitete ihr zunehmend Sorgen und das war ihr Kalender. Der rote Taschenkalender, der immer ganz unschuldig aus ihrer Handtasche lugte. Oder eher ihr innerer

Kalender. Oder die Tatsache, dass beide nicht mehr synchron liefen. Es war schon seltsam, dass ihre Periode anscheinend schon wieder aussetzte. Sie fühlte sich doch gar nicht mehr gestresst. Vielleicht würde die Blutung ja etwas verzögert einsetzen. Seit ihrem dreizehnten Lebensjahr funktionierte ihre Regel zwar wie ein Schweizer Uhrwerk, aber der Körper veränderte sich ja schließlich. Klara wartete einen Tag, sie wartete zwei Tage und am dritten Tag war sie überzeugt, dass irgendetwas nicht stimmte. Vielleicht sollte sie lieber zum Arzt gehen. Es gab immerhin etliche Mangelerscheinungen, die das Aussetzen der Periode rechtfertigen würden. Ja, es wäre bestimmt gut, das kontrollieren zu lassen! Auf keinen Fall wollte Klara irgendetwas verschleppen.

Sie hatte die Nummer ihrer Hausärztin bereits gewählt, da meldete sich ein zaghaftes Stimmchen ganz hinten in ihrem Kopf. Was wäre, wenn? Tatsächlich hatte sie bisher keinen Gedanken an diese Möglichkeit verschwendet, denn es konnte einfach nicht sein. Wobei eigentlich... Schnell legte sie den Hörer wieder auf und versteckte sich in ihrem Zimmer, als könnte jeder, der ihr ins Gesicht sah, ihre Gedanken erraten. Ja, theoretisch war es möglich, dass etwas passiert war in dieser Nacht. Aber nein, es war doch nur ein einziges Mal gewesen... Nachts suchten Klara die lächerlichsten Albträume heim: Schreiende Babys mit Gregors Gesicht. Sie selbst, die als Bowlingkugel durchs Hotel Ludwig rollte. Am frühen Morgen wachte sie schweißgebadet auf, versuchte sich dann aber zu beruhigen. Das war doch alles Quatsch! Trotzdem stieg bohrende Angst in ihr auf, die sich nur mühsam bezwingen ließ. Tief durchatmen. Sie würde sich vernünftig mit dem Problem auseinandersetzen, dann würde sie schon zu einer Lösung kommen.

Was wäre also, wenn? Sie zwang sich die Sache beim Namen zu nennen. Was wäre, wenn sie tatsächlich schwanger sein sollte? Die Liste, die sich in ihrem Kopf bildete war kurz, aber entmutigend:

a) Sie würde die Ausbildung nicht wie geplant durchlaufen können. Und selbst wenn sie irgendwann den Abschluss schaffen würde: Karriere im Hotelgewerbe mit einem kleinen Kind? Pustekuchen!

b) Gregor wäre der Vater des Kindes. Und er war ein Arschloch, das sie nie wiedersehen wollte.

c) Sie würde es nicht lange verheimlichen können. Alle, ihre Familie, die Leute im Hotel, ihre alten Mitschüler aus ihrer Gegend, einfach alle würden wissen, dass ausgerechnet die vernünftige, brave Klara Spelmeier zu doof gewesen war, um zu verhüten.

Spätestens als sie bei c) angelangt war, liefen ihr Tränen über die Wangen. Aber es war ja noch gar nicht sicher! Alles konnte schließlich noch gut ausgehen. Zuerst hatte Klara das dringende Bedürfnis mit jemandem zu reden, aber dann besann sie sich eines Besseren. Warum unnötig die Pferde wild machen? Allein die Überlegung, dass sie schwanger sein könnte, war so peinlich, dass sie sich nicht vorstellen konnte, es laut auszusprechen. Und Immi war ja sowieso in Frankreich und sie wollte sie bestimmt nicht mit ihrem Mist belasten. Inzwischen erschien ihr der Gedanke an irgendeine Krankheit ziemlich reizvoll. Das konnte zwar unangenehm sein und unter Umständen sogar gefährlich, aber zumindest wäre es nicht ihre Schuld.

Klara wartete einen weiteren, endlosen Tag ab, dann war klar, dass Gewissheit her musste. Das hieß Schwangerschaftstest. Um ja keine Bekannten zu treffen, fuhr sie mit der S-Bahn durch die halbe Stadt zu einer Apotheke, die sie noch nie zuvor betreten hatte und bestimmt auch nie wieder betreten würde. Als die Türglocke über ihr laut bimmelte und eine freundlich lächelnde Verkäuferin auf sie zukam, fühlte sie sich wie eine Schauspielerin in einer billigen Vorabendserie. Ohne dass sie sich später an ihre Worte erinnern konnte, verließ sie das Geschäft wenig später mit einer länglichen Schachtel in der Tasche, die Zentner zu wiegen schien. Das war also geschafft! Trotzdem konnte sie sich erst am nächsten Tag dazu durchringen, den Test auch zu machen. Kannte sie das Ergebnis erstmal, würde sie es schließlich nicht mehr aus ihrem Kopf löschen können. In der Personaltoilette, die im Keller des Hotels lag und demnach kaum benutzt wurde, starrte Klara dann irgendwann auf den rosafarbenen Streifen in ihrer Hand. Dann spülte sie das Ding wie eine eklige Spinne das Klo runter und arbeitete weiter.

Dasselbe Spiel wiederholte sich in den nächsten Tagen nach dem Besuch drei weiterer, abgelegener Apotheken. Mal war der Teststreifen rosa, mal hellblau. Mal zeigte die Anzeige ein +, mal waren es zwei Streifen, mal ein ausgefüllter Kreis. Aber die erschütternde Erkenntnis war immer dieselbe: Klara erwartete ein Kind.

Als sie am nächsten Morgen aufwachte, hatte sie hohes Fieber. „Schätzchen, was ist denn mit dir?“, fragte ihre Mutter erschreckt.

„Bestimmt nur ein Infekt“, antwortete Klara und wusste, dass es nicht stimmte. Ihre Nerven waren ja bekanntlich noch nie gut gewesen und jetzt hatten sie wenigstens mal einen Grund, sich aufzuspielen.

„Vielleicht waren die letzten Wochen auch einfach zu viel für dich. Der Abi-Stress und dann die ganzen neuen Erfahrungen", vermutete Frau Spelmeier, kochte ihrer Tochter aber trotzdem vorsorglich eine Hühnerbrühe. Ja, das stimmte schon eher, auch wenn ihre Mutter mit dem Grund für Klaras Stress natürlich daneben lag.

Angefeuert durch das Fieber rasten Klaras Gedanken ohne Ausweg auf immer denselben Bahnen. Sie konnte doch nicht schwanger sein! Das durfte einfach nicht sein! Was war mit dem Plan, der an ihrer Tür klebte? Nein, nein, nein, das ging einfach nicht. Wie konnte man ein Kind erwarten und nichts davon mitbekommen? Wütend strich sie sich über den noch vollkommen flachen Bauch.

Noch einmal versuchte sie logisch ihre Optionen durchzugehen: Es Gregor sagen? Niemals! Das Kind bekommen? Nein! Natürlich wollte sie irgendwann Kinder, aber doch nicht jetzt. Das machte alles kaputt! Abtreiben? Auch wenn der Gedanke Klara erschaudern ließ, war das doch die vernünftigste Lösung. Das ging doch bestimmt auch anonym… Ihr Verstand wusste, dass sie jetzt irgendetwas unternehmen musste. Zum Arzt gehen. Eine Beratungsstelle finden. Trotzdem tat sie es nicht.

Nach drei Tagen mit Fieber und Hühnersuppe ging sie wieder zur Arbeit und funktionierte. Es war keine bewusste Entscheidung gewesen, vielmehr spulte das Gehirn eine Notfallroutine ab. Alle Gedanken, die ihr vorher den Schlaf geraubt hatten, waren auf einmal in einer dunklen Kammer verschlossen. Obwohl das alles andere als logisch oder vernünftig war, dachte Klara nicht mehr darüber nach, dass sie ihren Babybauch bald nicht mehr würde verbergen können. In ihrem Kopf existierte diese Schwangerschaft einfach nicht mehr. Trotzdem spürte sie mit jeder Faser ihres Körpers, dass etwas nicht stimmte. Als würde sie eine unsichtbare Last auf dem Rücken mit sich herumtragen, schleppte sie sich durch die Tage. Plötzlich kostete es sie fast übermenschliche Anstrengungen, den Ruf, den sie sich erarbeitet hatte, aufrechtzuerhalten. Das funktionierte zwar, aber mit einem Mal hatte nichts mehr einen Sinn. Klara, die immer für ihr Leben gerne geplant hatte, verschwendete keinen Gedanken mehr an morgen. Jeden Abend lag sie jetzt im Bett und starrte an die dunkle, leere Decke. Wo eben noch ein leicht verschwommenes Bild in den prächtigsten Farben geleuchtet hatte, war jetzt nur noch ein schwarzes Loch. Und das war gerade das Beste, was sie sich vorstellen konnte.

Kapitel 20

Wangerooge, August 2018

Ralph kam nicht schon am Donnerstag nach Hause, er kam an diesem Wochenende sogar überhaupt nicht. Irgendein Kongress in Berlin. Stattdessen fand Ally einen an sie adressierten Umschlag im Briefkasten: Idas Haus, z.H. Frau Ally Christie, Straße zum Westen 40, 26486 Wangerooge. Wie auch bei jeder Postkarte blieb Ally kurz an der Anschrift hängen. Irgendwie klang das gut. Ungeduldig riss sie den Umschlag auf und fand im Inneren einen Bogen Posterstrips, für alle glatten Oberflächen, spurenlos ablösbar. Dazu hatte Ralph eine Spruchkarte gelegt, auf deren Rückseite nichts weiter als ein dicker Smiley gemalt war: *Wir können den Wind nicht ändern, aber die Segel anders setzen (Aristoteles)* Ally war in letzter Zeit eindeutig von zu vielen Philosophen umgeben! Trotzdem machte sie sich gleich mit einer Art grimmiger Genugtuung daran, ihre Kartensammlung wieder am Schrank zu befestigen.

Klara hatte sich bereits am Morgen mit Kopfschmerzen zurückgezogen und das Team von Idas Haus mit schlechtem Gewissen mit dem zu erwartenden Ansturm alleine gelassen. Der Sommer vollbrachte weiterhin Höchstleistungen, was den Tourismus genauso ankurbelte, wie es der Landwirtschaft schadete. Jetzt stellte sie gerade ihr Fahrrad ab und schlenderte über den Inselfriedhof. Obwohl sie langsam geradelt war und sie noch nicht einmal Mittag hatten, rann ihr bei diesen Temperaturen der Schweiß den Rücken herunter. Das Grab von Ida Paulsen lag im angenehmen Schatten und Klara ließ sich erschöpft auf die kleine Bank fallen, die genau danebenstand. In den vergangenen Jahren war sie oft hierhergekommen, wenn sie nicht mehr weiterwusste. Vielleicht lag es daran, dass sie von Anfang an eine Verbindung zu dieser Frau, die sie gar nicht gekannt hatte, gespürt hatte. Oder sie hoffte einfach, dass etwas von der Weisheit, die ein fast hundertjähriges Leben mit sich bringen musste, auf sie abfärben würde. Auf jeden Fall schämte Klara sich hier nicht dafür, mal hilflos zu sein. Das war vielleicht der größte Nachteil des Älterwerdens (wobei es Klara eigentlich schon immer so ergangen war): Alle baten einen um Rat und Trost, weil man ja schon so viele Erfahrungen gemacht hatte und überhaupt so stark war, aber die Menschen, über die man selbst dasselbe dachte, wurden immer weniger. Auch Ida blieb erwartungsgemäß auch heute stumm, als Klara sorgfältig die langen Grashalme aus der Heide zupfte. Trotzdem murmelte sie leise vor sich hin: „Was hättest du denn an meiner Stelle damals gemacht? Wie wäre mein Leben wohl verlaufen, wenn es anders gekommen wäre? Und wär' es dann überhaupt besser gewesen? Oder sollte ich einfach froh sein, dass alles so gekommen ist? Aber das geht doch nicht!" Auch wenn das natürlich Blödsinn war, hatte Klara das Gefühl, als würde die Stille ihr heute achselzuckend sagen wollen: „Du hast dir die Suppe selber eingebrockt, sieh zu, wie du damit alleine klarkommst." Natürlich würde Klara alleine damit fertig werden, das tat sie ja schließlich immer… Dieses Mal fühlte sie sich nicht im Mindesten besser, als sie das Holztor des Friedhofs wieder hinter sich schloss und sich auf den Rückweg machte.

Ally klebte gerade die letzte Karte an, als Klara die Wohnung betrat. Als diese ihr einen undefinierbaren Blick zuwarf, sagte Ally schnell: „Spurenlos ablösbar!" Dabei ging es ihr überhaupt nicht darum, sich durchzusetzen oder Recht zu haben, sie wollte Klara einfach nur beruhigen. Diese schien sie aber gar nicht gehört zu haben, starrte nur eine Weile auf die Karte mit dem Wind und den Segeln, die Ralph heute geschickt hatte, stieß dann ein verächtliches Schnauben aus und verschwand im Bad. Ally blieb etwas hilflos zurück und konnte sich nicht entscheiden, ob sie wieder in Tränen ausbrechen sollte oder die Karten doch lieber an die makellose Schranktür nageln sollte. Nach einem Blick auf die Uhr verwarf sie aber beide Optionen und eilte ins Café, um Stina abzulösen.

Nach wie vor fiel es Ally schwer, die Gäste anzusprechen und ungezwungen mit ihnen zu plaudern, aber sie gab ihr Bestes. Auch hatte sie inzwischen herausgefunden, dass man gerade, wenn es voll war, gar nicht viel reden musste. Kam sie an einen neubesetzten Tisch, sagten die Leute ihr meist freiwillig, was sie bestellen wollten, und wenn jemand zahlen wollte, legte sie einfach die Rechnung hin und nahm das Geld entgegen. Heute ging dieses Konzept aber nicht auf. Ally stapelte gerade das dreckige Geschirr an Tisch 5 (auch ihre Fähigkeiten, die Teller wie ein echter Kellner zu tragen, waren noch nicht sehr ausgeprägt) und beobachtete nebenbei die Gäste. Ein bisschen zynisch, wie sie als Heimkind manchmal war, fragte sie sich immer, ob diese Familien mit den meist drei kleinen Kindern, die Oma nur zum Aufpassen und Bezahlen mit in den Urlaub nahmen. Jetzt erhob sich gerade so eine Familie von Tisch 9 und verschwand mit Laufrädern, Bollerwagen, Dackel und Oma Richtung Fahrradständer. Keiner bemerkte, dass ein ledernes Portemonnaie (mit dem zuvor tatsächlich die Großmutter bezahlt hatte!) auf dem Tisch liegen geblieben war. Ally zögerte einen Moment, dann ging sie hinüber und griff nach dem

Fundstück. Unschlüssig stand sie da und konnte sich nicht überwinden, den Gästen hinterherzulaufen. Dann sah sie aber, dass die Kinder bereits auf ihren Rädern saßen und spurtete los. Quer über die überfüllte Terrasse brauchte sie aber zu lange und merkte, dass sie die Leute nicht mehr rechtzeitig erreichen würde. „Warten Sie bitte", rief sie zaghaft aus einigen Metern Entfernung. Natürlich gingen ihre Worte aber in der Geräuschkulisse des Cafés und dem Pfeifen des Windes unter. „Hallo! Bitte warten Sie!", versuchte Ally es noch einmal etwas lauter und jetzt drehte sich die Oma tatsächlich um. „Hier, Sie haben ihr Portemonnaie liegen gelassen", erklärte Ally schnell, drückte der sichtbar erleichterten Dame das Ding in die Hand und flitzte ins Haus zurück, bevor diese sich überhaupt bedanken konnte.

Vom Tresen aus hatte Klara die Situation von Anfang an beobachtet. Als Ally die Geldbörse zögernd in der Hand hielt, war sie sich sicher gewesen, sie wollte sie einstecken. Jetzt kam sie sich ganz schäbig vor, dass sie wieder auf ihre alten Vorurteile hereingefallen war. Ally hatte sogar ihre Schüchternheit überwunden, um das Portemonnaie zurückzugeben! „Ally? Komm' mal bitte!" Ein bisschen erschrocken kam Ally zu ihr herüber. Sie hatte Klara gar nicht bemerkt. Was hatte sie denn falsch gemacht? Klara legte ihr aber nur den Arm um die Schultern und drückte sie kurz an sich. „Gut gemacht!" Ally strahlte und fühlte sich ein kleines bisschen stolz. Ja, Klaras Laune war wirklich wie das Nordseewetter! Ganz plötzlich hatten sich die Wolken verzogen und die Sonne schien wieder, als hätte sie nie etwas anderes getan. Wie lange das anhalten würde, wusste man aber leider nie.

~

Das Hoch verzog sich schneller, als Ally gehofft hatte, und ein Sturm braute sich zusammen. Tatsächlich hatte auch der Wetterbericht für Wangerooge für den Nachmittag schwere Gewitter, Starkregen und Sturmflut vorausgesagt, am Morgen des nächsten Tages war davon aber noch nichts zu merken. Es war warm, um nicht zu sagen heiß, der Himmel war blau, die Sonne strahlte und die Terrasse von Idas Haus wieder voll belegt. Ally hatte Tresendienst, was ihr immer gut gefiel, denn von hier aus konnte man das Treiben drinnen sowie draußen nahezu unbemerkt beobachten.

Nur mit der großen Kaffeemaschine hatte sie sich immer noch nicht angefreundet. Vielleicht hatte sie diese Abneigung ja von Stina übernommen, die sie eingearbeitet hatte. Jetzt war Ally gerade dabei einen Cappuccino mit perfektem Milchschaum zu zaubern, als die Maschine anfing wütend zu fauchen und heißen Dampf spukte. Ally kreischte und sprang zur Seite, aber Klara schrie von hinten: „Dreh‘ den Schalter wieder zu, verdammt!“ Blind von Dampf und Panik drückte Ally den erstbesten Kopf, den sie erwischen konnte. Das Fauchen ließ nach, dafür startete die Maschine ihr automatisches Reinigungsprogramm. Heißes Wasser lief ungebremst aus den Düsen und verteilte sich auf dem Holzboden, denn den für eine Reinigung erforderlichen Eimer hatte natürlich niemand untergestellt. Klara schob Ally grob zur Seite, zog den Stecker und warf mehrere Handtücher auf den Boden. „Was hast du wieder gemacht?“, herrschte sie sie an. „Es ist doch nun wirklich nicht zu viel verlangt, zwei Knöpfe zu unterscheiden! Bist du farbenblind oder was?“ Klara sprach nicht leise und angelockt vom Fauchen der Maschine und Allys Aufschrei verfolgten inzwischen so gut wie alle Anwesenden das Schauspiel, das sich ihnen hier bot. Ally lief feuerrot an und wäre am liebsten im Boden versunken. „Mach‘ das hier sauber und zwar flott“, schimpfte Klara und ihre Augen schleuderten Ally eiskalte Blitze entgegen. Irgendwo lachte jemand.

Das war zu viel! Vielleicht war es die Tatsache, dass alle sie anstarrten. Oder dass sie jetzt die Bestätigung für das hatte, was sie schon immer gewusst hatte: Sie konnte einfach nichts. Oder Klaras Wut, die sie umso härter traf, weil diese doch gestern noch so sanft und liebevoll gewesen war. Sie konnte das einfach nicht mehr! Mit heißen Tränen in den Augen duckte Ally sich und rannte aus dem Haus. Aber auch an der frischen Luft hatte sie das Gefühl, nicht atmen zu können. Alles war unerträglich stickig und überall waren Leute. Ohne zu wissen, wo sie hinwollte, holte Ally ihr Rad und fuhr einfach los. Die Anstrengung betäubte den Schmerz, sodass sie immer und immer schneller fuhr. Weg, nur weg von Idas Haus und dieser Frau!

Entnervt schnappte Klara sich selbst einen Putzlappen und machte sie daran, die Schweinerei zu beseitigen. „Ich hab‘ es immer gewusst, dass das eine Schnapsidee war! Das Mädchen ist wirklich zu nichts zu gebrauchen“, fluchte sie leise vor sich hin.

„Komm‘, ich mach‘ das schon!“ Stina nahm ihr den Lappen mit einem möglichst unbekümmerten Lächeln aus der Hand. In diesem Moment hätte sie alles getan, um ihre Chefin zu besänftigen. Merkte die denn gar nicht, wie unprofessionell sie sich vor den Gästen aufführte?

„Und jetzt ist sie schon wieder weg“, fuhr Klara unbeirrt fort, „dabei hör‘ ich sie noch sagen: ‚Ich verspreche, nie wieder wegzulaufen‘. Alles nur Gerede, um sich hier einzuschleimen!“

„Ich glaub‘, Ally ging es eben wirklich nicht gut“, wandte Stina zaghaft ein, aber Klara scheuchte sie nur mit einer Handbewegung weg und widmete sich wieder der Kaffeemaschine. Hilflos zuckte Stina mit den Schultern und brachte dem Gast, der ja immer noch auf seinen Cappuccino wartete, erstmal eine Tasse Filterkaffee und ein Stück Kuchen aufs Haus. Hoffentlich würde Klara das nicht auch missfallen!

Ally hatte unbewusst den Weg durch die Dünen eingeschlagen. Inzwischen war sie vollkommen nassgeschwitzt und das T-Shirt klebte an ihrem Körper. An ihrem Unterarm zeichnete sich ein schmaler, leuchtend roter Streifen von ihrer hellen Haut ab. Sie musste etwas von dem heißen Dampf abbekommen haben. Fast war sie froh über das Brennen, das sich immer stärker durch ihre Haut fraß, denn nichts tat so weh, wie der Schmerz in ihrem Herzen. Warum machte es ihr nur so viel aus, wenn Klara sie mit diesem beinahe hasserfüllten Blick ansah? Die Antwort lag auf der Hand, aber Ally hasste sich selber noch viel mehr, als sie es sich eingestand: Vom ersten Tag an hatte sie sich nichts anderes gewünscht, als das Klara sie mochte. So sehr, wie sie sich noch nie etwas in ihrem Leben gewünscht hatte. Und jetzt wusste sie wieder, dass sie eine Närrin war. Sie würde nie gut genug sein!

Vom Meer her zogen dunkle Wolken auf, aber Ally bemerkte sie nicht und fuhr immer weiter. Aber auch die Wege waren voller Touristen, die ihr irritiert oder sogar ärgerlich hinterhersahen, als das grüne Fahrrad an ihnen vorbeischoss. Ally wollte einfach nur allein sein. Nein, sie wollte wieder unsichtbar sein! Aber überall schienen die Leute sie unverhohlen anzuglotzen wie einen exotischen Käfer. Und genau das war sie ja auch: Ein Fremdkörper auf dieser verfluchten Insel!

Jetzt hatte sie das Dorf erreicht und es wurde noch voller. Sie folgte der Straße, auf der sie sich gerade befand immer weiter, und wenn sie an eine Kreuzung kam, bog sie willkürlich irgendwohin ab. Irgendwann musste dieses Nest ja wieder zu Ende sein. Die dunklen Wolken hatten die Insel jetzt erreicht und verdunkelten die Sonne wie ein schwarzer Mantel. Ally atmete auf, denn ihr war vor Anstrengung und Hitze inzwischen ganz schwindelig. Wie schwarz und bedrohlich diese Wolken dabei wirklich aussahen, bemerkte sie noch immer nicht. Und selbst wenn, hätte es sie wahrscheinlich nicht interessiert. Die Straße führte jetzt an einem Sportplatz entlang und endlich schien das Dorf ein Ende zu haben. Sie bog um eine Kurve, dann lag ein schnurgerader und endloser Weg vor ihr, der auf beiden Seiten von dichten Bäumen gesäumt war. Hier war sie noch nie gewesen, was sie nicht verwunderte, schließlich durfte sie Idas Haus ja nicht verlassen. Sie rief sich in Erinnerung, wie sehr sie Klara doch dafür hassen musste, dass sie sie eingesperrt hatte.

Aufgescheucht durch das heraufziehende Unwetter waren alle Spaziergänger, Fahrradfahrer und Badegäste auf dem Weg zurück ins Dorf. „Mädchen, wo willst du denn hin? Da hinten kannst du dich nirgendwo unterstellen!“, rief ein Mann Ally sogar noch zu, aber sie hörte ihn nicht. Es kam ihr vor wie ein Fluch, dass alle diese Menschen ihr den Weg versperrten, sodass sie den eigentlichen Grund dafür gar nicht erkannte. Auch bemerkte sie die kleinen Pfade, die von der Straße zum Osten weggeführt hätten, gar nicht und fuhr einfach immer weiter wie in einem Tunnel, an dessen Ende sie kein Licht sah. Nach und nach wurde die Straße leerer, dafür fielen erste Tropfen groß und schwer auf die aufgeheizte Erde. Tat die Abkühlung gut! Der Wind hatte zugenommen, sodass die Bäume sich bereits bogen. Sein klagendes Heulen übertönte sogar den Donner, der immer näher heranrollte.

Ally passierte jetzt ein letztes Haus, das einsam auf dieser Seite der Insel lag, und strampelte wie eine Verrückte gegen den Wind an, um die Steigung des Deichs zu überwinden. Als sie die Deichkrone erreicht hatte, stellte sie fest, dass der gerade Weg auf der anderen Deichseite immer noch weiterging. Links davon erstreckte sich eine überwucherte Dünenlandschaft, rechts bauschte sich das Meer immer mehr auf. Alles war menschenleer. Das gab den Ausschlag und Ally trat wieder in die Pedale und folgte dem Weg. Immer noch hatte sie keine Ahnung, wo sie hinwollte, aber allein die Vorstellung, die größtmögliche Distanz zwischen sich und Idas verdammtes Haus zu bringen war eine kleine Erleichterung. Sie fuhr jetzt auf Sand, der teilweise staubtrocken wie Treibsand, teilweise von den Wellen schon ganz matschig war. Trotzig kämpfte Ally sich Meter für Meter vorwärts. Plötzlich begann das Rad zu schlingern und Ally rutschte eine kleine Böschung herunter. Unten angekommen stoppte der Vorderreifen abrupt im tiefen Sand und Ally flog ungebremst über den Lenker. Für den Bruchteil einer Sekunde sah sie, wie der schwarze Himmel über ihr sich drehte, die tobenden Wellen immer näher kamen und ihr Fahrrad mit einem gequälten Quietschen unter ihren Händen nachgab. Dann musste sie wohl auf dem harten Boden aufgekommen sein, denn plötzlich war das Heulen des Sturms verstummt und auch der Schmerz in ihrem Herzen schwieg.

~

„Achtung! Klara, pass auf das Schild auf!“, brüllte Mats über den Sturm hinweg. Klara machte einen Hechtsprung und bekam die Tafel, die da gerade über die Terrasse segelte, noch knapp zu fassen: Heute frischer Butterkuchen. Tagesgericht: Gulaschsuppe. Das wurde jetzt sowieso nicht mehr gebraucht, Suppe und Kuchen waren längst ausverkauft.

Nachdem Klara ihren Ärger zusammen mit der trüben Brühe aus Wasser, Kalk und Kaffeesatz weggeputzt hatte, hatte sie auch ihren Charme wiedergefunden. Im Ergebnis waren die meisten Gäste beim Gehen sogar noch angetaner von Idas Haus und der persönlichen Atmosphäre dort als vor dem kleinen Zwischenfall hinterm Tresen. Das machte Klara so schnell keiner nach! Auch das Mittagsgeschäft hatte dann erfreulicherweise alle Rekorde gebrochen, bis die ersten Wolken am Horizont auftauchten und die Gäste fluchtartig die Terrasse verließen. Jetzt saßen nur noch einige Hausgäste drinnen im Café und das Team schuftete draußen, um alles rechtzeitig vor dem Sturm zu sichern.

„Ist Ally eigentlich wieder da?“, fragte Stina, während sie sich damit abmühte, einen der riesigen Sonnenschirme zusammenzuklappen.

„Sitzt bestimmt in ihrem Zimmer“, antwortete Klara schnell, ging einige Minuten später aber doch nach oben, um nachzusehen. Das Bett mit der geblümten Bettwäsche, der gestreifte Sessel und die breite Fensterbank waren leer. Auch sonst konnte sie das Mädchen nirgendwo in der Wohnung entdecken. Aber Ally konnte sich schließlich überall im Hotel versteckt haben! Genervt ging Klara wieder auf die Terrasse, wobei ihr Blick mehr zufällig auf den Fahrradständer fiel. Das grüne Fahrrad war nicht da.

Wie eine mächtige Welle schwappte Angst über Klara hinweg, wirbelte sie herum und gab sie nicht mehr frei. Ally war bestimmt schon drei Stunden weg. Dabei konnte sie ja nirgends hin. Finn war nicht mehr auf der Insel und sonst kannte sie ja außerhalb des Hotels niemanden. Und wenn sie die Insel verlassen hatte und jetzt ganz allein im Tidebus nach Sande saß? Nein, sie hatte ja gar nichts bei sich gehabt, als sie so überstürzt abgehauen war. Sie musste also noch irgendwo da draußen sein. Klara starrte über die Insel, die inzwischen vollständig im Schatten lag. Durch den einsetzenden Regen konnte sie das Inseldorf fast nicht mehr erkennen. Und wie kalt es plötzlich geworden war! Sie wählte Allys Nummer, nur um festzustellen, dass ihr Handy oben in der Wohnung klingelte.

Klara hatte in ihrem Leben schon häufig Angst gehabt. Angst vor engen Räumen, Angst um den schwerkranken Opa, Angst vor dem Gerede der anderen, Angst vor einer ungewollten Schwangerschaft, Angst vor der Selbstständigkeit. Noch nie aber war das Gefühl so überwältigend gewesen wie jetzt. Und es war bei Weitem keine irreale Angst wie die Panik vor Spinnen, sondern eine greifbare Gefahr, dass Ally in diesem Unwetter, das immer mehr anschwoll, etwas passierte. Ein Blitz erhellte den Horizont, zwölf Sekunden später donnerte es krachend. Das Gewitter hatte sie noch nicht einmal ganz erreicht! Schrille Alarmglocken in Klaras Kopf betäubten jeden Gedanken. Sie schaffte es nur noch Stina und Mats ein verzweifeltes „Ally ist weg!“ zuzurufen, dann sank sie auf eine Bank. Sofort ließen die beiden alles stehen und liegen. Stina suchte sicherheitshalber doch das Hotel ab und Mats rannte zum Deckwerk, nur um wenige Minuten später keuchend und erfolglos zurückzukommen.

„Was machen wir den jetzt?“, fragte Stina, die auch mit leeren Händen wieder auf der Terrasse erschien. Klara aber rührte sich immer noch nicht, war aber inzwischen trotz ihrer Bräune so blass geworden wie ein Geist. Stina und Mats wechselten besorgte Blicke, dann erklärte Mats entschieden: „Ich trommel‘ die Jungs von der Surfschule zusammen, wir suchen sie!“ Damit verschwand er. Stina setzte sich zu Klara und tickte sie ganz vorsichtig an. „Wir finden sie“, sagte sie beruhigend und möglichst überzeugend. „Aber wir brauchen Hilfe. Ruf die Polizei an und die Freiwillige Feuerwehr.“ Sie nahm Klara das Handy aus der Hand und hielt es ihr direkt unter die Nase. Wie in Trance griff Klara danach und begann zu wählen. „Gut so“, ermutigte Stina sie und wandte sich dann auch zum Gehen. „Ich fahre jetzt ins Dorf und frage in allen Cafés und Läden nach ihr. Die roten Haare müssen ja jemandem aufgefallen sein.“

Klara starrte auf die Nummer, die sie gerade gewählt hatte. Das war weder die Polizei noch die Feuerwehr, das war Ralphs Nummer. Nach endlosem Klingeln meldete er sich und Klara berichtete stockend, was passiert war. Zwischendurch musste sie fast schreien, denn das Donnergrollen kam immer näher. Als sie geendet hatte, herrschte bedrücktes Schweigen. Das war nicht gut! Ralph wusste doch immer irgendetwas zu sagen, um sie zu beruhigen. „Ruf‘ jeden an, den wir auf der Insel kennen. Ich setz‘ mich sofort ins Auto“, erwiderte er dann aber nur und hatte im nächsten Moment schon aufgelegt. In Klaras Kopf rastete etwas ein und sie funktionierte wieder. Es tat sogar gut etwas zu tun zu haben, alles war besser als diese Hilflosigkeit.

Egal wen Klara ans Telefon bekam, alle versprachen irgendwie zu helfen. Jeder der eine Elektrokarre besaß, schwärmte aus, um die Straßen außerhalb des Ortes abzusuchen und bald erklangen die Sirenen der Feuerwehrwagen, die seit Längerem mal wieder ausrückten. Sogar die Seenotrettung war in Alarmbereitschaft, um jederzeit auslaufen zu können. So sehr sich die Insulaner auf dem engen Raum Wangerooges auch manchmal auf die Nerven gingen, wenn etwas passiert war, hielten alle zusammen. Trotzdem war Klara nicht überzeugt, dass das reichen würde. Ja, die Insel war klein und wirkte unter normalen Bedingungen total harmlos, aber so ein Unwetter veränderte ihr Gesicht vollkommen. Wer sich nicht auskannte, unterschätzte schnell die Gefahren, die vom aufgewühlten Meer ausgingen. In diesem Augenblick wurden die endlosen Strände und die unüberschaubaren Dünen zum Fluch. Es war als würden sie die Nadel im Heuhaufen suchen!

Als Klara so gut wie jede Nummer in ihrer Kontaktliste gewählt hatte, ging sie unschlüssig ins Haus, denn sie fröstelte. Abgesehen von ihren angeschlagenen Nerven war es tatsächlich empfindlich kalt geworden. Nachdem mittags noch 29°C geherrscht hatten, zeigte das Thermometer jetzt nur noch herbstliche 14°C. Und Ally hatte noch nicht mal eine Jacke dabei! Alle anderen schienen nun etwas zu tun zu haben, nur Klara fühlte sich nutzlos. Nur um sich zu beschäftigen, rief sie Ralph noch einmal an, der längst auf der Autobahn war. Als er erfuhr, was alles in die Wege geleitet war, wirkte er zum Glück halbwegs beruhigt. „Und was soll ich jetzt machen?“, fragte Klara tonlos.

„Am besten du bleibst erstmal, wo du bist, falls jemand im Hotel anruft. Und denk‘ nach, wo Ally sein könnte!“

„Ich weiß es aber doch nicht“, stammelte Klara kläglich.

„Keiner kennt Ally besser als wir beide. Komm', Klara, reiß dich zusammen!“

Klara presste eine Hand auf die Augen und lauschte für ein paar Sekunden Ralphs gleichmäßigen Atemzügen am anderen Ende der Leitung. „Sie wollte nur weg von hier, weg von mir, als sie abgehauen ist“, sagte sie dann langsam.

„Gut, dann wird sie nicht in der Nähe geblieben sein“, führte Ralph ihren Gedanken fort. „Dann bleiben die Wege zum Anleger, über den Deich und durch die Dünen.“

„Zum Anleger ist sie bestimmt nicht gefahren. Sie weiß ja, dass du dieses Wochenende nicht nach Hause kommst“, überlegte Klara weiter.

„Und die beiden anderen Wege führen beide ins Dorf, also nimmt sich das nichts...“

„Aber Ally würde doch niemals ins Dorf wollen!“, unterbrach Klara ihn. „Ally will sich unsichtbar machen, gerade wenn es ihr nicht gut geht. Das geht vielleicht in Edinburgh, aber nicht in unserem kleinen Dorf.“

„Das heißt also, sie muss das Dorf wieder verlassen haben. Und umgekehrt ist sie nicht, sonst wäre sie ja längst wieder da“, folgerte Ralph und drückte das Gas noch etwas stärker durch.

„Dann ist sie jetzt irgendwo im Osten“, fasste Klara zusammen und erschauderte. Hinter dem Deich im Inselosten war die Natur wunderschön und weitestgehend sich selbst überlassen. Dort gab es keine Bebauung mehr, nur wenige Spazierwege und eine Aussichtsplattform. Ging man noch weiter, kamen nur noch Hagebutten, Strandhafer und scharenweise Vögel. Vor allem aber war dieser Teil der Insel, den viele Touristen überhaupt nicht wahrnahmen und wohin sich auch die meisten Einheimischen nur selten verirrten, erschreckend weitläufig. „Ich geh‘ sie dort suchen, jetzt gleich!“

„Klara, warte! Bring dich nicht auch noch in Gefahr!“

„Aber was soll ich denn tun?“ Unaufhaltsam liefen jetzt die Tränen.

„Sag‘ bei der Feuerwehr Bescheid, was wir vermuten. Sie können dich ja abholen. Und lass dein Handy an!“

Wenig später hatte Klara eine dicke Regenjacke übergezogen und feste Schuhe. Kurz bevor sie das Haus verließ, um in einen ziemlich altertümlichen Feuerwehrwagen zu klettern, holte sie noch ganz spontan Troll, der zu spüren schien, dass etwas nicht stimmte.

„Moin“, grüßte der Zugführer der Freiwilligen Feuerwehr, „hab gehört, ihr habt was verloren?“

„Hallo Jürgen“, entgegnete Klara und atmete auf. Seine Seelenruhe konnte einen zu anderen Gelegenheiten in den Wahnsinn treiben, heute war sie aber einfach nur froh, dass zumindest Jürgen noch Herr der Lage zu sein schien.

„Der kommt auch mit? Ja, is‘ der alte Troll denn ein Spürhund?“, fragte dieser jetzt mit Blick auf den Golden Retriever, der sich bereits auf einem der Sitze niedergelassen hatte.

„Mmh“, murmelte Klara vage, denn sie hatte keinerlei Ahnung, ob Troll irgendwelche besonderen Fähigkeiten hatte. Sein Futter fand er zumindest immer ohne Probleme. Hauptsache es konnte endlich losgehen!

Auf dem Weg Richtung Osten kam der Scheibenwischer kaum gegen den starken Regen an. Das Prasseln der Tropfen, das Heulen des Windes und das Krachen des Donners wirkten wie das ohrenbetäubende Konzert eines wahnsinnigen Orchesters, vor dem es kein Entkommen gab. Immer wieder zuckten grelle Blitze über den Himmel und verwandelten die eben noch so liebliche Landschaft in die schauerliche Kulisse dieser Darbietung. Auf halbem Weg vibrierte Klaras Handy: *Bin jetzt an anleger zghmk und hab Glück gehabt Manfred bringt mich gleich noch mit sein boot rüber. Flugplatz ist schonxm gesperrt*, entzifferte sie mühsam und wusste sofort, dass Ralph in der Hektik seine Lesebrille im Büro vergessen hatte. Aber er würde da sein, wenn sie nach Hause kam, ein Glück! Wenn sie und Ally nach Hause kamen, verbesserte sie sich und konzentrierte sich auf diesen Gedanken, bis sie daran glaubte.

~

Irgendjemand kitzelte Ally im Schlaf an der Nase. „Lass' das", nuschelte sie undeutlich und rollte sich auf ihre andere Seite. Ein dumpfer Schmerz breitete sich in ihrer Schulter aus und langsam sickerte die Erkenntnis durch, dass sie gar nicht schlief. Sie lag auch nicht in ihrem warmen Bett, sondern auf etwas Hartem. Ihre Haare, ihr Shirt, ihre Hose, alles klebte triefnass an ihrem Körper. Du musst die Augen auf machen, Ally, sagte eine Stimme in ihrem Kopf. „Geh' weg und lass' mich schlafen", murmelte Ally und rührte sich nicht. Sie wusste nicht, wie lange sie so gelegen hatte, vielleicht war es eine Stunde, vielleicht auch nur ein paar Minuten, aber die Stimme wurde immer fordernder: Komm' endlich zu dir, Ally! Als würde sie aus einem bodenlosen See ganz langsam an die Oberfläche steigen, klärte sich ihr Kopf und sie öffnete mühsam die Augen. Die fauchende Kaffeemaschine. Das hämische Lachen. Die endlose Straße. Der tiefe Sand. Sie war aus Idas Haus geflohen. Sie war gestürzt. Klara hasste sie. Nach und nach setzte ihr Kopf alle Puzzleteile wieder zusammen und der Schmerz in ihrem Herzen flammte wieder auf.

Ally versuchte sich aufzusetzen. Besser sie konzentrierte sich jetzt erstmal auf die naheliegenden Dinge. Wo war ihr Fahrrad? Da, es lag nur wenige Meter entfernt! Jedoch war der Lenker seltsam verdreht und das Vorderrad hatte die Form einer krummen Acht. Mist! Ally fror und ihre Schulter tat weh. Warum war es plötzlich nur so kalt? Auf jeden Fall musste sie hier weg. Vielleicht sollte sie prüfen, was außer der Schulter sonst noch kaputt war. Diese schien zum Glück nur geprellt, denn unter ihrem Shirt schimmerte zwar ein schmerzender Bluterguss durch, sie konnte die Arme aber bewegen. Über dem linken Handgelenk brannte immer noch die Verbrühung durch den heißen Dampf. Auch Füße und Beine schienen zu funktionieren und Ally stand vorsichtig auf. Der Weg, auf dem sie gekommen sein musste, war inzwischen eine Schlammwüste und durch den dichten Regenschleier kaum noch zu erkennen.

Sie drehte sich langsam um die eigene Achse und öffnete den Mund zu einem entsetzten Schrei, der sofort im Sturm unterging. Die hohen Wellen schlugen bereits hart auf den ehemaligen Weg und spuckten schäumende Gischt vor ihre Füße. Es war Flut! Das Wasser lief los oder wie auch immer das hieß! Alles Nette, was sie in den letzten Wochen vielleicht über das Meer gedacht hatte, war mit einem Mal wieder aus ihrem Kopf verschwunden, als hätte jemand die Festplatte neu formatiert. Panik stieg in ihr auf, als das Wasser Zentimeter für Zentimeter näher kam. Kopflos stürmte sie in die entgegengesetzte Richtung, stolperte, rappelte sich wieder auf und rannte weiter. Ein Trampelpfad führte eine Düne hinauf und Ally folgte ihm. Bald hatte sie einen Weg aus Holzplanken erreicht, aber diese waren so rutschig, dass Ally immer wieder hinfiel. „Ich hasse dich, Insel!“, brüllte sie gegen den Wind an, aber der einzige Erfolg war, dass sie Regenwasser in den Mund bekam und husten musste.

Immer noch goss es wie aus Eimern. Immer noch grollte das Meer direkt in ihrem Rücken. Ally ließ den Holzplankenweg links liegen und kämpfte sich direkt durch die struppige Dünenbepflanzung vorwärts. Sie wusste zwar nicht, wohin sie ging, aber überall musste es besser sein als hier. Die Düne stieg an, fiel dann wieder ab, nur um gleich darauf wieder umso steiler anzusteigen. Völlig außer Atem ließ Ally sich in den nassen Sand fallen, sah sich um und schluchzte auf. Schon wieder lag das Meer vor ihr, nur hier waren die Wellen noch viel höher und fraßen sich gierig in den Sand. Dieses furchtbare, hässliche, endlose Meer!

Sie stolperte die Düne wieder herunter, schlug eine andere Richtung ein und ging weiter. Hagebutten verhakten sich in ihren Beinen und sie zog und zerrte, bis die Widerhaken ein großes Loch in ihre Hose gerissen hatten. Wieder änderte sie die Richtung, aber egal wohin sie blickte, alles sah gleich aus. Grau und unförmig. Ally hatte keine Ahnung mehr, wo sie war. War sie überhaupt noch im Osten? In welcher Richtung mochte das Dorf liegen? Wo war Idas Haus? Inzwischen war ihr alles gleichgültig und sie suchte nach ihrem Handy, um im Hotel anzurufen, fand aber nur nassen Stoff in ihren Hosentaschen. Das Handy aber lag warm und trocken auf ihrem Nachttisch. „Verdammter Mist!“ Ally war sich sicher, noch nie in ihrem Leben so geschrien zu haben, aber hier hörte sie ja keiner. Dabei wünschte sie sich gerade nichts sehnlicher, als dass ein menschliches Wesen sie bemerkte. Nie hätte sie es für möglich gehalten, dass es jemals soweit kommen würde, und jetzt war es vielleicht zu spät. Sie ging noch planlos ein Stück weiter, aber das Rauschen der Wellen kam wieder näher und sie drehte um. Ihr Leben, ihre Zukunft alles war ihr egal gewesen, aber jetzt war Allys Angst, von den Wellen verschlungen zu werden, größer als alles andere.

Irgendwann tauchte eine Erhebung vor ihr aus dem Regen auf und sie erkannte eine Holzplattform auf Stelzen. Darunter hatte sich eine Kuhle im Sand gebildet und Ally kauerte sich hinein. Das Holz über ihr schützte sie kaum vor dem Regen, aber wenigstens zerrte der Wind nicht mehr an ihr. Inzwischen fror sie so sehr, dass ihre Zähne aufeinanderschlugen. „Klara, hilf mir!", schluchzte sie immer wieder, aber natürlich hörte sie niemand. Nichts wollte sie lieber, als jetzt in Idas Haus auf dem Sofa zu sitzen, Trolls warmes Fell an ihren Füßen. Eine Zeit lang tröstete sie diese Vorstellung, als der Regen dann aber immer noch eintönig vom Himmel fiel, der Sturm immer noch stöhnte und das Meer immer noch tobte, hörte sie auf irgendetwas zu wollen oder zu hoffen. Niemand vermisste sie und deswegen würde auch niemand nach ihr suchen. Erschöpft rollte sie sich auf dem Boden zusammen und blieb einfach liegen.

~

„Such!", rief eine Frauenstimme, die Ally vage bekannt vorkam, immer wieder, aber die Worte waren durch das Unwetter so verzerrt, dass sie sie kaum verstand. Dann musste sie wohl eingeschlafen sein, denn sie träumte, dass Trolls feuchte Nase sie anstupste. Jetzt hörte sie sogar sein Winseln.

„Hier liegt ein Fahrrad!", rief eine männliche Stimme. Ally öffnete die Augen und war sich sicher, dass sie vollständig bei Bewusstsein war. Trotzdem hörte das Winseln in ihrem

Kopf nicht auf. Sie schob den Gedanken beiseite und konzentrierte sich auf die Stimme. Noch jemand musste sich in diese Gegend verirrt haben! Irgendwie musste sie auf sich aufmerksam machen, dann würden sie zusammen bestimmt den Weg zurück ins Dorf finden.

„Dann muss sie hier ganz in der Nähe sein. Jungs, hierher!" Das war eine andere männliche Stimme. Suchte sie doch jemand?

„Ally! Ally, bist du hier?", schrie jetzt die Stimme, die Ally zu kennen glaubte. Panik und Erschöpfung schwangen in ihren Worten mit. „Ally, sag doch was!" Das war Klara, jetzt hörte Ally es ganz deutlich. Klara suchte nach ihr! Erleichterung erfasste sie und im ersten Moment wollte sie aufspringen und rufen: „Hier bin ich!" Dann erinnerte sie sich aber wieder daran, dass sie ja abgehauen war. Klara würde fürchterlich böse sein! Deshalb hielt sie lieber den Mund und blieb, wo sie war, auch wenn das natürlich kindisch war.

Das Winseln jedoch schwoll zu einem ohrenbetäubenden Jaulen und Kläffen an. Endlich sah Ally sich um und tatsächlich hockte Troll da direkt hinter ihr und machte so viel Lärm, wie er nur konnte. Immer noch bellend fing er jetzt an sie zu umkreisen wie ein Schaf, das von der Herde abgekommen war. Im nächsten Moment packten sie starke Arme und zogen sie aus der Sandkuhle heraus. „Hier! Wir haben sie!", rief eine der fremden Männerstimmen. Etwas zittrig stand Ally auf den Beinen und hätte sich gerne irgendwo festgehalten, aber dann war Klara schon da und riss sie in ihre Arme. Auch sie war triefend nass und Allys Schulter pochte vor Schmerz, als Klara sie fast zerquetschte. Ally fiel wieder ein, was diese Frau ihr angetan hatte. Aber jetzt war alles egal, solange sie nur hier war. „Da bist du ja! Ich hab' dich nicht verloren! Da bist du ja wieder!“, flüsterte Klara immer wieder.

Zusammen kletterten sie die Düne herunter, an deren Fuß das große, rote Feuerwehrauto und drei weitere Männer warteten. Ally konnte kaum fassen, dass tatsächlich die richtige Feuerwehr nach ihr gesucht hatte! Die Männer grinsten zufrieden und klatschten sich ab, dann hatten alle es eilig aus dem Regen zu kommen. Im Inneren des Wagens dampfte es bald wie in einer finnischen Sauna. Troll thronte hoheitsvoll auf dem Beifahrersitz. „Hätt‘ ich dir echt nicht zugetraut, alter Junge“, brummte Jürgen, der neben ihm am Steuer saß, anerkennend. Der Hund antwortete nur mit einem würdevollen Blick, als wollte er sagen: „Kleingeist!“

Der schwere Wagen schaukelte bedächtig über den unebenen Weg und kämpfte sich dabei sicher durch die Wasserflächen, die sich inzwischen überall gebildet hatten. Gleichmäßig prasselte der Regen auf die Windschutzscheibe. Ganz hinten saßen Klara und Ally, die ihren Kopf auf deren Beine gelegt hatte und nur mühsam die Augen offenhalten konnte. In diesem Auto, das wie eine Festung dem Unwetter trotzte, und mit Klara an ihrer Seite fühlte sie sich in diesem Moment vollkommen sicher.

Klara sah auf Allys blasses Gesicht herunter und strich ihr vorsichtig eine feuchte, rote Strähne aus der Stirn. Es war wieder einmal so einfach! Sie hatte dieses Mädchen vom ersten Tag an in ihr Herz geschlossen. Und egal wie sehr sie dagegen angekämpft hatte, war dieses Gefühl so mächtig geworden, dass die Liebe sie jetzt überrollte wie noch vor wenigen Stunden die Angst. Es gab keine vernünftige Erklärung dafür und es war bestimmt nicht das Richtige, aber es war so und würde es auch bleiben. Klara spürte, wie ein

Glücksgefühl in ihr aufstieg, als sie sich das endlich eingestand. Aber durfte sie dieses Glück überhaupt empfinden? Was war mit den Erinnerungen, die sie seit Wochen quälten? Oder ließen sie sich nur deswegen nicht mehr verdrängen, damit sie endlich mit der Sache abschloss? In diesem Moment hatte sie das dringende Bedürfnis, es endlich auszusprechen. Sie holte einmal tief Luft, dann begann sie mehr mit sich selbst als mit der schlafenden Ally zu sprechen.

Ally war tatsächlich eingenickt. Als sie Klaras leises Flüstern hörte, kam sie wieder zu sich, blieb aber, eingekuschelt in die Wärme des Wagens, mit geschlossenen Augen liegen und genoss diesen Augenblick, in dem sie über nichts nachdenken und nichts entscheiden musste.

„Es ist vielleicht schwer vorstellbar", begann Klara, „aber ich hätte schon einmal fast ein Kind gehabt." Genau das war Ally nämlich für sie geworden, ihr Kind, ihr kleines Mädchen. „Ich war schwanger, da war ich nicht viel älter als du jetzt. Ungewollt schwanger und das von einem ziemlichen Idioten..."

Kapitel 21

Hamburg, Oktober 1988 bis Februar 1989

Das Leben ging weiter. Natürlich, denn es ging ja immer irgendwie weiter. Das war vielleicht ein blöder Spruch, aber es war schon etwas daran. Klara stand weiterhin auf, ging zur Arbeit und zum Friseur oder fuhr mit Maren zur Berufsschule und quatschte mit ihr über Gott und die Welt. Manchmal verabredeten sie sich sogar zum Schwimmen oder für einen Kinobesuch. Ihre neue Freundin vermutete zwar, dass irgendetwas mit Klara nicht stimmte, wusste aber nicht so richtig, wie sie sie darauf ansprechen sollte. Schließlich kannten sie sich erst wenige Wochen! Maren wusste nur, dass Klaras Augen, deren Strahlen sie am ersten Tag so fasziniert hatte, jetzt stumpfer und irgendwie leer wirkten. Jedes Mal, wenn sie versuchte, das Gespräch in die entsprechende Richtung zu lenken, winkte Klara aber nur lachend ab. Ein Lachen, das ihre Augen nie erreichte.

Auch Ziele hatte Klara nach wie vor, an denen sie vielleicht sogar noch verbissener arbeitete als bisher. Nur waren diese Ziele deutlich bescheidener geworden. Schaffte sie es bis zum nächsten Tag nicht nur die Weinkarte, sondern die komplette Speisen- und Getränkekarte auswendig zu lernen? Ja, der Restaurantchef war zutiefst beeindruckt. Waren alle Belege korrekt abgeheftet, bevor die Rezeptionistin aus der Pause kam? Ja, die Kollegin konnte dankbar eine halbe Stunde früher nach Hause gehen. Konnte sie ihre Geschwindigkeit beim Beziehen der Betten jeden Tag steigern? Diese Frage war besonders spannend, schließlich konnte man nie wissen, wann das Minimum erreicht war. Eigentlich ging es aber nur darum, dass diese kleinen Wettbewerbe mit sich selbst Klaras Gehirn beschäftigt hielten, sodass kein Platz für etwas anderes mehr blieb.

An diesem Tag arbeitete sie gerade zusammen mit Maren auf Etage 2. Die beiden Mädchen waren seit Anfang ihrer Ausbildung häufig im Housekeeping eingesetzt und wussten deswegen schon so gut, was zu tun war, dass sie die Routinearbeiten alleine erledigen durften. „Guten Morgen! Zimmerreinigung, darf ich eintreten?“, flötete Maren, wartete kurz und huschte schnell ins nächste Zimmer. Klaras Ehrgeiz spornte auch sie immens an, aber schon wieder war sie ein Zimmer im Rückstand. Klara war jetzt mit allen Räumen auf ihrer Seite des Flurs fertig und räumte alle Utensilien wieder ordentlich in ihren Rollwagen.

„Maren, kann ich dir noch was helfen?“, fragte sie, als sie die Freundin hinter der nur angelehnten Zimmertür leise fluchen hörte. Bestimmt hatte sie sich wieder in dem überdimensionalen Bettlaken verheddert!

„Geht schon! Du kannst aber gerne schon die benutzte Bettwäsche runterbringen, ich komm dann gleich mit dem Rest hinterher.“ Marens Antwort klang so keuchend und gedämpft, dass Klara ernsthaft überlegte sich zu vergewissern, dass ihr niemand gerade ein Kopfkissen aufs Gesicht drückte. Da sie aber wusste, dass der üppige Geschäftsmann, der hier wohnte, gerade im Frühstücksraum daran arbeitete, noch üppiger zu werden, ließ sie es bleiben und schnappte sich die Bettwäsche.

Der Stapel war unhandlich, schwer und so hoch, dass Klara an der Seite daran vorbeigucken musste, um zu erkennen, wo sie hinlief. Sie steuerte mit ihrer Last auf den Fahrstuhl zu und drückte mit dem Ellenbogen geschickt den Knopf. Mit einem freundlichen „Pling“ öffneten sich die

Türen, Klara trat ein und drückte ebenso geschickt die Taste fürs Erdgeschoss, die ordnungsgemäß aufleuchtete. Die Türen schlossen sich. Und öffneten sich wieder. Und schlossen sich noch einmal. Und öffneten sich wieder. Klara stöhnte. Diese Macke hatte der Fahrstuhl auf dieser Hausseite schon seit ein paar Tagen und langsam wurden ihre Arme lahm. Bevor die Türen zum dritten Mal zugehen konnten, verließ sie den Fahrstuhl wieder und nahm stattdessen die Treppe. Waren ja nur zwei Stockwerke! Die Treppen des Ludwig waren breit und geschwungen und hatten einen Handlauf aus glänzendem Mahagoni, der jeden Tag poliert wurde. Die Stufen waren mit einem dicken, dunkelroten Teppich bezogen und so flach, dass die vornehmen Gäste ihre Füße kaum heben mussten (so war es wohl zumindest zur Bauzeit des Ludwig geplant gewesen). Klara hasste diese Stufen, denn für Normalsterbliche (die normale Treppen gewohnt waren) war es höllisch schwierig die richtige Schrittlänge beizubehalten, um unfallfrei unten anzukommen. Sie konzentrierte sich deswegen auf ihre Füße, was dazu führte, dass der Wäschestapel in gefährliche Schieflage geriet. Beim Weitergehen schob Klara ihn wieder zurecht, vergaß dabei ihre Schritte und schon war es passiert.

Ihr linker Fuß rutschte über die Kante einer Stufe und sie strauchelte. Fieberhaft versuchte sie, sich selbst und die Bettwäsche zu retten, merkte dann aber, wie aussichtslos (und in Anbetracht der Bruchsicherheit von Baumwollstoff auch schwachsinnig) dieses Unterfangen war. Also ließ sie alles fallen und sah noch im Augenwinkel, wie ein Kopfkissen wie ein weißes Segel bis in die 1. Etage herunterflog. Wie peinlich! Ihr Fuß hatte jetzt die nächste Stufe gefunden, knickte aber weg und Klara fiel weiter. Sie sah noch den

Mahagoni-Handlauf neben sich, wollte danach greifen, aber es war zu spät. Wie zuvor das Kissen segelte sie wie in Zeitlupe die Treppe hinab. Obwohl alles in Wirklichkeit furchtbar schnell gegangen sein musste, gingen ihr im Fallen noch diverse Dinge durch den Kopf: Dass es gut war, dass jetzt der Herbst kam, dann würde man die Blutergüsse nicht so sehen. Dass bitte nicht der fette Kerl aus Zimmer 23 sie finden sollte. Schließlich musste sie ja vielleicht wiederbelebt werden! Und dass sie heute keinen neuen Rekord mehr beim Bettenbeziehen aufstellen würde. Dann schlug sie auf dem Teppich auf, der gar nicht so weich war, wie er immer aussah, und dachte gar nichts mehr.

~

„Frau Spelmeier? Frau Spelmeier, können sie mich verstehen?“

Klara öffnete die Augen und sah das ernste Gesicht eines hageren Mannes undefinierbaren Alters vor sich. Er trug eine schmale Brille mit Goldrand und hatte teigige Haut, als würde er zu wenig Zeit an der frischen Luft verbringen. „Wo bin ich?“, wollte sie ihn fragen, aber es kam nur ein Krächzen dabei heraus.

„Sie dürfen noch nicht so viel sprechen! Wir mussten sie nach Ihrem Unfall intubieren“ erklärte der Mann, der demnach wohl Arzt war. Klara war also im Krankenhaus. Na klar, sie war ja auch die Treppe heruntergefallen! Ihr Erinnerungsvermögen hatte also scheinbar nicht gelitten. Ganz vorsichtig bewegte sie den Kopf, weil sie annahm, eine Gehirnerschütterung davongetragen zu haben, aber alles fühlte sich normal an. Anscheinend hatte sie noch mal Glück gehabt!

„Ihre Eltern warten draußen. Ich möchte Sie nur noch kurz untersuchen, bevor wir sie hereinbitten." Jetzt sah Klara hinter einer milchigen Scheibe ihre Mutter stehen, die beide Hände gegen das Glas drückte, als würde sie es im nächsten Augenblick einschlagen. Ihr Vater hielt sich im Hintergrund, wirkte aber fahrig und war aschfahl im Gesicht. Vielleicht war die Sache doch nicht so glimpflich ausgegangen? Sie horchte in sich hinein, konnte aber beim besten Willen nicht feststellen, ob etwas kaputt war. Fragend sah sie zu ihrem Arzt herüber.

„Sagen Sie mir doch erst einmal, wann Sie geboren sind", sagte dieser aber nur seelenruhig.

„27. Februar 1969"

„Sehr schön." Er lächelte und hakte auf seinem Klemmbrett irgendetwas ab. Dann tastete er ihre Rippen ab und Klara spürte das erste Mal einen dumpfen Schmerz. Der Arzt schien trotzdem zufrieden zu sein und schlug die Bettdecke zurück. Ihr linkes Bein lag von der Wade bis zu den Zehenspitzen in Gips und mehrere Schrauben ragten heraus. „Probieren Sie jetzt bitte, ob Sie das Knie beugen können!" Klara konnte und verdiente sich ein weiteres Häkchen auf dem Klemmbrett.

„Was ist mit mir?", schaffte sie endlich zu fragen.

„Sie sind gestürzt. Dabei haben Sie sich eine Rippe gebrochen und zwei weitere angebrochen. Außerdem haben Sie einen komplizierten Knöchelbruch, den wir operativ richten und mit mehreren Schrauben stabilisieren mussten."

„Ich habe aber doch gar keine Schmerzen", entgegnete Klara entschieden, als wollte sie den Arzt (der ihr immer noch nicht seinen Namen mitgeteilt hatte) der Lüge überführen.

„Das sind die Schmerzmittel." Er deutete auf eine Infusion neben ihrem Bett, die mit einer Kanüle in ihrer rechten Hand verbunden war. Dann räusperte er sich und setzte einen bedauernden Gesichtsausdruck auf. „Da ist noch etwas. Frau Spelmeier, ich muss Ihnen leider mitteilen, dass Sie durch den Sturz eine frühe Fehlgeburt erlitten haben."

„Was?" Klara starrte ihn verständnislos an. Der Arzt verstand den Blick falsch und wurde sichtbar nervös.

„Oh, Sie wussten noch gar nichts von der Schwangerschaft, habe ich Recht?"

„Ja", log Klara und drehte den Kopf zum Fenster.

„Frau Spelmeier, das tut mir jetzt sehr leid. Aber in diesem Stadium der Schwangerschaft kommt es leider häufig zu einem unbemerkten Abort." Damit winkte er hilfesuchend eine Schwester heran, die sofort Klaras Hand nahm und sie mitfühlend ansah.

„Mir tut es auch sehr leid. Aber Sie sind ja noch so jung. Werden Sie erstmal wieder richtig gesund, dann klappt es schon mit dem Baby. Ich schicke Ihnen morgen eine Hebamme vorbei, die Ihnen alle Ihre Fragen beantworten kann."

Im Augenblick hatte Klara nur eine Frage, die ihr wichtiger vorkam, als alles andere: „Es muss doch keiner erfahren, oder? Ich meine, ich habe es doch sowieso verloren." Sie sah flehentlich zwischen Schwester und Arzt hin und her.

„Das ist natürlich Ihre Entscheidung und es ist sehr tapfer, dass Sie mit dieser Situation alleine fertig werden wollen." Dieser Arzt machte es ihr wirklich leicht. „Aber denken Sie darüber nach, ob Sie nicht doch Hilfe brauchen." Klara nickte, entschied aber in diesem Moment, dass nie jemand etwas von dieser Schwangerschaft erfahren würde.

Dann drängten ihre Eltern ins Zimmer und als sie die Tränen in den Augen ihrer Mutter sah, wurde ihr erst so richtig bewusst, wie schwer ihr Unfall gewesen sein musste.

~

Die nächsten Tage erlebte Klara durch einen Schleier von Schmerzmedikamenten, was eine poetische Umschreibung dafür war, dass sie sich total zugedröhnt fühlte. Das war durchaus nicht unangenehm. Sie schlief viel und traumlos, während ihre Mutter fast den ganzen Tag an ihrem Bett saß und sie unterhielt. Nach und nach ließ aber ihr Arzt (der übrigens Dr. Gotthilf Toelpel hieß - kein Wunder also, dass er sich nicht vorgestellt hatte) die Medikamentendosis reduzieren. Mit den stechenden Schmerzen in Brust und Bein kamen auch die Gefühle zurück und das Leben wurde wieder kompliziert.

Es war, als würde in Klaras Inneren ein Gladiatorenkampf ausgetragen. Scheinbar angefeuert durch eine wütende Meute standen sich die widerstreitenden Gefühle wie in einer Arena gegenüber und kämpften erbittert, bis es keinen Sieger mehr geben konnte.

Da war zuallererst die Erleichterung, die in Klaras Kopf wohnte und ihrem Verstand entsprang. Es war doch schließlich alles so gekommen, wie sie es sich gewünscht hatte! Niemand würde von der ungewollten Schwangerschaft erfahren und sie könnte ihr Leben einfach so weiterleben, wie sie es immer geplant hatte. Was wollte sie mehr?

Ihr Körper aber schien das ganz anders zu sehen und Klara hatte das Gefühl, er trauere um das verlorene Leben ihres ungeborenen Kindes. Bestimmt war das nur eine instinktive Regung des weiblichen Körpers, aber das Gefühl war trotzdem real und ließ sich durch rationale Überlegungen nicht so leicht in die Knie zwingen.

Während kaltherzige Erleichterung und leidenschaftliche Trauer sich immer weiter verbissen aneinander aufrieben, hatte Klara das Gefühl, nur ein Zuschauer ihrer eigenen Emotionen zu sein. Trotzdem fühlte sie sich so erschöpft, als würde sie selbst tatsächlich einem hungrigen Löwen im Kampf gegenüberstehen. Es ging doch hier um sie, warum konnte sie dann bloß nicht eingreifen und bestimmen, was sie über die ganze Sache denken und fühlen wollte?

Unbemerkt hatte sich unterdessen eine weitere Regung angeschlichen und besetzte geradewegs Klaras Herz. Dieses Gefühl war mächtig und es war heimtückisch. Wie ein dunkles Gift kroch es manchmal unerwartet aus seinem Versteck und übernahm die Kontrolle über Klaras Gedanken und Gefühle. Es saugte ihr jede Idee von Glück aus. Es machte sie rasend vor Wut und verzweifelt zugleich. Und es wollte ihr Bilder aufzwängen, von denen Klara wusste, dass sie sie niemals sehen wollte. Niemals sehen durfte. Es laugte Klara so sehr aus, dass ihre Genesung ins Stocken geriet. Obwohl ihre Rippen wieder zusammenwuchsen und die Hämatome verblasten, ging es Klara immer schlechter. Dr. Toelpel war ratlos.

Auch Maren erschrak zutiefst, als sie ihre Freundin zwei Wochen nach dem Unfall das erste Mal im Krankenhaus besuchte. Klaras Gesicht war grau, sie hatte stark abgenommen und starrte mit hoffnungslosem Blick an die weiße Zimmerdecke mit der flackernden Neonröhre. „Ist es so schlimm?“, fragte sie mitfühlend und schob einen kleinen Strauß aus rosafarbenen Röschen auf den Nachtisch. Maren wusste, dass Klaras Bein schwer verletzt war, sie hatte aber nicht damit gerechnet, dass ihr Zustand immer noch so schlecht war.

„Nein, es geht schon“, erwiderte Klara und schaffte sogar ein kleines Lächeln. Sie freute sich wirklich Maren zu sehen, sie brachte ein klein bisschen Normalität in ihr stilles Krankenzimmer. „Dauert eben, bis alles wieder zusammengewachsen ist.“

„Da bin ich aber erleichtert!“ Maren setzte sich vorsichtig auf die Bettkante und begann vom Hotel zu erzählen und der Berufsschule. Wie sich alle um Klara sorgten und wie sie sie vermissten. Was sie alles verpasste. Der Küchenchef war ausgerastet und hatte einem Gast ein rohes Steak auf den Teller geknallt. Die Kathrin aus der Wäscherei und dieser gutaussehende Sommelier hatten sich verlobt. Nächste Woche stand ein Test in Buchhaltung an. Klara hörte stumm zu und wusste, dass Maren es gut meinte, dass sie sie nur ablenken wollte. Trotzdem merkte sie, wie das dunkle Gefühl in ihr aufstieg und konnte nichts dagegen tun.

„Es ist deine Schuld!“, brach es plötzlich aus ihr heraus. Die schneidende Stimme schien zu jemand anderem zu gehören, aber sie kam eindeutig aus Klaras Mund. „Dass ich hier liege, ist nur deine Schuld!“

„Aber ich…“ stotterte Maren und sah sie mit weit aufgerissenen Augen an.

„Ach, halt den Mund! Es war deine Bettwäsche! Nur weil du nicht fertig geworden bist, musste ich deine Bettwäsche runtertragen! Es ist alles deine Schuld!“

„Klara, das meinst du doch nicht so!“, sagte Maren sanft und wollte nach ihrer Hand greifen. „Es tut mir leid, was dir passiert ist, aber du wirst doch wieder gesund. Alles wird wieder gut!" Dass aber eine Sache niemals wieder gut werden würde, konnte sie ja nicht wissen.

„Raus!", schrie Klara und schlug Marens Hand weg. „Es ist alles deine Schuld! Hau' ab, ich will dich nie wiedersehen!" Hilflos und blass stand diese noch einige Augenblicke reglos da, dann drehte sie sich um und verließ ohne ein weiteres Wort das Zimmer. Unbeeindruckt flackerte die Neonröhre noch immer.

Als die Tür leise ins Schloss fiel, realisierte Klara, was gerade passiert war, und ihr stiegen Tränen in die Augen. Was hatte sie getan? War das wirklich sie gewesen, die die liebe Maren so angeschrien hatte? Die blinde Wut, die sie eben noch beherrscht hatte, hatte sich wieder zurückgezogen und Klara hatte sich wieder unter Kontrolle. Sie spürte aber ganz deutlich, dass das Dunkel noch da war und auf eine hässliche Art und Weise schien es zufrieden zu sein mit dem, das es angerichtet hatte.

Die Tränen liefen immer schneller und ließen sich nicht mehr aufhalten. Es war das erste Mal seit ihrem Unfall, ja überhaupt seit der ganzen Geschichte mit der Schwangerschaft, dass Klara weinte und jetzt war es, als wäre ein Damm gebrochen. Irgendwann waren aber einfach keine Tränen mehr da und sie setzte sich im Bett so gut auf, wie es mit dem Gips eben ging, putzte sich die Nase und versuchte nach vorne zu schauen.

Was passiert war, war passiert. Daran konnte Klara nichts mehr ändern. Die Überlegung, ob sie das denn überhaupt gewollt hätte, schob sie entschieden zur Seite. Es war ja sowieso müßig. Sie würde sich jetzt auf die Zukunft konzentrieren, das war bestimmt das Beste! Das hieß, erstmal gesund zu werden. Dann würde sie mit ihrem Leben auf der Stufe weitermachen, die sie zu Fall gebracht hatte. Ok, das vielleicht nicht, sicherheitshalber würde sie erstmal den Fahrstuhl nehmen. In jedem Fall aber würde sie ihre Ausbildung zu Ende machen und so leben, wie sie es sich vorgestellt hatte. Jawohl!

Wenn Klara sich etwas vorgenommen hatte, setzte sie es auch durch. Das zeigte sich auch in diesem Herbst. Trotzdem sollte sie erst im Februar des neuen Jahres wieder einen Fuß ins Hotel Ludwig setzen. Schuld daran war ihr zertrümmerter Knöchel, der einfach nicht heilen wollte. Drei weitere Operationen und eine anstrengende Reha waren nötig, bis Klara ihr Bein wieder voll bewegen konnte. Die vollständige Genesung versetzte Dr. Toelpel aus medizinischer Sicht in Entzücken, Klara verdankte sie wohl am Ende aber hauptsächlich ihrem Sturkopf und ihrem Durchhaltevermögen.

Die Zwangspause, die ihre Verletzung ihr aufgenötigt hatte, war vielleicht das Beste, was Klara in dieser Situation passieren konnte. Und das aus mehreren Gründen. Natürlich sah sie das erst sehr viel später so, als sie mit ausreichend großem Abstand und der Erfahrung, dass sich ihr Leben trotz allem nicht in eine einzige, große Katastrophe verwandelt hatte, zurückblicken konnte. In den langen Monaten, die sie wahlweise in Krankenhäusern verbrachte oder mit Krücken zu Hause herumhumpelte, konnte sie der Sache naturgemäß absolut nichts Positives abgewinnen. Der Herbst ging in den Winter über. Adventszeit, Weihnachten und Silvester, Glühweinstände, Schlittschuhlaufen und Weihnachtseinkäufe, alles ging in diesem Jahr an Klara vorüber, ohne sie auch nur flüchtig zu grüßen. Es war zum Heulen!

Aber ob es ihr gefiel oder nicht, Klara kam endlich zur Ruhe und erlaubte somit nicht nur ihren Knochen sich zu regenerieren. Denn was da in diesem einen Jahr alles passiert war, ging wohl an niemandem spurlos vorüber: Der Prüfungsstress, das Ende der Schulzeit, das erste Mal, der Weggang der besten Freundin, der Ausbildungsbeginn, die Schwangerschaft, der Unfall, die Fehlgeburt. Auch wenn Klara sich das nie eingestanden hätte, brauchte sie diese Auszeit wirklich dringend, um nicht vollends in diesem Strudel von neuen Erfahrungen unterzugehen.

Nach und nach aber verzog sich das Gefühl der Trauer wie Nebel, durch den die ersten Sonnenstrahlen des Frühjahrs fielen. Die Erleichterung blieb. Seit Klara aber wirklich bewusst geworden war, wie ein einziger unachtsamer Schritt alles verändern konnte, hatte diese sich in eine demütige und dankbare Erleichterung verwandelt. Nichts erinnerte mehr an ihren überheblichen Zwilling, der Klara nach dem Unfall einreden wollte, alles würde sich ausschließlich nach ihren Wünschen und unter ihrer Kontrolle fügen. Wenn Klara nämlich in dieser Zeit eines gelernt hatte, dann war es das: Das Leben war nur begrenzt planbar und nahm es gewaltig übel, wenn man diese Grenze überschritt. Natürlich war sie immer noch ehrgeizig und wollte Erfolg haben. Natürlich wollte die immer noch die Kontrolle haben. Von nichts kam schließlich nichts. Das war aber nur die notwendige, keineswegs aber die hinreichende Bedingung für ein gutes Leben. Obwohl sie dieses Wissen wahrscheinlich nie wieder für eine Klausur brauchen würde, hatte Klara gerade jetzt das Gefühl, diese mathematische Spitzfindigkeit endlich begriffen zu haben.

Aber egal welche Fortschritte Klara machte, das dunkle Gefühl hockte immer noch in ihrem Herzen und war jederzeit bereit, hervorzukriechen. Sie fürchtete sich davor, was dieses Gefühl mit ihr anstellen konnte, aber noch mehr Angst hatte sie, sich ihm zu stellen und dagegen anzukämpfen. Stattdessen errichtete sie eine hohe Mauer um ihr Herz, in der Hoffnung das Dunkel darin einschließen zu können, und lernte irgendwie damit zu leben.

Die andere positive Sache an der ganzen Misere stürzte Klara zunächst in größere Verzweiflung als andere: Sie wurde an der Berufsschule ein halbes Jahr zurückgesetzt! Egal wie viel sie weinte und zeterte und beteuerte, sie könnte in Eigenarbeit alles Versäumte aufholen, die Schulleitung ließ sich nicht umstimmen. Klara hatte einfach zu viele Fehlzeiten und deswegen würde sie ab jetzt dem Ausbildungsjahrgang, der im Februar 1989 eingeschult wurde, zugeordnet. Punkt. Keine Diskussion. Obwohl Klara ja gar nichts dafür konnte, kam sie sich wie eine Versagerin vor, weil sie ihre Ausbildung jetzt erst nach allen anderen abschließen würde. Sie würde immer noch der Azubi sein, wenn alle anderen bereits ausgelernt hatten. Wenn Maren bereits ausgelernt hatte.

Maren. Tatsächlich hatte Klara nichts mehr von ihr gehört, seit sie ihr diese scheußlichen Vorwürfe gemacht und sie aus dem Zimmer geworfen hatte. Das konnte sie ihr nicht verübeln. Wie sollte sie ihr nur jemals wieder gegenüber treten nach dem, was sie ihr an den Kopf geworfen hatte? Es war also gar nicht schlecht, wenn sie nicht mehr in einem Jahrgang waren. In der Schule würden sie sich nicht mehr sehen und im Hotel nur noch selten und zufällig über den Weg laufen. Das machte alles viel einfacher! Denn auch die

Sache mit Maren gehörte für Klara zu den Dingen, die passiert waren, die sie aber nicht mehr ändern konnte. Und deswegen packte sie die schöne Erinnerung an diese viel zu kurze Freundschaft und ihre Schuldgefühle und schloss sie zusammen mit dem dunklen Gefühl in ihr Herz ein.

Dann lebte sie weiter, als hätte sie nie ein Mädchen mit glänzenden, schokoladenbraunen Haaren gekannt und als hätte sie nie auf einem Klo des Ludwig auf einen rosafarbenen Streifen mit einem + gestarrt.

Kapitel 22

Wangerooge, August 2018

Ally lag in einem hin- und her schaukelnden Krankenhausbett, weil sie fast in turmhohen Wellen ertrunken wäre. Neben ihr lag Klara, die einen Nervenzusammenbruch erlitten hatte, nachdem ihr Baby in den gleichen Wellen verschwunden war. Dafür gab sie auch noch Ally die Schuld. Jetzt kam der Arzt, der neben seinem weißen Arztkittel einen Feuerwehrhelm trug. Als er die beiden untersuchen wollte, versuchte Ally wegzulaufen, aber das ging nicht, denn ihr Knöchel war ja eingegipst. Deswegen fragte sie nur: „Wann kann ich denn hier endlich wieder raus? Ich muss doch den Handlauf im Hotel polieren. Der ist nämlich aus Mahagoni."

Dieser Tag war wohl eindeutig zu viel für Ally gewesen. Ihr Kopf konstruierte einen so absurden, ja fast schon amüsanten Traum, dass sie eine Weile brauchte, um die verwobenen Fäden aus ihrer Erinnerung, Klaras Erzählung und der realen Gegenwart zu entwirren. Inzwischen ging es ihr gehörig auf die Nerven, dass sie heute ständig überlegen musste, ob sie jetzt bei Bewusstsein war oder nicht. Besonders, weil sie sich gerade schon wieder einbildete, mit Troll zu ihren Füßen auf dem Sofa zu sitzen und sein Schnaufen zu hören. Ally öffnete die Augen einen Spalt weit und blinzelte. Was sie sah, war wirklich das Wohnzimmer in Idas Haus. Sie saß wirklich auf dem Sofa und Troll lag wahrhaftig vor ihr auf dem Teppich und schlief. Ihr war angenehm warm und alles fühlte sich ungemein behaglich an.

Jetzt fiel es ihr auch leicht, die Ereignisse, seit die Feuerwehr sie in den Dünen im Inselosten gefunden hatte, in eine logische Reihenfolge zu bringen. Während der gesamten

Fahrt in dem wankenden Feuerwehrwagen hatte Klara leise erzählt und Ally hatte die Verzweiflung, die diese damals erlebt haben musste, fast am eigenen Leib gespürt. Gerne hätte Ally sie irgendwie getröstet, aber Klara hatte ja gar nicht gewusst, dass sie sie hören konnte, und deshalb hatte sie lieber weiterhin so getan, als würde sie schlafen. Dann war Idas Haus in Sicht gekommen. Mit den einladend erleuchteten Fenstern in ihren schimmernden blauen Rahmen hatte es gewirkt wie eine Neuinterpretation der rettenden Oase in einer endlosen Wüste. Auch wenn Ally es mittags nicht mehr für möglich gehalten hatte, war sie in diesem Moment unendlich glücklich gewesen, wieder hier zu sein. Noch bevor sie ausgestiegen waren, waren Ralph, Stina und Mats aus dem Hotel gestürzt, um sie erleichtert in Empfang zu nehmen. Anschließend war alles ganz schnell gegangen: Die Kameraden von der Feuerwehr hatten sich verabschiedet und waren verschwunden, Ally und Klara waren ins Haus gezerrt, von besorgten Gästen und Angestellten, die die Rettungsaktion gespannt verfolgt hatten, von allen Seiten begrüßt und von vielen Händen generalstabsmäßig versorgt worden.

Jetzt war wieder Ruhe in Idas Haus eingekehrt und die beiden saßen in trockener Kleidung und mit frisch geföhnten Haaren auf dem Sofa. Auf dem Tisch vor ihnen dampften zwei Tassen mit heißer Schokolade. Jemand hatte ein großes Pflaster auf Allys aufgeschürftes Knie geklebt und den violett-schwarzen Bluterguss an ihrer Schulter mit einer Salbe eingerieben, die roch wie ein ganzer Kräutergarten. Obwohl es eine gefühlte Ewigkeit her war, dass sie mit ihrem grünen Fahrrad losgefahren war, und es durch das immer noch tobende Unwetter draußen dunkel war wie in tiefster Nacht, war es gerade erst 19:00 Uhr. In der Küche hörte Ally Ralph gedämpft herumklappern in dem Versuch, etwas Essbares zusammenzubringen. Klara aber saß neben ihr und hatte auch die Augen geschlossen. Ihren Arm hatte sie immer noch um Ally gelegt und Allys Kopf lehnte bequem an ihrer Schulter. Ally kuschelte sich in den weichen Stoff ihres Pullovers und roch die vertraute Mischung aus Waschmittel, Parfüm und Gesichtscreme, die ihr das Gefühl gab, dass alles gut war: Klara war da.

Der Moment war einfach perfekt. Ally hätte vollständig glücklich sein können, aber sie wusste schließlich aus ihrer bisherigen Erfahrung, dass es solche Augenblicke einfach nicht geben konnte. Irgendwann, wahrscheinlich sogar schon sehr bald, würde diese Seifenblase zerplatzen. Sie seufzte leise. Dann konnte sie es ja auch gleich hinter sich bringen! Vor allem da sich inzwischen das schlechte Gewissen in ihr breit machte: Die ganze Aufregung hatte schließlich sie verursacht. Die Sorgen, die sich alle gemacht hatten, Ralphs überstürzte Heimfahrt, der Feuerwehreinsatz, all das wäre nicht nötig gewesen, wenn sie nicht abgehauen wäre. Und sie hatte auch noch versprochen, dass nie wieder zu machen!

Ally genoss noch ein paar weitere Atemzüge diesen Moment, dann zwang sie sich, vorsichtig den Kopf zu heben, und die Seifenblase platzte. Augenblicklich hatte sie das Gefühl zu frieren, als sie Klaras Wärme nicht mehr neben sich spürte. „Schläfst du?“, flüsterte Ally und hoffte, diese würde nicht antworten.

Klara öffnete aber sofort die Augen und lächelte Ally an. „Na du, gut geschlafen?“, fragte sie sanft.

Ally nickte, obwohl sie gar nicht sicher war, ob das stimmte. Dann holte sie tief Luft und sagte schnell, bevor sie es sich anders überlegen konnte: „Es tut mir so leid, dass ich weggelaufen bin! Ich wollte euch allen bestimmt nicht so viel Arbeit machen!“

Irritiert sah Klara sie an und ihre Stimme nahm wieder einen scharfen Unterton an, als sie erwiderte: „Jetzt hör‘ aber endlich mal mit dem Quatsch auf, Ally!“ Diese senkte traurig, aber wenig überrascht den Blick. Sie hatte ja gewusst, dass der Moment einfach zu perfekt gewesen war.

Ehe sie sich versah, hatte Klara sie aber schon wieder in ihre Arme gezogen. Sanft strich sie ihr über die Haare und genauso sanft war ihre Stimme, als sie weitersprach: „Was ich meine, ist, dass du dich doch nicht entschuldigen musst. Du entschuldigst dich viel zu häufig für Sachen, für die du gar nichts kannst! Und ich glaube, das weißt du eigentlich auch ganz genau. Dazu darfst du dann auch stehen. Mach‘ dich doch nicht immer so klein. Wir wissen doch beide, dass es meine Schuld war, dass du weggelaufen bist. So gemein, wie ich zu dir war, hab‘ ich dir doch gar keine andere Wahl gelassen. Mir tut es leid, Ally, es tut mir so unendlich leid, dass ich dir so wehgetan habe!“ Sie zögerte einen Moment, dann fügte sie hinzu: „Weißt du, ich wollte die ganze Zeit nur, dass du etwas mutiger wirst und den Mund aufmachst. Es ist nicht gut, sich immer zu ducken. Der größte Fehler, den ich je gemacht habe, war, dass ich nicht gesagt hab‘, was ich eigentlich wollte, weil ich unbedingt anderen gefallen wollte.“

Ally glaubte zu wissen, worauf sie hinauswollte, und sagte, um Klara zu beruhigen: „Aber das kann mir doch nicht passieren. Ich will niemandem gefallen. Eigentlich will ich ja noch nicht mal auffallen.“

„Ich denke, es ist egal, aus welchen Gründen man das Falsche macht. Ist in deinem Leben denn wirklich noch nie was schief gegangen, weil du den Mund nicht aufgemacht hast?“

Ally musste nicht lange überlegen, bis ihr Josh, Crispy und ihre erste Begegnung mit dem Storch einfielen. Sie hatte sagen wollen, dass es die dümmste Idee überhaupt war, diesen Mann zu bestehlen, aber sie hatte sich einfach nicht getraut. Und wer hatte am Ende den Ärger gehabt? Nur sie, obwohl sie das alles gar nicht gewollt hatte! Sie nickte nachdenklich.

Sie schweigen eine Weile, dann drehte Klara Ally zu sich und sah ihr in die Augen. Jetzt oder nie! Ally hatte fast das Gefühl so etwas wie Nervosität in Klaras Blick zu erkennen. „Ich wollte dir noch was sagen“, begann diese zögerlich. „Ich weiß, dass ich dir wehgetan habe und das heute nicht zum ersten Mal. Es ist auch keine Entschuldigung, dass ich es gut gemeint habe. Und ich kann dir noch nicht mal versprechen, dass es nicht wieder vorkommt. Ich glaube, ich bin kein besonders guter Mensch, ich bin fürchterlich anspruchsvoll und streng und launisch. Aber ich kann dir versprechen, dass ich es immer wieder versuchen werde. Denn eins musst du wissen: Ich hab‘ dich sehr lieb! Meinst du, du kannst mir nochmal verzeihen?“

Ally war so überwältigt, dass sie zunächst keinen Ton herausbrachte. Das Glücksgefühl überflutete sie mit solcher Macht, dass es ihr schwerfiel, es in Worte zu fassen. Erst als sie sah, dass eine einzelne Träne über Klaras Gesicht rollte, erwachte sie auf ihrer Starre. Vorsichtig wischte sie die Träne weg und gab Klara einen Kuss auf die Wange. Damit war eigentlich schon alles gesagt. „Ich hab‘ dich auch lieb“, flüsterte Ally. „Ich hab‘ die ganze Zeit versucht dich zu hassen, aber es ging einfach nicht. Ich wollte immer nur, dass du mich ein bisschen gernhast. Auch wenn das eigentlich ziemlich blöd war.“ Sie grinste ein bisschen verlegen.

„Ja, das war auf jeden Fall ziemlich blöd“, lachte Klara und weinte vor Erleichterung gleichzeitig. „Aber ich bin unheimlich froh darüber!“ Sie drückte Ally wieder an sich und jetzt gab es wirklich nichts mehr zu sagen.

Oder vielleicht doch. Ally überlegte kurz, ob sie zugeben sollte, was sie alles wusste, dann entschied sie sich dafür und fragte vorsichtig: „Dass du so bist, wie du bist, hat das was mit dem Baby zu tun, dass du verloren hast?“

Klara zuckte überrascht zusammen, dann entspannte sie sich aber wieder. Irgendwie war sie erleichtert, dass Ally Bescheid wusste. „Du hast mich gehört? Ich dachte, du hast geschlafen.“ Ally nickte etwas zerknirscht. „Ist nicht schlimm. Ist vielleicht sogar das Beste“, beruhigte Klara sie. „Ja, du hast wahrscheinlich Recht. Ich wollte es lange nicht wahrhaben, aber die Erfahrung damals hat mich schon verändert.“ Ein Schauer lief ihr über den Rücken, als sie an das gefährliche Dunkel dachte, das seitdem in ihr lauerte. „Weißt du, ich war als Kind fürchterlich schüchtern.“

„Echt?“ Ally konnte sich das einfach nicht vorstellen.

„Ja, echt. Kaum zu glauben, ich weiß. Aber ich war wirklich schüchtern und noch dazu gut in der Schule und ein bisschen zu dick. Alle haben sie mich gehänselt und ich kam mir vor wie ein Alien.“ Ally nickte mitfühlend. Ja, genau das Gefühl kannte sie auch. „Irgendwann hatte ich aber sowas wie eine Eingebung oder es hat einfach gereicht. Auf jeden Fall hab‘ ich mir damals vorgenommen, nicht mehr irgendwelchen Idioten hinterherzulaufen, sondern das zu machen, was ich eigentlich wollte. Das war die beste Idee, die ich je hatte! In dieser einen Nacht, als wir unseren Schulabschluss gefeiert haben, hatte ich das aber auf einmal alles vergessen. Ich war total berauscht von dem Gefühl, dass dieser tolle Typ anscheinend auf mich stand. Und dann war ich plötzlich schwanger."

„Hast du dich auf das Kind gefreut?"

„Gefreut? Nein! Ich war doch noch viel zu jung und hatte so viele Pläne. Trotzdem war es hart, als ich dann die Fehlgeburt hatte. Hinterher habe ich dann aber schon manchmal gedacht, dass es vielleicht doch das Beste gewesen ist, für mich und das Baby." Das war eine sehr abgeschwächte Version der Wahrheit und Klara spürte, wie ihr Innerstes sich dagegen auflehnte. Aber weiter konnte sie einfach nicht gehen. Und Ally fragte zum Glück nicht weiter.

Diese war in Gedanken bei Finn und seinen gezackten Linien im Sand. Ja, das Leben war wirklich eine Aneinanderreihung von Entscheidungen und Zufällen. Denn die Sache mit dem Storch war ja eindeutig das Schlimmste, was ihr in ihrem Leben bis dahin passiert war, und doch hatte sie jetzt gerade das Gefühl, dass es das genaue Gegenteil war. Und Klara? Auch bei ihr war nicht immer alles glatt gegangen und auch hier konnte Ally nicht entscheiden, was davon jetzt im Endeffekt gut und was schlecht war. „Klara?", fragte sie nach einer Weile. „Glaubst du eigentlich, dass es sowas wie Schicksal gibt?"

Zuerst wollte Klara spontan und aus tiefstem Herzen nein sagen. Dann sah sie sich aber um und besann sich eines Besseren. Idas wunderschönes Haus. Diese einmalige Insel. Allys rote Locken auf ihrer Schulter. „Ja, ich denke schon."

~

War das alles nur ein Trick? Das war zusammenfassend das, was Ally als Erstes dachte, als sie am nächsten Morgen aufwachte. Bei dem, was sie in den bisherigen sechzehn Jahren ihres Lebens erlebt hatte, konnte man ihr das wohl nicht verübeln. Auf den ersten Blick wirkte aber alles friedlich. Sogar die Sonne schien wieder. Ally öffnete das Fenster und sah sich misstrauisch um, aber tatsächlich war der Himmel bis zum Horizont blau und wolkenlos. Sie griff nach ihren Klamotten, bemerkte dann jedoch, dass in ihrer Jeans exakt auf Höhe ihrer Schürfwunde ein beachtliches Loch klaffte. An allen anderen Stellen war der Stoff dagegen durch eine dicke Schlammschicht mindestens doppelt so dick. Ein eindeutiger Beweis dafür, dass sie sich den gestrigen Tag nicht eingebildet hatte. In Ermangelung weiterer Alternativen schlüpfte sie in ihre gute schwarze Hose, von der sie jetzt schon wusste, dass sie darin bald schwitzen würde. Dann machte sie sich auf den Weg in die Küche, aber auch hier konnte sie nichts Verdächtiges feststellen. Der Duft nach frischem Kaffee lag in der Luft, Klara puzzelte an der Kaffeemaschine herum und Ralph las Zeitung.

„Guten Morgen! Hast du dich ein bisschen erholt?“, fragte er sie fröhlich.

„Ja, ich denk‘ schon.“

„Gut! Trinkst du noch einen Kaffee mit mir, bevor ich wieder fahre?“

„Du fährst schon wieder?“

„Naja, eigentlich bin ich ja gar nicht hier. Und jetzt, wo der Spezialauftrag erfolgreich abgeschlossen ist, muss 007 wohl wieder zurück an den Schreibtisch.“ Ally wurde rot, als ihr klar wurde, dass sie dieser Spezialauftrag gewesen war. „War mir eine Ehre“, schob Ralph aber hinterher und zwinkerte ihr vergnügt zu. „Ich hätte auch gerne noch mit euch gefrühstückt, aber dann verpass‘ ich meine Fähre.“

„Ich hatte sowieso die Idee, dass Ally und ich heute im Dorf frühstücken“, schaltete Klara sich jetzt ein.

Ally sah sie überrascht an. „Aber du musst doch gleich runter ins Café. Und ich helfe Ewa heute bei den Zimmern.“

Verschmitzt lächelnd schüttelte Klara den Kopf. „Nein, wir haben heute beide frei. Ich hab‘ das schon mit den anderen geklärt. Die Frage ist nur, ob du Lust auf einen Urlaubstag mit mir hast.“ Ally strahlte und Klara nickte zufrieden. „Fein! Dann geht's jetzt zum Frühstück auf die Promenade und danach zum Strand.“ Sie stockte und musterte Ally von oben bis unten. „Ok, vor dem Strand schieben wir noch einen kleinen Einkaufsbummel ein. Du brauchst dringend was Sommerliches zum Anziehen.“

„Ach, ist doch schon August, das lohnt doch gar nicht mehr.“ Ally war es schon immer unangenehm gewesen, sich irgendwie herauszuputzen.

„Oh, doch!“, widersprachen Klara und Ralph wie aus einem Mund und Ally gab sich geschlagen.

Wenig später radelten sie mit Troll im Schlepptau im strahlenden Sonnenschein auf dem Deich Richtung Inseldorf. Die Luft war durch das Gewitter wie frisch gewaschen und so kristallklar, dass Ally sicher war, sie müsste wie eine Champagnerflöte klingen, wenn man sie berührte. Der würzige Geruch des Meeres wehte ihnen in die Nase. Der Regen hatte unzählige Pfützen hinterlassen, in denen sich der blaue Himmel und die grünen Dünen spiegelten. Schimmernde Wassertropfen spritzten lustig zu allen Seiten, als der Golden Retriever etwas schwerfällig hindurch sprang. Heute war die

Insel wieder ein harmloses Sommerparadies, als wollte sie sich für gestern entschuldigen.

Klara steuerte zielsicher auf ein Café direkt an der Strandpromenade zu und ließ sich zufrieden in einen der tiefen Sessel aus alten Europlatten fallen. „Ich weiß nicht, wann ich das letzte Mal in einem Café gefrühstückt habe", seufzte sie und hielt genießerisch ihr Gesicht in die Sonne.

„Du frühstückst doch jeden zweiten Tag im Café", meinte Ally.

„Ja, es ist aber etwas anderes, wenn einem dieses Café gehört", lachte Klara. „Hier bin ich ausnahmsweise mal nicht zuständig, wenn etwas umfällt, die Milch aus ist oder die Geschirrspülmaschine streikt."

Ally hatte sich ebenfalls gesetzt, sah sich aber nicht ganz so begeistert um. Überall schienen Leute auf sie zu zeigen, zu lächeln oder ihr sogar freundlich zuzunicken. Jetzt schon wieder! Das war doch der Typ, der im Supermarkt arbeitete, oder? Als sie zu ihm herübersah, hob er sogar die Hand und grüßte. Schnell schaute Ally wieder nach unten. Genauso musste Harry Potter sich bei seinem ersten Besuch in der Winkelgasse gefühlt haben! Was wollten diese Leute nur alle von ihr?

„Guten Morgen, ihr beiden! Feiert ihr die glückliche Rettung?" Die Bedienung war zu ihnen an den Tisch getreten und schien über alles bestens Bescheid zu wissen. Dabei war Ally sich sicher, dass sie diese Frau noch nie gesehen hatte.

„Moin, Edda", grüßte Klara. „Ja, das kann man wohl so sagen." Die beiden unterhielten sich noch etwas, während Ally angestrengt eine Dohle auf dem Mäuerchen neben sich beobachtete, als hätte sie noch nie ein derart exotisches Tier gesehen. Als Edda (oder „Tratschtante", wie Ally sie insgeheim schon nannte) endlich ihre Bestellung aufgenommen hatte und wieder verschwunden war, fragte Ally unbehaglich: „Klara, ich hab‘ das Gefühl alle beobachten mich. Dabei kenn‘ ich die alle kaum. Ist irgendwas komisch an mir?“

Klara musste lachen. „Nein, überhaupt nicht! Die freuen sich einfach alle, dass es dir gut geht. Weißt du, das sind alles Insulaner, unsere Freunde und Bekannten. Die meisten haben gestern irgendwie dabei geholfen, dich wiederzufinden.“

„Das halbe Dorf hat nach mir gesucht?“, hakte Ally sichtlich schockiert nach.

„Ne, eher drei Viertel. Und sie haben es gerne gemacht.“

„Aber sie kennen mich doch gar nicht!“

„Vielleicht nicht persönlich, aber du bist seit über zwei Monaten in Idas Haus. Das spricht sich rum. Sie wissen, dass du zu uns gehörst.“

Manchmal ist es wohl gar nicht so schlecht, wenn man nicht unsichtbar ist, überlegte Ally und rührte in ihrem Milchkaffee. Sie sprach den Gedanken nicht aus, aber Klara schien sowieso zu ahnen, was sie dachte, und schmunzelte. „Was ist denn hier mit dem Strand passiert?“, fragte Ally stattdessen und deutete auf eine bestimmt eineinhalb Meter hohe Abbruchkante, die sich am Hauptstrand entlang zog. Die war noch nicht da gewesen, als sie mit Ralph das letzte Mal zum Eisessen hierhergekommen war.

„Das war die Sturmflut gestern. Die Wellen haben den Sand mit ins Meer genommen. Das passiert leider jedes Jahr, meist im Herbst und Winter. Dass wir jetzt im Sommer so einen schweren Sturm hatten, ist selten, kommt aber leider auch vor“, erklärte Klara und beäugte ebenfalls kritisch den Strand.

„Und wenn irgendwann kein Sand mehr da ist?“

„Soweit lassen wir es nicht kommen! Im Frühjahr bringen immer riesige Radlader Sand aus dem Osten, wo er wieder angespült wird, wieder hier an den Hauptstrand. Kostet die Gemeinde aber leider immer ein Vermögen und wenn es zu häufig stürmt, kann es gefährlich werden. Aber mach' dir keine Sorgen, so schnell geht die Insel nicht unter!"

Auch in der kleinen Boutique, die sie nach einem ausgiebigen Frühstück betraten, wurde sich zuallererst nach Allys Befinden erkundigt. Dann wuselten neben Klara gleich zwei Verkäuferinnen um sie herum, um sie einzukleiden. Das war ja wie ein wahr gewordener Albtraum! Klara ignorierte aber einfach hartnäckig, wie Ally sich wand, sodass ihr nichts anderes übrigblieb, als das stumme Anziehpüppchen zu spielen. „Sie braucht auf jeden Fall eine neue Jeans und eine Shorts", befand Klara jetzt und schubste Ally in Richtung Umkleidekabine. „Und das probierst du auch an!" Damit reichte sie ihr ein meerblaues Top mit zarter Spitze, das dieselbe Farbe hatte, wie die Fenster von Idas Haus.

„Nein, ich hab' doch gar nicht so viel Geld", wehrte Ally ab, aber Klara schüttelte nur energisch den Kopf.

„Wenn es passt, schenk' ich es dir!"

Es passte wie angegossen und harmonierte perfekt mit Allys Haaren. Für ihren Geschmack war es eigentlich ein bisschen zu strahlend, aber sie gefiel sich überraschenderweise trotzdem damit.

„Gut, dann fehlen jetzt nur noch Schuhe und ein neuer Bikini", verkündete Klara, als sie mit einer vollen Einkaufstüte den Laden verließen.

„Was? Aber ich hab' doch Schuhe!" Ally hob einen Fuß mit ihren alten Sneakern, die sie jeden Tag trug, und wedelte damit herum, sodass sie fast umfiel. „Und einen Badeanzug hab' ich auch!"

„Ja, du hast einen und das bestimmt schon seit du zwölf bist", stöhnte Klara halb belustigt, halb entnervt. „Finn hat mir schon den ganzen Sommer leidgetan, dass er dich immer in dem ollen Ding angucken musste!"

Ally zog eine Schnute und hielt sicherheitshalber den Mund. Und als sie wenig später im dritten Laden ihr neues Top und die helle Shorts über einen türkisen Bikini mit bunten Fransen zog, in die herrlich leichten Mokassins schlüpfte und sich zaghaft vor dem Spiegel drehte, hatte sie dann sowieso vergessen, was sie sagen wollte. Sie sah ganz ungewohnt aus. Aber irgendwie gut ungewohnt. Fast schon…hübsch.

Anschließend musste Klara dann noch Wasserflaschen und Sonnencreme kaufen, die sie zu Hause vergessen hatte. Und belegte Brötchen und etwas Süßes vom Bäcker, damit sie mittags etwas zu essen haben würden. Und Zeitschriften. „Ich wusste gar nicht, dass es so aufwendig ist, einen Tag am Strand zu verbringen!", staunte Ally.

„Wieso das denn? Habt ihr das früher nicht so gema…", wollte Klara fragen, brach dann aber ab, als sie realisierte, dass es für Ally nie irgendwelche Familienausflüge zum Strand gegeben hatte.

„Ich bin halt ein Stadtkind", meinte diese aber nur schulterzuckend. „Bevor ich hergekommen bin, war ich noch nie am Strand, noch nicht mal in Portobello, obwohl das zu Edinburgh gehört. Hat mich einfach nie interessiert." Und hat mir Angst gemacht, fügte sie in Gedanken hinzu.

Jetzt war es Klara, die erstaunt dreinschaute. „Dann hoffe ich, du hast heute trotzdem einen schönen Tag. Komm', los geht's!"

Sie schwangen sich wieder auf ihre Fahrräder. Bald erkannte Ally die endlose, gerade Straße wieder, die sie schon gestern genommen hatte, und sie bremste abrupt ab.

„Was ist denn?", fragte Klara.

„Ich dachte, wir fahren zum Strand."

„Ja, zum Strand im Osten. Da ist es am allerschönsten und vor allem nicht so voll."

„Nein!", stieß Ally panisch hervor.

„Trau' dich! Heute gibt es keine Unwetter und das Meer ist vollkommen ruhig. Wenn man vom Pferd gefallen ist, soll man doch auch gleich wieder aufsteigen." Pferdewurst wäre in so einem Fall für Ally der viel näher liegende Ausweg. Sie machte immer noch keine Anstalten weiterzufahren.

„Ich pass' doch auf dich auf", versuchte Klara es noch einmal und streckte ihr die Hand entgegen, die Ally nach einigem Zögern dann doch ergriff.

Tatsächlich war die Dünenlandschaft im Osten heute atemberaubend schön. Ally erkannte den Holzplankenweg wieder und die Aussichtsplattform, unter der sie sich gestern verkrochen hatte. Heute hatte man von dort einen fantastischen Blick. Die weiten Hügel waren weitgehend sich selbst überlassen und dementsprechend über und über mit üppigen Pflanzen bewachsen. Leuchtend rote Hagebutten nickten in sattgrünen Büschen, daneben glänzten die silbrig-grauen Blätter des Sanddorns mit seinen Früchten um die Wette, die wie orangefarbene Perlen aufgereiht an den Zweigen hingen. Strandhafer raschelte leise im Wind. Schmetterlinge schwebten wie betrunken umher und Vögel lugten neugierig aus dem Grün. Das alles wurde eingerahmt vom weißen Strand und dem tiefblauen Meer. Im Norden zogen Containerschiffe gemächlich vorüber, im Osten lag der grün-weiß geringelte Leuchtturm der Vogelinsel Minsener Oog und im Süden zeichneten sich am Festland unzählige Windräder wie Bleistiftstriche vom blauen Himmel ab.

Klara ging weiter und Ally folgte ihr den Holzplankenweg erst den Hügel hinunter, dann den nächsten wieder hinauf. Sie erinnerte sich, dass sie gestern einen ähnlichen Weg gegangen sein musste, und stellte verwundert fest, wie überschaubar die Strecke bei Sonnenschein betrachtet doch war. Fast kam es ihr ein bisschen albern vor, dass sie gestern so außer sich gewesen war. Jetzt hatten sie die letzte Dünenkette, die nur noch spärlich bewachsen war, erreicht und vor ihnen lang der scheinbar endlose Strand. Bestimmt hundert Meter entfernt schwappten kleine Wellen lautlos auf den Sand. Vereinzelte Spaziergänger bewegten sich klein wie Spielfiguren über die gleißend helle Fläche. Irgendwo stand eine Strandmuschel, um die kleine Kinder herumtollten, sonst war hier niemand.

Sie suchten sich eine geschützte Kuhle am Rand der Dünen und breiteten dort ihre Handtücher aus. Ally schlüpfte aus Top und Shorts und cremte sich sorgfältig ein, wobei sie feststellte, dass ihre Haut gar nicht mehr ganz so blass war wie gewöhnlich. Kein Wunder, wenn man bedachte, dass sie jeden Morgen am Deckwerk saß, auf der Terrasse von Idas Haus bediente und bis vor zwei Wochen ständig mit Finn schwimmen gewesen war. Klara streckte sich mit einer Zeitschrift auf ihrem Handtuch aus, während Ally sich umsah. Wieder einmal war sie überrascht, wie viel es am Meer doch zu sehen gab, selbst wenn überhaupt nichts los war. Trotzdem blieb noch genügend Zeit zum Nachdenken und dieses Mal ließ Ally die Gedanken einfach kommen. Nur ihre Abreise von Wangerooge übersprang sie unbewusst und träumte sich in eine entferntere, noch ziemlich abstrakte Zukunft. „Klara", sagte sie nach einer ganzen Weile, „ich hab' angefangen darüber nachzudenken, was ich mal machen will."

„Das ist ein guter Anfang", erwiderte diese, legte die Zeitschrift beiseite und sah Ally von der Seite an.

„Ich denke, ich mag irgendwie, was ich jetzt gerade mache. Gastronomie meine ich."

„Magst du es jetzt gerade und hier oder kannst du dir vorstellen, so etwas viele Jahre lang zu tun?", fragte Klara.

Ally zögerte. „Ich weiß nicht", antwortete sie dann ernüchtert.

„Ganz genau kann man das vorher auch nie wissen, ich möchte nur, dass du keine Entscheidung aus einer Laune heraus triffst. Was magst du denn an unserer Arbeit?"

„Mir gefällt Idas Haus und ich mag die anderen, Stina und Ewa und Nils. Aber ich mag es auch, dass es wichtig ist, aufmerksam zu sein, damit es den Gästen gut geht. Man muss auf alle Details achten, das gefällt mir." Ally stockte, denn es war wirklich nicht einfach in einer Fremdsprache zu erklären, was ihr durch den Kopf ging. Sie war ja schon froh, dass sie es selbst endlich halbwegs verstand. Klara wartete geduldig, bis sie weitersprach. „Und ich mag es, dass man vieles unauffällig erledigt. Wir richten die Zimmer her, wenn die Gäste frühstücken, und die freuen sich hinterher nur über das Ergebnis."

„Aber man muss auch mit den Leuten reden", wandte Klara jetzt vorsichtig ein.

„Ja und das hasse ich immer noch. Aber gleichzeitig freu‘ ich mich immer, wenn ich es schaffe. Weißt du, ich glaub‘, ich will darin besser werden, auch wenn das schwer wird.“ Sie sah Klara an und wurde rot. „Ich rede ziemlich wirres Zeug, oder?“

„Nein, eigentlich gar nicht. Und es hat ja auch keiner gesagt, dass es einfach ist zu entscheiden, was man mit seinem Leben anfangen möchte.“ Klara überlegte, dass sie selbst wahrscheinlich ziemliches Glück gehabt hatte, weil sie quasi schon immer zweifelsfrei gewusst hatte, was sie wollte. Zumindest in der Kategorie Beruf.

„Ich will aber, dass es einfach ist“, stöhnte Ally und vergrub ihre Zehen im warmen Sand. „Aber ich bin mir trotzdem nicht sicher, vielleicht will ich für den Rest meines Lebens was mit Hotels und so machen, vielleicht will ich das aber auch irgendwann nicht mehr.“

„Der Rest deines Lebens ist hoffentlich noch ziemlich lang, Mäuschen. Da kann es schon passieren, dass du dir in zwanzig Jahren überlegst, noch mal was anderes zu machen. Guck‘ mal, ich hab‘ mich doch auch erst vor zehn Jahren für Idas Haus entschieden.“ Klara kam sich plötzlich entsetzlich alt und weise und gleichzeitig irgendwie anmaßend vor, wie sie so mit Ally sprach. Hoffentlich sagte sie nichts Falsches! Zum Glück kam ihr in diesem Moment eine Idee, die Allys Zukunft nicht ausschließlich von ihrem Rat abhängig machte. „Du könntest in Edinburgh ja erstmal ein weiteres Praktikum machen und dann nächstes Jahr eine Ausbildung anfangen. Danach kannst du bestimmt besser einschätzen, ob du wirklich Hotelfachfrau werden willst.“

Ally nickte nachdenklich. „Ja, das klingt gut. Ich denk‘ nochmal drüber nach.“

„Genau, ein bisschen Zeit hast du ja noch. Und jetzt gehen wir erstmal baden, zu viel grübeln bringt nämlich auch nichts.

„Aber vorher müssen wir noch ein Foto für Ralph machen“, entschied Ally und zückte ihr Handy. Ralph antwortete sofort: *Meine beiden Meerjungfrauen! Ich bin fast ein bisschen neidisch! Genießt den Tag für mich mit!*

Ally strahlte. Das war mal wieder genau die richtige Antwort für einen guten Dad, fand sie. „Bist du traurig, dass Ralph nicht hier ist?“, fragte sie Klara trotzdem vorsichtshalber.

„Ja“, erwiderte diese, lachte dabei aber. „Er fehlt mir immer, wenn er nicht da ist. Und gleichzeitig bin ich froh, dass wir den Tag heute ganz für uns haben!“ Damit stand sie auf und ging Richtung Wasser.

„Das ist aber voll unlogisch“, murmelte Ally, aber Klara hörte sie nicht mehr. Deswegen zuckte sie nur mit den Schultern und lief ebenfalls los, bis die sanften Wellen an ihren Füßen leckten.

Jeder Tag ging mal vorüber und schöne Tage sogar am allerschnellsten. Während Ally und Klara badeten, lasen, picknickten und einfach faul in der Sonne lagen, wurden die Schatten der Spaziergänger immer länger. „Ich glaub‘, wir müssen langsam mal los“, meinte Klara und Ally nickte. Trotzdem verging noch bestimmt eine halbe Stunde, bis sie sich tatsächlich aufraffen konnten zusammenzupacken. Auch Troll hatte scheinbar wenig Lust aufzubrechen und tobte immer noch an der Wasserkante entlang.

„Ich glaub‘, ich muss ihn holen“, seufzte Ally.

„Ruf‘ ihn doch, er hört doch gut“, meinte Klara aber nur.

„Ne“, Ally wand sich unbehaglich. „Dann hört mich ja jeder.“

„Aber hier ist doch niemand! Und wenn sich hier doch irgendwo ein Ornithologe in den Dünen versteckt hat, hört er, wie jemand nach seinem Hund ruft, na und?“

„Ally Christie macht sowas einfach nicht.“

„Vielleicht hat Ally Christie sowas noch nie gemacht, aber ich glaube, die Ally, die jetzt hier steht, ist nicht mehr dieselbe wie die, die im Juni in Edinburgh ins Flugzeug gestiegen ist.“ So etwas Ähnliches hatte Ally heute Morgen selber gedacht, als sie dieses fremde Mädchen mit der gesunden Gesichtsfarbe, den unzähligen Sommersprossen und den schicken Klamotten im Spiegel gesehen hatte. Aber trotzdem… „Los‘, ruf ihn! Wir üben das jetzt!“ Klara ließ nicht locker.

„Troll, komm her!“, piepste Ally ziemlich kläglich.

„Lauter!“

„Troll, komm!“

„Noch lauter!“

„Troll!“ Ally hörte, wie ihre eigene Stimme über den leeren Strand schwebte, und fühlte sich mit einem Mal unglaublich stark.

„TROLL!“

Der Hund stand bereits neben ihr und schien sich verdutzt zu fragen, warum sie denn immer noch so brüllte. Ally aber bemerkte ihn gar nicht, sondern rannte in die Mitte des Strandes und schrie, den Blick auf die Weite der Nordsee gerichtet, aus vollem Hals: „ICH BIN HIER!“

Ja, Ally war da, es gab sie und zum ersten Mal war sie sich sicher, dass das kein Fehler im Drehbuch war.

Gemächlich radelten sie zurück und Klara ignorierte freundlicherweise, dass Ally ihre eigene Courage jetzt doch wieder etwas peinlich war. Aber nur ein kleines bisschen. Sie hatte heute in einem belebten Café gefrühstückt, war shoppen gewesen, hatte den Tag am Strand verbracht und sich auch noch die Seele aus dem Leib geschrien. Das klang vielleicht für andere nicht besonders aufregend, aber für Ally war es eine noch nie da gewesene Sensation. Und eigentlich hätte sie es scheußlich finden müssen. Tatsächlich fühlte sie sich aber so zufrieden wie noch nie zuvor.

Kapitel 23

Wangerooge, September 2018

„Und? Würdest du in der Höhle bleiben wollen oder nicht?" Finns grüne Augen blitzten sie erwartungsvoll an.

„Was? Keine Ahnung. Ich glaub', ich hab's nicht kapiert", stöhnte Ally theatralisch und zog die Stirn kraus.

„Dann erklär' ich's dir nochmal von Anfang an", erwiderte Finn geduldig wie ein Nachhilfelehrer. Ally schmunzelte, lehnte sich auf ihrer Fensterbank bequem zurück und rückte ihren Laptop zurecht, während Finn irgendetwas aufzeichnete. Das offene Fenster ließ die salzige Meeresluft und das Kreischen der Möwen herein. Unten im Café klapperte Geschirr, Nils Lachen dröhnte aus der Küche und aus dem Hoteltrakt drang Ewas leidenschaftliches, aber glücklicherweise für alle, die nicht der polnischen Sprache mächtig waren, unverständliches Fluchen herüber. Allys Grinsen wurde breiter.

„So, guck hier!" Finn hielt jetzt eine krakelige Skizze mit Strichmännchen vor die Kamera seines Laptops. „Stell' dir vor, in einer Höhle sind Menschen so festgebunden, dass sie nur in eine Richtung gucken können. Nämlich auf eine Wand." Während er sprach deutete er eifrig auf seine Zeichnung und vergaß dabei, sie in die Kamera zu halten. Ally erkannte rein gar nichts mehr, aber ehrlich gesagt, war ihr das völlig schnuppe. Sie hörte ihm einfach gerne zu. Und seine Hände in Großaufnahme waren auch nicht übel. Schöne Hände übrigens. Braungebrannt und feingliederig. „Und auf dieser Wand sehen diese Leute die Schatten von Gegenständen, die hinter ihnen vorbeigetragen werden", setzte

Finn seinen Vortrag fort. „Sie kennen also nichts außer diese sich bewegenden Schatten an der Wand."

„Aber die Menschen müssen doch noch was anderes kennen. Oder wie sind die in diese Höhle reingekommen?", hakte Ally nach.

„Ne, die waren schon immer in der Höhle!"

„Aber die können doch gar nicht lange überleben, wenn sie festgebunden sind. Das ist doch voll unrealistisch", meinte die praktisch denkende Ally, der die Sache jetzt doch zu bunt wurde.

„Stell' es dir einfach vor, dass es so ist. Das ist ja nur ein Gedankenexperiment, das Höhlengleichnis von Platon. Hab' ich gerade eine Philosophieklausur drübergeschrieben."

„Dann kann dieser Platon nicht viel Ahnung gehabt haben", kicherte Ally.

„Oh, doch! Die Menschen sind also in dieser Höhle. Los, stell' es dir vor!" Finn schob sein Gesicht wieder vor die Kameralinse und sah sie grimmig an.

„Guck' nicht so, sonst klapp' ich dich zu", drohte Ally prustend vor Lachen und bewegte die Hand wie in Zeitlupe auf den Laptopdeckel zu.

„Machst du eh nicht! Dafür bist du viel zu neugierig", stellte Finn fest, während er krampfhaft versuchte sein Grinsen zu unterdrücken, was nicht so richtig gelang. Ihr Geplänkel machte ihm mindestens genauso viel Spaß wie Ally. „Los jetzt, stell' dir endlich vor, dass diese Menschen in der Höhle sind", keuchte er, bevor auch er sich vor Lachen nicht mehr halten konnte.

„Alles ok da oben?", fragte Nils tiefe Stimme von irgendwo unten auf der Terrasse. „Braucht jemand eine Sauerstoffmaske?"

„Geht schon“, japste Ally und setzte wieder ein ernstes Gesicht auf. „Ok, die Menschen sind also in dieser Höhle im Märchenland…“

„Das hat doch nichts mit Märchen zu tun“, wollte Finn in dem verzweifelten Versuch einwenden, seine wissenschaftlichen Überlegungen gegen Allys offenkundige Ignoranz zu verteidigen, überlegte es sich dann aber doch anders. „Ach, ist eigentlich auch egal. Sie sind also wo auch immer in einer Höhle…“

„Das hab‘ jetzt sogar ich langsam verstanden, dass sie in einer Höhle sind.“

„Dann lass‘ mich doch mal ausreden!“

„Du redest doch die ganze Zeit.“

„Mensch, Ally!“

„Is‘ ja gut.“ Sie plinkerte unschuldig mit den Augen.

„Die Menschen sind also in der Höhle und hinter ihnen tragen andere Menschen Gegenstände vorbei, die Schatten an die Wand werfen.“

„Aber warum machen diese anderen Leute das denn?“

„ALLY!“

„Ok, wie du meinst. Erzähl‘ weiter.“ Seine Hände waren wirklich schön. Und seine Lippen auch.

„Sie kennen also nur die Schatten. Das ist ihre ganze Welt. Wenn du jetzt einer von diesen festgebundenen Menschen wärst, würdest du in der Höhle bleiben wollen oder nicht? Wobei die Frage eigentlich schon falsch ist. Denn dann weißt du ja schon, dass es noch etwas außer der Höhle gibt und bist beeinflusst. Aber egal, ich frag‘ dich jetzt trotzdem.“

„Ist ja schließlich nur ein Gedankenexperiment“, ergänzte Ally mit einem wissenden Nicken. „Also, wenn ich jetzt mal großzügig darüber hinwegsehe, dass das Ganze totaler Quatsch ist,“ fuhr sie fort und fiel vor erneutem Lachen über Finns simulierten Nervenzusammenbruch fast aus dem Fenster (wo war nur die Sauerstoffmaske, wenn man sie brauchte?), „würde ich in der Höhle bleiben.“ Sie war wieder ernst geworden.

„Was?“ Finn sah sie mit großen Augen an. „Aber dann verpasst du ja alles!“

„Ja, aber das weiß ich ja nicht. Und was man nicht kennt, kann man auch nicht vermissen“, sagte Ally bestimmt.

„Ich würde auf jeden Fall raus wollen aus der Höhle“, widersprach Finn nach kurzem Überlegen. „Wenn es mir draußen nicht gefällt, kann ich ja wieder reingehen.“

„Aber was, wenn es dir gefällt und sie sperren dich trotzdem wieder ein? Das wäre doch nicht auszuhalten. Nein, das Risiko würde ich nicht eingehen. Da bleibe ich lieber gleich in meiner warmen Höhle!“ In ihrem Kopf meldete sich eine leise, eindringliche Stimme, die ihr unbedingt etwas sagen wollte, aber Ally konnte sie nicht verstehen. Sie fröstelte plötzlich, obwohl es wieder einmal ein warmer Tag war.

„Wenn alle so denken würden wie du, wären wir immer noch in der Steinzeit“, ereiferte Finn sich und holte Ally damit wieder in die Gegenwart zurück.

„Und wenn alle so wären wie du, wäre die Menschheit vor lauter Rumphilosophieren längst verhungert“, konterte diese, hielt ihr Gesicht in die Sonne und konzentrierte sich auf das Kreischen der Möwen, um die gemeine, kleine Stimme in ihr drin zum Schweigen zu bringen.

„Du bist doof!“ Er verdrehte die Augen so sehr, dass er sich bestimmt in den Kopf gucken konnte.

„Danke, gleichfalls“, lachte Ally. Sie war ganz froh, dass sie die tiefschürfende Ebene des Gesprächs wieder verlassen hatten. „Du, ich muss Schluss machen, Stina ruft. Lass‘ uns heute Abend nochmal skypen!“ Schwungvoll klappte sie den Laptop zu und wandte sich zu Stina, die unter ihrem Fenster auf der Terrasse stand.

„Sorry, ich wollte die Turteltäubchen nicht stören“, neckte diese sie.

„Macht nichts, wurde mir sowieso gerade ein bisschen zu heiß.“ Als Ally merkte, wie zweideutig das klang, schob sie schnell hinterher: „Das Gesprächsthema mein‘ ich natürlich!“

„Ich will’s gar nicht so genau wissen.“ Stina zwinkerte ihr übertrieben zu.

„Du bist echt so blöd!“ Jetzt war es Ally, die die Augen verdrehte. Obwohl es gar keinen Grund gab, war sie trotzdem so rot geworden wie ihre Haare. „Was wolltest du eigentlich?“, wechselte sie deswegen schnell das Thema.

„Hast du Zeit in die Apotheke zu fahren? Nils hat sich mal wieder in den Finger geschnitten.“

„Oh, ist es schlimm?“, hakte Ally besorgt nach.

„Wenn du mich fragst, nein. Wenn du ihn fragst, steht er natürlich kurz vor dem Verbluten, einer Sepsis, der Amputation des ganzen Arms oder was auch immer.

„Ah, verstehe!“ Die Mädchen tauschten wissende Blicke. Der Koch war inzwischen auf der ganzen Insel als männliche Dramaqueen bekannt, was ihn jedoch nicht davon abhielt, sich bei jeder sich bietenden Gelegenheit ausgiebig bemitleiden zu lassen.

„Auf jeden Fall haben wir keine Pflaster mehr und ich kann hier gerade nicht weg." Stina deutete auf die Radfahrer, die sich gerade an Tisch 3 niederließen.

„Bin schon unterwegs!" Ally hüpfte von der Fensterbank und flitzte ins Café, wo Klara hinter dem Tresen stand. „Ist es ok, wenn ich schnell ins Dorf fahre und Pflaster kaufe?", fragte Ally.

„Ja, natürlich!" Klara hat längst nichts mehr dagegen, dass sie das Café verließ, und für Ally wiederum war es inzwischen selbstverständlich, vorher Bescheid zu geben. Trotzdem wirkte Klara heute mal wieder irgendwie gereizt.

„Kann ich dir noch irgendwas mitbringen, wenn ich sowieso im Dorf bin?", fragte Ally vorsichtig und stupste sie sanft von der Seite an.

Klaras Gesicht entspannte sich und das Blau ihrer Augen schien einen wärmeren Ton anzunehmen. „Magst du kurz zum Bäcker fahren? Ich hätte nachher unheimlich gerne ein Zimtbrötchen zu meinem Cappuccino."

„Wird gemacht!" Ally gab Klara einen schnellen Kuss auf die Wange und steuerte auf ihr neues Fahrrad zu (Ralph hatte darauf bestanden, dass es wieder ein grünes war). Klara sah ihr kopfschüttelnd nach. Wie schaffte diese kleine rothaarige Hexe das in letzter Zeit nur immer? Sie schien in sie hineinzusehen und wusste dann genau, welche Knöpfe sie drücken musste, damit Klara sich besser fühlte.

Vor der Tafel mit den Tagesangeboten begegnete Ally einer Mutter, die gerade ihrem vielleicht gerade mal vierjährigen Kind mit großer Ernsthaftigkeit die Vorzüge von veganen Gemüsepuffern im Vergleich zu Schokoeis mit Sahne und bunten Streuseln erklärte. Ihre ganze Erscheinung strahlte eine so vollkommene moralische Überlegenheit aus, dass sie es sogar mit Laurel, der Engagierten, hätte aufnehmen können. Ally beobachtete die Frau, während diese ihren nörgelnden Sohn zu Tisch 6 manövrierte und die Tischplatte mit Desinfektionsspray abwischte, und hoffte inständig, dass sie Nils andauerndes Wehklagen nicht bemerkte. Laurel die Zweite wäre sonst ohne Zweifel im Stande Klara das Gesundheitsamt oder die Gewerbeaufsicht auf den Hals zu hetzen. Und wenn sie erst mitbekam, dass ihre Gemüsepuffer dank Nils Fauxpas heute vielleicht nicht ganz so vegan waren… Ally freute sich jetzt schon darauf, Klara, die ihren ausgeprägten Sinn für schwarzen Humor glücklicherweise teilte, später von diesem kleinen, bösen Gedanken zu erzählen.

~

Sie schmunzelte immer noch vor sich hin, als sie ihr Fahrrad auf den Deich Richtung Dorf lenkte. Überhaupt hatte sie in letzter Zeit nahezu übersprudelnd gute Laune, dass sie sich fast selber unheimlich war. Der Wind kam von hinten und das Rad rollte wie von selbst über den Deich. Zu ihrer Rechten duftete frisch gemähtes Gras, zu ihrer Linken blühte die Heide, als hätte jemand einen Eimer violetter Farbe über der Insel ausgegossen. Die Kühe auf der Weide sahen ihr mit ihren gutmütigen, braunen Augen entgegen und Ally winkte ihnen zu, ohne sich dabei albern vorzukommen. Sie hatte einfach das Gefühl, sie müsste platzen vor Glück, wenn sie es nicht mit jemandem teilte. Als ihr eine Schulklasse auf gemieteten Rädern und einheitlich gelben Schutzhelmen entgegenkam, straffte sie die Schultern, trat entschlossen in die Pedale und klingelte sogar. Schließlich war sie Insulanerin und noch dazu viel beschäftigte Arbeitnehmerin! Trotzdem war sie positiv überrascht, dass die Horde ihr tatsächlich brav Platz machte. Leise vor sich hin summend fuhr sie weiter.

Vielleicht war der September der schönste Monat von Allys Inselaufenthalt, auf jeden Fall aber war er so unbeschwert und leicht wie kein anderer. Die Sommerferien waren in den meisten Bundesländern zu Ende und die Insel hatte sich durch die Abreise vieler Touristen bestimmt schon ein paar Zentimeter aus dem Meer erhoben. Idas Haus war immer noch gut besucht, aber jetzt hatte auch das Team mal Zeit, den herrlichen Spätsommer zu genießen. Ally lag mit Stina in der Sonne, spazierte mit Troll durch die Dünen oder ließ sich von Ralph in die Eisdiele einladen. Und natürlich ging sie jeden Morgen mit Klara zum Deckwerk. Dieses Ritual war ihnen heilig geworden, komme, was wolle. An den Wochenenden wurde der große Holzkohlegrill angeworfen und sie saßen alle zusammen, bis die Sonne im Meer versank. Ally hatte schon fast blaue Flecken an den Armen, so häufig musste sie sich kneifen, um zu glauben, dass sie das alles tatsächlich erlebte.

Und dann war da natürlich auch noch Finn. Ally konnte es zwar nicht zweifelsfrei beurteilen, da sie über keine Vergleichswerte verfügte, aber war sich ziemlich sicher, dass sie in ihn verliebt war. Finn war sportlich. Finn war klug. Finn war witzig. Ach, Finn… Ally ertappte sich erschreckend häufig dabei, dass sie an ihn dachte. Sie freute sich schon wie verrückt darauf, ihn in den Herbstferien wiederzusehen. Wenn sie aber ehrlich zu sich war (und da sie gerade ziemlich alleine über den Deich radelte, konnte sie das ja gefahrlos sein), bedauerte sie es gar nicht so sehr, dass es noch nicht so weit war, wie sie ihm jeden Abend vor ihrem Laptop sitzend versicherte. Skype und WhatsApp sei Dank konnten sie ja auch so miteinander quatschen. Sie wusste, was er so tat, und sie hielt ihn auf dem Laufenden, was in Idas Haus vor sich ging. Sie konnte sein Grinsen sehen und seine schönen Hände und manchmal sogar seine Bauchmuskeln. Manchmal gestand er ihr schüchtern, wie gerne er sie jetzt küssen würde, und Ally stellte sich dann die halbe Nacht vor, wie schön das werden würde, wenn sie sich am Anleger in die Arme fallen und leidenschaftlich ihr Wiedersehen feiern würden. In ihren Träumen schmeckten die Küsse natürlich kein bisschen nach Bier und Spucke und die ganze Beziehungsgeschichte war auch viel weniger furchteinflößend und überwältigend, wenn man sie durch das Display eines Laptops betrachtete. Es war einfach gerade alles gut, so wie es war!

Ally schlängelte sich durch die belebten Straßen des Inseldorfs, erledigte schnell den Besuch in der Apotheke und schlenderte dann die Einkaufsstraße hinauf zur Bäckerei. Inzwischen war sie es gewohnt, von allen Seiten gegrüßt zu werden, nickte jedes Mal höflich und versprach, natürlich auch Klara Grüße auszurichten.

Während sie beim Bäcker in der Schlange stand und ihr beim Anblick der saftigen Zimtbrötchen schon das Wasser im Mund zusammenlief, hörte sie die Unterhaltung der Insulanerinnen hinter sich mit an:

„Thorsten denkt auch überhaupt nicht an seine Gesundheit. Jetzt hat er heute Morgen auch schon wieder seine Tabletten vergessen. Irgendwann bringt sein Blutdruck ihn noch um“, beschwerte sich die eine, die Janne hieß. Ihr Mann Thorsten arbeitete für die Stadtwerke.

„Bring‘ sie ihm doch einfach“, erwiderte die andere, deren Namen Ally gerade entfallen war, abwesend und inspizierte konzentriert die Auslage.

„Ne, der repariert gerade die Dünenüberwege im Westen und ich hab' heute noch zwei Bettenwechsel in den FeWos."

„Ach je, dann schaffst du das natürlich nicht, meine Liebe", stimmte die andere ihr zu.

„Was kümmert mich das eigentlich? Thorsten ist schließlich schon groß, aber du weißt ja, wie die Männer sind." Beide Frauen seufzten leidgeprüft.

Ally zögerte. Es musste sie schließlich auch nicht kümmern, ob dieser Thorsten seine Tabletten vergessen hatte. Die alte Ally hätte sich niemals in so etwas eingemischt. Aber sie war ja nicht mehr die alte Ally. Und die neue Ally konnte doch einfach… Bevor sie weiter darüber nachdenken konnte, hatte sie sich bereits geräuspert. Janne und die andere (Petra – sie hieß Petra!) sahen sie überrascht an. „Entschuldigung, dass ich ihre Unterhaltung mitangehört habe. Aber ich wohne im Westen und könnte Ihrem Mann die Tabletten problemlos vorbeibringen, wenn es Ihnen hilft."

„Du bist doch die Kleine, die das Praktikum in Idas Haus macht, oder?"

Ally nickte und fühlte sich jetzt doch wieder ziemlich unbehaglich. Schnell bestellte sie ihre Zimtbrötchen.

„Fein!", Janne strahlte. „Hier sind die Tabletten, grüß' Klara ganz lieb von mir und deine Zimtbrötchen gehen auf mich."

Ally bedankte sich und verließ beschwingt die Bäckerei. Es war schon erstaunlich, was der neuen Ally so alles passierte!

~

Am nächsten Morgen erzählte Ally Klara in aller Ausführlichkeit von der Mutter mit dem Desinfektionsspray und ihrer Begegnung mit Janne und Petra. Klara sah Ally von der

Seite an und lächelte. Deren Haut war inzwischen leicht gebräunt, sodass sie einen schönen Bronzeton angenommen hatte, und ihr Gesicht mit der Stupsnase strahlte. „Manchmal bin ich wirklich stolz auf dich, Mäuschen!" Allys Strahlen vertiefte sich. „Du packst das schon, wenn du wieder in Edinburgh bist", fügte Klara hinzu.

Ihr erster Impuls war es, einfach aufzustehen und zu gehen, aber Ally sagte nur: „Ja vielleicht und ich weiß, dass ich mich bald darauf vorbereiten muss, aber jetzt noch nicht. Und es ist gerade so schön hier, da möchte ich einfach nicht darüber nachdenken, ok?"

„Ok", lenkte Klara ein. „Aber warte nicht zu lange."

„Versprochen!"

Beide schwiegen und beobachteten einen Krabbenkutter, der am Horizont vorbeizog. Seevögel begleiteten ihn und schimmerten wie ein fliegender Teppich aus fließendem Silber vor dem blauen Himmel. Es war wirklich ein schöner Morgen!

„Kann ich Troll nachher mitnehmen, wenn ich Ralph vom Anleger abhole?", fragte Ally nach einer Weile.

„In Ordnung. Wie jede Woche", antwortete Klara und lachte leise. Auch Ally lächelte. Nur die beiden wussten, wie viel harte Arbeit es gewesen war, was jetzt so selbstverständlich und eingespielt wirkte. Und genossen es deswegen umso mehr.

„Jetzt ist wirklich schon wieder Freitag", meinte Klara mehr zu sich selbst, als sie über den Holzplankenweg zu Idas Haus zurückgingen. Ally seufzte.

Ja, es war wirklich schon wieder Freitag!

Kapitel 24

Wangerooge, Oktober 2018

Das Wochenende verging und die darauffolgende Woche. Dann war wieder Freitag und auch das nächste Wochenende verging. Der September ging in den Oktober über, ohne dass jemand so richtig Notiz davon nahm. Denn in Idas Haus waren alle viel zu sehr mit sich selbst beschäftigt.

Trotzdem konnte niemand diesen scheinbar endlosen Sommer ewig festhalten. Und das war vielleicht auch ganz gut so, denn sonst hätte Ally sich ja ernsthaft überlegen müssen, ob sie das wirklich wollen würde. Stattdessen lebte sie einfach von Tag zu Tag. Es war wie mit dem Schwimmen: Seit sie gelernt hatte, dass das Wasser sie trug, war es ganz leicht sich in den salzigen Wellen treiben zu lassen. Dass sie Gefahr lief, dabei wieder in alte Muster zu verfallen, merkte Ally gar nicht. Und hätte es ihr jemand gesagt, hätte sie es wahrscheinlich abgestritten. Schließlich war es jetzt ja nicht mehr so, dass sie keinen Gedanken an morgen verschwendete, weil es sowieso keinen Sinn hatte, sondern weil ihr das Heute schlichtweg ausreichte. Außerdem hatte sie ja mit Klara bereits einen groben Plan gemacht, wie es nach ihrer Rückkehr nach Schottland weitergehen sollte. Das musste ja wohl reichen!

~

„Hast du meine Sonnencreme eigentlich noch bei dir?“, fragte Stina. Ihre Stimme kam irgendwo aus den Tiefen ihres Kleiderschranks. Ally hockte auf der Fensterbank des kleinen Zimmers, das Stina in den letzten Monaten bewohnt hatte. Schätzungsweise 90% aller Nächte hatte auch Mats in dem schmalen Bett verbracht, auf dem sich jetzt Klamottenstapel türmten, aber das war offiziell natürlich nie irgendjemandem aufgefallen. „Hörst du mir eigentlich zu?“ Stina rappelte sich auf und schnipste Ally vor dem Gesicht herum. Ihre sonst so sorgfältig gebürsteten Haare waren zerzaust, die Brille saß etwas schief, aber in der anderen Hand hielt sie triumphierend die zweite gelbe Socke, ohne die sie anscheinend auf gar keinen Fall abreisen konnte.

Ally betrachtete die Nebelschwaden, die heute Morgen über den Feldern lagen. Langsam kämpfte sich die Sonne immer weiter vor und tauchte die Insel in ein fahles, geisterhaftes Licht. Typisches Herbstlicht, wie ihr aufgefallen war. Ihr lief ein Schauer über den Rücken, was an dem kühlen Windzug liegen mochte, der durchs Fenster ins Zimmer wehte. Vielleicht war es aber auch einfach die Ehrfurcht über die Schönheit der Natur, die sie erstaunlich häufig ergriff, seit sie auf Wangerooge war.

„Ally! Sonnencreme! Jetzt!“ Die sanfte Stina hatte den Sommer über wirklich einiges von Klara gelernt.

„Kommst du eigentlich wieder?“, fragte Ally nachdenklich.

„Was?“ Stina sah Ally prüfend an. Diese hatte sich vom Fenster abgewandt, schien aber trotzdem mit den Gedanken noch immer irgendwo da draußen zu sein.

„Hierher. Im nächsten Sommer, meine ich.“

Stina zuckte die Schultern und ließ sich aufs Bett fallen, ohne darauf zu achten, dass dabei sowohl ein Stapel Shirts als auch die erste gelbe Socke zu Boden segelten. „Wahrscheinlich nicht. Also vielleicht mal für ein paar Tage im Urlaub. Aber der Job hier war ja nur zur Überbrückung. War schon eine tolle Erfahrung.“ Sie lächelte versonnen. „Aber das Leben geht halt weiter.“ Damit wandte Stina sich wieder ihrem Koffer zu. Nach fast einem halben Jahr auf Wangerooge würde sie schon in wenigen Stunden auf dem Weg nach Hause sein.

Ally nickte abwesend. Obwohl sie wusste, dass die Zeit auf der Insel für viele Aushilfen und Saisonkräfte ein einmaliges Erlebnis war, und sie auch Stinas Pläne aus zahlreichen Gesprächen kannte, merkte sie, dass sie insgeheim auf eine andere Antwort gehofft hatte. Dabei konnte ihr das doch nun wirklich egal sein…

„Hast du jetzt meine Sonnencreme noch?“, hakte Stina zum dritten Mal nach, als würde sie im Kopf eine Liste abarbeiten.

„Ja, ist aber nicht mehr viel drin“, antwortete Ally etwas verlegen. Ihr Konsum an Sonnenschutzmitteln hatte schon fast beängstigende Züge angenommen.

„Macht nichts.“ Stina klappte energisch den Koffer zu und stemmte sich mit ihrem ganzen Gewicht auf den Deckel, damit Ally den störrischen Reißverschluss schließen konnte. „Behalt sie einfach, ich brauche sie wohl in diesem Jahr nicht mehr“, fügte sie hinzu.

„Ich ja wohl auch nicht“, flüsterte Ally leise.

„Wir warten!“, schallte plötzlich Nils laute Stimme von unten zu ihnen ins Zimmer.

Stina warf Ally einen fragenden Blick zu, die aber nur unschuldig die Hände hob. Sie wollte jetzt noch nicht verraten, dass es ihre Aufgabe gewesen war, Stina unter dem Vorwand, ihr beim Packen zu helfen, unter allen Umständen in ihrem Zimmer zu halten. Diese stürzte jetzt zum Fenster und fing an, hysterisch zu quietschen. „Ihr seid ja alle verrückt!“

Unten vor dem Hotel hatte sich johlend und pfeifend das gesamte Team von Idas Haus versammelt.

„Na, komm schon!“ Ally zerrte den Koffer vom Bett und schubste mit der anderen Hand Stina selbst aus dem Zimmer.

„Liebe Stina“, begann Klara, als sie endlich unten angekommen waren, „du warst ja die letzten Tage ziemlich betrübt, weil Mats uns schon vor einer Woche verlassen musste. So kennen wir dich gar nicht und wir möchten gerne die fröhliche Stina in Erinnerung behalten. Deswegen haben wir uns gedacht, eine kleine Party für dich zu veranstalten, um dich ein bisschen aufzuheitern und dir den Abschied so angenehm wie möglich zu machen. Dabei sind wir eigentlich sehr traurig, dass deine Zeit hier vorüber ist. Jetzt bleibt uns nur noch, dir ganz herzlich für deine unglaubliche Unterstützung während der Saison zu danken, dir alles erdenklich Gute für deine Zukunft zu wünschen und zu hoffen, dass du uns alle in guter Erinnerung behältst.“ Klara nahm Stina, die inzwischen gleichzeitig lachte und hemmungslos schluchzte, herzlich in die Arme, während die anderen laut Beifall klatschten.

„Und jetzt wird gegessen“ bestimmte Nils, der einen riesigen Teller gegrillte Sandwiches aus der Küche geschleppt hatte.

„Aber nicht zu viel. Müssen alle noch essen Kuchen!“ Ewa folgte ihm mit einem Traum aus Biskuit, Sahne und Schokolade in den Händen. „Ist Rezept von meine Oma. Die ist aber schon sehr lange tot.“ Sie schüttelte bedauernd den Kopf.

Ally fand, dass das nicht die beste Werbung für ein Lebensmittel war, aber sonst schien sich niemand daran zu stören, denn die Meute stürzte sich wie ausgehungert auf das improvisierte Büffet. So eine feierliche Verabschiedung war bestimmt nicht der Normalfall, aber Stina war zu etwas ganz Besonderem für Idas Haus geworden. Sie würde allen fehlen, als Arbeitskraft, aber vor allem als Mensch.

„Wir schreiben!“, sagte Stina, als sie und Ally sich später ein letztes Mal umarmten.

„Klar“, murmelte Ally, aber ohne zu wissen warum, war sie sicher, dass es nicht dazu kommen würde. Was auf Wangerooge passiert, bleibt auch auf Wangerooge – oder wie hieß diese blöde Redewendung noch mal?

~

Ally hätte nicht gedacht, dass es ihr so fehlen würde, mit Stina zu quatschen. Mit einer Freundin zu quatschen. Wenigstens konnte sie sich noch auf ihr Wiedersehen mit Finn freuen.

Ihr Handy vibrierte auf der Kommode. *Ich bin unterwegs*, schrieb Finn und schickte noch einen winkenden Smiley und ein kleines Fahrrad hinterher. War es schon so spät? Ally warf einen letzten prüfenden Blick in den Spiegel, befand das Ergebnis als zufriedenstellend, schnappte sich ihr Smartphone und stürmte aus dem Zimmer. Wenn Finn jetzt schon aus der Ferienwohnung seiner Familie mitten im Dorf aufbrach, war er definitiv vor ihr am Surfstrand. Warum hatte sie nur so getrödelt? Ally konnte sich nicht erinnern, schon jemals so viel Zeit damit verbracht zu haben, sich zurechtzumachen. Aber heute sollte eben alles perfekt sein. Ihre lockigen Haare hatte sie hochgesteckt, sodass es gut aussah, aber auf keinen Fall zu gut, sondern einfach irgendwie lässig. Deswegen hatte sie auch nur ganz wenig von dem zartrosa Lipgloss aufgetragen, das Klara ihr geliehen hatte. Finn sollte schließlich nicht denken, dass sie sich wegen ihm irgendwelche Mühe gegeben hatte. Trotzdem trug sie ihren neuen türkisgrünen Hoodie mit dem weißen Aufdruck, der perfekt mit ihren roten Haaren harmonierte. Der war ein Geschenk von Ralph und obwohl sie natürlich erklärt hatte, dass das gar nicht nötig war, hatte er sich mal wieder nicht davon abhalten lassen, ihr diese Freude zu machen. Sie grinste vor sich hin, während sie wie eine Verrückte in die Pedale trat. Einige Zugvögel, die auf der Durchreise in den Süden auf der Insel rasteten, flogen entrüstet kreischend auf, als Allys Fahrrad wie ein grüner Blitz an ihnen vorbeischoss. Es war das erste Wochenende von Finns Herbstferien und sie konnte es jetzt gar nicht mehr abwarten, ihn wiederzusehen.

Wie erwartet war Finn bereits da, als Ally ihr Rad abstellte und sich neben ihm in den Sand fallen ließ. Dessen feuchte Kühle drang augenblicklich durch ihre Jeans. Auch die Surfschule hatte die Saison bereits beendet, die Sonnenschirme und Liegestühle eingemottet und alle Türen bis zum nächsten Frühjahr verrammelt. Nur ein anscheinend vergessenes Werbeschild flatterte trostlos im Wind und erzeugte dabei ein nervtötendes Geräusch.

„Da bist du ja endlich.“ Was für eine Begrüßung!

„Hi.“ Ally umarmte ihn, musste dabei aber komischerweise so viel darüber nachdenken, wie sie ihre Arme am besten um einen schlanken Oberkörper legte, dass sie gar nicht mitbekam, ob sich das jetzt gut anfühlte. So hatte sie sich ihr Treffen irgendwie nicht vorgestellt.

„Wie geht’s?“, fragte Finn.

„Gut.“ Das wusste er natürlich, denn Ally und er hatten am Abend zuvor noch mindestens eine Stunde geskypt. Beide schwiegen und blickten aufs Meer beziehungsweise auf die Stelle, wo das Meer sein musste. Es herrschte nämlich Seenebel, der die Insel wie eine undurchdringliche, milchige Decke einhüllte. Philosophisch betrachtet befanden sie sich vielleicht gar nicht mehr in der Nordsee, denn wer konnte schon mit Sicherheit sagen, was sich wirklich hinter dieser Nebelschicht verbarg? Das führte dann zu der Frage, was eigentlich die Realität ausmachte. Das hätte Finn in diesem Moment erörtern müssen und Ally hätte ihm belustigt gelauscht, aber er sagte nichts. Das klagende Hupen der Nebelhörner von unsichtbaren Schiffen, die irgendwo draußen in der Fahrrinne auf sich aufmerksam machten, wehte wie eine schauerliche Hintergrundmusik zu ihnen herüber. Der Soundtrack ihres Wiedersehens.

Wie konnte das sein, dass sie in den letzten Wochen stundenlang geredet und geflirtet hatten und jetzt nebeneinander hockten wie zwei stumme Fische? Ally zermarterte sich das Hirn, was sie sagen konnte, um diesen Knoten zu lösen, aber in ihrem Kopf schien genauso zäher Nebel zu herrschen wie über dem Meer.

Stattdessen ergriff Finn das Wort: „Du fährst also in zwei Wochen wieder nach Edinburgh?"

Obwohl das mehr eine rhetorische Frage war, weil Finn die Antwort natürlich kannte, empfand Ally sie wie einen Schlag in die Magengrube. Konnte er denn jetzt an nichts anderes denken, dachte sie und merkte, wie sich der Nebel in ihrem Kopf in Ärger verwandelte. „Ja", antwortete sie knapp und starrte dabei weiter geradeaus.

„Und kommst du wieder?" Auch Finn sah sie nicht an.

Allys Magen zog sich noch weiter zusammen. Sie wollte doch einfach noch ein paar unbeschwerte Tage mit Finn verbringen. Wusste doch der Geier, was danach mit ihnen passierte… „Wohl eher nicht“, sagte sie nach einer längeren Pause und bemühte sich um einen möglichst neutralen Tonfall.

„Aha.“ Finns Mimik war ausdruckslos. Warum konnte er nicht sagen, dass er das schade fand? Oder sie einladen, sie im nächsten Sommer in den Ferien zu besuchen? Wahrscheinlich hätte Ally abgelehnt, aber wie konnte er einfach so dasitzen und gar nichts sagen? Bedeutete sie ihm denn doch gar nichts? Das prickelnde Gefühl der Verliebtheit verpuffte, ohne dass sie etwas dagegen tun konnte.

„So ist das eben. Irgendwann ist halt Ebbe und das Meer geht wieder nach Hause“, fügte sie trotzig hinzu in der verzweifelten Hoffnung, dass er aus seiner Schockstarre erwachte. Tatsächlich lachte Finn kurz, aber es war ein freudloses Lachen, für das Ally ihm am liebsten eine reingehauen hätte. Hatte er denn alle ihre Gespräche vergessen? Idiot!

Stattdessen stand sie langsam auf, klopfte den Sand von ihrer Hose und räusperte sich. „Ich muss jetzt gleich arbeiten und hab‘ die Woche noch ziemlich viel zu tun. Vermutlich werd‘ ich es gar nicht schaffen, mich noch einmal mit dir zu treffen.“ Los, Finn, sag irgendwas!

„Ja, dann mach’s mal gut.“ Finn erhob sich ebenfalls und grinste sie irgendwie verlegen an.

„Du auch.“

Das war’s jetzt? Im Ernst? Unsicher standen sie sich noch eine Weile gegenüber, dann drehte Ally sich um und ging. Finn, sag doch was! Aber er sagte kein Wort und Ally ging einfach weiter, schwang sich auf ihr Fahrrad und fuhr davon, ohne sich umzudrehen.

Erst als sie die Straße zum Westen erreicht hatte, registrierte sie, dass ihr Tränen über die Wangen liefen. Was war bloß schief gegangen? Was war aus ihrem perfekten Wiedersehen à la Hollywood geworden? Sie weinte bitterlich, bis sie Idas Haus erreicht hatte. Vor dem Fahrradverleih reparierte Ralph gerade eine abgesprungene Kette.

„Ally? Was ist passiert?“, fragte er sofort, als sie neben ihm vom Rad stieg. Sein fast schon panischer Tonfall irritierte sie zuerst, aber dann fiel ihr ein, dass sie total verheult war, die Augen bestimmt rot wie bei einem Meerschweinchen und ihr zu allem Überfluss auch noch der Rotz aus der Nase lief.

„Geht schon!“, sagte sie schnell und wischte sich mit dem Ärmel ihres schönen, neuen Pullis übers Gesicht. „Ich bin nur… ich bin gerade nur so wahnsinnig wütend!“ Sie merkte, dass das tatsächlich stimmte. Sie war nicht traurig oder enttäuscht, sie war einfach nur wütend.

„Was hat er gemacht?“ Ralph schien seine Umgebung nach einer geeigneten Waffe abzusuchen. Niemand sollte es wagen, seiner Ally weh zu tun!

„Nichts. Es ist eigentlich gar nichts passiert.“ Auch das stimmte, denn es war ja im wahrsten Sinne des Wortes überhaupt nichts passiert.

„Aber du hast geweint…“

„Ja, aber Finn hat nichts gemacht. Mit uns beiden stimmte irgendwas nicht und deswegen bin ich so wütend.“ Ihr kamen schon wieder die Tränen und Ralph reichte ihr ein Taschentuch, in das sich ausgiebig schnäuzte, um Zeit zu gewinnen. „Aber jetzt ist es auch schon egal. Ich geh‘ mich jetzt für die Arbeit umziehen.“ Sie versuchte ein schiefes Grinsen und verschwand im Gebäude. Ralph blieb einigermaßen irritiert zurück und rieb sich mit der Hand die Schläfen, wobei er großzügig Schmieröl in seinem Gesicht verteilte. Was war das denn für ein Auftritt gewesen?

~

Am nächsten Morgen hatte Ally noch immer miese Laune als sie mit Klara zum Deckwerk schlenderte.

„Ralph hat erzählt, dein Date mit Finn war nicht so erfolgreich?", fragte diese.

„Das war überhaupt kein Date und er muss das auch nicht überall herumerzählen", fauchte Ally leise. Klaras erster Impuls war, sie daran zu erinnern, dass man so nicht mit ihr sprach, dann überlegte sie es sich aber anders. Ally war sechszehn und auch wenn es glücklicherweise nicht oft vorkam, dass sie sich wie ein typischer Teenager verhielt, gehörte das wohl dazu. Nachdem sie eine Weile schweigend auf ihren Steinen gehockt hatten, nahm Klara das Gespräch (wenn man den Wortwechsel überhaupt so nennen konnte) vorsichtig wieder auf: „Und was hast du jetzt vor zu tun?"

Ally sah sie überrascht an. „Gar nichts. Was könnte ich auch schon machen? Ist halt passiert!"

„Stimmt, aber du entscheidest ja, wie du jetzt damit umgehst", gab Klara zu bedenken.

Sie erhob sich wenig später, um zum Hotel zurückzukehren, aber Ally rührte sich nicht. „Ich bleib' noch etwas hier, ok?"

Als Klara weggegangen war, konzentrierte sich Ally auf den Horizont und versuchte, dass bedrückende Gefühl in ihrer Brust loszuwerden. Klara ging immer zum Meer, wenn sie über ein Problem nachdenken musste. Vielleicht half ihr das ja auch. Sie beobachtete eine Möwe, die langsam über den Himmel segelte, und plötzlich fiel es ihr wie Schuppen von den Augen, wie dämlich sie sich beide verhalten hatten.

Trotzdem konnte sie sich nicht dazu überwinden, nochmal mit Finn zu reden. Brachte ja sowieso nichts, weil sie ja in 13 Tagen abreisen würde. Sie merkte aber auch, dass sie nicht bereit war, sich diesen Sommer kaputt machen zu lassen. Es würde schon einen Grund gehabt haben, dass sie und Finn plötzlich nichts mehr miteinander anfangen konnten. Aber es war doch nett gewesen, den Sommer über mit ihm zu flirten, und ihren ersten Kuss hatte sie auch bekommen. Schnell schluckte sie den Kloß weg, der sich in ihrem Hals gebildet hatte. Ja, es war schon gut so, wie es war. Es war eine tolle Zeit auf der Insel gewesen und sie hatte viele spannende Erfahrungen gemacht. Jetzt war die Zeit eben vorbei, aber die Erinnerungen daran nahm ihr niemand mehr. Sie würden ihr Kraft geben, um in Edinburgh durchzustarten. Ally atmete noch tief die kühle, salzige Luft ein und nahm sich fest vor, auch die verbleibenden Tage noch uneingeschränkt zu genießen.

~

Wie schwierig das werden würde, merkte sie erst einige Tage später, als die Wangerooger Sommergäste abgeholt wurden. Es war ein wolkiger Oktobertag und Ally zog den Kragen ihrer neuen Fleecejacke enger um ihren Hals, während sie die Kühe beobachtete, die sich träge in Richtung Anleger bewegten. Sie hatte sich darauf gefreut diesen friesischen Almabtrieb mitzuerleben und tatsächlich war es ein Spektakel, wie eine Gruppe Freiwilliger angeführt von einem Landwirt vom Festland die Kühe über die Insel trieb. Nicht immer kamen die eigensinnigen Tiere dabei auf Anhieb dort an, wo die Menschen sie gerne gehabt hätten, sodass Ally einige Male kichern musste. Trotzdem fühlte sie eine seltsame Beklemmung in der Brust, als sie sah, wie unwillig die Kühe ihre

Sommerweide verließen. Als die erste Kuh das Transportschiff besteigen sollte, stemmte sie sich mit aller Kraft gegen den Führstrick, aber ihr Widerstand war natürlich zwecklos. Ihr klagendes Muhen schien über die ganze Insel zu hallen und fraß sich in Allys Herz.

„Was ist denn mit dir?“, fragte Ralph, der neben Ally am Anleger stand, besorgt.

„Nichts“, sagte Ally. Sie wischte sich schnell über die Augen, konnte aber nicht verhindern, dass Ralph sah, wie ihr die Tränen über die Wangen liefen.

„Ally-Maus, was hast du denn?“

„Ich weiß nicht. Es ist nur… Sie wollen doch gar nicht weg!“

„Verstehe“, murmelte Ralph leise und legte den Arm um Allys Schultern. „Aber sie können nicht den Winter über hierbleiben. So ist das nun mal“, fügte er in normaler Lautstärke hinzu.

„Ja, so ist das nun mal.“ Ally zuckte mit den Schultern und entwand sich seinem Arm. Ihr war klar geworden, dass die Abholung der Kühe für Wangerooge dasselbe bedeutete, wie die Abreise der Queen aus Schloss Balmoral für Großbritannien: Der Sommer war zu Ende.

~

„Aber muss es denn so sein?“, fragte Ralph seine Frau, als die beiden an Allys letztem Abend noch spät bei einem Glas Wein zusammensaßen.

„Es war ein Praktikum. Vier Monate, das war die ganze Zeit klar.“ Klara schenkte sich etwas zu energisch Wein nach, sodass sich ein Teppich aus witzigen, tiefroten Spritzern auf der Tischplatte bildete.

„Aber es konnte ja keiner ahnen, dass sie so gut hierher passt. Dass sie so gut zu uns passt!"

„Ich wohl am allerwenigstens", erwiderte Klara leise und tupfte akribisch die Rotweintröpfchen mit dem Finger von der Holzmaserung.

„Siehst du! Alles hat sich verändert, seit sie zu uns gekommen ist! Wir können doch nicht so tun, als wäre das alles nicht passiert." Ralph hatte sich aufgesetzt und fixierte Klara mit seinen grauen Augen. Wie immer, wenn ein Thema ihn aufwühlte, schien sich seine Sprechgeschwindigkeit mit jedem Wort weiter zu steigern.

Ally hockte hinter der geschlossenen Tür auf dem Boden ihres Zimmers und krallte die Finger vor Aufregung fest in Trolls weiches Fell. Sie wagte kaum zu atmen, um nur nichts zu verpassen.

„Ich will ja auch gar nicht so tun, also wäre nichts passiert!" Auch Klara merkte man die Erregung beim Sprechen an. „Ich werde diesen Sommer bestimmt niemals vergessen, aber wir können Ally nicht einfach hierbehalten, nur weil es uns vielleicht gerade gefällt. Sie gehört nach Edinburgh! Du weißt doch, wie groß ihr Heimweh die ganze Zeit über war."

„Ja, am Anfang", widersprach Ralph, „aber vielleicht möchte sie inzwischen gar nicht mehr zurück."

Für eine Millisekunde wollte Ally aufspringen, die Tür aufreißen und Klara erklären, dass Ralph Recht hatte, aber dann zögerte sie. Sie würde zugeben müssen, dass sie gelauscht hatte. Und vor allem...wollte sie wirklich hierbleiben?

Bevor sie eine Entscheidung treffen konnte, sprach Klara bereits weiter: „Ja, vielleicht und genau aus dem Grund musst du damit aufhören." Ihre Stimme war vollkommen kontrolliert und so kalt und scharf wie der eisige Wind, der seit einigen Tagen über die Insel fegte. „Allys Leben ist in Schottland. Wir sollten es nicht für alle noch schwerer machen." Sie sah Ralph an und in ihrem Blick lag eine so abgrundtiefe Traurigkeit, dass es fast körperlich schmerzte. Klara wollte nur das Beste für Ally, egal wie schwer es für sie selbst zu ertragen war. Als Ralph das erkannte, konnte er nur stumm nicken.

Langsam sickerten Klaras Worte in Allys Kopf und egal, was sie sich an diesem einen Morgen auf dem Deckwerk vorgenommen hatte, sie wusste, dass sie keine Sekunde mehr auf dieser Insel genießen konnte. Weil diese Insel schuld daran war, dass Ally zugelassen hatte, dass sich diese Menschen in ihr Herz schlichen, das in diesem Moment zerbrach.

Wie erstarrt blieb sie auf dem Boden zusammengekauert sitzen und konzentrierte sich darauf, wie Troll ruhig und gleichmäßig im Schlaf atmete. Irgendwann taumelte sie wie eine Schlafwandlerin in ihr Bett und schlief erschöpft vom Unglücklichsein ein ohne auch nur zu ahnen, dass es Klara auf der anderen Seite der Wand genauso ging.

~

Als Ally am nächsten Morgen wieder erwachte, war ihr letzter Tag auf Wangerooge angebrochen. Sie blieb ganz still liegen und horchte in sich hinein, aber die Traurigkeit war verflogen. Zurückgeblieben war nur eine große, schwarze Leere. Entschlossen schlug sie die Decke zurück, stand auf und zerrte den verbeulten schwarzen Koffer, der vier Monate lang unter ihrem Bett gelegen hatte, hervor. Es war wirklich gut, dass das Praktikum vorbei war! Ally Christie gehörte schließlich nach Edinburgh!

Nur fünf Stunden später stand sie auf der Fähre und sah den Westturm und den neuen Leuchtturm immer kleiner werden. Es hatte keine Abschiedsparty für sie gegeben, keine Pläne für ein Wiedersehen, keine innigen Umarmungen und keine Tränen. Klara hatte sie nur ganz kurz an sich gezogen, nur um sie gleich wieder loszulassen wie eine Fremde. Pass auf dich auf, hatte sie gesagt.

Ally hatte plötzlich das Gefühl, dass es erst gestern gewesen war, dass sie auf genau dieser Fähre gestanden hatte. Dabei waren vier Monate vergangen. 119 Tage, die Ally wie ein ganzes Leben vorkamen. Sie warf einen letzten Blick auf die beiden Leuchttürme und wieder rollte eine einzelne Träne über ihre Wange.

Kapitel 25

Edinburgh, Oktober 2018

Ally erwachte, als ein Krankenwagen mit lauter Sirene die Straße hinunterfuhr und blaue Lichtfetzen ins Zimmer schleuderte. Sie brauchte etwa zwanzig Sekunden, bis sie wieder wusste, wo sie sich befand: Sie lag in ihrem Bett, in ihrem Zimmer in der Wohngruppe mitten in Tollcross. Wenigstens wurden diese Phasen der Orientierungslosigkeit mit jeder weiteren Nacht, die sie wieder in diesem Bett verbrachte, kürzer. Vielleicht würde es auch irgendwann wieder aufhören, dass sie überhaupt von jedem Geräusch erwachte. Das war ihr früher ja auch nie passiert.

Ihr Zimmer… Im Licht der Straßenlaternen, das durch die dünnen Gardinen fiel, ließ sie den Blick über den Schrank, den Schreibtisch, den Sitzsack und das Nachtschränkchen wandern. Hier gab es absolut nichts Persönliches und genauso hatte Ally es ja auch immer gewollt. Nichts, das sie hätte in den letzten Monaten vermissen können. Aber es gab ein Bett zum Schlafen und eine Tür zum Abschließen. Was wollte sie mehr?

Sie seufzte und tastete im Halbdunkeln nach ihrem Handy. 4:30 Uhr. Da sie ja jetzt sowieso nichts mehr daran ändern konnte, dass sie wach war, konnte sie auch genauso gut gleich aufstehen. Sie verstaute den gelblichen Plüschhund sorgfältig in ihrem Kopfkissenbezug, dann zog sie sich routiniert an, ohne Licht zu machen, und huschte durch die dunklen Flure zur Vordertür. Aus Laurels Zimmer drang lautes Schnarchen. Alles war wie immer.

Draußen empfing Ally leichter Nieselregen, aber der feuchte Nebel in ihrem Gesicht kam ihr vor wie ein Willkommensgruß. In der Stadt fühlte sie sich zu Hause. Seit zwei Wochen war Ally zurück in Edinburgh. Das Wiedersehen mit Laurel in Harlesiel, die Rückfahrt nach Hamburg, die Übernachtung in einem großen, gesichtslosen Hotel, der Flug - die ganze Zeit über hatte sie sich gefühlt wie eine ferngesteuerte Marionette und konnte sich heute an kein einziges Detail der Reise mehr erinnern. Sie wusste aber noch ganz genau, wie es sich angefühlt hatte, als sie das Flughafengebäude verlassen hatte. Sobald sie die ockerfarbenen Ziegel der Altstadt, die hügelige Landschaft und den weichen schottischen Akzent in sich aufgesaugt hatte, schien ein Teil von ihr, der die ganze Zeit gefehlt hatte, wie von selbst an genau den richtigen Platz zurückzufinden. Das Glücksgefühl, das sie in diesem Moment durchströmt hatte, war absolut überwältigend gewesen. Die nächsten Tage hatte sie von morgens bis abends damit verbracht, alle Winkel der Stadt wieder neu zu entdecken. Sie hatte im Stillen mit ihren alten Lieblingsplätzen Wiedersehen gefeiert und jede noch so kleine Veränderung in den ihr so vertrauten Gassen registriert.

Auch jetzt schlug sie ohne darüber nachzudenken den Weg Richtung Old Town ein. Es war noch dunkel, aber im Licht von Straßenlaternen, Schaufensterbeleuchtungen und Leuchtreklamen konnte sie sich problemlos zurechtfinden. Überhaupt hatte sie das Gefühl, jemand hatte einen Schalter in ihrem Inneren auf Autopilot gestellt, seit sie wieder hier war. Alles lief so wunderbar selbstverständlich und mühelos. Ally wechselte die Straßenseite, als eine Gruppe angetrunkener Typen vor einem schmierigen Pub auftauchte. Was würden Klara und Ralph dazu sagen, dass sie hier herumstreunte? Der Gedanke flackerte irgendwo in ihrem Hinterkopf auf wie eine Signalstörung, aber sie zog einfach den Stecker und ging weiter. Die beiden waren schließlich nicht hier, außerdem war es ja bereits Morgen.

Der Nieselregen hatte sich verzogen und zwischen den Giebeln zeigte sich sogar ein schmaler, blassrosa Streifen. Ally beschleunigte ihre Schritte. Es war das erste Mal seit ihrer Rückkehr, dass der Himmel morgens klar war, und sie wollte um nichts in der Welt den Sonnenaufgang auf dem Castle Hill verpassen. Die Sonne schob sich gerade eben über die Hügel, die die Stadt im Osten begrenzten, als Ally um die letzte Ecke bog. Wie auf einem Teppich aus goldenem Morgenlicht überquerte sie den großen, offenen Schlossplatz und kletterte auf das gegenüberliegende Mäuerchen. Der Anblick der langsam erwachenden Stadt mit ihren unzähligen Fenstern, in denen sich das erste Sonnenlicht des Tages spiegelte, und den Schornsteinen, aus denen sich Rauchschwaden in die kühle Luft kringelten, war so schön, dass Ally für ein paar Minuten alles andere vergessen konnte.

Sie riss sich nur unwillig los, als von irgendwoher gedämpfte Glockenschläge zu ihr herüberwehten. Es war Zeit in die Wohngruppe zurückzukehren. Es würde nur Ärger geben, wenn sie das Frühstück verpasste. Laurel beobachtete sie sowieso mit Argusaugen, seit sie wieder da war, auch wenn Ally keine Ahnung hatte, was so spannend an ihr war.

Auch Klara hätte dieser Sonnenaufgang gefallen… Schon wieder eine Signalstörung! Trotzdem würde Ally ihr irgendwie gerne davon erzählen. Natürlich könnte sie ihr jederzeit bei WhatsApp schreiben oder sogar anrufen, aber stattdessen schob sie den Gedanken schnell wieder beiseite. Wozu sollte das schon gut sein?

Durchs Haus drang das Geklapper von Geschirr, als Ally die Haustür öffnete. Sie schlüpfte hastig aus Jacke und Schuhen und eilte in die Küche, die aber zum Glück noch fast leer war. „Guten Morgen", grüßte Ally, als wäre es das Normalste auf der Welt. Naja, eigentlich war es das ja auch. Susan stand am Herd und briet Eier, was gut war, denn es bedeutete, dass Laurel heute Morgen frei hatte.

„Kann ich irgendwas helfen?", fragte Ally.

„Gerne." Susan sah sie so überrascht an, als hätte Ally ihr angeboten, ihren Rasen mit einer Nagelschere zu schneiden. „Deck doch mit Brittany den Tisch." Sie lächelte wohlgefällig, als Ally nickte und dem pummeligen Mädchen mit den pechschwarz gefärbten Haaren einen Stapel Teller abnahm.

Brittany war vierzehn und lebte schon genauso lange in der Wohngruppe wie Ally. Irgendwann im Laufe dieses Sommers schien sie ihre Vorliebe für Gothic entdeckt zu haben, denn neben ihren Haaren waren auch ihre Fingernägel, ihre Klamotten und sogar ihre Lippen schwarz. Ally wusste, dass sie sich seit Jahren ritzte, und wunderte sich deswegen kaum über diese Weiterentwicklung. „War es aufregend in Deutschland?", flüsterte Brittany ihr zu, als sie das Besteck abzählten.

„Ja, irgendwie schon." Ally zwang sich zu einem Lächeln und überlegte ernsthaft, ob sie Brittany von dem Unwetter erzählen sollte.

„Echt?" Brittanys Kulleraugen weiteten sich. „Dann warst du bestimmt auf ganz vielen Partys. Auch mit Alkohol und so?"

Ally verdrehte möglichst unauffällig die Augen. Wäre ja auch zu schön gewesen! Sie hatte mit Brittany, die sie ab jetzt nur noch „Black Beauty" nennen würde, noch nie etwas anfangen können. Warum sollten vier Monate Nordsee daran etwas geändert haben?

~

Der Tag ging ohne besondere Vorkommnisse vorüber, am Abend lag Ally aber trotzdem ruhelos im Bett und konnte keinen Schlaf finden. Gerne wäre sie wieder aufgestanden und hätte einen Spaziergang gemacht, aber es war schon spät und sie hatte Klara versprochen, sich nicht mehr in Schwierigkeiten zu bringen. Nachts durch die Stadt zu laufen und womöglich Josh oder Crispy wieder über den Weg zu laufen, gehörte aber eindeutig in diese Kategorie. Sie erinnerte sich genau an den Morgen auf dem Deckwerk, als sie mit Klara darüber gesprochen hatte, dennoch schien es eine Ewigkeit her zu sein. Warum scherte sie sich denn überhaupt noch um irgendwelche Versprechen? Sie konnte doch schließlich hier tun und lassen, was sie wollte! Trotz allem blieb sie liegen und zählte die Streifen in ihren Gardinen, bis die endlich in einen unruhigen Schlaf fiel.

Am nächsten Morgen schlief sie bis zum Frühstück und fühlte sich trotzdem noch wie gerädert, als sie sich auf den letzten freien Platz am Tisch fallen ließ, wo sie zu allem Überfluss auch noch neben Laurel saß.

„Erzähl' doch noch ein bisschen von deiner Insel!" Laurels hellwache Augen blitzten sie erwartungsvoll an.

„Lass' mich erst einen Kaffee trinken, sonst hast du einen Wettbewerbsvorteil", stöhnte Ally und rieb sich die Augenlider.

„Was hast du nur wieder heute Nacht getrieben?", fragte Laurel vorwurfsvoll.

„Gar nichts, hab' nur schlecht geschlafen." Noch während Ally sprach, merkte sie, dass ihre Betreuerin ihr sowieso nicht glauben würde, und ärgerte sich darüber. „Was willst du denn über Wangerooge wissen?“, fügte sie deshalb schnell hinzu, um das Thema zu wechseln.

„Einfach alles! Du hast ja schon ein bisschen über das Café und die Landschaft erzählt, aber was ist mit den Leuten?“

„Klara, also Mrs. Klassen, leitet das Hotel”, fing Ally möglichst unverfänglich an.

„Das weiß ich doch! Ist sie denn nett?“

Ally zögerte. Eigentlich war Klara alles andere als nett. Sie war launisch, herrisch und perfektionistisch. Manchmal war sie in sich gekehrt und traurig, dann wieder total witzig und warmherzig. Sie war eine gute Zuhörerin, hatte einen tollen Geschmack und wenn sie Ally in den Arm genommen hatte, hatte es sich angefühlt, als würde sie sie vor der ganzen Welt beschützen. Ally war sich aber sicher, dass sie Laurel nie erklären könnte, was Klara für ein Mensch war. Dass Laurel niemals verstehen würde, dass Klara trotz ihrer Fehler sogar der beste Mensch der Welt war. Und warum auch immer war es Ally verdammt wichtig, dass Laurel kein falsches Bild von ihr bekam. Deswegen antwortete sie nur mit einem Lächeln: „Ja, sie war sehr nett.“

„Schön.“ Laurel schien nicht ganz überzeugt, gab sich aber mit der Antwort zufrieden. „Und weiter?“

Sie war so eine Nervensäge! Aber da Ally dringend vorhatte, ihr heute noch zu entkommen, redete sie einfach auf gut Glück weiter: „Hab‘ ich dir eigentlich schon von Troll erzählt? Das ist der Hund der Klassens. Mit dem hab‘ ich mich von Anfang an super verstanden...“

„Was ist das denn für ein Hund?“, hakte Laurel ein wie die Moderatorin in einer Talkshow.

„Ein Golden Retriever. Nach ein paar Wochen hat er angefangen, in meinem Zimmer zu schlafen…"

„Aber doch wohl nicht etwa im Bett?"

„Ne, auf dem Teppich vor dem Bett. Alles andere hätte Klara gar nicht gefallen. Außerdem ist Troll dafür ja auch viel zu groß." Ally schmunzelte. „Mein Zimmer war übrigens der Hammer. Aus dem Fenster konnte ich über die Dünen bis zum Meer gucken. Ich hab' da ganz oft auf der Fensterbank gesessen und geskypt oder…"

„Mit wem denn gesky…", wollte Laurel sich wieder einschalten, aber Ally ließ sie gar nicht zu Wort kommen: „…auch gelesen. Klara hat mir ein paar von ihren Lieblingsbüchern geliehen und auch sonst haben sich die beiden total viel Mühe gegeben. Auf der Kommode standen Blumen und die Bettwäsche war extra für mich gekauft." In Gedanken wanderte Ally durch das Zimmer mit den weißen Möbeln und hörte fast das leise Knarzen der Holzdielen unter ihren Füßen. „An der Schranktür hab' ich Karten und Fotos aufgehängt. Das gab zuerst ein bisschen Stress, aber dann ist nach und nach eine richtige Sammlung zusammengekommen. Und auf dem Nachtisch steht ein Sonnenglas, da hab' ich Muscheln und sogar ein Stückchen Bernstein drin gesammelt…"

Ally schien in eine andere Welt abgetaucht zu sein und merkte gar nicht, dass sie immer weiterredete. Laurel hob die Hand, um auf sich aufmerksam zu machen. „Zwischenfrage bitte: Was ist denn ein Sonnenglas?"

„Ach, das ist wie ein großes Weckglas mit einem Solarmodul auf dem Deckel. Wenn es dunkel wird, beleuchtet eine LED den Inhalt des Glases. Das sieht total hübsch aus! Das Glas war ein Geschenk von Ralph."

„Einfach so?“

„Ja, er hat mir manchmal was aus Hamburg mitgebracht, dabei hab‘ ich mich sowieso immer gefreut, wenn er am Ende der Woche nach Hause gekommen ist. Ein riesiges, buntes Strandlaken habe ich auch bekommen, weil ich ja immer mit Finn schwimmen war, und den Pulli hier.“ Ally strich beim Sprechen vorsichtig über den türkisfarbenen Sweatstoff ihres Hoodies.

In Laurels Gesicht trat der Ausdruck einer Sozialarbeiterin, die schon zu viel gesehen und gehört hatte. „Ally, sag mal…Mr. Klassen, er ist dir aber nicht…zu nahegetreten? Ich meine, er hat dir teure Geschenke gemacht…“

Ally sah sie irritiert an, dann schüttelte sie vehement mit dem Kopf. „Nein, ganz bestimmt nicht!“ Allein die Vorstellung machte Ally wütend, aber sie brauchte einen Moment, um die richtigen Worte zu finden: „Es war ganz anders… Die beiden haben mich mehr wie eine Tochter behandelt. Ich hab‘ auf jeden Fall manchmal gedacht, wenn ich mir einen Vater aussuchen könnte, wäre er genau wie Ralph.“ Noch während sie sprach, löste sich die Euphorie, die sich beim Erzählen ganz unvermittelt eingestellt hatte, genauso schnell wieder in Luft auf. Stattdessen stieg Traurigkeit in Ally auf und sie stand mit einer lahmen Entschuldigung vom Tisch auf, bevor irgendjemanden ihren Stimmungswandel bemerken konnte.

Ganz gelang ihr das jedoch nicht: Laurel sah ihr mit forschendem Blick hinterher. Das Mädchen hatte sich in den letzten Monaten zweifellos verändert, überlegte sie. Ally war offener und selbstbewusster geworden. Genau das hatte Laurel sich erhofft, dennoch machte sie sich jetzt Sorgen. Auch wenn Ally sich alle Mühe gab, es zu verbergen, fiel

Laurel immer wieder auf, wie sich ihre Laune von einem Moment zum nächsten verdüsterte. Und es ging hier nicht einfach um miese Laune, wie sie ja bei Teenagern häufig vorkam. Nein, es kam ihr mehr wie echte Schwermütigkeit vor, die Ally befallen hatte. Was war nur passiert auf dieser winzigen deutschen Insel, deren Namen Laurel sich kaum merken konnte? Und was hatte Ally eben gesagt? Dass die Klassens sie behandelt hätten wie eine Tochter? Es war doch wohl offensichtlich, dass das Mädchen sich da in etwas hineingesteigert hatte! Dabei war ihr Ally bisher immer so realistisch vorgekommen, manchmal sogar zu realistisch für ihr junges Alter. Während Laurel sich die Portion Porridge stibitzte, die Ally kaum angerührt hatte, nahm sie sich vor, die Sache unbedingt weiter im Auge zu behalten. Es wäre doch gelacht, wenn sie, Laurel Todd, nicht herausbekäme, was mit ihrem Schützling los war.

Währenddessen hatte Ally sich in ihr Zimmer zurückgezogen. Was hatte sie sich nur dabei gedacht? Sie wusste doch, dass es absolut nichts brachte, in irgendwelchen Erinnerungen zu schwelgen! Ein bisschen fahrig schaltete sie ihren Laptop an und kaute ungeduldig an ihrem Daumennagel, bis das Gerät mit aufreizender Langsamkeit diverse Updates installiert hatte. Sie musste sich unbedingt ablenken! Das Praktikum war vorbei, die Insel war für sie Geschichte. Es war bestimmt das Beste, wenn sie sich auf das Hier und Jetzt konzentrierte. Das war es schließlich immer.

Sie öffnete die Liste mit den möglichen Praktikumsbetrieben in der Stadt, bei denen sie sich bewerben wollte oder es sogar in den letzten Tagen schon getan hatte. Auf gut Glück wählte sie eine der Adressen aus, übertrug sie in ihre Briefvorlage und starrte dann auf den zappelnden Cursor auf der sonst noch leeren Seite. Warum wollte sie in diesem Hotel (wie hieß es nochmal?) ein Praktikum machen? Gute Frage! Sie tippte den Namen bei Google ein, vielleicht konnte sie ja irgendwo ein paar Ideen abschreiben. Nach einer gefühlten Ewigkeit setzte sie ihren Namen unter ein ihrer Meinung nach höchstens mittelmäßiges Motivationsschreiben. Aber egal, so musste das jetzt gehen!

Als sie die fertige Bewerbung per E-Mail verschicken wollte, blinkte eine neue Nachricht im Posteingang auf. Eine Einladung zum Vorstellungsgespräch! Ally unterdrückte ein Quietschen und tanzte stattdessen vor Freude durchs Zimmer. Vielleicht würde sie es tatsächlich dieses Mal schaffen, etwas in ihrem Leben richtig zu machen! Aber dafür musste sie dieses Gespräch erstmal überstehen. In ihrer Magengegend meldete sich ein mulmiges Gefühl und Ally griff intuitiv nach ihrem Smartphone. Zum einen war sie unglaublich stolz, dass ihre Bewerbungen anscheinend doch nicht so schlecht gewesen sein konnten, und wollte das unbedingt mit jemandem teilen. Zum anderen hatte sie fürchterliche Angst vor diesem ersten Bewerbungsgespräch ihres Lebens und brauchte jemanden, der ihr sagte, dass sie das bestimmt wunderbar meistern würde. Warum nur waren es aber immer noch ausschließlich Klara und Ralph, mit denen sie jetzt sprechen wollte? Buchstabe für Buchstabe löschte sie die Nachricht wieder, die sie schon zur Hälfte getippt hatte, und zwang sich, sich ins Gedächtnis zu rufen, wie egal sie allen auf dieser Insel war. Dann suchte sie sich die nächste Adresse von ihrer Liste und begann mit grimmigem Eifer mit dem nächsten Anschreiben: *Sehr geehrte Damen und Herren…*

Auch wenn sie es hasste, am Schreibtisch zu sitzen, war es gut etwas zu tun zu haben. Denn die Leere, die sich an dem Tag in Allys Herz ausgebreitet hatte, als sie Klara und Ralph in Idas Haus belauscht hatte, und die sie stumpf und taub gemacht hatte, schrumpfte von Tag zu Tag mehr ins sich zusammen und Ally hatte Angst davor, wem oder was sie Platz machen würde.

Kapitel 26

Wangerooge, November 2018

„Hier müssen wir diesen Winter unbedingt streichen“, meinte Klara, während sie energisch den Tresen mit Möbelpolitur bearbeitete.

„Wir haben das ganze Café erst im letzten Jahr gestrichen“, entgegnete Ralph abwesend. Er hatte seiner Frau den Rücken zugewandt und beobachtete den Strandhafer, der sich vor dem Fenster im Wind bog, als wäre es das Wichtigste auf der ganzen Welt.

„Ich kann die Farbe aber nicht mehr sehen“, murmelte Klara, deren Stimme einen gefährlichen Unterton angenommen hatte. Einen Ton, den Ralph in letzter Zeit häufiger hörte. Sie musterte das dezente Graublau, auf dem die weißen Bilderrahmen mit den maritimen Motiven darin so gut zur Geltung kamen, so kritisch, dass sich sogar die Wand selbst für ihren Anstrich schämen musste.

„Die Farbe ist gut.“ Ralph klang gelangweilt.

Sein Desinteresse machte Klara wahnsinnig. „Es ist aber mein Café, also ist es auch meine Entscheidung.“

„Es ist aber auch mein Geld, das du damit aus dem Fenster schmeißt.“ Ralph hatte sich endlich umgedreht und starrte sie mit zusammengezogenen Brauen grimmig an.

Normalerweise hätte Klara jetzt gelacht und gesagt, er würde aussehen wie ein alter Seebär, aber heute wurde sie einfach nur rasend. „Du denkst echt immer nur ans Geld! Dann verschwinde doch wieder in dein Scheißbüro und verdien‘ dein Scheißgeld!“ Die Anspannung, die sie seit Tagen fest im Griff hatte, ihr Nackenschmerzen bereitete und ihre Nerven zum Flattern brachte, löste sich in Wut auf. Mit angriffslustig blitzenden Augen ging sie auf Ralph zu, als würde sie nur auf die nächste Gelegenheit lauern, noch ein bisschen mehr überschüssige Energie abzubauen. Dieser zuckte aber nur mit den Schultern, pfiff nach Troll und wandte sich ohne ein weiteres Wort zum Gehen.

„Dann hau' doch ab", brüllte Klara ihm nach und warf ihren feuchten Putzlappen in Richtung der geöffneten Tür, wobei sie jedoch nur den unglücklichen Golden Retriever traf.

Troll erhob sich schwerfällig und trottete lustlos seinem Herrchen hinterher. Von draußen schlug ihm feuchtkalte Luft entgegen. Er war doch heute schon Gassi gegangen. Mehrfach! Warum musste er jetzt zum Leistungssportler werden, nur weil seine Dosenöffner sich im Moment ständig zofften?

In Ermangelung von Alternativen ließ Klara ihre Wut am Mobiliar aus und polierte den Tresen, bis sie sich fast in dem dunklen Holz spiegeln konnte. Dann floh auch sie aus dem Haus. Unten am Meer wehte ein schneidender Wind und Klara fror selbst in ihrer gefütterten Wetterjacke schon nach wenigen Minuten. Trotzdem tat es gut, an der frischen Luft zu sein! Sie zählte langsam bis vier, während sie einatmete, und beim Ausatmen bis sieben. Das wiederholte sie elfmal, genau wie es die Atemmediation empfahl. Dabei fixierte sie die graue Nordsee, die heute genauso aufgebracht tobte, wie sie sich fühlte. Ganz langsam beruhigten sich ihr Herzschlag und ihre Nerven, besser ging es ihr trotzdem noch lange nicht. Möwen kreisten über dem Strand und schrien klagend. Direkt neben Klara landete ein Exemplar in der Größe eines Suppenhuhns und musterte sie eindringlich mit ihren klugen, gelben Augen. Klara hatte fast das Gefühl, der Vogel würde sie durchschauen, dabei wusste sie doch eigentlich selbst nicht so genau, was mit ihr los war.

Ja, Ally fehlte ihr. Das war zu erwarten gewesen, schließlich hatten sie den Sommer über jeden einzelnen Tag miteinander verbracht und waren sich dabei sehr nahegekommen. Ganz gegen ihren anfänglichen Willen, wie Klara wieder einfiel. Dass sie das Mädchen jedoch so sehr vermisste, dass es fast weh tat, damit hatte Klara nicht gerechnet. Der Sommer hatte ihr geholfen, sich ihren alten Dämonen zu stellen, dafür schienen sie jetzt neue zu belauern. Es war wie damals: Sie war sich einerseits sicher, das Richtige getan zu haben, andererseits fühlte es sich aber einfach nur falsch an. Wenigstens hatte sie in diesem Fall das Beste für Ally gewollt. Und nicht nur für sich selbst. Ally war jetzt stark genug, in Edinburgh ihren Weg zu gehen. Diesen Gedanken wiederholte Klara, bis er alle anderen in ihrem Kopf betäubt hatte.

Sie wandte sich zum Gehen, drehte sich dann jedoch noch einmal um. „Buh!“ Sie machte einen großen Schritt auf die Möwe zu, die immer noch neben ihr hockte, und wedelte mit den Armen, bis diese sich pikiert kreischend erhob und majestätisch davonsegelte. Als Klara anschließend gegen den Wind zum Hotel zurückstampfte, spürte sie eine Art grimmige Befriedigung, gleichzeitig war ihr ihr Auftritt, der zum Glück unbeobachtet geblieben war, bereits peinlich. Du lässt deine Launen an einem wehrlosen Tier aus, da kannst du ja richtig stolz auf dich sein, dachte sie höhnisch.

Im Flur ihrer Wohnung stieß Klara fast mit ihrem Mann zusammen, der gerade seinen Laptop in seiner ledernen Reisetasche verstaute.

„Wo willst du denn hin?“

„Zurück nach Hamburg“, antwortete Ralph ohne aufzusehen. In mein Scheißbüro, fügte er in Gedanken hinzu.

„Aber du wolltest doch erst morgen fahren!“

„Hab‘ morgen noch einen Termin reinbekommen. Außerdem sind die Straßen sonntags leerer.“ Er schob sich an Klara vorbei, die noch mitten im Flur stand, und angelte seine Jacke von der Garderobe.

„Ja, das kann ich natürlich verstehen“, erwiderte Klara kühl. Kurz trafen sich ihre Blicke und beide wussten, dass sie gerade zu Schauspielern in einem billigen Bühnenstück geworden waren. Für einen Augenblick wollte Klara ihn zurückhalten, dann überlegte sie es sich anders. Ein Teil von ihr wollte zwar, dass Ralph bei ihr blieb, ein anderer wollte aber einfach nur seine Ruhe haben.

„Wir sehen uns dann Freitag.“ Ralph gab ihr einen flüchtigen Kuss und zog den Reißverschluss seines Parkas bis unters Kinn. „Denk dran, dass die Heizung am Dienstag gewartet wird.“

„Ja, klar. Deine Anzüge sind noch in der Reinigung, hol‘ sie doch im Laufe der Woche ab.“

„In Ordnung. Mach’s gut.“ Er schulterte seine Tasche, wobei sein Blick auf der geschlossenen Tür zu Allys Zimmer hängen blieb.

„Du auch.“ Klara lauschte seinen Schritten auf der alten Holztreppe und war erleichtert, als die Haustür hinter ihm ins Schloss fiel.

~

Klara hatte sich vorgenommen, den freien Abend sinnvoll zu nutzen und Schreibkram zu erledigen. Nachdem sie es aber nach einer guten halben Stunde immer noch nicht geschafft hatte, die Stellenanzeige für die nächste Saison auf der Facebook-Seite von Idas Haus hochzuladen, gab sie auf. Sie konnte sich einfach nicht konzentrieren! Sie schenkte sich Wein ein und wanderte mit dem Glas in der Hand ruhelos durch die Wohnung. Der Wind rüttelte an den meerblauen Fensterrahmen, im Haus aber war es fast schon gespenstisch still. Die Hotelzimmer waren an diesem Wochenende leer und nur eine der Ferienwohnungen am anderen Ende des Gebäudes war belegt. Nichts Außergewöhnliches für diese Jahreszeit, in der sich die Insel auf ihren Winterschlaf vorbereitete, aber heute fühlte Klara sich entsetzlich alleine.

Ohne es geplant zu haben, fand sie sich irgendwann vor Allys Zimmertür wieder. Vor der Tür zum Gästezimmer natürlich! Klara zögerte einen Moment, dann drückte sie die Klinge herunter und sah sich in dem Raum um, den seit Allys Abreise weder sie noch Ralph betreten hatten. Überrascht stellte sie fest, dass das Zimmer fast noch bewohnt aussah. Über der Stuhllehne hing das bunte Strandlaken und der Bikini, den sie mit Ally gekauft hatte, die Postkartensammlung klebte am Schrank, auf dem Nachttisch stand das Sonnenglas mit Muscheln und auf der Kommode lehnten einige Fotos neben ihren alten Jungendbüchern: Das Team von Idas Haus am Tag der Jubiläumsfeier, Ally und Ralph auf dem Segelboot, Finn auf seinem Kiteboard, Ally und Klara, ein tropfnasser Troll auf dem Bettvorleger (wie konnte er nur?), Ally, Ralph und Klara beim Italiener im Dorf. Warum hatte sie das nur alles zurückgelassen? Sogar das Bett war ordentlich gemacht.

Dem plötzlichen Impuls folgend, unbedingt etwas tun zu müssen, holte Klara einen großen Karton vom Dachboden und packte jeden Beweis für Allys Zeit auf Wangerooge ein. Sie zog das Bett ab und warf die vertrocknete Orchidee, die natürlich seit Wochen niemand gegossen hatte, in den Müll. Anschließend zerrte die den Karton in den Flur und ließ sich erschöpft aufs Sofa fallen. Sie würde ihn morgen zur Post bringen, um ihn nach Schottland zu schicken.

Sie zappte durchs Fernsehprogramm, aber Ruhe konnte sie immer noch nicht finden. Der Pappkarton schien sie anzustarren. Klara hielt es noch genau neun weitere Minuten im Wohnzimmer aus, dann stürmte sie in den Flur, öffnete den Karton wieder und räumte jedes Teil an genau denselben Platz zurück, an dem es zuvor gelegen hatte. Dabei war sie sehr froh, dass sie allein war, denn sie hätte niemandem erklären können, was sie da tat. Sie wusste es ja selbst nicht! Als sie die Fotos sorgfältig wieder auf der Kommode arrangierte, blieb sie an dem Bild hängen, das Ally und sie zeigte. Es war ein Selfie, das an dem Tag nach dem Unwetter entstanden war, den sie zusammen am Strand verbracht hatten. Allys Gesicht war von der Sonne leicht gerötet und der Wind spielte in ihrem lockigen Haar. Klara hatte den Arm, um ihre Schultern gelegt, und lachte. Sie sahen glücklich aus. Kurzentschlossen nahm Klara dieses eine Foto mit, als sie das Zimmer verließ und die Tür wieder sorgfältig schloss, als wäre nichts passiert.

~

Wie geplant kam Ralph am Freitag nach Hause und Klara freute sich ehrlich ihn zu sehen. „Ich hab‘ die Anzüge in der Reinigung vergessen“, war das erste, was er sagte, nachdem er Jacke und Schuhe ausgezogen hatte.

„Ich war am Dienstag beim Friseur, als der Heizungsmonteur gekommen ist“, entgegnete Klara und sie mussten beide prustend lachen, was verdammt guttat.

„Komm‘, wir feiern unsere Schusseligkeit bei Pasta und Tiramisu.“ Klara streckte Ralph ihre Hand entgegen und er ließ sich bereitwillig wieder aus dem Sessel ziehen, in den er sich hatte fallen lassen.

„Dann zieh‘ ich meine Schuhe wohl gleich wieder an.“

Klara hatte sich seit Wochen nicht mehr so entspannt gefühlt wie an diesem Freitagabend beim Italiener. Nachdem sie sich mit vollgefutterten Mägen auf ihren Fahrrädern gegen den Wind zurück zu Idas Haus gekämpft hatten, fiel sie wohlig erschöpft ins Bett und schlief bis zum nächsten Morgen durch.

„Aufwachen, Liebling!“ Ralph kitzelte sie mit ihren eigenen Haaren an der Nase.

„Warum? Es ist Wochenende!“ Klara versuchte, sich noch einmal umzudrehen, aber Ralph zog ihr die Decke weg.

„Mir ist jetzt aber nach Frühstück im Bett“, erwiderte Ralph und streckte sich.

„Dass du nach gestern Abend überhaupt schon wieder ans Essen denken kannst“, grinste Klara und knuffte ihn in den Bauch, der irgendwo zwischen muskulös und gemütlich genau richtig war. „Aber einen schönen Cappuccino könnte ich auch vertragen.“

„Gute Idee!“ Ralph nickte zustimmend. „Aber ich glaube, du bist dran, ihn zu machen“, fügte er schelmisch hinzu.

„Na gut, ausnahmsweise!“ Klara warf sich einen von Ralphs Pullis über und schlenderte aus dem Zimmer.

Ralph schob gerade die Gardinen im Schlafzimmer zurück, als er ein lautes Scheppern hörte. „Klara? Alles ok?“ Als keine Antwort kam, eilte er in die Küche und fand Klara zusammengekauert und schluchzend auf dem Boden. Um sie herum lagen die verstreuten Scherben von etwas, das wohl mal eine Cappuccino-Tasse gewesen war. „Hast du dir wehgetan?“ Er kniete sich neben seine Frau, um sie auf Schnittwunden zu untersuchen, aber sie schüttelte nur den Kopf. „Ist doch nicht so schlimm! Wir haben so viele Tassen.“ Warum war sie denn nur so aufgelöst?

Klara wusste, dass es albern war, sich wegen ein wenig zerbrochenem Porzellan so aufzuführen, aber sie konnte einfach nicht anders. Es war, als hätte die Traurigkeit, die sich in ihrem Inneren aufgestaut hatte, in dem Moment ein Ventil gefunden, als die Tasse auf den Fliesen zersprang. Sie klammerte sich an Ralph wie eine Ertrinkende und konnte einfach nicht aufhören zu schluchzen.

„Schatz, was ist denn nur mit dir?“, flüsterte dieser hilflos und strich ihr möglichst beruhigend über den Rücken.

„Ich vermisse sie so!“, brach es aus Klara heraus.

Ralph hob sie hoch, trug sie wieder ins Bett und wiegte sie dort in seinen Armen. Dabei schwieg er nachdenklich. Klara hatte endlich ausgesprochen, was schon die ganze Zeit über in seinem Kopf herumspukte. „Es war falsch, Ally gehen zu lassen“, sagte er, als Klara sich beruhigt hatte. „Davon bin ich inzwischen überzeugt.“

„Du hast schon darüber nachgedacht?“ Klaras verweinte Augen blickten ihn überrascht an.

„Natürlich“, erwiderte Ralph sanft. „Ich vermisse sie doch auch!“

„Aber es ist zu spät!“, stellte Klara mutlos fest und wieder traten Tränen in ihre Augen.

„Unsinn, es ist nie zu spät. Das weißt du doch!“

„Aber was sollen wir denn machen?“ Klara wurde erst jetzt klar, wie verzweifelt sie war.

„Wir holen sie zurück!“ Ralph setzte sich unternehmungslustig im Bett auf.

„Aber… wir wissen doch gar nicht, ob sie das überhaupt will.“

„Doch, ich denke, dass wissen wir!“ Ein kleines Lächeln spielte um Ralphs Lippen, als sein Blick auf das Foto aus Allys Zimmer fiel, das jetzt auf Klaras Nachttisch stand.

„Aber wir können doch nicht einfach so nach Schottland fahren!“ In Klaras Stimme lag eine Mischung aus Hoffnung und Panik.

„Warum nicht?“ Ralph grinste jetzt von einem Ohr zum anderen. „Aber wahrscheinlich hast du Recht und wir machen vorher doch besser einen Termin.“

Kapitel 27

Edinburgh, Dezember 2018

Zu vermieten. Das unscheinbare Plakat lugte aus einem mit Zeitungspapier beklebten Schaufenster hervor und wurde fast von einem bunt geschmückten Weihnachtsbaum verdeckt. Ally bemerkte es trotzdem.

Es war ein kalter Tag Anfang Dezember und sie ließ sich gerade ziellos durch das weihnachtliche Edinburgh treiben. Seit Mitte November während der Light Night der große Schalter umgelegt worden war, erhellten Tausende Lichterketten die Stadt und vom großen Weihnachtsmarkt in den Princes Gardens erschallte Kinderlachen. Ally liebte diese Atmosphäre, die vor lauter Festlichkeit, Vorfreude und Gemütlichkeit fast zu explodieren schien. Natürlich glaubte sie schon lange nicht mehr an den Weihnachtsmann und die Festtage in Pflegefamilien oder der Wohngruppe waren für sie schon immer mehr eine Pflichtübung gewesen. Aber diese besondere Stimmung in der Stadt machte für sie Weihnachten aus und sie wollte sie auch in diesem Jahr genießen.

Jetzt wurde ihre ganze Aufmerksamkeit aber erstmal von dem leerstehenden Ladengeschäft beansprucht. Vor ihrer Reise nach Deutschland war hier noch eine kleine Bäckerei gewesen, da war Ally sich ganz sicher. Sie war hier oft in den frühen Morgenstunden vorbeigekommen und hatte beobachtet, wie der Besitzer seine Waren in der Auslage verteilte. Der Duft nach frischgebackenem Brot hatte die ganze Straße erfüllt. Auch wenn sie den Laden nie betreten hatte und natürlich erst recht kein einziges Wort mit dem Bäcker gewechselt hatte, wusste sie doch, dass er ein alter Mann gewesen war. Sein Haar war schütter und sein Rücken bereits leicht gebeugt. Man hatte ihm angesehen, dass er sein Leben lang schwer gearbeitet hatte, aber trotzdem hatte immer ein Lächeln auf seinem Gesicht gelegen, wenn er jedes einzelne Gebäckstück liebevoll mit Zuckerguss überzog. Das Backen war eindeutig seine Leidenschaft gewesen und jetzt hatte er es offensichtlich aufgegeben. Vielleicht war er in den wohlverdienten Ruhestand gegangen. Oder vielleicht war er sogar gestorben. An einem Morgen einfach vor seinem großen Ofen zusammengebrochen, den Schieber noch in der Hand, und nie wieder aufgestanden.

Ally wusste es nicht und sie würde es wohl auch nie erfahren. Sie hatte ihn schließlich gar nicht gekannt. Obwohl sie so viel über diesen Mann wusste, hatte sie ihn nicht gekannt. Das wurde ihr in diesem Moment klar. Und deswegen war es ihr wohl in ihrem tiefsten Inneren auch egal, was aus ihm geworden war. Sie schämte sich dafür, aber sie konnte es nicht ändern, dass sie kein Bedauern empfand, dass es diesen alten Bäcker und seinen Laden nicht mehr gab. Sie hatte einfach keine persönliche Beziehung zu ihm gehabt.

Sie hatte zu niemandem in dieser Stadt eine persönliche Beziehung, fiel es ihr wie Schuppen von den Augen, während sie gedankenverloren weiterging. Höchstens zu Laurel, die sich ihr ja ständig aufdrängte, aber sonst? Fehlanzeige! Das Kastenbrot, die kleine Farm, Daphne. Ally hatte seit ihrer Rückkehr keinerlei Bedürfnis verspürt, diese Menschen wiederzusehen. Denn sie waren einfach nicht wichtig. Seit sie denken konnte, hatte sie geglaubt, dass sie überhaupt nicht in der Lage war, etwas für andere zu empfinden. Sie war sogar stolz darauf gewesen, immer alleine klarzukommen und niemanden sonst zu brauchen. Das war aber lange her. Genau vier Monate Nordsee war das her.

Plötzlich hörte sie Finns Stimme in ihrem Kopf: „Und? Würdest du in der Höhle bleiben wollen?“ Niemand hatte sie das vor ihrem Praktikum gefragt und jetzt war es nicht mehr rückgängig zu machen. Sie hatte ihre Höhle verlassen, hatte sich den salzigen Wind um die Nase wehen lassen und hatte nebenbei gelernt, was es bedeutete, wenn einem jemand wirklich wichtig war. Und wenn man selbst jemandem wichtig war. Sie wusste jetzt, wie es sich anfühlte, Teil einer Familie zu sein, und hatte dieses Gefühl wieder verloren. Das tat weh. Es wäre also doch besser gewesen, sie wäre gleich in der Höhle geblieben, genauso wie sie es damals zu Finn gesagt hatte. Oder nicht?

Ally eilte zurück in die Wohngruppe in der festen Absicht, mit Laurel zu sprechen. Sie hielt diese Unsicherheit einfach nicht mehr aus! Was wäre, wenn? Diese Frage geisterte die ganze Zeit über in ihrem Kopf herum, nagte an ihrem Verstand und ließ sich mit jedem Tag weniger ignorieren. Als sie ihre Betreuerin dann aber in einen Sessel gelümmelt im Gemeinschaftsraum aufgestöbert hatte, zögerte sie doch wieder. Sie hatte doch gerade erst zweifelsfrei festgestellt, dass Wissen pures Gift sein konnte. Wollte sie wirklich alles noch schlimmer machen?

„Dich hätte ich hier ja gar nicht erwartet!“ Laurel hatte sie entdeckt, bevor sie es sich anders überlegen konnte.

„Ach, ich bin nur zufällig vorbeigekommen“, nuschelte Ally undeutlich, während sie sich neben Laurel auf den Boden hockte. Natürlich wusste Laurel, dass das eine Lüge war. Schließlich hatte Ally diesen Raum, dessen einziger Zweck das gesellige Beisammensein war, in der Vergangenheit nur unter Zwang betreten. Gerade war es ihr aber vollkommen egal, was Laurel dachte. Wenn sie jetzt schon mal hier war, wollte sie die Sache schnell hinter sich bringen. „Du, Laurel, du fragst doch ständig, wie ich Wangerooge so fand“, begann sie entschlossen, worauf Laurel sich ihr gleich neugierig zuwandte. „Also, es hat mir gut gefallen. Ich weiß nicht, ob ich das bisher so richtig rübergebracht hab‘. Es hat mir so richtig gut gefallen.“

„Das freut mich.“ Laurel sah sie abwartend an. Sie schien tatsächlich zu merken, dass Ally etwas Wichtiges auf dem Herzen hatte.

Ally holte tief Luft, dann stellte sie die alles entscheidende Frage: „Was wäre, wenn ich gerne zurückwollen würde?“

Für einen kurzen Augenblick starrte Laurel sie mit offenem Mund an, dann schien sie sich daran zu erinnern, dass sie ja eigentlich auf alles eine Antwort wusste. „Wenn du das tatsächlich wollen würdest, könntest du natürlich auch in Deutschland ein weiteres Praktikum machen. Und anschließend eine Ausbildung. Ich gehe davon aus, dass dieses Hotel, in dem du warst, ein Ausbildungsbetrieb ist oder zumindest werden kann. Vorausgesetzt natürlich die Klassens wollen das auch. Bis du volljährig bist, bräuchtest du natürlich auch unsere Zustimmung und irgendjemand, wahrscheinlich ich, würde regelmäßig nach dir sehen. Aber das würde sich regeln lassen. Also rein theoretisch, wenn du das wirklich wollen würdest. Aber das ist bestimmt nur so eine fixe Idee, die vorübergeht, du kannst doch gar nicht ohne diese Stadt…“

Laurel lachte und redete immer weiter, aber Ally hörte nicht mehr zu. Es gab eine Möglichkeit! Mehr musste sie gar nicht wissen. Ohne irgendeine Erklärung erhob sie sich und stürmte aus dem Zimmer. Im Flur hielt sie kurz inne, schnappte sich ihre Jacke und jagte dann weiter aus dem

Haus auf die Straße. Vor ihrem inneren Auge sah sie sich selbst als ausgebildete Hotelkauffrau, wie sie selbstbewusst an der Rezeption von Idas Haus stand. Dann spürte sie wieder den Schmerz, der sie zerfressen hatte, als sie Edinburgh hatte verlassen müssen. Tausend widersprüchliche Gedanken wirbelten in ihrem Kopf herum, sodass ihr ganz schwindelig wurde. Sie drehte sich um die eigene Achse, aber in jeder Richtung stieß sie mit vorbeieilenden Passanten zusammen. Panisch rempelte sie ein Pärchen zur Seite und rannte los.

Normalerweise liebte sie es in der Menge zu schwimmen, plötzlich hatte sie aber das Gefühl darin zu ertrinken. Aus einer Boutique dröhnte elektrische Weihnachtsmusik, die sich mit dem niemals versiegenden Verkehrslärm vermischte. Motoren heulten auf, Kurierfahrer fluchten, Hupen ertönten. Das vielsprachige Gebrabbel von Touristen, die in der Adventszeit in Scharen über die Stadt herfielen, legte sich wie eine Decke, die alles erstickte, über die Straßen. Kopflos eilte Ally weiter. Sie hatte keine Ahnung, wo sie hinwollte, aber Hauptsache weg.

„Achtung! Pass‘ doch auf“, brüllte plötzlich irgendjemand. Bremsen kreischten. Grelles Scheinwerferlicht flammte auf. Wie aus dem Nichts war ein überdimensionaler Bus aufgetaucht. Ein roter Doppeldecker, der den Touristen die Sehenswürdigkeiten zeigte. Jetzt gerade zeigte er ihnen Ally, die wie erstarrt mitten auf der Straße stand.

~

In den Büroräumen war es bereits leicht schummrig. Der Abgeordnete Maxwell Goulding saß im Schein seiner Banker-Lampe mit dem grünen Glasschirm, deren weiches Licht die gediegenen Mahagoni-Möbel und die schweren Vorhänge erhellte. Das dünne Ultrabook auf seinem Schreibtisch stand im krassen Gegensatz sowohl zur Einrichtung als auch zu dem hageren Mann mit der Goldrandbrille und dem Dreiteiler aus kariertem Tweet. Trotzdem schien er das Gerät virtuos zu bedienen, während seine langen Finger fast in Lichtgeschwindigkeit über die Tastatur flogen. Jetzt stoppten sie aber abrupt und schwebten unschlüssig in der Luft.

Goulding schürzte nachdenklich die Lippen und las die fragliche E-Mail noch einmal Wort für Wort. Das Ganze ging ihn überhaupt nichts an! Einerseits. Andererseits aber… Er ging zum Wandschrank hinüber, um sich aus einer geschliffenen Kristallkaraffe großzügig Whisky einzuschenken. Mit dem Glas in der Hand trat er ans Fenster, das zum Park hinausging. Kahl und verlassen lag The Meadows heute im winterlichen Dämmerlicht da. Andererseits hatte er, Maxwell Goulding, diesen Stein ins Rollen gebracht. Jetzt wollte er auch sehen, welchen Weg er eingeschlagen hatte. Schließlich war er es gewesen, dem diese kleine, rothaarige Hexe mit den tiefgründigen Augen mitten in der Nacht begegnet war. Und es waren seine guten Kontakte zu diesem deutschen Unternehmensberater gewesen, die ihr das Praktikum in dem Hotel von dessen Gattin verschafft hatten. Allen Prozessen und Dienstwegen zum Trotz.

Genau dieser Mann hatte ihm jetzt geschrieben. Ralph Klassen und seine Frau suchten nach Wegen für Allison zu ihnen zurückzukehren und baten um seine Unterstützung bei diesem Vorhaben. Der romantisch-idealistische Teil von ihm sah eine glückliche Familie in Dirndl und Lederhose vor sich (trug man das in diesem Teil Deutschlands überhaupt?). Vielleicht hatte Mrs. Klassen aber auch Gefallen an einer billigen Arbeitskraft gefunden, die sie herumkommandieren konnte. Oder Schlimmeres. Schließlich kannte er diesen

Klassen eigentlich gar nicht, deswegen war alles möglich. Lediglich ein paar Whiskys hatte er mit ihm getrunken. Bedächtig schwenkte er sein Glas mit der bernsteinfarbenen Flüssigkeit. Aber er war nun mal ein romantischer Typ, auch wenn ihm das wohl niemand zutraute. Er würde also die Möglichkeit eines Happyends zumindest in Erwägung ziehen und sich die Geschichte dieser Menschen anhören.

Dafür musste er sich allerdings wieder in die Arbeit der hiesigen Jugendbehörde einmischen. Er nahm einen weiteren Schluck Whisky und lachte leise vor sich hin. Eigentlich störte ihn das nicht im Geringsten. Maxwell Goulding mischte sich für sein Leben gern ein. Er war schon immer ein Puppenspieler gewesen, der mit seinen schlanken Händen unsichtbare Fäden zog.

Und jetzt war er wieder im Spiel.

~

Ally hörte die Bremsen quietschen und sah den roten Doppeldecker direkt auf sich zukommen. Sie schloss die Augen und wartete auf den Aufprall. Aber es geschah nichts.

Immer noch mit geschlossenen Augen bewegte sie vorsichtig Arme und Beine, um festzustellen, ob tatsächlich nichts gebrochen war. Sie öffnete das linke Auge einen Spalt weit und wurde von einem gleißend hellen Licht geblendet. War das so, wenn man tot war? Sie öffnete das zweite Auge und blinzelte ein paar Mal. Das gleißende Licht schrumpfte zu dem Lichtkegel eines Scheinwerfers zusammen und Ally erkannte, dass der Bus keine zwei Meter von ihr entfernt zum Stehen gekommen war. Hinter der Frontscheibe erkannte sie den Fahrer, der wütend mit den Armen gestikulierte. Neben ihm drängte sich eine Gruppe Japaner und beobachtete sie neugierig. Einige machten Fotos.

Endlich schaffte Ally es, sich in Bewegung zu setzen und taumelte von der Straße. Ihr Herz raste und sie zitterte am ganzen Körper. Wenigstens schien der Schock eine Art Notfallroutine in ihrem Kopf in Gang gesetzt zu haben und sie konnte wieder einen klaren Gedanken fassen. Sie wusste jetzt, dass es so nicht weiter gehen konnte. Sie wusste, dass sie nicht länger ignorieren konnte, dass sie unglücklich war. Denn sie war unglücklich, das stand inzwischen wohl fest. Sie wusste auch, dass sie eine Lösung finden musste, aber genau das schien ihr gerade einfach unmöglich. Der Straßenlärm, der ihr seit je her so vertraut gewesen war wie ihr eigener Herzschlag, dröhnte heute in ihrem Kopf und drohte, ihr Denkvermögen erneut zu betäuben. Ehe ihr der Gedanke, den sie eben so mühsam zu fassen bekommen hatte, wieder entwischen konnte, orientierte sie sich und schlug dann den Weg zur nächsten Bushaltestelle ein. Der Lärm, der Verkehr, die Menschen, die hohen Gebäude, es war alles zu viel. Zu viel, zu laut, zu voll, zu erdrückend. Sie musste hier weg!

Eine halbe Stunde später hielt der Bus an der Haltestelle Portobello Town Hall und Ally stieg als einziger Fahrgast aus. In diesem Stadtteil abseits der Innenstadt war sie noch nie gewesen und es dämmerte bereits. Nachdem sie sich kurz umgesehen hatte, wandte sie sich aber von der Hauptstraße ab und eilte zielstrebig eine der Straßen, die rechtwinklig von dieser abzweigten, hinab. Mit jedem Schritt wurde der kalte Wind, der ihr entgegenkam, stärker und Ally wusste, dass sie richtig ging. Wenige Minuten später kletterte sie über ein flaches, schmiedeeisernes Geländer und landete in weichem Sand. Portobello Beach. Sie überquerte den schmalen Strand und blieb erst stehen, als sie den Spülsaum erreicht hatte.

Das Meer hier war ganz anders als das, das sie auf Wangerooge kennen gelernt hatte. Sie hatte in Geografie gut genug aufgepasst, um zu wissen, dass beides die Nordsee war, aber trotzdem war es hier anders. Der Sand, unter Allys Schuhen, hatte eine andere Farbe und eine andere Körnung und am Horizont konnte sie das gegenüberliegende Ufer des Firth of Forth ausmachen. Selbst die Weite war hier begrenzt. Ally fröstelte und strich ihre feuchten Locken nach hinten, die der Wind immer wieder in ihr Gesicht blies. Trotzdem tat es gut, hier zu stehen. Die kalte Luft kühlte ihre erhitzten Wangen und die nächsten Menschen, vereinzelte, verloren wirkende Spaziergänger mit Hunden, waren bestimmt hundert Meter entfernt. Gleichmäßig rollten kleine Wellen an den Strand.

Ally atmete tief durch. Seit die Stadt um sie herum verstummt war, konnte sie ihre Gedanken wieder hören. Jetzt gab es keine Ausreden mehr! Genau jetzt musste sie sich mit nichts Geringerem als ihrer Zukunft auseinandersetzen. Was tat Klara immer, wenn sie nicht weiterwusste? Sie ging ans Meer. Ok, das hatte Ally schon mal erledigt. Und jetzt? „Klara, was soll ich machen?“ Ally erschrak, als ihr bewusst wurde, dass sie die Frage laut ausgesprochen hatte. Zum Glück konnte sie hier niemand hören! Noch mehr erschreckte es sie aber, dass ihr dieser Gedanken überhaupt gekommen war. Egal wie sehr sie sich auch bemühte, sie bekam die vergangenen vier Monate einfach nicht aus ihrem Kopf. Trotzdem wünschte sie sich in diesem Moment einfach nur eine Antwort, die natürlich nicht kam. Also starrte Ally weiter auf das graue Wasser, das im Takt der Wellen rhythmisch hin- und herwogte. Sie musste Ordnung in ihrem Kopf schaffen! Wieder atmete sie tief ein und aus.

Was waren die Fakten? Sie war in Edinburgh geboren und hatte die Stadt nie verlassen. Im Sommer hatte sie ein Praktikum in einem Hotel auf einer deutschen Nordseeinsel absolviert. Jetzt war sie wieder in Schottland. Das war nicht viel. Aber so weit, so gut.

Was wusste sie sonst noch? Sie hatte keine Lust mehr, alles Komplizierte in ihrem Leben auszublenden, nur um damit klarzukommen. Obwohl sie diese Taktik die letzten sechszehn Jahre perfektioniert hatte, war sie sich in diesem Punkt jetzt so sicher, wie sie nicht von einem roten Doppeldecker überfahren werden wollte. Und was noch? Ally horchte in sich hinein. Sie liebte Edinburgh, hatte die Stadt schon immer geliebt. Hier war ihr Zuhause. Sie mochte die alten Gebäude, die verwinkelten Gassen und die augenzwinkernde Mentalität der Schotten. Aber sie hatte auch Wangerooge lieben gelernt. Die Kraft und Schönheit der Nordseelandschaft hatten sie in ihren Bann gezogen. Ihr gefiel die Überschaubarkeit der Insel und die Vertrautheit der Inselgemeinschaft, in der jeder jeden kannte. Vor allem aber mochte sie ihre Freunde dort. Finn. Stina. Ewa. Nils. Und Klara und Ralph. Sie hatte die beiden so liebgewonnen und sie waren für sie so wichtig geworden, wie sie es nie für möglich gehalten hatte. Sie hatte alles versucht, das zu verhindern oder rückgängig zu machen, aber es ging einfach nicht.

Ally hielt einen Moment inne. Es gab also zwei Orte auf dieser Welt, die sie liebte und an denen sie sich zu Hause fühlte. Sie würde also von jetzt an immer mit Heimweh leben müssen. Wie ermutigend! Aber nur an einem dieser Orte gab es Menschen, die ihr etwas bedeuteten und die sie vermisste.

Aber dort wollte sie niemand! Der Gedanke traf Ally so hart, dass sie zur Seite taumelte und in eine Pfütze trat. Eiskaltes Wasser drang in ihren Schuh. „Scheiße!“, brüllte sie gegen den Wind an, bis ihr der Hals weh tat. Das hätte sie sich noch vor einem halben Jahr niemals getraut. Was wenn sie jemand gehört hätte? Heute wusste Ally, dass es manchmal Wichtigeres gab, als nicht aufzufallen. Wie so vieles andere hatte sie auch diese Einstellung auf Wangerooge gelernt. Aber was brachte das alles schon? Es wollte sie ja dort keiner! Vor ihrem inneren Auge wurde dieser verdammte Tag wieder lebendig, an dem Klara und Ralph beschlossen hatten, dass es besser war, wenn sie nach Edinburgh zurückkehrte. Jedes einzelne Wort der Unterhaltung war in ihrem Kopf abgespeichert und tat noch genauso weh wie in dem Moment, in dem sie sie das erste Mal gehört hatte. Sie meinte wieder die Kälte in Klaras Stimme zu spüren und fühlte Trolls warmes Fell unter ihren Händen. Sie sah sich selbst in ihrem Zimmer sitzen und…

Nichts und. Ally hatte einfach dort gesessen und gelauscht. Sie war nicht aufgestanden, um den beiden zu sagen, dass sie sich irrten. Dass sie, Ally Christie, bleiben wollte. Ihre Wut und ihre Enttäuschung wichen aus ihrem Körper wie Luft aus einem Ballon. Plötzlich vollkommen kraftlos ließ sie sich in den nassen Sand fallen. Sie hatte nichts gesagt! Sie hatte nicht gesagt, dass sie bleiben wollte. Sie hatte Klara zum Abschied nicht gesagt, wie lieb sie sie hatte, und sie hatte keinem der beiden auch nur eine WhatsApp geschrieben, dass sie sie vermisste. Genauso wenig wie sie in dieser Nacht in der Gasse gesagt hatte, dass sie diesen Storch nicht überfallen wollte. Immer überließ sie anderen die Entscheidung! Warum fiel ihr das bloß erst jetzt auf?

Als kalte Feuchtigkeit durch ihre Hose drang, rappelte Ally sich auf. Es sah ganz so aus, als hätte sie das Chaos in ihrem Kopf entwirrt. Aber was machte sie nun mit den Erkenntnissen, die jetzt zusammengefaltet und auf ordentlichen Stapeln lagen? Dieses Mal, dieses eine Mal, wollte nämlich sie es sein, die die Initiative ergriff. Es war ihr Leben, sie traf die Entscheidungen. Aber was konnte sie tun?

Ally kehrte zur Bushaltestelle zurück und fuhr wieder ins Stadtzentrum. In einem kleinen Souvenirshop kaufte sie eine kitschige Postkarte, die das weihnachtlich geschmückte Edinburgh zeigte. Noch im Laden lieh sie sich einen Kugelschreiber, rieb ihre inzwischen vor Kälte steifen Finger und begann zögerlich zu schreiben: *Liebe Klara, lieber Ralph! Ich bin gut in Edinburgh ankommen und freue mich sehr wieder hier zu sein. Gerade zu Weihnachten es ist hier sehr schön. Aber ich bin auch traurig dass ich nicht mehr auf Wangerooge sein kann, denn es hat mir bei euch sehr gut gefallen. Ich vermisse euch!!! Eure Ally*

Es war schwieriger, als Ally gedacht hatte, ihre Gedanken, die vielleicht ihr Leben verändern würden, auf die wenigen Quadratzentimeter einer Postkarte zu quetschen. Noch dazu fiel es ihr schwer, auf Deutsch die richtigen Worte zu finden, und bestimmt machte sie grammatikalische Fehler. Am Ende war ihre Nachricht kurz, vereinfacht, irgendwie oberflächlich und ganz und gar nicht so, wie sie es sich vorgestellt hatte. Aber so musste es jetzt gehen!

Auf dem Weg zurück in die Wohngruppe warf sie die Karte in den nächsten Briefkasten und hatte das Gefühl, dass mit dem kleinen Stück Pappe auch eine Last von ihr ab und in den roten, verschnörkelten Behälter fiel. Mit einem Mal fühlte sie sich weniger hilflos und weniger ausgeliefert. Für Außenstehende musste die Aktion ziemlich lächerlich und nichtig aussehen. Aber für Ally, die das erste Mal in ihrem Leben einen ersten Schritt machte, war es ein Wendepunkt. Sie konnte nicht sagen warum, aber sie wusste, dass sich etwas ändern würde.

Dass genau zu diesem Zeitpunkt ein anderer genau dafür sorgte, wusste sie jedoch noch nicht.

Kapitel 28

Edinburgh, Dezember 2018

Muriel Mackenzie räusperte sich vernehmlich. Als rechte Hand des Abgeordneten Goulding wachte sie eifersüchtig über seinen Terminkalender und konnte es nicht im Geringsten leiden, wenn ihr jemand ins Handwerk fuschte. Noch nicht einmal, wenn es ihr Chef selbst war. Sie räusperte sich erneut und endlich sah Goulding von den Papieren, die er gerade studierte, auf: „Was gibt es denn?"

„Sie haben für morgen um 8:30 Uhr einen Termin eingetragen. Das war doch bestimmt ein Versehen?", erkundigte sich Muriel so höflich, wie es ihre Verstimmung nur zuließ. Hier konnte doch schließlich nicht jeder frei über seine eigene Zeit verfügen! Wo kamen sie denn da hin?

„Nein, natürlich nicht, meine Liebe." Goulding lächelte vollkommen gelassen.

„Darf ich dann zumindest notieren, um was für einen Termin es sich handelt?"

„Eine private Angelegenheit." Goulding wollte sich wieder seiner Arbeit zuwenden, aber er hatte offensichtlich einen wunden Punkt bei seiner Assistentin getroffen.

„Eine private Angelegenheit? Mr. Goulding, wie lange arbeite ich jetzt schon für Sie? Sechs Jahre! Gab es in dieser ganzen Zeit auch nur eine einzige Sache, die ich nicht für mich behalten hätte? Nein, gab es nicht! Ich bin die diskreteste Person, die ich kenne! Wie kommen Sie nur darauf, dass Sie mir diese private Angelegenheit nicht anvertrauen können?" Muriels Stimme wurde mit jedem Wort schriller.

Goulding hatte abwehrend die Hände gehoben. „Ich ergebe mich! Ich hatte nur den bescheidenen Wunsch, jegliche

Diskussion zu vermeiden, um mich auf diesen äußerst wichtigen Schriftsatz zu konzentrieren. Aber Wünsche erfüllen sich ja bekanntlich selten."

Muriel sah ihn irritiert an, was bei Goulding ein amüsiertes Schmunzeln auslöste. „Ich wollte sagen, dass ich es Ihnen auch erzählen kann, wenn ich mich sowieso schon mit Ihnen herumstreiten muss", fügte er erklärend hinzu. „Morgen treffe ich Mr. Klassen und seine Gattin. Er ist ein Bekannter, der sich dafür interessiert, einen Schützling unserer Jugendbehörde in seine Obhut zu nehmen."

„Aha." Wenn sie ehrlich war, verstand Muriel nur Bahnhof, wollte das aber auf keinen Fall zugeben. „Klassen, woher kommt denn der Name?", hakte sie deswegen nur beiläufig nach.

„Ach, das weiß ich gar nicht genau", antwortete Goulding. „Aber die Klassens kommen aus Norddeutschland", fügte er nach einer Kunstpause hinzu. Inzwischen hatte er Gefallen daran gefunden, seine Assistentin zu necken, Schriftsatz hin oder her.

„Dann wollen die beiden doch bestimmt in Ruhe im Hotel frühstücken. Ich werde den Termin mit dieser Sozialarbeiterin", Muriel warf einen raschen Blick auf den Terminplan, „Laurel Todd, den Sie ja scheinbar auch eigenmächtig vereinbart haben, auf übermorgen verschieben, damit das Ehepaar Klassen erst um 10:00 Uhr kommen muss." Sie nickte zufrieden.

„Nein, das werden Sie nicht. Die Klassens sind nicht zum Frühstücken in der Stadt und Ms. Todd kommt um 10:00 Uhr und zwar morgen", stellte Goulding klar.

„Aber… aber dann verschiebe ich das Treffen mit Ms. Todd nach hinten." Muriel gab nicht auf, die Kontrolle über den Terminkalender zurückzugewinnen.

„Nein. Nach dem Treffen gehe ich zum Lunch und nachmittags lausche ich dem Weihnachtskonzert meiner Enkelin."

„Wie reizend!"

„Nein, es wird bestimmt scheußlich. Die Aula der Schule ist zugig, die Angehörigen werden sich vor geheuchelter Begeisterung über die süßen Kleinen überschlagen und meine Lucy sieht in ihrem Engelskostüm aus wie ein Baiser."

„Oh."

„Und deswegen, meine liebe Ms. Mackenzie, ist der Zeitplan für morgen perfekt, so wie er ist."

„Ja, hätte ich selbst nicht besser machen können", erwiderte Muriel steif.

„Und wenn Sie morgen früh bitte Kaffee und Gebäck bereitstellen? Vielen Dank." Goulding wandte sich endgültig wieder seinem Schreibtisch zu. Die Unterhaltung war beendet.

„Selbstverständlich, Sir." Muriel stöckelte aus dem Büro und schloss die Tür nachdrücklich hinter sich. Dafür war sie natürlich wieder gut genug!

~

„Ally, aufwachen!" Laurel trommelte mit den Fäusten gegen die Zimmertür. Schlaftrunken tastete die Angeredete nach ihrem Handy und sah auf die Uhr. Was wollte Laurel von ihr? Ihr neues Praktikum fing erst in der nächsten Woche an, da konnte sie doch wohl jetzt noch ausschlafen! Laurel fing an, am Türgriff zu rütteln.

„Ally! Warum musst du auch immer abschließen?“ Genau deswegen, dachte diese entnervt. Damit du nicht reinkommst!

„Warte, ich bin gleich da“, rief Ally zurück und rieb sich die Augen. Da sie mal wieder die halbe Nacht wachgelegen hatte, war sie noch hundemüde. Sie schlüpfte ohne Eile in Jeans und Pulli, bevor sie Laurel endlich öffnete. „Was willst du?“, stöhnte sie und konnte ein Gähnen nicht unterdrücken.

„Du hast einen wichtigen Termin. Wir haben einen wichtigen Termin!“, flüsterte Laurel aufgeregt und überhaupt nicht leise.

„Was? Ich hab‘ heute überhaupt keinen Termin. Du hast dich bestimmt vertan.“ Ally war drauf und dran die Tür wieder zu schließen und auf direktem Weg wieder ins Bett zu gehen, aber Laurel hatte sich bereits ins Zimmer gedrängt.

„Doch, wir haben einen Termin. Heute um 10:00 Uhr. Ich weiß es auch erst, seit Mr. Goulding vor fünf Minuten angerufen hat. Weiß der Himmel, warum er uns das nicht früher mitteilen konnte.“ Laurel lief hektisch durch den Raum und inspizierte Allys Garderobe. „Du musst dir was anderes anziehen! Irgendwas… Annehmbares.“

Ally aber hörte ihr gar nicht zu. Goulding? Der Storch? Was wollte der denn noch von ihr? Sie war doch nach Deutschland gegangen und hatte damit seine Bedingung erfüllt. Oder hatte er es sich etwa anders überlegt und wollte sie doch noch anzeigen? Ging das überhaupt mehr als ein halbes Jahr später noch? Panik stieg in ihr auf. Laurel hatte inzwischen ihre gute, schwarze Jeans und eine weiße Bluse mit kleinen schwarzen Pünktchen herausgesucht, die Ally noch auf Wangerooge gekauft hatte. Sie war ziemlich edel, aber Klara hatte darauf bestanden, dass Ally sie nahm. „Damit du dich auch gut fühlst, wenn du zu einem Vorstellungsgespräch eingeladen wirst“, hatte sie gesagt. Leider war Ally sich absolut sicher, dass sie sich auch mit dieser Bluse heute nicht gut fühlen würde. Was wollte Goulding bloß von ihr?

Eine halbe Stunde und eine hinuntergewürgte Portion Porridge später saßen Ally und Laurel im Bus. Obwohl die Adresse, die Goulding genannt hatte und an der sich anscheinend sein Büro befand, nur wenige Straße entfernt war, lud der nasskalte Dezembertag nicht zum Zufußgehen ein. Ganz untypischerweise hatte Laurel bereits seit mehreren Minuten nichts mehr gesagt. Ally sah sie von der Seite an und bemerkte, dass ihre Betreuerin nervös an ihrem Daumennagel kaute. Dabei ging es hier doch gar nicht um sie! Oder doch? Ally fiel wieder ein, wie sehr Laurel ihren Job liebte. Sie lebte regelrecht dafür. Wenn Goulding jetzt auf die Idee käme, dass sie in Bezug auf Ally irgendetwas falsch gemacht hatte, konnte er sicherlich dafür sorgen, dass sie ihren Job verlor. Vor diesem Hintergrund betrachtet, hatte doch auch Laurel einiges zu verlieren. Plötzlich tat sie Ally leid. Kurzentschlossen legte sie ihr vorsichtig die Hand auf den Arm und versuchte ihr aufmunternd zuzulächeln. Laurel sah sie überrascht, aber auch irgendwie dankbar an. Bevor den beiden die ungewohnte Situation dann doch wieder unangenehm werden konnte, mussten sie schon aussteigen.

Goulding residierte in einem georgianischen Stadthaus direkt am Park, das sich zwischen verglasten Neubauten behauptet hatte. Laurel betätigte die Klingel und kurz darauf verkündete das Summen der Haustür, dass sie eintreten durften. Im zweiten Stock stand eine recht farblose Frau mittleren Alters in einer geöffneten Tür und sah ihnen neugierig entgegen. „Guten Tag! Ich bin Muriel Mackenzie, die Assistentin von Mr. Goulding, und Sie müssen Laurel Todd sein.“ Sie gab Laurel die Hand. „Und du bist dann sicher die kleine Allison“, fügte sie hinzu und tätschelte Ally die Schulter. Reflexartig wich Ally zurück und suchte den schummerigen Flur nach dem Kleinkind ab, mit dem diese Frau gerade gesprochen hatte. „Mr. Goulding ist noch wenige Minuten beschäftigt, bitte gedulden Sie sich noch kurz.“ Damit machte Muriel Mackenzie ihnen die Tür vor der Nase zu und Laurel und Ally blieben ziemlich verdattert im Flur zurück. Mit ihrem steifen Kostüm, dem strengen Dutt und dem akkuraten Make-Up war diese Frau Ally von Anfang an unsympathisch gewesen!

~

Als er wieder allein war, lehnte Maxwell Goulding sich in seinem Ledersessel zurück und ließ seinen Blick aus dem Fenster schweifen. Er musste nachdenken.

Das Gespräch mit Ralph und Klara Klassen war angenehm, offen und wie ihm schien ehrlich verlaufen. Ralph war noch ganz der Mann, den er einst auf der Spendengala kennen gelernt hatte. Auf eine lockere und entspannte Art strahlte er Autorität aus, war redegewandt und humorvoll. Besonders gefielen Goulding die kleinen Lachfältchen um seine Augen herum. Seine Ehefrau Klara war eine außergewöhnliche Erscheinung, deren Schönheit selbst ihm fast den Atem verschlug. Mit kühler Strenge schien sie andere auf Distanz halten zu wollen. In ihren Augen (den blauesten Augen, die Goulding jemals gesehen hatte) lag etwas Geheimnisvolles, das ihn sofort faszinierte. Aber reichte umwerfende Schönheit, um sich um das Mädchen zu kümmern?

Ralph Klassen erzählte warmherzig und mit Begeisterung von Allisons Praktikum an der Nordsee. Von einem Sommerfest, von Segelausflügen, von Allys Freundschaft zu einem jungen Surfer und ihren Fortschritten im Umgang mit den Hotelgästen. Seine Gattin war kritischer, berichtete auch von den Schwierigkeiten, die ihnen Allys Schüchternheit anfangs bereitet hatte. Aber auch aus ihren Worten sprach große Zuneigung für das Mädchen und der Wunsch, sie bei sich zu haben.

Nachdem Goulding ihnen bezüglich ihrer Absichten (die tatsächlich nur die besten zu sein schienen) auf den Zahn gefühlt hatte, gingen sie die verschiedenen Möglichkeiten durch, die er jetzt noch einmal Revue passieren ließ. Die beste Lösung schien ihm die folgende zu sein: Allison würde bei den Klassens leben, die sie bestmöglich auf eine Ausbildung in ihrem Hotel vorbereiten würden. Diese würde im nächsten Sommer beginnen. Die Berufsschule würde Allison blockweise am Festland besuchen. Die Jugendbehörde würde ihren Auslandsaufenthalt bewilligen und überwachen und schon in eineinhalb Jahren wäre sie dann sowieso volljährig. Ralph und Klara schienen das Mädchen zu vergöttern und verfügten zudem über die Mittel, sie gut zu versorgen. Ja, so könnte es laufen.

Am Ende des Gesprächs hatte er den Klassens versprochen, die Angelegenheit zu prüfen und sie gebeten noch kurz bei seiner Assistentin zu warten. Um Formalitäten zu klären oder was auch immer. Zumindest schien es überzeugend gewesen zu sein, denn die beiden waren Ms. Mackenzie bereitwillig in die kleine Teeküche gefolgt. Jetzt konnte er nur noch hoffen, dass seine nächsten Gäste sich nicht verspäteten und seine teure Muriel Mackenzie es nicht noch irgendwie vermasselte.

~

Bevor sich ihre Nervosität ins Unermessliche steigern konnte, hörte Ally Stimmen und Schritte auf der anderen Seite der Tür und kurz darauf erschien Ms. Mackenzie wieder. „Kommen Sie bitte. Mr. Goulding erwartet Sie.“ Sie folgten ihr durch ein Vorzimmer mit einem einladenden Wartebereich (es war bestimmt kein gutes Zeichen, dass sie hatten im Flur bleiben müssen!) und Ally fiel auf, dass Muriel pflaumenfarbene High Heels in Kroko-Optik trug. Die Schuhe wirkten wie eine stille Rebellion gegen ihr sonst so makelloses Image der perfekten Sekretärin. Leider erschwerten sie ihr aber auch das Laufen so erheblich, dass ihr recht molliges Hinterteil bei jedem Schritt einen ziemlich uneleganten Hüpfer machte.

Muriel führte Ally und Laurel in ein großes Büro, dessen schwere Mahagoni-Möbel den Raum so dunkel erscheinen ließen, dass selbst am Vormittag Licht brannte. Maxwell Goulding stand hinter seinem überdimensionalen Schreibtisch und begrüßte sie mit einem freundlichen Lächeln. Fast hatte Ally das Gefühl, in seinen Augen eine gewisse Belustigung aufblitzen zu sehen. Wie aber auch bei ihrer letzten Begegnung war sie von seiner würdevollen Erscheinung viel zu eingeschüchtert, um den Gedanken weiter zu verfolgen.

„Ich freue mich, dass ihr beide hier seid“, begann Goulding überschwänglich und wandte sich dann sofort an Ally: „Gut siehst du aus, Ms. Allison.“

„Danke“, hauchte Ally tonlos, während sie und Laurel sich Goulding gegenüber in zwei weiche Plüschsessel sinken ließen.

„Du fragst dich bestimmt, warum du heute hier bist, aber der Grund für meine Einladung ist ein ganz einfacher“, begann Goulding und Ally musste sich trotz ihrer Panik ein Grinsen verkneifen. Das nannte er Einladung? „Ich bin schlicht und einfach neugierig, wie es dir während deines Praktikums in Deutschland ergangen ist“, sprach Goulding unbeirrt weiter. „Denn immerhin hatte ich ja beträchtlichen Anteil daran.“

„Es hat mir sehr gut gefallen. Die Klassens haben sich sehr gut um mich gekümmert und ich glaube, ich habe mich auch ein bisschen weiterentwickelt“, antwortete Ally. Sie sprach schnell und leise, aber immerhin kamen vollständige Sätze aus ihrem Mund. Davon ermutigt wagte sie zum ersten Mal Goulding anzusehen, als sie hinzufügte: „Vielen Dank, dass Sie mir das Praktikum ermöglicht haben, Mr. Goulding. Es war eine tolle Zeit.“

Der Abgeordnete nickte zufrieden. Dann fragte er sie nach ihren Plänen für die Zukunft, worauf Ally ihm höflich, aber ohne erkennbare Begeisterung von ihrer Zusage für ein weiteres Praktikum in einer Pension in der Old Town berichtete. Wieder nickte Goulding und wieder wirkte es hochzufrieden. „Auf Grund deiner guten Erfahrungen würde natürlich auch eine Ausbildung im Ausland in Frage kommen“, bemerkte er beiläufig. „Vielleicht könntest du sogar auf diese Insel zurückkehren. Was meinen Sie dazu, Ms. Todd?“

Ally zuckte kaum merklich zusammen. Hatte er das gerade wirklich gesagt? Wie kam er darauf? War das nur ein spontaner Einfall? Hatte er etwa heimlich ihre Postkarte aus dem Briefkasten geangelt? Oder hatte er vielleicht mit Ralph und Klara gesprochen? Nein, das bestimmt nicht…

In ihre Gedanken hinein räusperte Laurel sich umständlich, als suchte sie nach den richtigen Worten für eine Antwort. Ally warf ihr einen flehenden Blick zu. „Ich halte das für einen interessanten Vorschlag", sagte Laurel diplomatisch, „aber ich denke nicht, dass das in Allys Fall eine gute Idee ist. Sie ist noch nicht volljährig, sodass sie weiterhin unter der Aufsicht der Jugendbehörde stehen müsste. Außerdem können wir ja gar nicht beurteilen, ob das Ehepaar Klassen überhaupt die Möglichkeiten hat, Ally gewissenhaft auszubilden. Geschweige denn, ob sie Interesse daran hätten…"

Enttäuschung stieg in Ally auf. Alles, was während ihres Gesprächs im Gemeinschaftsraum der Wohngruppe noch einfach machbar geklungen hatte, schien auf einmal ein Problem zu sein. Warum wollte Laurel denn nicht, dass sie nach Wangerooge zurückging? Hatte sie sie mal wieder falsch verstanden? Plötzlich hörte Ally wieder Finns Stimme in ihrem Kopf: „Im Leben muss das Verhältnis aus Zufall und eigenen Entscheidungen stimmen." Irgendwo in ihrem Verstand machte es so laut „Klick", dass die anderen es bestimmt hören konnten. Wollte sie ihre Zukunft wirklich dem Zufall in Gestalt von Laurel Todd, die immer alles besser wissen wollte, überlassen? Ally holte tief Luft und unterbrach diese mitten im Satz: „Laurel, warte. Es geht doch hier um mich und meine Zukunft. Ich finde, dann sollte ich auch sagen dürfen, was ich davon halte."

Sowohl Laurel als auch Goulding sahen sie an wie ein Bakterium unter dem Mikroskop. Ihre Betreuerin wirkte total überrumpelt, im Blick des Abgeordneten aber lag Neugier und so etwas, das Ally fast wie Stolz vorkam. „Nun, Ms. Allison", erwiderte Goulding mit einem Lächeln, „in diesem

Punkt kann ich dir nur zustimmen. Wie sieht es also aus? Möchtest du nach Wangerooge zurückkehren?"

Kurz wunderte Ally sich darüber, wie real diese Möglichkeit bei ihm klang. Dann wurde ihr klar, dass dies einer der Momente im Leben war, in denen sie allein es in der Hand hatte. Hier und jetzt in diesem vertäfelten Büro mit der grünen Schreibtischlampe an einem grauen Dezembertag. Es war ein Moment wie damals in der Gasse, als Josh und Crispy beschlossen hatten Goulding zu überfallen. In dieser Nacht hatte sie Angst vor einer Entscheidung gehabt und hatte diese deswegen andere für sich treffen lassen. Heute war das anders und Ally war von sich selbst ganz überrascht, als ihr das bewusst wurde. Sie hatte immer noch Angst, aber sie war gleichzeitig froh, die Wahl zu haben.

Entschlossen sah sie erst Laurel, dann Goulding an und sagte mit fester Stimme: „Ja, ich möchte gerne zurück nach Wangerooge."

~

Gouldings Gesicht zeigte keinerlei Regung, als er zum Telefonhörer griff: „Ms. Mackenzie? Würden Sie bitte unsere Gäste hineinführen?"

Eine undefinierbare Zeitspanne später, in der Ally wie betäubt von ihrem eigenen Mut dasaß, klopfte es an der Tür. Ally drehte sich um und sah einen Mann hereinkommen: Groß und kräftig wie ein Bär, grau melierte Haare, die ein wenig zu lang waren, und unzählige Lachfalten um die Augen. Seine Haut war nicht mehr ganz so gebräunt wie im Sommer, aber es war ohne jeden Zweifel Ralph. Bevor Ally sich rühren konnte, hatte Ralph sie entdeckt. Sein Gesicht, das zuvor deutlich gezeigt hatte, dass er keine Ahnung hatte, was hier vor sich ging, verzog sich zu dem breitesten Lächeln, das Ally jemals gesehen hatte. „Ally! Mein Mädchen, du bist hier!“ Er breitete die Arme aus und Ally flog hinein. Als würde sie nicht mehr wiegen als eine Möwenfeder, hob er sie hoch und wirbelte sie durch die Luft.

Hinter ihrem Mann war Klara in den Raum gekommen. Als sie sah, wie Ralph Ally durch die Luft schwenkte und diese vor Freude quietschte wie ein kleines Kind, musste sie sich kurz am Türrahmen festhalten, um nicht von diesem Anblick überwältigt zu werden. Es war ein Bild vollkommenen Glücks, das kein Rosamunde Pilcher-Film kitschiger, aber auch nicht schöner hätte zeigen können. Als Klara bemerkte, dass Maxwell Goulding sie mit seinem scharfen Blick beobachtete, wischte sie sich schnell mit dem Ärmel eine Träne von der Wange.

Inzwischen stand Ally wieder auf ihren eigenen Beinen, aber in ihrem Kopf drehte sich alles. Ralph war in Edinburgh! Wenn er hier war, war dann auch…? Ally fuhr herum und entdeckte Klara, die etwas abseits stand und fast ein wenig schüchtern zu ihnen hinübersah. Mit ihrem schlichten, grauen Strickkleid, einer filigranen Perlenkette und den hohen schwarzen Stiefeln sah sie ganz anders aus als im Sommer mit Shorts und Poloshirt, aber das war gar nicht wichtig. Denn in ihrem Blick lag noch genau die Liebe, nach der Ally sich, ohne es wirklich zu merken, in den letzten Wochen so gesehnt hatte. Ganz langsam ging sie auf Klara zu, als würde sie befürchten, dass diese sich wie eine Fata Morgana direkt vor ihr in Luft auflösen könnte.

Als Klara sah, wie Allys Augen zu strahlen begannen wie Bernstein in der Sonne, machte ihr Herz einen Hüpfer. Oh, wie hatte sie dieses Mädchen vermisst! Jetzt war Ally bei ihr und Klara zog sie vorsichtig in ihre Arme und hielt sie ganz fest. „Ich lass‘ dich nie wieder los“, flüsterte sie in ihre roten Locken.

„In Ordnung“, antwortete Ally nur leise und für einen kurzen Augenblick schien es nur sie beide auf der Welt zu geben. Dann hörte Ally im Hintergrund jemanden hüsteln und löste sich widerwillig aus Klaras Armen. Ralph, Laurel, Goulding und auch Muriel Mackenzie standen um sie herum und beobachteten die Szene. Ally wurde rot und als sie sah, dass es Klara genauso ging, fingen beide an zu kichern.

Ralph suchte Gouldings Blick. „Danke!“

„Keine Ursache.“ Der Abgeordnete schüttelte nur lächelnd den Kopf. Hatte er nach den Unterhaltungen mit den Klassens und Allison noch letzte Zweifel an seiner Entscheidung gehabt, war er sich jetzt vollkommen sicher, dass die drei zusammengehörten.

„Wann fliegen wir zurück nach Wangerooge?“, fragte Ally.

„Übermorgen“, antwortete Ralph ohne zu zögern.

Laurel wollte etwas einwenden, aber Goulding brachte sie mit einer Handbewegung zum Schweigen. Es gab nichts, das sich bis dahin nicht irgendwie regeln ließe.

„Ja“, stimmte Klara ihrem Mann zu, „und bis dahin hast du vielleicht noch Lust, uns zu zeigen, wo du lebst?“

Ally nickte lebhaft. „Ich zeig‘ euch meine Stadt!“

~

Am zweiten Advent saß Ally das dritte Mal in ihrem Leben in einem Flugzeug. Und zum zweiten Mal würde sie in wenigen Minuten Edinburgh verlassen. Dieses Mal saß nicht Laurel, sondern Klara neben ihr und am Gang hatte Ralph sich in eine Zeitung vertieft.

Den beiden ihr Edinburgh zu zeigen, ihre erste Heimat, war ein ganz besonderes Gefühl gewesen. Sie waren auf den Calton Hill gestiegen, um auf die weihnachtliche Stadt herunter zu sehen, waren durch Gassen spaziert, die wahrscheinlich nur Ally kannte (und in denen Klara sich ziemlich gegruselt hatte) und hatten wie echte Touristen die blanke Bronzenase von Greyfriars Bobby gerieben. Die kleine Hundestatue sollte Glück bringen und dieses Mal war Ally es überhaupt nicht aussichtslos vorgekommen, sich etwas von ihm zu wünschen. Es war ein schöner Abschied gewesen, aber es war trotzdem ein Abschied. Langsam hob sich das Flugzeug in die Luft und Ally sah Edinburgh unter sich kleiner werden. Draußen war es bereits dunkel und die unzähligen Straßenlaternen, Weihnachtsbäume und erleuchteten Fenster verbanden sich zu einem kunstvollen Netz aus goldenem Licht. Ohne dass sie es wollte, liefen Ally sturzbachartig Tränen über die Wangen.

Klara sah Ally von der Seite an und als sie merkte, dass ihre Kleine weinte, zog sich ihr Herz schmerzhaft zusammen. Taten sie wirklich das Richtige? War es nicht doch egoistisch, Ally aus dieser Stadt zu reißen, die ein Teil von ihr war? Es hatte Klara zutiefst berührt, wie ehrfürchtig Ally ihnen ihre Lieblingsplätze gezeigt hatte und wie selbstverständlich sie sich in den verwinkelten Straßen bewegte. Aber für solche Überlegungen war es jetzt zu spät. Die Maschine war bereits mehrere hundert Meter über der Erde und Schottland geriet mehr und mehr außer Sicht. Klara blieb nichts anderes übrig, als tröstend Allys Hand zu halten und gegen jede Vernunft zu hoffen, dass jetzt alles gut wurde.

Es war ja schließlich bald Weihnachten!

Kapitel 29

Hamburg - Wangerooge, Dezember 2018

Der unauffällige, abgenutzte Rollkoffer begleitete Ally auch dieses Mal. Leider würde diese Reise für das unglückliche Gepäckstück die letzte sein. Als Ally den Koffer nämlich in Hamburg vom Gepäckband nahm, war der Reisverschluss aufgerissen. Wie bei einem verletzten Tier quollen die Innereien aus seinem schmuddeligen Körper. Ally ekelte sich selbst bei diesem Gedanken, aber irgendwie passte er zu ihrer Stimmung. Den ganzen Flug über war sie selbst für ihre Verhältnisse still und in sich gekehrt gewesen. „Ist nicht so schlimm, ich brauch‘ so ein Ding ja jetzt nicht mehr“, meinte sie schulterzuckend. Dabei konnte sie nicht vermeiden, dass sich ein trauriger Unterton in ihre Stimme schlich.

„Doch, brauchst du!“ Klara legte den Arm um sie. „Denn du wirst immer wieder nach Edinburgh zurückkommen, Mäuschen.“

Ally sah sie fragend an, dann lächelte sie zaghaft. „Naja, vielleicht kann man den Reisverschluss ja heil machen.“

„Unsinn!“, lachte Ralph. „Dieser Koffer hat seine besten Zeiten ganz eindeutig schon lange hinter sich. Wir finden einen neuen für dich!“ Er schnappte sich seine eigene Tasche und dirigierte Ally und Klara zum Ausgang. „Und jetzt ab mit euch! Ich bin hundemüde.“

Kaum hatten sie den Flughafen verlassen, war Allys Abschiedsschmerz erstmal vergessen und sie wurde ganz hibbelig. Wie schon beim letzten Mal nahm sie die Übernachtung in Hamburg kaum wahr, nur jetzt war zum Glück Vorfreude der Grund dafür. „Irgendwann will ich mir Hamburg aber mal richtig angucken“, sagte sie, als sie endlich im Auto auf dem Weg nach Harlesiel saßen.

„Wie praktisch, dass du zufällig jemanden kennst, der hier eine Wohnung hat“, erwiderte Ralph grinsend. „Vielleicht besuchst du mich ja mal?“

„Ich denke nicht, dass du so schnell frei bekommst“, schaltete Klara sich ernst ein.

Ally sah sie schockiert an. „Echt nicht?“

„Naja, vielleicht können wir ja eine Ausnahme machen“, lenkte Klara ein. „Ich kenn‘ ja schließlich deine Chefin ganz gut.“

Ally stutzte. „Das war ein Witz, oder?“, erkundigte sie sich. Ralph und Klara brachen in Lachen aus, was die Frage wohl beantwortete.

„Wird Zeit, dass wir nach Hause kommen“, meinte Ralph und drückte aufs Gas. „Ich glaub‘, das war alles etwas zu viel für dich.“

„Oder ihr seid einfach fies“, murmelte Ally eingeschnappt, während sie das Radio aufdrehte.

Na, das kann ja heiter werden, dachte Klara auf der Rückbank kopfschüttelnd. Sie lächelte aber dabei, denn nichts Schöneres konnte sie sich in diesem Moment vorstellen.

~

Das kreisende, rote Licht des neuen Leuchtturms war das erste, das Ally von ihrer neuen zweiten Heimat sah. Träge schob sich die Fähre ins Hafenbecken von Wangerooge und legte nach einer gefühlten Ewigkeit mit einem dumpfen Geräusch an. Obwohl nur wenige Passagiere mit ihnen an Bord waren, dauerte Ally das Aussteigen viel zu lange. Nach der ganzen Unsicherheit und Aufregung der vergangenen Tage (oder eher der letzten Monate) konnte sie es jetzt plötzlich gar nicht mehr erwarten, endlich wieder hier zu sein.

Als sie dann aber neben Klara und Ralph auf dem langen, geraden Weg an den Dünen entlang zu Idas Haus ging, wurde sie wieder ganz ruhig. Es war früher Abend und bereits dunkel. Und es war still. Heute machte ihr die Stille aber keine Angst mehr, denn sie waren bereits gute Bekannte. Außerdem war es eine lebendige Stille: Ein leichter Wind raschelte leise im Strandhafer, vereinzelte Vögel schilpten in den weiten Salzwiesen und hinter der Dünenkette erklang das rhythmische Rauschen des Meeres. Außerdem war da natürlich noch das nervtötende Rattern ihrer Rollkoffer, aber jetzt gerade kam sogar das Ally wie Musik vor.

Nirgendwo in Idas Haus brannte Licht, aber Ally glaubte trotz der Dunkelheit die meerblauen Fenster zu erkennen, die sie begrüßten. Ralph öffnete die Tür mit einer Verbeugung. „Willkommen zu Hause!“ Alles war genau wie vor einem halben Jahr und doch ganz anders. Denn heute wusste Ally, dass er Recht hatte.

Neugierig wanderte sie durch das leere Café, dann hinauf in die Wohnung. „Wo ist Troll?“, fragte sie mit einem Mal und sah sich hektisch um. Sie war irgendwie davon ausgegangen, dass der treue Hund sie hier schwanzwedelnd erwarten würde, aber alle Räume waren verlassen. Er war doch nicht etwa…

„Bei Nils! Wir konnten ihn ja schließlich nicht alleine hierlassen“, beruhigte Ralph sie und Ally atmete erleichtert auf. „Gleich morgen bringt er ihn zurück.“

Die Tür zum Gästezimmer war angelehnt und Ally stand unschlüssig davor. Würde sie wieder hier schlafen? Oder sollte sie in die Personalräume ziehen? Klara schien ihr ihre

Zweifel anzusehen und gab der Tür einen leichten Schubs, sodass diese einladend aufschwang. „Das ist ab jetzt deins." Fast ein wenig ehrfürchtig machte Ally Licht und trat ein. Die Bettwäsche, die Kommode, die Postkarten, alles war noch genauso wie bei ihrer Abreise. Nur auf der Fensterbank stand jetzt ein frischer Adventsstrauß. Klara war ihr gefolgt und meinte fast entschuldigend: „Du kannst es dir jetzt natürlich auch anders einrichten."

„Nein, alles gut", antwortete Ally und schüttelte so energisch mit dem Kopf, dass ihr der lockige Zopf um die Schultern flog. „Es ist alles genau richtig."

~

„Gibst du mir mal bitte die Marmelade?"

Ally schob Ralph das Glas hinüber und konnte es gar nicht fassen, wie selbstverständlich es sich anfühlte, wieder hier am Küchentisch zu sitzen und zu frühstücken. „Ich kann es immer noch nicht richtig glauben, dass du wieder hier bist!", sagte Klara, als hätte sie ihre Gedanken gehört.

„Ich auch nicht", stimmte Ralph ihr mit vollem Mund zu. „Dieser Goulding ist echt eine Klasse für sich. Ich bin immer noch baff, wie er das eingefädelt hat."

„Der Storch ist halt immer für Überraschungen gut", grinste Ally und dachte dabei an die sportlichen Höchstleistungen, die er damals bei ihrer Verfolgung vollbracht hatte.

„Der Storch?", fragten Klara und Ralph wie aus einem Mund.

„Naja", begann Ally und wurde rot, „ich hab' mir in Edinburgh immer Spitznamen für die Leute ausgedacht, die ich so beobachtet hab'. Und Goulding erinnert mich immer an einen staksigen Storch."

„Stimmt“, schmunzelte Klara, während Ralph über etwas anderes nachzudenken schien.

„Hab‘ ich auch einen Spitznamen?“, hakte er nach.

„Wenn man die Leute richtig kennt, funktioniert das nicht mehr so gut mit den Spitznamen“, murmelte Ally ausweichend.

„Aber am Anfang?“

„Du gibst aber auch echt keine Ruhe! Also ich… hab‘ dich Daddy genannt. Ich weiß, das ist albern, aber das passt einfach so gut zu dir.“ Ally war inzwischen so rot wie die Tomaten vor ihr auf dem Teller.

Ralph schwieg nachdenklich. Dann schlich sich ein Lächeln in seine Augen, dass sich nach und nach über sein ganzes Gesicht ausbreitete. „Ich finde das gar nicht albern. Ehrlich gesagt, wollte ich schon immer mal so genannt werden. Ok, vielleicht dachte ich da an eine andere Sprache, aber Daddy ist gut.“

„Und ich?“, fragte Klara und es klang fast ein bisschen eifersüchtig.

„Du hast wirklich keinen Spitznamen. Du bist einfach Klara.“

Ralph fügte trocken hinzu: „Du bist halt einfach unvergleichlich.“

„Oh…“, meinte Klara nur leise, ohne auf seine Neckereien einzugehen.

Ally überlegte. Was waren Klara und Ralph eigentlich für sie? Natürlich waren sie nicht ihre Eltern und sie konnte noch nicht mal sagen, ob das hier irgendwie vergleichbar war. Schließlich hatte sie noch nie eine Mutter und einen Vater gehabt. Sie wusste aber, dass sie die beiden sehr liebhatte, und deswegen würde das schon in Ordnung gehen.

„Mummy?“, fragte sie vorsichtig und Klara nickte. Damit war die Sache entschieden und Ally fing an, Daddy, Ralph, Klara und Mummy ab jetzt nach Lust und Laune abwechselnd zu benutzen.

Als es klingelte, stürmte Ally zur Tür und wurde dort fast von der massigen Gestalt des Golden Retrievers umgeworfen. Troll konnte sich vor Freude gar nicht wieder einkriegen. Nils sah die Sache deutlich gelassener. „Was machst du denn schon wieder hier? Was vergessen?“, fragte er auf seine unnachahmlich liebenswürdige Art, aber Ally kannte ihn inzwischen gut genug, um sich nicht täuschen zu lassen.

„Ja, hab‘ ich“, spielte sie sein Spiel mit. „Ich wollte dir noch sagen, dass deine Mousse au Chocolat gar nicht so toll ist.“

Nils starrte sie für einen Augenblick mit offenem Mund an und Ally gratulierte sich innerlich zu ihrer Schlagfertigkeit. Dann fing er an zu lachen und umarmte sie herzlich. „Hast mir auch gefehlt, Kleene!“

~

„Genießt jetzt die Ruhe, solange ihr noch könnt!“, sagte Ralph ein paar Tage später und schnappte sich einen weiteren Zimtstern. „Am 23. fällt die Familie hier ein und ab dem zweiten Weihnachtstag ist das Hotel bis Anfang Januar ausgebucht.“

Beim Gedanken an ihr erstes Weihnachtsfest im Kreise einer Familie, die sie noch kaum konnte, wurde Ally kurz schlecht. Aber Ralph und Klara würden schon auf sie aufpassen und irgendwie freute sie sich sogar darauf. „Wird es hier echt so voll? Es ist doch Winter!“, fragte sie überrascht.

„Ja klar, über Silvester versinkt die Insel fast in der Nordsee, so voll ist es“, bestätigte Ralph.

Und Klara fügte hinzu: „Außerdem ist die Silvesterparty in Idas Haus inzwischen legendär!“

Ally sagte nichts, aber kribbelnde Vorfreude stieg in ihr auf. Dann würde Finn an Silvester bestimmt da sein! Seit sie wieder hier war, musste sie ständig an ihn und ihren verkorksten Abschied denken. Total nervig war das! Sie hatte fast das Gefühl, dass sich ihr Kopf, kaum war ein Problem gelöst, die nächste Baustelle suchte, als ob ihm langweilig wäre. Und irgendwie wollte sie Finn ja auch wirklich gerne wiedersehen.

Weihnachten verging wie im Rausch. Unter dem Weihnachtsbaum fand Ally das grüne Fahrrad, einen superleichten Rollkoffer mit leisen Gummirollen und einer großen Schottlandflagge auf dem Deckel sowie eine feine Goldkette, deren kleiner Anhänger die Form der Insel hatte. Zudem hatte sie das sonderbare Gefühl, dass auch die Familie, Klaras Eltern, Ralphs Geschwister, die Neffen und Nichten, sie wirklich mochten. Sie war einfach überstrudelnd und unfassbar glücklich und fragte sich gleichzeitig, ob das wohl ab jetzt immer so sein würde.

Wenn sie aber später an dieses erste Weihnachten auf Wangerooge zurückdachte, sollte es eine ganz banale Sache sein, an die sie sich erinnerte: Am Morgen des ersten Weihnachtstags waren Klara und Ally wie jeden Tag zum Deckwerk gegangen. Es war kalt und noch vollständig dunkel. Auf dem Rückweg tauchte vor ihnen ein Licht auf, das sich mehr und mehr in einen Weihnachtsbaum verwandelte, je näher sie Idas Haus kamen. Es war eine kleine und ziemlich krumme Tanne, geschmückt nur mit einer einzelnen Lichterkette. Einen größeren Gegensatz zu der überladenen und bunten Weihnachtstadt, zu der Edinburgh jedes Jahr wurde, konnte es gar nicht geben. Trotzdem hatte Ally genau in diesem Moment stärker als je zuvor das Gefühl: Jetzt ist Weihnachten! Leise begann sie die wunderschöne, alte Melodie von „O come, all ye faithful“ zu summen. Die Weihnachtsgeschichte, die in der Wohngruppe in jedem Jahr an Heiligabend vorgelesen wurde, ging ihr durch den Kopf und sie kam sich auf einmal sehr weise vor. Ein kleines, hoffnungsvolles Licht mitten in einer tiefen Nacht – was sonst sollte Weihnachten sein, wenn nicht das?

Klaras schönstes Weihnachtsgeschenk war die Postkarte, die Wochen, nachdem Ally sie in Edinburgh eingeworfen hatte, am 27. Dezember endlich im Briefkasten von Idas Haus lag. Sie las die wenigen Zeilen, vor allem aber das, was dazwischenstand, und wusste, sie hielt den Beweis in den Händen, dass es richtig gewesen war, Ally zurück nach Wangerooge zu holen.

~

Die Silvesterparty bedeutete für das Team von Idas Haus vor allem eins: Arbeit. Da im Winter kaum Saisonkräfte auf der Insel waren und Ewa die Feiertage bei ihrer Familie in Polen verbrachte, bestand der harte Kern nur aus Klara, Ralph, Ally und Nils. Dazu kamen drei Studenten, die über Weihnachten nach Hause gekommen waren und die sich jetzt ein bisschen Geld dazu verdienen wollten. Selbst Ally als Neuling im Hotelgewerbe fand, dass die drei keine große Hilfe waren. In Idas Haus war es unglaublich wuselig. Je später es wurde, desto lauter wurde die Musik und desto mehr Gäste strömten herein. Möglichst unauffällig versuchte Ally nach Finn oder seinen kleinen Schwestern Ausschau zu halten, während sie bergeweise Gläser abräumte. Irgendwann tickte sie jemand von hinten an und sie war fast enttäuscht, als sie feststellte, dass es Ralph war. „Suchst du jemanden?“

„Ne“, antwortete Ally ein bisschen zu schnell.

„Na dann. Solltest du aber doch zufällig nach einem gewissen Surfer suchen, könnte ich dir sagen, dass Finns Familie über Silvester nie hier ist. Bei denen geht’s immer zum Skifahren.“

„Mmhh.“ Ally gab nur ein undefinierbares Geräusch von sich und schob sich an Ralph vorbei Richtung Küche. Sie war selbst überrascht, wie enttäuscht sie war.

Später stand sie mit Ralph und Klara auf dem Deckwerk und bewunderte das Feuerwerk über dem Inseldorf. Es war so klar, dass sie sogar auch über Spiekeroog bunte Funken aufsteigen sehen konnten. Einfach wunderschön war das, aber Ally war irgendwie geknickt. „Frohes neues Jahr, meine Mädels!“, sagte Ralph und nahm sie und Klara gleichzeitig in die Arme. „2019 wird ein tolles Jahr, das weiß ich jetzt schon!“

Ally nickte, aber obwohl sie es nicht wollte, schien sich ein Schatten über das neue Jahr gelegt zu haben.

Kapitel 30

Wangerooge, Januar bis Februar 2019

Der Januar begann grau und ungemütlich, als würde sich Allys seltsame Vorahnung bestätigen. Kaum war das neue Jahr zwei Tage alt, verließen die Feiertagstouristen Wangerooge genauso schnell wieder, wie sie gekommen waren. Die Insel fiel wieder in ihren tiefen Winterschlaf: Viele Restaurants schlossen vorübergehend, die meisten Ferienwohnungen waren verwaist und die Supermärkte schlossen bereits am frühen Abend.

Für Ally, die bisher nur den lebendigen, leichten Inselsommer und die Weihnachtszeit, die ja grundsätzlich magisch war, kannte, war dieses Gesicht Wangerooges ungewohnt. Klar, in Idas Haus mit seinem großen Kamin war es mit einer Wolldecke und einem heißen Tee total gemütlich, aber trotzdem fühlte Ally sich manchmal eingesperrt. In Edinburgh hatte sie die Tage bei jedem Wetter irgendwo in der Stadt verbracht, aber hier fehlte ihr schlicht und einfach der Grund, das Haus zu verlassen: Die Dünen lagen öde und trist da, Stürme türmten das Meer bedrohlich auf, Strand und Wege waren leer. Es blieb einem nichts anderes übrig, als sich mit sich selbst zu beschäftigen, und das behagte Ally immer noch nicht sonderlich.

Aber auch an den anderen Hausbewohnern ging die trübe Stimmung nicht vorbei. Während Ralph dank seines Jobs nur über glatte Straßen, vermehrte Staus und ausfallende Fähren klagte, war Klara genau wie Ally in Idas Haus gefangen und schien in einen waschechten Winter-Blues verfallen zu sein. Oft war sie scheinbar völlig grundlos gereizt. Das war zwar bei Klara Klassen nichts Ungewöhnliches, die Häufung ihrer schlechten Laune machte Ally aber zunehmend Sorgen.

Zusätzlich plagte sie ihr Heimweh, das mit aller Macht zurückgekommen war, nachdem in Idas Haus wieder Ruhe eingekehrt war. Ally wusste, dass sie lernen musste, mit diesem Gefühl zu leben, wenn sie ihr Leben nicht in einem Flugzeug zwischen Schottland und Ostfriesland verbringen wollte. „Trotzdem ist das doch einfach doof und lästig und überflüssig“, sagte sie zu Troll, der sie mit seinen großen Hundeaugen verständnisvoll ansah, sich dann aber dazu entschied weiterzuschlafen.

Ein kleiner Lichtblick waren die inoffiziellen Zeugnisferien Anfang Februar. Das verlängerte Wochenende brachte nicht nur Gäste in Idas Haus, die umsorgt werden mussten, sondern auch die Aussicht auf VIP-Besuch, wie Ralph es ausdrückte.

„Beim Brötchenholen hab‘ ich den Vater von Finn getroffen“, berichtete er beim Frühstück. „Familie Bergmann ist übers Wochenende auf der Insel.“ Als Ally nicht reagierte, füge er hinzu: „Die ganze Familie.“

„Aha“, antwortete Ally nur und pickte die Krümel von ihrem Brettchen, als gäbe es gerade auf der ganzen Welt nichts Wichtigeres.

„Hat Finn dir nicht geschrieben, dass er hier ist?“, fragte Klara.

„Nö.“

„Willst du dich denn mit ihm treffen?“

„Weiß nicht.“ Ally zuckte genervt mit den Schultern. „Mal gucken, ob er schreibt.“

„Schreib‘ du ihm doch!“, schlug Ralph vor und es war offensichtlich, dass er das Problem nicht verstand.

„Nö. Wenn er sich nicht meldet, dann halt nicht." Damit stand sie auf und verschwand in ihrem Zimmer.

Klara wusste, dass sie ihr nachgehen sollte, aber sie konnte sich nicht dazu aufraffen. Sie wusste auch, dass Ally mit ihrem Heimweh zu kämpfen hatte. Die neue Situation war für ihre Kleine einfach verdammt viel! Trotzdem fehlte Klara einfach gerade die Energie, sich mit Allys Problemen zu beschäftigen. Ihr war selbst klar, wie unfair das war, und sie fühlte sich deswegen nur noch mieser.

Im Großen und Ganzen war das alles aber nicht erwähnenswert. Das waren eben die Untiefen des Alltags mit all seinen Facetten: Die Probleme eines Berufspendlern, die Nöte eines Teenagers und vielleicht auch die Vorboten der Wechseljahre. Zwischendurch wurde in Idas Haus so viel gelacht, gescherzt und geliebt, dass niemand die Katastrophe kommen sah, die sich ganz leise anschlich, während die Wochen dahintröpfelten.

Auch Allys siebzehnter Geburtstag fiel in diese Zeit. Für ihren Geschmack machten zwar alle viel zu viel Aufhebens um sie (und sangen ihr sogar ein ziemlich schiefes Ständchen – mitten im Café!), trotzdem wurde es der schönste Geburtstag, den sie je gefeiert hatte.

~

Ein wiederkehrendes Thema war auch Klaras anstehender Geburtstag. Während Ally und Ralph sich einig waren, dass man den 50. richtig feiern sollte, wich Klara selbst immer nur aus. „Kommt Imke eigentlich zu deinem Geburtstag?", versuchte Ralph es mal wieder.

„Nein, die hütet ihr Enkelkind. Ihr Sohn und ihre Schwiegertochter sind irgendwo eingeladen. Und aus Frankreich lohnt sich die Anreise ja auch immer gar nicht für ein paar Tage."

„Willst du denn echt gar nicht feiern?", fragte Ally zweifelnd. Sie selbst fand eine große Party, bei der sich alles um sie drehte, zwar so gar nicht reizvoll, aber Klara hatte eigentlich gerne Gäste.

„Ne, lasst mal. Im Februar feiert es sich einfach nicht gut", wehrte Klara ab. „Ich hab' noch was zu erledigen. Bin im Büro, wenn mich jemand sucht." Sie wusste selbst nicht warum, aber es kam ihr in diesem Jahr falsch vor ihren Geburtstag groß zu feiern.

Auf ihrem Laptop blinkte eine neue E-Mail auf. Klara öffnete die XING-Kontaktanfrage und sah plötzlich Bettina Waldschleger vor sich auf dem Display. Kurz zweifelte sie, ob es wirklich ihre ehemalige Rivalin aus Schulzeiten war. Denn im Vergleich zu dem Mädchen von früher war diese Frau aufgegangen wie eine Dampfnudel und im Vergleich zu der gleichaltrigen Klara faltig wie ein Vileda-Lappen. Da konnte auch das grellbunte Make-Up nichts beschönigen. Aber der spöttisch-überhebliche Blick hatte sich nicht im Geringsten verändert und verriet, dass es sich eindeutig um Bettina Waldschleger handelte. Klara scrollte durch ihr Profil und entdeckte zwischen bestimmt zwanzig verschiedenen Stationen mehrere große Lücken im Lebenslauf. Läuft wohl nicht so, dachte Klara schadenfroh. Auch schien Bettina inzwischen geschieden zu sein, denn noch vor ein paar Jahren hatte Immi sie bei Google unter einem anderen Nachnamen aufgestöbert. „Karma comes back", murmelte Klara vor sich hin, während sie die Kontaktanfrage ablehnte und die E-Mail löschte. Eigentlich sollte sie bei diesem Gedanken eine gewisse Befriedigung spüren, aber leider wusste sie aus eigener Erfahrung viel zu genau, wie wahr diese Aussage war. Wie aufs Stichwort kroch das gefährliche Dunkel in ihrem Inneren aus seinem Versteck und Klara krümmte sich auf ihrem Stuhl zusammen. Sie konnte diese Dämonen nicht mehr ertragen, aber sie verfolgten sie auf Schritt und Tritt. Sie konnte sie einsperren, aber ganz los wurde sie sie niemals. Und immer wenn Klara zu glücklich wurde, kamen sie wieder hervor und taten alles dafür, dass sie sich dieses Glück selbst wieder kaputt machte.

Wahrscheinlich war auch das Karma.

Kapitel 31

Wangerooge, März 2019

Ally wusste es hinterher noch ganz genau und sie würde es auch noch Jahre später wissen: Es war eine rote Espressotasse, die sie in dem Moment in den Geschirrspüler räumte, als Klara in die Küche kam. „Nicht dahin, sonst kriegst du die Schüsseln nicht mehr rein“, fauchte diese sie ohne Vorwarnung an und nahm ihr die Tasse aus der Hand.

„Das passt sowieso nicht, aber ich wasche sie einfach mit der Hand ab“, erwiderte Ally betont unbekümmert, aber sie merkte, wie sie nervös wurde.

„Quatsch! Du hast es nur nicht richtig eingeräumt.“ In Klaras Augen glomm wieder ein bedrohlicher Glanz.

„Ich mach‘ das schon“, sagte Ally sanft und überlegte fieberhaft, wie sie Klara trösten konnte. Denn sie wusste genau, dass sie nur deshalb so unausstehlich war, weil es ihr nicht gut ging. Als sie Klara vorsichtig zur Seite schieben wollte, fuhr diese herum und ihre Hand zuckte in Allys Richtung. Ally machte einen Schritt nach hinten und im nächsten Moment hatte Klara sich wieder gefasst. Blitzschnell verschränkte sie die Arme und drehte Ally den Rücken zu. Trotzdem wusste sie, dass Ally sich dieselbe Frage stellte, die auch in ihrem eigenen Kopf hämmerte: Hätte sie sie wieder geschlagen?

Ally stand wie zur Salzsäule erstarrt da, aber als auch Klara sich nicht bewegte, schluckte sie ihren Schreck herunter und ging auf sie zu. „Was ist denn mit dir?“, fragte sie leise. Klara rührte sich noch immer nicht und Ally konnte nicht sagen, ob sie sie überhaupt gehört hatte. „Mummy?“

„Ich bin nicht deine Mutter." Klara drehte sich noch immer nicht um, aber ihre Stimme war kalt und hart wie Hagelkörner.

„Aber…"

„Nein! Ich bin es nicht und ich werde es niemals sein können", schrie Klara und es klang fast schon verzweifelt. „Es ist besser, du gehst zurück nach Edinburgh", fügte sie tonlos hinzu, bevor sie sich wieder der Geschirrspülmaschine zuwandte.

Um Ally herum begann sich alles zu drehen. Plötzlich war ihr schlecht. Das hatte Klara doch nicht gesagt. Nein, das konnte sie nicht so gemeint haben. Aber niemand lachte. Niemand sagte, dass das ein schlechter Scherz gewesen war. Klara stand einfach nur da und räumte gerade die rote Espressotasse in die Maschine. Diese verfluchte Espressotasse! Ally taumelte mehr in ihr Zimmer, als dass sie ging. Wie betäubt ließ sie sich aufs Bett fallen, ohne darauf zu achten, dass sie Tränen, Schnodder und Mascara auf ihrem Kopfkissen verteilte. Alles war egal. Klara wollte sie nicht. Ging jetzt alles wieder von vorne los?

Klara wollte irgendetwas tun, aber sie wusste nicht was. Sie wollte Ally sagen, dass sie es nicht so gemeint hatte, aber es ging nicht. Unendlich hilflos setzte sie sich auf einen Küchenstuhl und stützte das Gesicht in die Hände. Sie konnte nicht sagen, wie lange sie dort so gesessen hatte, als Ralph sie fand. „Schatz, was ist denn mit dir?", fragte er und die Sorge in seiner Stimme tat fast körperlich weh.

„Es geht nicht", brachte Klara gequält hervor. „Ally kann nicht hierbleiben."

„Was? Sie will zurück?"

„Nein, aber sie muss. Es geht einfach nicht. Ich kann das nicht“, versuchte Klara zu erklären, aber ihr Mann sah sie nur ungläubig an. „Ich bin nicht gut zu ihr“, fügte sie kaum hörbar hinzu.

Ralphs Verständnislosigkeit verwandelte sich in Zorn, als ihre Worte zu ihm durchdrangen. „Nein! Das kannst du nicht entscheiden. Wir beide haben entschieden, Ally zu uns zu holen. Sie ist jetzt auch mein Kind.“ Klara sah ihn mit verweinten Augen an, aber heute konnte er kein Mitgefühl für sie aufbringen. „Es dreht sich nicht immer alles nur um dich. Ally gehört hier her, zu uns. Entweder du verstehst das oder wir haben ein Problem. Ich werde sie nämlich nicht noch einmal aufgeben!“

Ohne eine Antwort abzuwarten, schnappte er nach seiner Jacke und stürmte Richtung Tür. „Ich fahr‘ ins Dorf. Ich ertrag‘ dich gerade einfach nicht.“

Klara blieb einfach sitzen und weinte, bis sie keine Tränen mehr hatte und sie vom Schluckauf Seitenstiche bekam. Sie musste fast hysterisch lachen, als sie sich der bitteren Ironie bewusst wurde: Sie, die immer ihren eigenen Weg hatte gehen wollen und die sich nie von anderen abhängig hatte machen wollen, befand sich seit Jahren im Klammergriff des Schicksals. Ihr Unterbewusstsein hatte sie gewarnt, aber trotzdem hatte sie wieder alles zerstört. Und jetzt war es zu spät.

Irgendwann stand sie auf und ihre Beine trugen sie wie von selbst in Allys Zimmer. Deren zierliche Gestalt lag seltsam verkrümmt auf dem breiten Bett, ihr Gesicht verschwand fast in ihren Locken. Das Mädchen hatte sich in einen unruhigen Schlaf geweint. Auf dem Flickenteppich vor dem Bett lag Troll und knurrte bedrohlich, als Klara sich näherte. Sie konnte den Hund verstehen. Trotzdem legte sie sich vorsichtig neben Ally aufs Bett. Wie gerne hätte sie sie jetzt in die Arme genommen, aber das ging nicht. Denn wenn Ally erst einmal wieder aufgewacht war, würde das, was Klara zu ihr gesagt hatte, Realität werden müssen. Deswegen beobachtete Klara nur wehmütig, wie sich Allys Brustkorb im Schlaf hob und senkte, bis ihr selber die Augen zufielen.

Mitten in der Nacht wachte Ally auf und als ihr wieder bewusst wurde, was passiert war, fing sie an zu zittern. Was sollte die denn jetzt tun? Langsam gewöhnten ihre Augen sich an die Dunkelheit und sie stellte fest, dass Klara neben ihr lag und schlief. Ally war überrascht, aber sie wollte sich einfach nicht fragen, warum sie hier war. Sie wollte nur, dass noch einmal alles gut war. Also rutschte sie ganz vorsichtig, um Klara nicht zu wecken, zu ihr herüber und legte ihren Kopf an ihre Schulter. Ally war immer noch gut darin, sich Dinge vorzumachen, und es klappte auch jetzt wieder. Eingekuschelt in den Duft von Klaras Parfüm lauschte sie ihren gleichmäßigen Atemzügen, bis sie wieder eingeschlafen war.

Es war schon früher Morgen, als Klara wieder zu sich kam. Widerwillig öffnete sie die Augen und sah, dass Ally in ihren Armen lag. Der gequälte Ausdruck war aus ihrem Gesicht verschwunden und sie schlief ganz friedlich und tief. Klara wollte ihren Arm wegziehen, aber sie konnte ihr Mädchen einfach nicht loslassen. Sie blieb ganz still liegen und wehrte sich auch nicht, als Erinnerungen begannen, auf sie einzustürzen.

Der Abend am Feuer, Gregor, die Schwangerschaftstests, das Hotel Ludwig, der Unfall. Der Film, den sie schon tausende Male vor ihrem inneren Auge gesehen hatte, lief erneut ab. Dieses Mal aber tauchte eine Szene auf, die sie so lange verdrängt hatte, dass sie fast in Vergessenheit geraten war. Aber nur fast. Denn jetzt war dieses eine Detail wieder da und das erste Mal seit fast dreißig Jahren sah Klara den Film als ungeschnittene Originalfassung.

Als ihr ein Schluchzen entfuhr, regte Ally sich. Ohne die Augen zu öffnen, kuschelte sie sich an sie und flüsterte noch halb im Schlaf: „Lass mich nicht los!"

Wenn sie noch eine Chance haben wollte, musste sie sich dem Dunkel in ihrem Herzen stellen. Jetzt! Klara brauchte mehrere Anläufe, bis sie mehr als ein Krächzen zustande brachte. „Ally, bitte wach auf." Ally sah sie mit ihren klugen, bernsteinfarbenen Augen an und Klara wusste, dass sie keine andere Wahl hatte, wenn sie diesen Schatz nicht auch noch verlieren wollte. Sie atmete noch einmal tief durch und begann dann stockend zu reden: „Ich muss dir etwas erzählen und es kann sein, dass du hinterher möchtest, dass ich dich loslasse."

Kapitel 32

Hamburg, Oktober 1988

„Maren, kann ich dir noch was helfen?", fragte Klara, als sie die Freundin hinter der nur angelehnten Zimmertür leise fluchen hörte. Bestimmt hatte sie sich wieder in dem überdimensionalen Bettlaken verheddert!

„Geht schon! Du kannst aber gerne schon die benutzte Bettwäsche runterbringen, ich komm dann gleich mit dem Rest hinterher." Marens Antwort klang so keuchend und gedämpft, dass Klara ernsthaft überlegte sich zu vergewissern, dass ihr niemand gerade ein Kopfkissen aufs Gesicht drückte. Da sie aber wusste, dass der üppige Geschäftsmann, der hier wohnte, gerade im Frühstücksraum daran arbeitete, noch üppiger zu werden, ließ sie es bleiben und schnappte sich die Bettwäsche.

Der Stapel war unhandlich, schwer und so hoch, dass Klara an der Seite daran vorbeigucken musste, um zu erkennen, wo sie hinlief. Sie steuerte mit ihrer Last auf den Fahrstuhl zu und drückte mit dem Ellenbogen geschickt den Knopf. Mit einem freundlichen „Pling" öffneten sich die Türen, Klara trat ein und drückte ebenso geschickt die Taste fürs Erdgeschoss, die ordnungsgemäß aufleuchtete. Die Türen schlossen sich. Und öffneten sich wieder. Und schlossen sich noch einmal. Und öffneten sich wieder. Klara stöhnte. Diese Macke hatte der Fahrstuhl auf dieser Hausseite schon seit ein paar Tagen und langsam wurden ihre Arme lahm. Bevor die Türen zum dritten Mal zugehen konnten, verließ sie den Fahrstuhl wieder und nahm stattdessen die Treppe. Waren ja nur zwei Stockwerke! Die Treppen des Ludwig waren breit und geschwungen und hatten einen

Handlauf aus glänzendem Mahagoni, der jeden Tag poliert wurde. Die Stufen waren mit einem dicken, dunkelroten Teppich bezogen und so flach, dass die vornehmen Gäste ihre Füße kaum heben mussten (so war es wohl zumindest zur Bauzeit des Ludwig geplant gewesen). Klara hasste diese Stufen, denn für Normalsterbliche (die normale Treppen gewohnt waren) war es höllisch schwierig die richtige Schrittlänge beizubehalten, um unfallfrei unten anzukommen. Sie konzentrierte sich deswegen auf ihre Füße, was dazu führte, dass der Wäschestapel in gefährliche Schieflage geriet. Beim Weitergehen schob Klara ihn wieder zurecht, vergaß dabei ihre Schritte und schon war es passiert.

Ihr linker Fuß rutschte über die Kante einer Stufe und sie strauchelte. Fieberhaft versuchte sie, sich selbst und die Bettwäsche zu retten, merkte dann aber, wie aussichtslos (und in Anbetracht der Bruchsicherheit von Baumwollstoff auch schwachsinnig) dieses Unterfangen war. Also ließ sie alles fallen und sah noch im Augenwinkel, wie ein Kopfkissen wie ein weißes Segel bis in die 1. Etage herunterflog. Wie peinlich! Ihr Fuß hatte jetzt die nächste Stufe gefunden, knickte aber weg und Klara fiel weiter.

Sie sah den Mahagoni-Handlauf neben sich auftauchen und griff danach wie eine Ertrinkende nach einem Rettungsring. Ihre Finger schlossen sich schon um das glatte Holz, da kam ihr eine ungeheuerliche Idee. Was wäre, wenn? Was wäre, wenn sie den Handlauf nicht mehr erreichen würde? Würde sie es verlieren, wenn sie fiel? Und wäre das nicht für alle die beste Lösung? Bevor sie es sich in diesem Bruchteil einer Sekunde anders überlegen konnte, zog sie die Hand zurück und im nächsten Augenblick war der rettende Halt schon unerreichbar. Klara fiel.

Wie zuvor das Kissen segelte sie wie in Zeitlupe die Treppe hinab. Obwohl alles in Wirklichkeit furchtbar schnell gegangen sein musste, gingen ihr im Fallen noch diverse Dinge durch den Kopf: Dass es gut war, dass jetzt der Herbst kam, dann würde man die Blutergüsse nicht so sehen. Dass bitte nicht der fette Kerl aus Zimmer 23 sie finden sollte. Schließlich musste sie ja vielleicht wiederbelebt werden! Und dass sie heute keinen neuen Rekord mehr beim Bettenbeziehen aufstellen würde. Ein Gedanke überschrie aber alle anderen: Klara, du hast dein Kind umgebracht!

Dann schlug sie auf dem Teppich auf, der gar nicht so weich war, wie er immer aussah, spürte noch einen stechenden Schmerz in ihrem Unterleib und dachte dann gar nichts mehr.

Kapitel 33

Wangerooge, März 2019

„Ich hab‘ mich einfach fallen gelassen. Absichtlich. Es war meine eigene Schuld, dass ich das Baby verloren habe. Und in manchen Momenten habe ich es nicht mal bereut.“ Klaras Stimme brach.

„Was ist dann passiert?“, fragte Ally leise.

„Es ist genauso weitergegangen, wie ich es dir im Sommer erzählt hatte. Ich bin im Krankenhaus mit einem zertrümmerten Knöchel wieder aufgewacht. Sie haben mir gesagt, dass ich eine frühe Fehlgeburt hatte.“ Klara schien in Gedanken unendlich weit weg zu sein. „Aber ich hab‘ nicht nur das Baby verloren, sondern auch eine Freundin. Ich weiß noch genau, wie Maren zu mir ins Krankenhaus gekommen ist. Sie war fast krank vor Sorge, obwohl wir uns ja noch gar nicht lange kannten. Und ich war so gemein zu ihr. Hinterher habe ich mir eingeredet, dass es einfach ein Streit war und wir uns dann auseinandergelebt haben. Aber ich weiß, dass das so nicht stimmt. Ich konnte es wohl einfach nicht ertragen, wie sie mich mit ihren lieben braunen Rehaugen angesehen hat, ohne zu ahnen, was ich getan hatte. Deswegen hab’ ich sie weggejagt. So bin ich, ich verletze die Menschen, die mir wichtig sind.“

„Weißt du, was Maren jetzt macht?“

„Nein. Sie hat das Hotel Ludwig gleich nach der Ausbildung verlassen und ich hab‘ nie wieder etwas von ihr gehört. Und ich hab‘ auch sehr lange nicht mehr an sie gedacht. Die liebe, sanfte Maren… Ich glaube, wir hätten sehr gute Freunde werden können. Aber das ist alles so lange her und spielt jetzt keine Rolle mehr. Wahrscheinlich würde sie sich noch nicht einmal mehr an mich erinnern."

„Hast du danach noch mal versucht, ein Kind zu bekommen?", fragte Ally weiter. Sie merkte, wie schwer es Klara fiel über das alles zu sprechen, aber sie musste es einfach wissen.

„Ja." Es schien, als wollte Klara nicht mehr dazu sagen, aber dann sprach sie weiter, den Blick starr aus dem Fenster gerichtet. „Viel später, als ich schon mit Ralph zusammen war, wurde ich nochmal schwanger. Aber der Fötus ist schon nach ein paar Wochen wieder abgegangen, einfach so. Das passiert halt. Und danach hat es nicht mehr geklappt. Ich weiß nicht, ob bei dem Unfall doch irgendwas kaputt gegangen ist oder ob mein Unterbewusstsein insgeheim beschlossen hat, dass es besser ist, wenn ich keine Kinder bekomme. Wenn das so war, hatte es auf jeden Fall Recht." Sie versuchte ein schiefes Grinsen, aber es erstarb sofort wieder.

Es entstand eine Pause. Ally strich gedankenverloren kleine Falten aus der Bettdecke und musste wieder einmal an Finn und seine Entscheidungstheorie denken. Eigentlich war es doch faszinierend, wie eine einzige winzige Entscheidung von einer Sekunde auf die andere ein ganzes Leben verändern konnte. Was wäre wohl mit Klara passiert, wenn sie zugegriffen hätte? Wenn sie nicht gestürzt wäre? Das Baby nicht verloren hätte? Wo wäre sie dann heute? Und wo wäre Ally dann jetzt? Es war wie bei Dominosteinen, nur wusste man im Leben nie, welcher Stein als nächstes fiel.

Erst als Ally merkte, wie Klara krampfhaft ihre Hände knetete, bis die Fingerknöchel weiß hervortraten, realisierte sie, dass diese auf eine Reaktion von ihr wartete. Aber was sollte sie ihr sagen? Auf den ersten Blick ging es natürlich gar nicht, was Klara gemacht hatte. Sie hätte das Kind ja auch zur Adoption freigeben können oder so. Aber wer konnte schon mit Sicherheit sagen, wie er selbst in so einer Situation reagiert hätte? Es war eine Kurzschlusshandlung gewesen. Ally hatte schließlich selbst schon genug Dummheiten gemacht. Außerdem… Für Klara hatten in diesem Moment ihre Träume auf dem Spiel gestanden. Ally hatte ihr ganzes Leben lang einen großen Bogen um Träume und Hoffnungen gemacht. Aber seit sie auf der Insel war, wusste sie, wie es sich anfühlte, sich verzweifelt etwas zu wünschen. Würde sie nicht auch alles dafür tun, um das zu verteidigen? Und erst hinterher darüber nachdenken? Sie würde wohl auf all diese Fragen nie eine Antwort finden, aber eigentlich war das auch gar nicht wichtig. Denn sie spürte eins ganz deutlich: Es war ihr egal, was Klara getan hatte. Sie war immer noch Klara.

Während sie noch nach den richtigen Worten suchte, fragte Klara in das Schweigen hinein: „Hasst du mich jetzt?"

„Nein", sagte Ally bedächtig. „Weißt du noch, was du mir im Sommer erklärt hast? Du hast gesagt, dass man das Meer nicht nur manchmal lieben kann. Man liebt es oder man liebt es nicht. Ich glaube, mit Menschen ist es genauso." Sie sah zu Klara hinüber. „Und ich hab' dich eben sehr lieb!"

Klara lächelte traurig, während eine Träne über ihre Wange lief. „Aber ich bin, wie ich bin."

„Und das ist doch eigentlich auch gut! Deswegen hab' ich dich doch so lieb", erklärte Ally leidenschaftlich und nahm Klaras Hand. „Und wenn es nicht gut ist, kannst du dich doch auch ändern. Wenn du das wirklich willst, dann schaffst du das auch!" In ihrer Stimme lag so viel Vertrauen, dass Klara ihr glaubte, egal wie naiv die Vorstellung auch sein mochte. „Aber eins musst du mir versprechen." Ally hatte sich im Bett aufgesetzt und sah Klara direkt ins Gesicht. „Mach so was nie wieder! Wir können uns streiten und du kannst mit mir schimpfen, aber schick' mich nie wieder weg!"

Klara nickte. „Versprochen."

„Darf ich hierbleiben?"

„Ja, das darfst du." Klara zog Ally an sich und gab ihr einen Kuss.

Nach einer Weile fragte Ally: „Weiß Ralph davon?"

Klaras Magen zog sich zusammen. Ohne zu zögern hätte sie jedem zu jeder Zeit versichert, dass sie keine Geheimnisse vor ihrem Mann hatte. Aber dieses kleine Detail kannte noch nicht mal er. Hätte er sich überhaupt in sie verliebt, wenn er es gewusst hätte? Wenn er gewusst hätte, wozu Klara fähig war? Dass es vielleicht sogar ihre Schuld war, dass er nie Vater geworden war? „Nein", erwiderte Klara, „bis eben wusste niemand davon."

„Du musst es ihm sagen."

„Ich weiß, Mäuschen."

~

Irgendwann war Ally aufgestanden, um zu duschen. Sie musste dringend die ganze verschmierte Schminke loswerden und den Schnodder und die Tränen. Und vor allem wollte sie die Angst gleich mitabwaschen, die sie seit gestern gehabt hatte.

Als sie wieder aus dem Badezimmer kam, sah sie Ralph und Klara auf dem Balkon stehen. Vorsichtig schlich sie näher, bis sie einen guten Platz hinter einem Vorhang fand. Es war immer noch ein Leichtes für sie, sich zu verstecken! Von hier aus hatte sie eine gute Sicht auf die beiden: Ralph (der ziemlich übernächtigt aussah) stand mit verschränkten Armen abwartend am nassen Geländer. Klara hatte ihr den Rücken zugedreht, an ihren Armbewegungen konnte Ally aber ablesen, dass sie sprach. Es sah nicht nach einem Streit aus, aber durch das geschlossene Fenster konnte Ally nichts verstehen. Sie überlegte, in ihr Zimmer zu schleichen, um durch das Fenster dort ungesehen mitzuhören, aber dann zögerte sie und verschwand stattdessen nach unten ins Café.

Sie hatte bestimmt schon Hunderte von Menschen bei den intimsten Geständnissen belauscht. Heiratsantrag, Trennung, verhauene Prüfung, Outing, Geschlechtsumwandlung, Ally hatte schon mehr gehört, als jede Doku-Soap jemals erfinden konnte. Aber hier und jetzt kam es ihr falsch vor. Denn es ging hier nicht um irgendwelche Leute, sondern um Klara und Ralph und ihre Ehe. Das ging Ally nichts an.

Als sie wieder in die Wohnung kam, war von Klara nichts mehr zu sehen. Ralph fand sie aber im Schlafzimmer, wo er zu ihrem großen Entsetzen einen größeren Koffer packte. „Wo gehst du hin?"

Ralph war so in seine Gedanken vertieft, dass er erschreckt herumfuhr, als er Allys Stimme hörte. „Oh, hallo mein Mädchen. Wie lange stehst du da schon?"

„Erst seit gerade eben. Wo gehst du hin?", fragte Ally noch einmal.

„Nach Hamburg", antwortete er, ohne sie anzusehen.

„Wann kommst du wieder?" Ally hielt gespannt die Luft an.

„Ich weiß es nicht."

„Hast du mit Mummy gesprochen?"

„Ja."

„Und?"

„Das weiß ich auch noch nicht. Ich muss nachdenken. Deswegen ziehe ich erstmal in unsere Wohnung nach Hamburg.“ Er zerrte ungeduldig am Reißverschluss, um den Koffer zu schließen.

„Wird alles wieder gut?“, fragte Ally flehend.

„Ally, ich weiß es nicht!“, fuhr Ralph sie an. „Du kannst mich aber immer anrufen. Egal was passiert, ich bin immer für dich da“, fügte er sanft hinzu und strich ihr liebevoll über die Haare. „Pass auf dich auf, mein Mädchen!“ Er ging.

Ally blieb zurück und bekam das erste Mal eine Vorstellung davon, was die Leute meinten, wenn sie von einer Achterbahnfahrt der Gefühle sprachen. Und sie wusste, warum sie Achterbahnen nicht leiden konnte. In einem Augenblick war sie noch total erleichtert und glücklich gewesen, dass sie auf der Insel bleiben konnte und dass Klara sie liebhatte. Und jetzt das. Wie konnte es sein, dass sie trotzdem auf den ganzen Mist nicht mehr verzichten wollte?

~

Inzwischen war Ralph seit zehn Tagen weg. Genau nach Fahrplan ging Ally jeden Tag bei jeder Ankunft einer Fähre zum Anleger. Sie wusste zwar, dass es vergeblich war, aber es tat einfach gut, etwas zu tun zu haben. Außerdem brauchte Troll ja sowieso Auslauf.

Als sie an diesem Morgen zur Idas Haus zurückkam, fabrizierte Charlotte unten im Café gerade in Rekordzeit traumhaft schöne Cappuccini. Ally hatte keine Ahnung, wie sie das anstellte, aber mit der hinterhältigen Kaffeemaschine hatte sich die neue Aushilfe von Anfang an bestens vertragen. Ansonsten war Charlotte oder Charlie allerdings ziemlich schusselig und eine echte Gefahr für sich selbst und Klaras Porzellan. Aber die junge Frau mit dem sympathischen Koboldgesicht, den blitzenden Augen und dem frechen Kurzhaarschnitt war motiviert, nett und lustig, sodass ihr das keiner wirklich übelnehmen konnte. Ally und Klara hatten sie schon deswegen gerne in Idas Haus, weil sie für etwas Ablenkung sorgte. Außerdem konnten sie Hilfe gebrauchen. Gerade war es noch ruhig, aber wenn in der nächsten Woche die Osterferien begannen, würden das Hotel und die Ferienwohnungen wieder voll belegt sein.

Ally blieb unschlüssig einen Moment in der Tür stehen. Es fiel ihr immer noch nicht leicht, einfach so mit fremden Menschen zu sprechen und sie auch noch um etwas zu bitten. Aber daran musste sie sich wohl ein für alle Mal gewöhnen, denn in Idas Haus würde es immer wieder neue Saisonkräfte geben und neue Gäste sowieso. Außerdem war Charlie echt ok. Sie war 22 Jahre alt, hatte gerade ihre Ausbildung in einem Notariat hingeschmissen und jobbte jetzt, bis sie sich zum nächsten Wintersemester an einer Uni einschreiben konnte. Bauingenieurin wollte sie werden und Ally konnte sich richtig gut vorstellen, wie sie mit einem Schutzhelm auf dem Kopf auf einer Baustelle herumwuselte und den Handwerkern Beine machte. Also wenn sie nicht vorher versehentlich gegen einen Pfeiler rannte oder in eine Baugrube fiel.

Ally schmunzelte bei dem Gedanken, straffte die Schultern und sprach sie an: „Hey Charlie, hast du Klara gesehen?"

„Ja, hab' ich. Willst du auch wissen, wo?" Charlies Augen funkelten schelmisch.

„Aber unbedingt!" Ally musste unwillkürlich grinsen.

„Sie ist im Büro", verkündete Charlie, während sie kunstvoll Kakao auf einem Berg Milchschaum verteilte.

„Ok, danke. Sag mal, würdest du hier noch mal kurz die Stellung halten? Ich muss noch schnell was erledigen." Eigentlich fing jetzt gerade nämlich Allys Schicht an, aber sie musste unbedingt vorher nach Klara sehen. Sie war so traurig gewesen, als die beiden heute Morgen am Meer gewesen waren. Charlie nickte bereitwillig und Ally flitzte Richtung Büro davon.

„Mummy?" Ally schlang von hinten die Arme um sie. „Alles in Ordnung mit dir?" Seit den Vorfällen von vor zehn Tagen war in Ally ein ausgeprägter Beschützerinstinkt Klara gegenüber erwacht.

„Es geht schon. Ich bin einfach froh, dass du das bist." Klara zog Ally zu sich hinunter und hielt sie für ein paar Sekunden ganz fest.

Es tat Ally weh, Klara so leiden zu sehen, aber gleichzeitig war sie auch dankbar, zur Abwechslung mal auch etwas für sie tun zu können. Auch wenn es anstrengend war, stark zu sein, obwohl man selbst auch traurig war. „Was machst du gerade?", fragte sie, um Klara auf andere Gedanken zu bringen.

„Ich lese Bewerbungen. In der Hauptsaison brauchen wir noch mindestens eine, besser noch zwei weitere Saisonkräfte."

„Und? Ist schon jemand Gutes dabei?", hakte Ally neugierig nach.

„Ja, eigentlich schon, aber ich bin noch nicht überzeugt." Klara klappte schwungvoll den Laptop zu. „Aber das liegt bestimmt gerade mehr an meinem Gemütszustand als an den Bewerbern. Ich fahr jetzt erstmal ins Dorf."

„Hast du mit Daddy gesprochen?", rief Ally ihr nach, als Klara schon fast im Flur war. Eigentlich hatte sie die Frage gar nicht stellen wollen, um Klara nicht zu nerven, aber dann war sie ihr doch rausgerutscht. Sie hielt es kaum mehr aus, nicht zu wissen, wie es mit den beiden und damit auch mit ihr weiterging.

„Nein, er hat sich noch nicht gemeldet."

„Dann ruf du ihn doch an!"

„Ich will ihn nicht drängen. Ich hab' ihm jahrelang nicht die Wahrheit gesagt, da soll er sich jetzt die Zeit nehmen, die er braucht", erklärte Klara sachlich.

Ally verdrehte die Augen. Wie lange konnte es schon dauern, sich zu überlegen, ob man jemanden noch liebte oder nicht? Als Klara gegangen war, nahm sie ihr Smartphone zur Hand und rief Ralph an.

„Hallo Prinzessin", meldete er sich nach nur zweimal klingeln. „Wie geht's dir?"

„Du fehlst mir!"

„Aber ich bin doch nicht aus der Welt." Auch seine Stimme klang traurig. „Wenn du mich brauchst, bin ich für dich da, das hab' ich dir doch versprochen."

„Aber du bist nicht hier. Das ist einfach nicht dasselbe!" Warum wollte auch Ralph das denn nicht verstehen?

„Hab' noch ein bisschen Geduld."

„Ich muss jetzt arbeiten. Mach's gut!" Ally hätte das Handy am liebsten in die Ecke gepfeffert, aber stattdessen legte sie einfach auf. Sie wollte keine Geduld haben! Manchmal waren Erwachsene so kompliziert, dass sie überhaupt keine Lust hatte, auch bald dazuzugehören. Dieses Spiel, bei dem der eine auf den anderen wartete, war doch einfach kindisch. So was würde ihr nie passieren!

Aufgebracht machte Ally sich anschließend im Café an die Arbeit und wurde erst wieder ruhiger, als sie jeden einzelnen Tisch abgewischt und neu eingedeckt hatte. Irgendwie meditativ war das. Es war schon komisch, dachte sie dabei. Noch vor einem Jahr war sie vollkommen allein auf der Welt und jetzt stand sie hier und hatte Angst, dass ihre Wahleltern sich scheiden ließen. Dazu durfte es einfach nicht kommen! Denn obwohl sie es selbst ungerecht fand und es auch nicht hätte erklären können, wusste sie, dass sie im Fall der Fälle bei Klara in Idas Haus bleiben würde. Sie konnte einfach nicht anders.

Klara atmete tief ein, während sie durch die Dünen Richtung Inseldorf radelte. Es war bedeckt, aber gar nicht kalt und die Luft roch bereits nach Frühling. Kurzentschlossen stellte sie beim nächsten Dünenüberweg ihr Rad ab und ging zum Strand hinunter. Es war Hochwasser und die Wellen, die heute in einem tiefen Blaugrün schimmerten, schlugen nur wenige Meter von ihr entfernt auf den Sand. Eine steife Brise wirbelte ihr Gischt ins Gesicht und zerrte an ihren Haaren. Klara liebte diese herbe Schönheit der Nordsee in jeder einzelnen Sekunde. Egal, wie es ihr gerade ging, der Blick auf die Wellen war immer tröstlich. Es war gut, dass das Meer immer für sie da war wie ein guter Freund. Denn ansonsten würde sie wahrscheinlich verrückt werden (oder wäre es schon vor langer Zeit geworden). Wie hatte sie jemals glauben können, dass das Leben planbar war wie eine neue Autobahntrasse? Sie dachte an den Plan, der zu Schulzeiten an ihrer Tür geklebt hatte, und hätte am liebsten laut losgelacht. Inzwischen wusste sie, dass das Leben nicht so eindimensional war wie dieses Stück Papier. Trotzdem war sie immer wieder überrascht, wie viele Abzweigungen ein Lebensweg haben konnte: Nach ihrem Geständnis war sie sicher gewesen, Ally verloren zu haben, aber jetzt schienen sie sich noch näher zu sein als jemals zuvor. Stattdessen hatte ihr Mann sie verlassen. Ralph, der immer an ihrer Seite gewesen war und ohne den sie heute nicht hier stehen würde. Was sollte sie nur tun, wenn er nicht zurückkam? An dieser Stelle blockierte ihr Denken, denn ein Leben ohne Ralph konnte sie sich einfach nicht mehr vorstellen.

Trotz ihres Kummers und der Angst fühlte Klara aber eine ungewohnte Ruhe in sich. Überrascht stellte sie fest, dass das gefährliche, dunkle Brodeln in ihrem Inneren einfach weg war. Der hässliche Fleck auf ihrem Herzen begann ganz langsam zu heilen. Es würde nicht heute passieren und auch nicht morgen, aber Klara wusste, dass sie endlich frei sein würde.

Kapitel 34

Hamburg, April 2019

Ralph wollte einen weiteren Schluck Bier nehmen, aber irritiert stellte er fest, dass sein Glas schon wieder leer war. „Noch eine Runde!“, rief sein Kollege Thomas sofort dem Barmann zu. Zuerst wollte Ralph widersprechen, aber dann ließ er es bleiben.

„Aber konzentriert euch doch erstmal auf die low hanging fruits“, empfahl ein weiterer Kollege gerade den Anwesenden, die zum Teil zustimmend nickten. Sie alle waren bei der gleichen Unternehmensberatung angestellt wie Ralph und mindestens die Hälfte von ihnen lebte nur für die Arbeit. So wie Ralph im Moment auch.

„Dann verlieren wir aber viel zu schnell das big picture aus den Augen“, argumentierte Thomas dagegen. „Die Deadline zu halten hat absolute Prio.“ Wieder nickten die anderen wissend.

Ralph grinste in sich hinein. Er war schon angetrunken genug, um dieses superwichtige Manager-Getue nicht mehr ganz ernst nehmen zu können. Das war doch alles ein Witz! Wenn er so darüber nachdachte, war doch eigentlich sein ganzes Leben gerade nicht mehr als ein schlechter Witz. Seit vierzehn Tagen machte er jetzt nichts anderes mehr als arbeiten, arbeiten, Kopfschmerztabletten nehmen, arbeiten, in Bars sitzen, arbeiten und schlecht schlafen.

„Ralph, was meinst du dazu?“, riss ihn eine Stimme aus seinen Grübeleien.

„Ich denke, es ist wichtig, dass wir uns committen, damit wir das Projekt asap abschließen können“, antwortete er auf gut Glück, was auch ihm anerkennendes Nicken einbrachte.

Die Kunst der leeren Rede beherrschte auch er perfekt. Dabei hatte er keine Ahnung, worum es überhaupt ging. Und ehrlich gesagt interessierte es ihn auch nicht sonderlich. Gerade konnte er noch nicht einmal mit Sicherheit sagen, wo er sich befand. Klar, in einer Bar auf dem Hamburger Kiez, aber an deren Namen konnte er sich beim besten Willen nicht erinnern. Wie schon die letzten Abende hatte er sich einfach von den Kollegen mitschleifen lassen und irgendwo waren sie dann versackt. Socializing nannte man das. Unter normalen Umständen lag ihm das gar nicht, aber normal war im Moment überhaupt nichts. Außerdem musste er den anderen zugutehalten, dass sie sich redliche Mühe gaben, ihn von seinen Eheproblemen abzulenken. Eheprobleme – wie das schon klang! Sowas hatten andere Leute, aber er doch nicht!

Im Büro hatte er zuerst gar nicht über seine momentane Krise (was auch nicht besser klang!) reden wollen, aber wenn man tagtäglich mit denselben Leuten zusammen war, mit ihnen im Flugzeug saß und zum Lunch ging, ließ sich das irgendwann nicht mehr vermeiden. Es war einfach zu auffällig, dass er normalweise freitags, wenn nicht sogar schon donnerstags das Office mit wehenden Fahnen verließ, um noch die letzte Fähre zu bekommen, es im Moment aber überhaupt nicht eilig hatte. Im Endeffekt hatte er nur preisgegeben, dass er Stress mit seiner Frau hatte. Von den Kollegen, von denen er einige bestenfalls als Kumpel, auf keinen Fall aber als Freunde bezeichnen würde, hatte ihm das verständnisvolle Blicke und mitleidiges Schulterklopfen eingebracht. Welche Art von Stress diese sich jetzt zusammengereimt hatten, wollte er gar nicht so genau wissen. Von Fremdgehen über eine geheim gehaltene Brustvergrößerung bis hin zum Überziehen der Kreditkarte war bestimmt alles dabei. Jede einzelne dieser Möglichkeiten in Zusammenhang mit Klara und die Vorstellung, wie die anderen sich hinter seinem Rücken die Mäuler darüber zerrissen, widerte ihn an, die Wahrheit konnte er ihnen aber auch nicht sagen.

Denn was war eigentlich die Wahrheit? Klara hatte ihm schon vor Jahren erzählt, dass sie nach dem Abi von einem Widerling aus ihrem Jahrgang ungewollt schwanger geworden war. Auch dass sie das Baby wenig später durch einen Treppensturz verloren hatte. Dass sie diesen Unfall hätte verhindern können, hatte sie ihm erst vor zwei Wochen gestanden. War das sein Problem? Dass Klara dieses Kind nicht gewollt hat? Dass sie dafür sogar eine Fehlgeburt in Kauf genommen hat? Oder störte es ihn, dass sie ihm erst jetzt die Wahrheit gesagt hatte?

Ein Kellner stellte ein neues Bier vor ihn hin und schon war der Gedanke, den er eben noch gehabt hatte, wieder weg. So erging ihm das die ganze Zeit über. Er war zum Nachdenken nach Hamburg gekommen, aber scheinbar zwanghaft beschäftigte er sich mit allem möglichen anderen, um genau das nicht tun zu müssen. Dabei wurde es höchste Zeit, dass er eine Entscheidung traf. Jeden Tag rief Ally ihn an und jeden Tag stellte sie dieselbe Frage: „Wann kommst du nach Hause?“ Der flehende Unterton in ihrer Stimme war kaum zu ertragen. Aber er hatte immer noch nicht die geringste Ahnung, wie diese Entscheidung aussehen sollte, er wusste noch nicht einmal, wie er die Sache überhaupt angehen sollte. Nach welchen moralischen Maßständen sollte er Klaras Handeln bewerten? Sollte er auf sein Bauchgefühl hören? Eine Pro-und-Contra-Liste erstellen? Tatsächlich hatte er bereits versucht, dass Problem mit den ihm so vertrauten Werkzeugen des Projektmanagements anzugehen, aber hinterher war er keinen Cent schlauer gewesen, sondern hatte sich vielmehr gefühlt wie ein realitätsferner Wissenschaftler. Oder ein Trottel.

Thomas tickte ihn von der Seite an. „Komm‘, wir hauen ab.“ Ralph wollte einwenden, dass er sein Bier noch nicht ausgetrunken hatte, aber auf wundersame Weise war das Glas schon wieder leer. Deswegen zuckte er nur gleichmütig die Schultern und warf sich seinen Mantel über. Als die Gruppe Richtung U-Bahn schlenderte, musterte Ralph sich und seine Begleiter. Sie alle trugen teure Anzüge, glänzende Lederschuhe (cognacbraun war gerade angesagt), lange dunkle Mäntel und Aktentaschen. Alle waren angetrunken. Alle fühlten sich wie die Herrscher der Welt. Es war einfach nur peinlich.

Ihre Aufmachung beziehungsweise wohl eher das damit verbundene Monatsgehalt fielen nicht nur ihm auf. Schon an der nächsten Ecke wurden sie von einer Prostituierten angesprochen. Ralph stöhnte innerlich, auch wenn er wusste, dass das in gewissen Straßen hier nichts Außergewöhnliches war. Zunächst versuchten die Männer sie abzuwimmeln wie ein lästiges Insekt, aber dann sagte Thomas plötzlich: „Hey Ralphi, wär‘ das nicht was für dich? Da kommst du mal auf andere Gedanken!“ Die anderen johlten.

„Eher nicht“, erwiderte Ralph unbehaglich und versuchte der Dame mit einer Kopfbewegung zu verstehen zu geben, dass hier kein Geschäft zustande kommen würde.

„Sei kein Spießer! Die Süße ist doch heiß!“

„Nein, danke.“

„Oder hast du etwa Angst vor deiner Alten? Denk‘ dran, das Biest hat dich verarscht!“

Blinde Wut stieg in Ralph auf. Niemand hatte das Recht so über seine Frau zu sprechen! Ohne nachzudenken ging er auf den Mann los und drückte ihn gegen die nächste Wand. Für einen kurzen Moment starrten sich die Kontrahenten in die Augen, dann besann sich Ralph und ließ den anderen los. Wie tief war er nur gesunken? „Sprich‘ nicht von Dingen, die du nicht verstehst“, knurrte er nur und wollte sich zum Gehen wenden. Thomas legte ihm aber kumpelhaft den Arm um die Schultern und hielt ihn fest.

„Das hat er doch nicht so gemeint, der Udo. Kennst ihn doch. Wir wollen alle nur das Beste für unseren Ralphi. Und das ist im Moment definitiv dieser heiße Feger.“ Er deutete auf die Frau, die das Geplänkel neugierig beobachtete. „Den Chef freut‘s bestimmt auch, wenn du nicht mehr so durch den Wind bist. Der lässt dich das Vergnügen glatt als Betriebsausgabe abrechnen.“

Alle lachten, außer Ralph. Es fing an zu regnen. Ralph wollte einfach nur weg, aber plötzlich fehlte ihm jegliche Energie, diese lächerliche Diskussion noch weiter fortzusetzen. Der Regen wurde stärker, es war kalt. „Dann komm‘ halt mit!“ Ganz Gentleman bot er der Dame den Arm. Wenn er sie jetzt mit in seine Wohnung nahm, musste sich die Arme hier zumindest nicht den Tod holen. Die anderen grölten und jubelten und wünschten ihm viel Spaß, aber Ralph beschleunigte seine Schritte und war schon bald außer Hörweite. An seinem Arm stolperte seine Begleiterin auf schwindelerregend hohen, weißen Lackstiefelletten neben ihm her.

Den ganzen Weg bis zu Ralphs Apartment sprachen die beiden kaum zwei Sätze. Dort angekommen bot er ihr aber zunächst übertrieben wortreich etwas zu trinken an, nur um irgendwie Zeit zu gewinnen.

„Wie heißt du denn, mein Schöner?“, fragte sie anschließend, während sie sich lasziv aufs Sofa fallen ließ. Anerkennend tätschelte sie dessen weiches, braunes Leder, als handelte es sich um ein lebendes Tier.

„Ralph.“ Er versuchte, nicht auf ihre Brüste zu schauen, die ihn aus ihrer weit ausgeschnittenen Samtbluse förmlich ansprangen. „Und du?“

„Nenn‘ mich Marilyn.“ Sie strich ihre blondierten Haare nach vorne und spielte aufreizend mit einer Haarsträhne. Endlich kapierte Ralph, was Frauen meinten, wenn sie über Spliss klagten. Er betrachtete Marilyn genauer: Sie war bestimmt noch keine vierzig, sah aber Jahre älter aus, obwohl sie alles dafür zu tun schien, dass die Leute sie für maximal zwanzig hielten. Wobei „älter“ gar nicht das richtige Wort war, überlegte Ralph. „Verbraucht“ umschrieb es besser und in diesem Fall war das wohl auch tatsächlich zutreffend. Diese Frau war kein Vergleich zu seiner Klara!

Klara. Er sollte jetzt besser nicht an sie denken.

„Was kann ich denn für dich tun?“, hauchte Marilyn.

„Vielleicht können wir ein bisschen reden“, meinte Ralph unschlüssig.

„Ach, reden nennt man das bei euch, Business-Jungs. Also ich spreche viele Sprachen.“

Panisch bemerkte Ralph, dass sie anfing, die Häkchen ihrer Bluse zu öffnen. Ehe er etwas unternehmen konnte, landete der Fummel schon auf dem Boden und Marilyn saß in einem schwarzen Spitzendessous da. Ralph sprang auf und öffnete das Fenster. Er hoffte inständig, dass es so kalt im Zimmer wurde, dass sie sich freiwillig wieder anzog. Als das nicht passierte, sagte er: „Ich denke, du hast da was falsch verstanden."

„Was gibt es denn da falsch zu verstehen? Ich bin hier. Du bist hier. Wir sind allein." Sie stand auf und kam auf ihn zu, aber Ralph hob abwehrend die Hände.

„Nein, bitte lass' das. Ich wollte nur nicht länger mit diesen Typen diskutieren und dachte mir, du musst ja nicht weiter im Regen stehen."

„Wow, ein echter Ehrenmann", schnaubte Marilyn. „Und wie soll ich an Kohle kommen, wenn ich nicht da draußen im Regen stehe?"

„Ich bezahl' dich natürlich. Bleib' heute hier, solange du magst." Zögerlich setzte er sich ihr gegenüber auf einen Sessel, während sie sich endlich ihre Bluse wieder anzog. „Zum Reden könnte ich außerdem wirklich jemanden gebrauchen." Hatte er das jetzt ernsthaft gesagt?

„Ok!" Marilyn machte es sich auf dem Sofa gemütlich. „Aber schade, eigentlich find' ich dich ganz sexy."

„Bin ich nicht viel zu alt für dich?", fragte Ralph zweifelnd.

„Ich kann da nicht so wählerisch sein." Sie zuckte die Schultern. „Dann erzähl' mal, wo drückt denn der Schuh? Aber glaub' ja nicht, dass das so billiger wird. Seelenklempner sollen ein Schweinegeld verdienen, hab' ich gehört."

Ralph musste grinsen. Diese Situation war einfach surreal! Aber da es sich jetzt nicht mehr ändern ließ, dass sie und er alleine in dieser Wohnung waren, konnte er auch versuchen, das Beste daraus zu machen. Nachdem er fast schüchtern begonnen hatte, purzelten die Worte bald nur so aus seinem Mund. Nach einer halben Stunde wusste Marilyn alles: Von Klara, vom Hotel, von Ally und auch von Klaras Baby.

Ralph konnte sich nicht erinnern, jemals in so kurzer Zeit so viel aus seinem Leben preisgegeben zu haben. Als ihm das bewusst wurde, schwieg er beschämt. Was dachte diese Frau wohl von einem Kerl, der nichts Besseres zu tun hatte, als einer Prostituierten sein Herz auszuschütten?

Auch Marilyn schwieg und schenkte sich großzügig Wein nach. „Dieser Gregor war ein Schwein", bekannte sie dann entschieden. „Und Schweine sollten sich an solche Leute wie mich halten, nicht an anständige Mädchen."

„Stimmt", erwiderte Ralph prompt und merkte zu spät, was das bezüglich seiner Meinung über Prostituierte aussagte. Aber Marilyn schien es gelassen zu nehmen. „Aber das ändert nichts am Sachverhalt, oder?", hakte er nach. Schließlich ging es hier nicht um diesen Gregor (dem er im Übrigen nur allzu gerne bei Gelegenheit die Fresse polieren würde)!

„Am Sachverhalt, wie das schon klingt!" Jetzt klang sie doch ziemlich sauer. „Es ist immer das Gleiche: Der Kerl verbockt es und das Mädel ist schuld!"

„Hä?" Ralph hatte keine Ahnung, worauf sie hinaufwollte.

„Dieser Junge hat aus Spaß ihr Leben zerstört und sie ist die Böse, weil sie es zurückhaben wollte. Das ist doch nicht fair. Guck' mich an, da ist es doch dasselbe! Ihr Männer wollt den Sex und ich werd' als dreckige Nutte beschimpft!" Aufgebracht funkelte sie ihn mit ihren unnatürlich blauen Augen an. Das waren bestimmt Kontaktlinsen, trotzdem war das Blau nicht so intensiv wie bei Klara. Klara. Schon wieder.

„Warum machst du dann, was du machst?", fragte Ralph.

„Um mich geht es hier nicht, mein Lieber! Du bist der Patient."

„Und wie ist dann die Diagnose, Frau Doktor?“ Einerseits hatte sie Recht. Anderseits fand Ralph immer noch, dass es humanere Lösungen gegeben hätte, das Baby wieder loszuwerden.

„Du suhlst dich in deinem Selbstmitleid“, erklärte Marilyn, nachdem sie in aller Ruhe einen Schluck Wein genommen hatte.

„Was?“ Damit hatte Ralph nicht gerechnet.

„Du hast richtig gehört. Du badest sogar richtig darin. Dabei hast du das Problem gar nicht selber und hattest es auch nie. Deine Klara hat es. Ich denk‘, du kannst dir nicht mal annähernd vorstellen, wie scheiße sie sich mit der ganzen Sache fühlt. Keine Frau steckt sowas so leicht weg. Ich kenn‘ genug Kolleginnen, die in ähnlichen Situationen waren und das ist kein Spaß. Du kannst einfach froh sein, dass deine Klara den Sturz überhaupt überlebt hat, denn es gibt auch Frauen, die bringen sich selbst gleich mit um. Dann wäre aus euch wohl nichts geworden.“

Ralph stutzte. So hatte er das Ganze noch nie betrachtet. „Und was soll ich jetzt deiner Meinung nach machen?“, fragte er hilflos.

„Das sag‘ ich dir gerne! Du hast eine echt scharfe Frau, eine süße Tochter und das ganz ohne Windeln wechseln und du hast sogar ein ganzes Hotel. Also schwing‘ deinen Arsch wieder auf diese Insel!“

Ralph starrte sie mit offenem Mund an, dann realisierte er, dass ihm der Gedanke gefiel. Er wollte, dass alles wieder wie vorher wurde. Er war glücklich mit Klara. Er war noch glücklicher, seit Ally wieder bei ihnen war. Er liebte sein Zuhause. Aber durfte er denn einfach wieder zur Tagesordnung übergehen? „Darf ich das denn?“, sprach er seinen

Gedanken laut aus. „Ich meine, es war doch ethisch schon problematisch, was sie damals gemacht hat."

„Aber du bist nicht das Internationale Tribunal für Menschenrechte oder wie das Ding heißt. Du bist ihr Mann!" Marilyn schlug die Hände über dem Kopf zusammen. Seine Geschichte schien sie wirklich mitgenommen zu haben. „Bist du religiös?", hakte sie nach, als sie sich wieder halbwegs beruhigt hatte.

„Eher nicht", gestand Ralph.

„Gut. Dann kannst du dir die Frage, was du darfst und was nicht, ganz alleine beantworten. Du bist ja schließlich schon groß."

Schweigend tranken sie ihren Wein, während Ralph angestrengt versuchte, dass Gehörte in seinem vom Alkohol vernebelten Kopf zu verarbeiten.

Irgendwann stand Marilyn auf und nahm ihre Jacke. „Ich werd' jetzt gehen. Vielleicht find' ich heute ja noch jemanden, bei dem ich mein Geld leichter verdienen kann. Mach's gut, Ralph, der Gentleman!"

„Du auch", erwiderte Ralph und streckte ihr förmlich die Hand entgegen, was wohl den größtmöglichen Respekt ausdrückte, den er ihr erweisen konnte. „Komm' uns doch mal auf Wangerooge besuchen!"

„Oh ja, deine Klara wäre bestimmt begeistert", kicherte Marilyn.

„Bei uns ist jeder willkommen", erwiderte er ernsthaft. „Hier hast du meine Karte. Überleg' es dir!"

Lächelnd nahm sie die strahlend weiße Visitenkarte entgegen. „Das mach' ich." Damit drehte sie sich um und ging mit schwingenden Hüften den Flur hinunter.

„Wie heißt du eigentlich richtig?“, rief Ralph ihr hinterher. Aus dem dunklen Treppenhaus hörte er nur noch ihr heiseres Lachen, dann war sie endgültig verschwunden. Ralph war sich sicher, dass er diese Frau, die mit Sicherheit nicht Marilyn hieß, nicht blond war und keine blauen Augen hatte, nie wiedersehen würde. Und schon während er die Wohnungstür schloss, konnte er nicht mehr mit Sicherheit sagen, ob er sich diese Begegnung nicht nur eingebildet hatte.

Als er am nächsten Morgen noch völlig verkatert ins Wohnzimmer kam, fand er dort die leere Weinflasche mit zwei Gläsern und war auf seltsame Weise erleichtert. Leise vor sich hin summend räumte er auf, dann griff er zu seinem Smartphone.

Kapitel 35

Wangerooge, April 2019

Es war 6:33 Uhr und die Sonne hob sich gerade wie ein orangeroter Ballon aus dem Meer. Ally war froh, dass sie noch ihre Winterjacke übergezogen hatte, denn trotz oder gerade wegen des wolkenlosen Himmels war es noch eisig kalt.

„Ich hab‘ Frau Bergmann gestern im Supermarkt getroffen“, meinte Klara beiläufig, während sie ihre Hände tief in ihren Manteltaschen vergrub.

„Aha“, murmelte Ally unbestimmt. „Bist du sicher?“

„Naja, zumindest war sie in Begleitung von drei blonden Mädels.“ Klara zwinkerte ihr zu. Ihr Desinteresse nahm sie Ally nicht ab.

Tatsächlich versuchte Ally die neue Information gerade zu verarbeiten. Finns Schwestern waren wie drei zum Leben erwachte Matroschka-Püppchen. Das war garantiert einmalig und es war absolut ausgeschlossen, dass man sie mit irgendjemandem verwechselte. Außer natürlich die Mädchen untereinander, wenn man eine alleine antraf und somit keinen Größenvergleich hatte. Klara war sich also sicher, dass die Bergmanns auf der Insel waren. Die Vermutung lag also nahe, dass auch Finn hier war… Ally wurde plötzlich ganz unruhig und kam sich sogleich albern vor.

Klara beobachtete, wie Ally herumzappelte und unterdrückte ein Schmunzeln. „Komm‘, Mäuschen, wir gehen ein Stück!“ Sie dirigierte Ally Richtung Wasser, wo sie zunächst schweigend am Spülsaum entlangschlenderten. „Magst du mir erzählen, was da zwischen euch passiert ist?“, erkundigte sich Klara nach ein paar Metern vorsichtig.

Ally zuckte mit den Schultern. „Es ist nichts passiert. Absolut nichts", sagte sie bitter. „Es hat ihn überhaupt nicht interessiert, als ich im Herbst abgereist bin. Und gemeldet hat er sich auch nicht. Noch nicht mal, seit ich wieder hier bin." Jetzt klang ihre Stimme aufgebracht. Klara sah sie abwartend an, bis Ally zerknirscht hinzufügte: „Und ich hab' ihm auch nicht geschrieben."

„Woher sollte er dann überhaupt wissen, dass du wieder auf der Insel bist?" Das war eindeutig eine rhetorische Frage. Klara ließ Ally ein wenig Zeit, dann fragte sie weiter: „Magst du ihn?"

„Ja, ich denke schon", erwiderte Ally. „Aber ich weiß nicht, ob ich ihn so mag. Weißt du, was ich meine?" Sie sah Klara beinahe verzweifelt an.

Diese nickte. „Ja, das weiß ich. Ich kenn' das Gefühl. Und ich erinnere mich, dass diese Unsicherheit ätzend war. Das Gute ist aber, dass du alle Zeit der Welt hast, herauszufinden, was du willst."

Ally wirkte nicht überzeugt. „Aber was ist, wenn er schneller will als ich?"

„Sag' ihm ehrlich, wie es dir geht." Als Klara Allys panischen Gesichtsausdruck sah, fügte sie hinzu: „Ich weiß, das ist einfacher gesagt als getan. Und es kann auch passieren, dass ihm das nicht passt. Aber dann hat sich die Sache sowieso entschieden, oder?"

„Ich denk' drüber nach", maulte Ally unentschlossen, während sich die beiden auf den Rückweg machten.

„Wenn ihr zwei nie wieder was voneinander hört, hat sich die Sache übrigens auch entschieden." Klara hatte das Gefühl, dass es am sichersten war, Ally mit einem ganzen Zaun zu bewerfen, statt ihr nur einen Wink mit dem Zaunpfahl zu geben. Als Reaktion erntete sie nur einen giftigen Blick, was wohl bewies, wie Recht sie hatte.

Im Café angekommen war Ally schon fast so weit, Finn anzuschreiben, dann brauchte Charlie aber dringend Hilfe mit den Frühstücksgästen und es wurde nichts daraus. Während Ally frisches Rührei, wahlweise mit Schinkenwürfeln oder ohne, servierte, schien das Smartphone in ihrer Hosentasche immer schwerer zu werden. Kaum waren um 11:00 Uhr alle Tische abgeräumt, wollte Ally sich mit ihrem Handy auf die Terrasse verdrücken. Bevor sie aber die Tür erreicht hatte, rief Nils theatralisch aus der Küche: „Kleene, machst du mir bitte einen Café au lait mit extra viel Schaum? Mit Zucker? Ich bin völlig fertig!"

Ally stöhnte. Inzwischen hatte sie entschieden, dass sie Finn definitiv schreiben würde, und wollte es jetzt schnell hinter sich bringen. Ganz passte es ihr nämlich immer noch nicht, dass sie sich als Erste meldete. Er könnte doch schließlich auch… Da ihr jedoch aufgegangen war, dass sie sich dann genauso kindisch verhalten würden wie Klara und Ralph (was sie natürlich nie zugeben würde), hatte sie sich fest vorgenommen, ihren Stolz herunterzuschlucken.

Sie brachte Nils seinen Kaffee, rief „Ich mach' kurz Pause!" in den Raum und flitzte, ohne eine Antwort abzuwarten, nach draußen, bevor sie wieder jemand aufhalten konnte. Vor dem Hotel fand sie eine sonnenbeschienene Hausecke, in der es sich auch ohne Jacke schon aushalten ließ. Endlich hielt sie ihr Handy in der Hand, stand aber sofort vor dem nächsten Problem: Was sollte sie ihm denn schreiben? Zuerst wollte sie berichten, warum sie bei ihrem letzten Zusammentreffen so durch den Wind gewesen war. Dann wollte sie fragen, warum zum Teufel er sich denn nie gemeldet hat. Beides wohl keine gute Idee. Sie löschte die wenigen Zeichen wieder, die sie bereits getippt hatte, und schrieb nach einer gefühlten Ewigkeit nur: *Hey, Klara hat deine Mum im Supermarkt gesehen. Bist du auch auf der Insel?* Sie überlegte, noch einen Smiley hinter dieses Meisterstück der Unverfänglichkeit zu setzen, entschied sich aber dagegen und drückte auf „Senden". Das musste jetzt so gehen!

Den ganzen Tag über kontrollierte Ally schon fast manisch alle paar Minuten ihr Handy. Keine neuen Nachrichten. Jetzt war es gut, dass viel zu tun war, das Ally ablenkte, sonst hätte das Gerät wahrscheinlich einen Burnout erlitten. Gerade als sie dann mit den anderen bei einem schnellen Reste-Abendessen zusammensaß (heute hatten eine Gemüse-Gnocchi-Pfanne, Brokkoli-Cremesuppe und ein sündhaft leckerer Schokoladenkuchen auf der Tageskarte gestanden), vibrierte ihr Handy. Da sie dieses unhöflicherweise auf den Tisch vor sich gelegt hatte, verstärkte das Holz das Geräusch, sodass es jeder mitbekam. Na toll!

„Los, guck' schon nach!", flüsterte Klara ihr ins Ohr und Ally griff mit spitzen Fingern nach ihrem Smartphone, als handelte es sich um einen ekligen Käfer.

Jo, heute Abend treffen? Mehr hatte Finn nicht geschrieben. Aber er hatte sich gemeldet und er wollte sie sehen! Ally wurde flau im Magen. Wenn das Schmetterlinge sein sollten, konnte sie gut darauf verzichten. Sie sah auf die Uhr und tippte dann mit zittrigen Fingern: *20 Uhr am Pudding?* Die Antwort kam prompt und bestand nur aus einem Emoji: Einem Daumen nach oben.

~

Um 20:07 Uhr schloss Ally ihr Fahrrad an und ging mit schnellen Schritten auf ihren Treffpunkt zu. Sie hatte zu

Hause so lange herumgepuzzelt (Haare offen – Haare im Zopf, Lipgloss – kein Lipgloss und so weiter), dass sie die Zeit vergessen hatte. Jetzt war sie total abgehetzt und ihre kunstvoll geflochtene Frisur hatte sich auch schon wieder aufgelöst. So hatte sie sich das bestimmt nicht vorgestellt! Naja, eigentlich auch egal, schließlich war das hier ja kein Date.

Der „Pudding" war ein kreisrundes Gebäude am Ende der Einkaufsstraße, das auf einem ehemaligen Bunker aus dem Zweiten Weltkrieg errichtet worden war und das man komplett umrunden konnte. Das nannte man in Norddeutschland „um den Pudding gehen". Dieser Redewendung verdankte der Pudding beziehungsweise das heute dort untergebrachte Café seinen Namen. Das hatte Ralph ihr erklärt, fiel Ally ein und sofort verdüsterte sich ihre Stimmung. Er und Klara hatten immer noch nicht miteinander gesprochen!

Wie zu erwarten hockte Finn bereits auf dem Mäuerchen vor dem Pudding und blickte auf den Hauptstrand. Ally zögerte kurz, dann ließ sie sich neben ihn auf die Backsteine gleiten. „Hi."

„Hi", antwortete Finn, wobei Ally seinen Blick nicht deuten konnte. Sie stellte nur fest, dass er nicht mehr ganz so schlaksig war wie im Oktober. Seine Schultern schienen irgendwie breiter geworden zu sein.

Während sie noch überlegte, ob sie sich das nur einbildete, fragte Finn: „Wie geht's so?"

„Geht." Ally musste wieder an Ralph denken. „Und bei dir?"

„Alles gut."

„Freut mich." Was für eine grandiose Unterhaltung! Ally hätte am liebsten laut losgeschrien, was sie sich in der Realität aber natürlich niemals trauen würde. Sie war ja schließlich immer noch Ally.

Zu ihrer Überraschung ertönte kurz darauf wirklich ein markerschütternder Schrei, nur kam er nicht aus ihrem Mund. Finn und sie fuhren herum und sahen ein etwa sechsjähriges Mädchen mit einer Eiswaffel in der Hand über die Strandpromenade rennen.

„Mami! Mami, die Möwe will mein Eis! Maaamiii!", brüllte die Kleine wie am Spieß. Etwa dreißig Zentimeter über ihr schwebte tatsächlich eine Seemöwe, die fast so groß war wie das Kind selbst und ihre Beute nicht aus den Augen ließ. Die betroffene Mami stand währenddessen seelenruhig da und filmte die wilde Verfolgungsjagd mit ihrem Handy. „Maaamiii! Die Möööwe!" Das Mädchen hatte jetzt kehrtgemacht, aber der Vogel gab einfach nicht auf.

„Wirf das Eis einfach weg!", rief da ein Passant.

„Aber mein Eiiiiis", heulte die Kleine als Antwort, ließ die Eiswaffel aber fallen, womit die Möwe zufrieden gestellt und das Schauspiel beendet war.

Obwohl das Ganze hätte übel ausgehen können (denn Möwenschnäbel sind verdammt scharf und kräftig), war die Szene so ulkig, dass Ally und Finn sich vor Lachen bogen. Zufällig sahen beide im gleichen Moment zum jeweils anderen herüber und sie mussten nur noch mehr lachen. Als sie irgendwann Seitenstiche und tränende Augen hatten, wurden sie wieder ruhiger und plötzlich war wieder alles normal. Erleichtert stellte Ally fest, dass die seltsame Befangenheit, die sie schon im vergangenen Oktober gelähmt hatte, mit der Möwe und ihrer Eistüte verschwunden war.

„Wir haben gerade etwas Stress", griff Ally Finns Frage wieder auf und hatte auf einmal keine Schwierigkeiten mehr, ihm die ganze Geschichte haarklein zu schildern. Nur Klaras Ausraster und deren Geheimnis ließ sie aus, denn das ging noch nicht mal Finn etwas an, auch wenn er der wohl beste Zuhörer der Welt war. „Weißt du, da denkt man dann, jetzt ist alles gut, und dann kommt wieder irgendein Schrott! Hört das denn gar nicht auf?“ beendete sie ihren Bericht aufgebracht.

„Ich hab‘ da ne Theorie“, meinte Finn und zog die Stirn kraus. Unwillkürlich musste Ally grinsen. „Im Leben gibt es immer Schrott, egal was man macht.“

„Na toll, die Erkenntnis ist weder neu noch tröstlich“, beschwerte Ally sich.

„Wissenschaft soll ja auch nicht tröstlich sein, ist ja schließlich keine Religion“, erklärte Finn und Ally nickte, als würde sie verstehen, was er damit meinte. „Also wie gesagt, im Leben gibt es immer Schrott“, nahm er seinen eigenen Faden wieder auf, „es kommt nur darauf an, dass sich der Schrott immer mit Nicht-Schrott abwechselt.“ Nach Regen kommt Sonnenschein, gute Zeiten, schlechte Zeiten – auch diese Weisheit hatte Finn also nicht erfunden, Ally mochte aber seine Formulierung des Dilemmas. „Im Ergebnis ist das Leben also ok, wenn es mehr Nicht-Schrott als Schrott gibt, also Nicht-Schrott geteilt durch Schrott größer eins ist“, führte Finn weiter aus.

„Du redest Schrott“, stellte Ally trocken fest. „Denk‘ doch mal drüber nach, das zu veröffentlichen!“

„Oh ja, dann nenn‘ ich das den Bergmannschen Schrott-Quotienten“, überlegte Finn und beide lachten. „Wie lange bleibst du?“, fragte er dann unvermittelt und sie wurden wieder ernst.

„Für immer.“ Wie das klang! „Also erstmal.“

„Ist das gut?“, hakte Finn weiter nach und sah sie interessiert an.

„Ja“, antwortete Ally ohne überlegen zu müssen. „Nur manchmal nicht, aber meistens schon“, schränkte sie dann doch ein. „Edinburgh ist halt auch mein Zuhause. Kann man eigentlich zwei Zuhause haben? Das überleg‘ ich schon die ganze Zeit.“

Finn räusperte sich umständlich. „Was wir im Sommer besprochen haben – Bei Ebbe geht das Meer nach Hause – das war Unsinn.“

„Logisch, war das Unsinn! Das weiß ich jetzt auch“, unterbrach Ally ihn genervt. Musste er jetzt wieder damit anfangen?

„Nein, ich meine das nicht unter grammatikalischen Gesichtspunkten. Meine Herleitung deiner Aussage hat sich nur als nicht zutreffend herausgestellt.“ Jetzt hörte Ally ihm wieder neugierig zu. Sie merkte, dass sie aus der Übung war und Schwierigkeiten hatte, seine komplizierten Sätze zu verstehen. „Ich habe das Problem noch mal durchdacht: Der Zeitraum des ablaufenden Wassers, also der Ebbe, ist genauso lange wie der Zeitraum des auflaufenden Wassers, also der Flut. Daraus kann man folgern, dass das Meer nicht nur bei Ebbe zu Hause ist, sondern auch bei Flut. Es hat somit zwei Heimaten.“

Ally schmunzelte. Das hätte er ihr auch einfacher sagen können, aber dann wäre er nicht Finn. Außerdem war diese Erklärung eigentlich echt ziemlich süß.

Die Sonne ging gerade unter, brachte das Meer zum Glitzern und färbte den Himmel pink. Ziemlich kitschig, dachte Ally. Viel zu kitschig, fast schon romantisch. Das war das

Letzte, was sie jetzt wollte! Zum Glück wurde es langsam empfindlich kalt, was jede Romantik im Keim erstickte.

„Und wie findest du das? Also dass ich hierbleibe", fragte Ally, bevor das Gespräch wieder ganz versiegte.

Finn schien zu überlegen. „Ich denke, ich finde es gut."

„Schön. Sieht man sich dann mal?"

„Das lässt sich hier ja kaum vermeiden."

Ally war sich nicht sicher, ob Finn das als Scherz meinte. Sie entschied sich für Ja (schließlich musste man ja positiv denken) und erwiderte mit Nachdruck: „Mich würde das freuen!"

„Mich auch", gestand Finn und das war mit Sicherheit kein Scherz.

Sie schwiegen. In der sinkenden Dämmerung kurvten riesige gelbe Radlader über den Strand, die den Sand wieder aufschütteten, den die Winterstürme der Insel genommen hatten. Es war eine jährlich wiederkehrende Sisyphus-Arbeit, mit der Wangerooge sich für die kommende Saison fein machte.

Als sie Finns Hand plötzlich auf ihrer spürte, setzte Allys Herz einen Takt aus. Gefiel ihr das jetzt? Oder nicht? Und vor allem: Was sollte sie jetzt tun? Leider fühlte sich ihr Kopf an wie ein ausgeblasenes Osterei und ließ keinen vernünftigen Gedanken zu.

„Sollte ich dich jetzt küssen?", erkundigte Finn sich. Er klang nicht wirklich überzeugt.

Hilfe! Was war das denn für eine Frage? Nervös rutschte Ally auf dem Mäuerchen herum und suchte fieberhaft nach einer Antwort. Sollte er? Sie dachte an ihr Gespräch mit Klara und horchte angestrengt in sich hinein. Das Ergebnis war eindeutig. „Eher nein", erwiderte sie deswegen und fühlte sich im gleichen Augenblick schlecht.

„Oh…"

„Also nicht jetzt", versuchte Ally eilig zu erklären. „Irgendwann vielleicht schon."

„Ok." Finns Stimme klang irgendwie erleichtert. Ally traute sich, zu ihm herüber zu schielen, und bemerkte sogar ein kleines Lächeln in seinem Mundwinkel.

Es entstand eine weitere Pause. Die Sonne war längst in der Nordsee versunken und Ally fror inzwischen erbärmlich. Einerseits wollte sie schleunigst nach Hause, andererseits schaffte sie es einfach nicht aufzustehen. War denn jetzt alles klar? War er wieder ihr bester Freund? Sicherheitshalber fragte sie: „Freunde?"

„Deal!" Jetzt grinste Finn richtig, sodass Ally wieder einmal seine erstaunlich weißen Zähne bewundern konnte.

Auch Ally lächelte zufrieden. „Mir ist echt kalt!" Jetzt, wo alles geklärt war, konnte sie an nichts anderes mehr denken.

„Mir auch… Abflug?"

Gemeinsam gingen sie zu ihren Fahrrädern zurück. Ally wollte Finn zum Abschied kurz umarmen, aber er hielt ihr nur seine Hand zum Abklatschen entgegen. „Freunde oder etwa nicht?", fragte er unschuldig, aber in seinen Augen blitzte es schelmisch.

Ally verdrehte die Augen, schlug aber ein. „Wie du willst." Ohne seine Reaktion abzuwarten, schwang sie sich auf ihr Rad und fuhr lachend davon.

Obwohl es bereits schummerig war, kam ihr die Insel an diesem Abend so bunt und grün vor wie noch an keinem anderen Tag in diesem Jahr. Sie spürte mehr, als dass sie es sah, wie Osterglocken und Forsythien um das strahlendste

Gelb wetteiferten, Büsche sich in ein zum Anbeißen frisches Grün kleideten und Kirschbäume es in ihrem weißen Blütenkleid mit jeder Braut aufnehmen konnten. Sogar die kleinen Tümpel neben dem Weg schienen plötzlich fröhlich zu glucksen. Jetzt war eindeutig Frühling. Finn und Ally waren wieder Freunde!

~

„Ich bin wieder da!“ Ally tanzte förmlich durch Idas Haus und fand Klara im Wohnzimmer, wo diese die Bilderrahmen auf dem Sideboard hin- und herschob. Kurz stutzte Ally, war aber viel zu aufgekratzt, um sich über diese Tätigkeit zu wundern.

„Alles gut gelaufen?“, fragte Klara und ließ fast unwillig von den Rahmen ab. Soweit Ally es beurteilen konnte, standen sie genauso wie vorher.

„Ja!“ Ally strahlte. „Alles geklärt!“

„Und?“

„Nichts und.“ Musste Klara denn so neugierig sein? „Wir sind Freunde.“

Klara sah Allys blitzende Augen und ihre rosigen Wangen und hatte ihre Zweifel daran, dass Ally so gar nicht verliebt war. Sicherheitshalber behielt sie das aber für sich. Stattdessen schnappte sie sich einen Stapel Zeitschriften vom Tisch und blätterte diese durch, ohne überhaupt hinzusehen.

„Geht‘s dir auch gut?“, fragte Ally skeptisch.

„Ich denke schon… Ja, mir geht’s gut.“ Klara lächelte ein bisschen fahrig. „Ralph kommt nach Hause.“

„Echt? Wann? Hat er angerufen?“, bestürmte Ally sie mit Fragen. „Erzähl‘ schon!“

„Ok, aber nur, wenn du mir auch noch ein paar Details verrätst.“ Sie musterten sich gegenseitig wie beim Poker.

„Deal!“ Ally musste an Finn und sein breites Grinsen denken und schon bewegten sich ihre eigenen Mundwinkel wie ferngesteuert nach oben. „Ich organisier‘ uns nur noch schnell Eis aus dem Café!“

„Vergiss die Löffel nicht“, bat Klara, die es sich schon auf dem Sofa bequem gemacht hatte. „Holst du Schokolade und Stracciatella?

„Klar, was sonst?!“, rief Ally fröhlich zurück, während sie schon die Treppe hinunterhüpfte.

Vielleicht wurde jetzt ja doch noch alles gut!

Kapitel 36

Wangerooge, April 2019

Die Fähre, mit der Ralph kommen wollte, sollte um 16:00 Uhr in Harlesiel ablegen. Ungefähr sechzig Minuten später würde sie am Wangerooger Anleger sein, weitere zwanzig Minuten später würde Ralph dann in Idas Haus ankommen. Klara wäre es eindeutig lieber gewesen, wenn er bereits das Schiff um 7:00 Uhr morgens genommen hätte. Dann hätte sie keine Zeit gehabt, sich den ganzen Tag über in ihre Zweifel hineinzusteigern. Zum Glück war es inzwischen schon Nachmittag. Sie setzte ein Lächeln auf, das locker wirken sollte, tatsächlich aber ziemlich schmerzverzerrt aussah, und zwang sich dazu, sich auf die Gäste an Tisch 9 zu konzentrieren. „Darf ich Ihnen noch etwas bringen?"

Später fand Ally sie oben in der Wohnung. Klara stand vor dem Spiegel und tupfte Rouge auf ihre Wangenknochen. Ihre honigblonden Haare glänzten, als wären sie frisch gekämmt. In der Luft lag noch ein Hauch von ihrem Lieblingsparfüm. „Machst du dich hübsch?", neckte Ally sie.

Klara fuhr erschreckt herum und versteckte eilig den Pudertiegel hinter ihrem Rücken. „Nein, wie kommst du denn darauf?"

„Nur so." Ally grinste. „Und ich find' es ziemlich süß. Nimm' doch noch die hier!" Sie reichte Klara eine Kette aus zierlichen, geschlagenen Edelsteinen in den Farben des Meeres. Klara trug das Schmuckstück häufig und es harmonierte perfekt mit ihren Augen.

„Die hat Ralph mir geschenkt", meinte Klara, während sie ihre Haare im Nacken zusammennahm, damit Ally ihr die Kette umlegen konnte.

„Das ist bestimmt ein gutes Zeichen!“, versicherte Ally ihr, aber insgeheim war auch sie nervös. Trotzdem ging es ihr um Längen besser als Klara, die jetzt mit krampfhaft verschränkten Händen gedankenverloren aus dem Fenster starrte. „Wenn du die Zeit zurückdrehen könntest, hättest du dann damals irgendwas anders gemacht?“, fragte Ally vorsichtig. Diese Frage beschäftigte sie seit Tagen.

„Man kann die Dinge nicht ungeschehen machen, Mäuschen“, erwiderte Klara nur.

„Ich weiß! Aber würdest du denn etwas anders machen wollen? Also rein theoretisch.“ Sie klang schon fast wie Finn.

„Auf jeden Fall! Ich hätte meinen Wäschestapel über den Flur geschleppt und dort den anderen Fahrstuhl genommen“, meinte Klara scherzhaft.

„Und sonst?“ Ally ließ sich nicht so leicht ablenken.

Klara zögerte, dann sagte sie langsam: „Ich kann es dir nicht sagen. Manchmal bin ich mir noch nicht mal mehr sicher, ob es wirklich eine bewusste Entscheidung gewesen ist. Ob ich den Sturz wirklich hätte verhindern können. Aber ich weiß auch nicht, ob ich es tun würde, wenn ich nochmal die Chance dazu hätte. Ich weiß, das klingt jetzt bestimmt schrecklich!“ Sie zuckte hilflos mit den Schultern. „Aber ich werde nie wissen, ob ich diesem Kind einen Gefallen getan hätte. Und ich mag mein Leben, wie es ist, auch wenn es nie einfach war. Ich habe Ralph – zumindest hoffe ich, dass das noch so ist –, ich bin erfolgreich mit meinem eigenen Hotel, ich liebe diese Insel und jetzt habe ich auch noch dich. Ich kann mir einfach kein anderes Leben vorstellen als dieses hier. Und eine Garantie für ein gutes Leben gibt es sowieso nicht… Entschuldige, ich rede wirres Zeug!“

Tatsächlich hatte Ally Schwierigkeiten, ihr zu folgen, aber sie hatte trotzdem das Gefühl, zu verstehen, was Klara durch den Kopf ging.

„Und deswegen kann ich dir deine Frage nicht beantworten“, brachte Klara ihre Gedanken auf den Punkt. „Ich weiß es einfach nicht!“

Ally nickte und tätschelte etwas unbeholfen Klaras Schulter, um ihr schlechtes Gewissen zu bekämpfen. Sie hatte sie nicht so aufregen wollen! Gerade heute nicht! „Kann ich dir noch irgendwie helfen? Möchtest du noch einen Espresso?“, fragte sie schuldbewusst.

„Bloß nicht!“, wehrte Klara ab. „Ich bin sowieso schon so aufgedreht. Wenn du mir jetzt noch Koffein gibst, verwandele ich mich in einen hyperaktiven Hamster!“ Sie lachte dabei und Ally stimmte erleichtert ein. „Eine Sache würde ich doch auf jeden Fall anders machen“, fügte Klara dann aber doch noch ernst hinzu. „Maren würde ich nicht noch einmal so wegstoßen. Ich habe ihr fürchterlich wehgetan. Und mir auch. Nur sie hatte noch nicht mal eine Chance, das alles zu verstehen.“

Ally sah ihren traurigen Blick und hatte plötzlich eine Idee. Eine irrwitzige Idee zugegebenermaßen. Jetzt brauchte sie nur noch eine Strategie. „Wie war sie eigentlich damals? Maren meine ich“, fragte sie beiläufig und versuchte zu verbergen, wie aufgeregt sie auf einmal war.

„Maren war wahnsinnig lieb. Sie hatte eine ganz sanfte Stimme und ich habe es kein einziges Mal erlebt, dass sie wirklich laut geworden ist“, erzählte Klara bereitwillig. Es schien, als erinnere sie sich gerne an ihre gemeinsame Zeit. „Harmonie war ihr immer wichtig. Trotzdem hatte sie einen total trockenen, leicht gehässigen Humor. Häufig haben die

Leute ihre Spitzen gar nicht gleich verstanden, weil sowas niemand der kleinen, schüchternen Maren zugetraut hätte."

„Wie sah sie denn aus?", fragte Ally weiter.

„Sie war sehr hübsch. Brünett mit schokoladenbraunen Haaren bis zum Po. Darum haben sie alle beneidet, aber manchmal vor sie kurz davor die Haare abzuschneiden. Hat sie dann aber doch nie gemacht."

„Und wie hieß sie mit Nachnamen?", bohrte Ally weiter. Klara sah irritiert zu ihr hinüber und Ally fügte eilig hinzu: „Dann kann ich sie mir besser vorstellen."

„Sie hieß May, wie der Monat nur mit Y. So hat sie sich auch immer vorgestellt."

„Maren May", wiederholte Ally und es klang wie Musik. „Das ist ein schöner Name!"

„Ja", bestätigte Klara, „und er passte so gut zu ihr. Je mehr ich über sie nachdenke, desto mehr würde ich gerne wissen, was aus ihr geworden ist."

Oh ja, dachte Ally im Stillen, das würde ich auch gerne wissen.

~

Ralph stand auf dem Oberdeck der Fähre und versuchte, den Wind auf seinem Gesicht zu genießen. Er ärgerte sich die Platze, dass er gerade heute nicht den Flieger genommen hatte. Warum hatte er bloß nicht daran gedacht, dass in vielen Bundesländern Osterferien waren? Das Schiff war brechend voll mit Touristen und die vielen quengelnden Kinder und kläffenden Hunde verursachten ihm heute Kopfschmerzen.

Zum gefühlt hundertsten Mal ging er in Gedanken durch, was er Klara sagen wollte, wenn er sie endlich wiedersah. Am Telefon hatte er kaum drei Sätze mit ihr gesprochen, so unsicher waren sie beide gewesen. Er hatte nur gesagt, wann er zurückkommen würde, mehr war in diesem Moment gar nicht nötig gewesen. Jetzt war er aber tatsächlich auf dem Rückweg und konnte einem echten Gespräch nicht mehr lange aus dem Weg gehen.

Als das Schiff endlich angelegt hatte, drängte er sich als einer der ersten von Bord. Zum Glück musste er das Entladen der riesigen Gepäckmengen nicht abwarten, sondern konnte sich mit seiner kleinen Reisetasche in der Hand sofort auf den Weg nach Hause machen.

~

Ally sah das weiße Fährschiff auf die Insel zuhalten und wusste, dass es nicht mehr lange dauern würde, bis ihr Daddy endlich wieder da war. Obwohl sie es kaum erwarten konnte ihn wiederzusehen, würde sie heute nicht mit Troll zum Anleger gehen. Sie hatte viel zu viel Angst, auf dem Weg zu Idas Haus aus Versehen etwas Falsches zu sagen. Nein, es war besser, wenn Klara zuerst mit ihm sprach.

Während sie im Café die letzten Gäste bediente, beobachtete Ally aus dem Augenwinkel, wie Ralph und Klara schließlich vor dem Hotel aufeinandertrafen. Ihre Begrüßung war so förmlich, dass ihr das Herz in die Hose sank. Was, wenn die beiden nicht wieder zusammenfanden?

Nachdem Ralph sein Gepäck nach oben gebracht hatte, gingen er und Klara ohne Umwege über den Holzplankenweg zum Strand. Idas Haus war noch gut besucht und überall schienen sie neugierige Augenpaare zu verfolgen – kein idealer Ort für eine vertrauliche Unterredung also. Unten am Meer blies dagegen ein schneidend kalter Wind und es war menschenleer. „Schön, dass du wieder zu Hause bist“, begann Klara das Gespräch, als sie schon ein gutes Stück schweigend nebeneinander hergelaufen waren.

„Find' ich auch", erwiderte Ralph abwesend. Er meinte aus ganzem Herzen, was er da sagte, aber leider klang es nicht danach. Seine kleine Rede, die er in Gedanken gerade ein allerletztes Mal durchging, lenkte ihn viel zu sehr ab.

Auf Klara wirkte seine Antwort wie ein Schlag in die Magengrube. Am liebsten wäre sie auf der Stelle umgedreht und davongelaufen. Stattdessen wiederholte sie, was sie bereits vor seinem Weggang mehrfach gesagt hatte: „Es tut mir leid, dass ich es dir nicht erzählt habe!"

„Schon ok", meinte Ralph nur. Konnte sie nicht den Mund halten, bis er es endlich schaffte, seinen aufzumachen?

„Wirklich? Aber ich dachte…"

„Klara, warte. Ich wollte dir auch was sagen." Während Klara ihn abwartend ansah, holte Ralph noch einmal tief Luft, dann legte er endlich los: „Klara, ich konnte nicht verstehen, was du da damals gemacht hast. Und inzwischen glaube ich, dass ich es auch nie verstehen werde, weil ich es einfach nicht nachempfinden kann, wie du dich damals gefühlt hast und wie verzweifelt du warst. Und das ist in Ordnung für mich, ich muss nicht alles verstehen. Es war in diesem Moment deine Entscheidung und du musstest ja auch damit leben. Es steht mir nicht zu, darüber zu urteilen." Er hatte alles ganz anders gesagt, als er es geprobt hatte, trotzdem fühlte es sich jetzt genau richtig an.

Klara schien darüber nachzudenken, was sie gehört hatte. Dann nickte sie und langsam entspannten sich ihre Gesichtszüge. „Aber ich hab' dich angelogen", erinnerte sie ihn.

„Ja, du hast mir zumindest nicht die ganze Wahrheit erzählt." Er schmunzelte und Klara erkannte endlich ihren

Ehemann wieder. „Das hat weh getan", fügte er hinzu und sie wurde wieder traurig.

„Das habe ich nie gewollt", flüsterte sie.

„Ich weiß." Ralph nahm ihre Hände in seine. „Außerdem habe ich von Anfang gewusst, dass du ein Geheimnis hast." Wieder schmunzelte er liebevoll. „Der Preis für die tollste Frau der Welt."

Klara lief rot an und kicherte wie ein Schulmädchen. „Das heißt, du bleibst?"

„Ja, ich bleibe", sagte Ralph fest. „Ich gehöre hierher. Zu dir. Und jetzt auch zu Ally. Ich kann gar nicht anders."

Mehr gab es nicht zu sagen, nicht zu erklären. Dafür kannten Klara und Ralph sich schon viel zu lange und vor allem zu gut.

In sicherer Entfernung kauerte Ally am Rand der Dünen und beobachtete die beiden. Kaum hatten sich Klara und Ralph auf den Weg gemacht, hatte auch sie Idas Haus verlassen und war ihnen nachgeschlichen. Wieder fühlte sie sich schlecht dabei, aber heute musste es einfach sein. Irgendwie ging es hierbei ja auch um ihre Zukunft! Sie beobachtete, wie die beiden sich unterhielten, verstehen konnte sie natürlich nichts. Selbst der Ausdruck ihrer Gesichter war von hier aus schlecht zu erkennen. Aber jetzt lächelte Ralph, oder etwa nicht?

Ally kämpfte sich durch Dünengras und tiefen Sand, um irgendwie dichter an die beiden heranzukommen. Jetzt hatten sich ihre Haare auch noch in einem Drahtzaun verfangen! Während sie fieberhaft an der roten Strähne zerrte, kam plötzlich Bewegung in die Szene unten am Strand:

Ralph hob Klara auf seine Arme und drehte sich mit ihr, bis im Sand ein kreisrundes Muster entstanden war. Dann setzte er sie wieder ab und sie standen da, in der Mitte ihres Kreises, und sahen sich einfach an. Und dann endlich küssten sie sich. Ally hatte noch nie etwas Romantischeres gesehen.

Plötzlich hielt Ally es in ihrem Versteck nicht mehr aus. Nur zuzuschauen reichte ihr schon lange nicht mehr! Ohne noch darüber nachzudenken, verließ sie ihre Deckung und lief auf die beiden zu. Als Klara und Ralph sie bemerkten, breitete Ralph die Arme aus und Ally flog hinein. Jetzt standen sie zu dritt da, Klara, Ralph und Ally, vereint in einem Kreis im Nordseesand.

~

Noch spät am Abend saßen Ralph und Klara bei einer guten (einer sehr guten!) Flasche Rotwein zusammen auf dem Sofa. Klara hatte ihren Kopf an seine Schulter gelehnt und saugte gierig seinen ihr so vertrauten Geruch ein. „Ich liebe dich", murmelte sie zufrieden.

„Ich dich noch viel mehr", antwortete Ralph, wie er es immer tat.

Als wäre ihr gerade etwas eingefallen, setzte Klara sich auf. „Wie hast du das eigentlich geschafft?"

„Was meinst du?"

„Wie hast du es geschafft, dass du die ganze Sache jetzt akzeptieren kannst?", erklärte Klara ihre Frage.

„Mir ist klar geworden, wie sehr ich dich brauche", erwiderte Ralph ohne zu zögern. Dann dachte er an Marilyn. Zuerst wollte er diese sonderbare Begegnung für sich behalten, aber dann überlegte er es sich anders. Keine Geheimnisse! Also zog er Klara wieder in seine Arme, lehnte sich bequem zurück und begann zu erzählen: „Außerdem hatte ich noch Besuch. Sie hatte erstaunlich große Brüste, absolut keinen Geschmack und eine ziemlich vulgäre Ausdrucksweise, aber ich denke, sie muss trotzdem sowas wie ein Engel gewesen sein…“

Kapitel 37

Wangerooge, Mai 2019

Was folgte, war eine Nicht-Schrott-Zeit, wie Finn es ausdrücken würde. Ally ging es sogar so gut, dass sie sicher war, diese Wochen müssten bei der Berechnung des Bergmannschen Quotienten doppelt zählen. Nicht nur war zwischen ihr und Finn alles paletti (als beste Freunde natürlich!), auch Klara und Ralph wirkten glücklich wie frisch verliebt.

Zudem hatte Klara die perfekte Besetzung für die freie Stelle in Idas Haus gefunden: Stina verbrachte ihre ersten Semesterferien auf der Insel! Als diese mit ihrer großen Brille und voller Tatendrang ihren zu einer überdimensionalen Wurst gestopften Rucksack auf die Terrasse fallen ließ und fröhlich rief: „Hallo Leute, ich bin wieder da!", stellte Ally fest, dass sie auch sie vermisst hatte. Es war unfassbar, wie viele Menschen ihr inzwischen etwas bedeuteten!

Auch Julia wollte ihr Glück ein zweites Mal bei ihnen versuchen. Ally hatte diese im letzten Jahr nicht mehr kennen gelernt, aber sie hatte viel über sie gehört, was sie vorsichtig ausgedrückt skeptisch machte. Aber Klara war der Chef und hatte sich bestimmt etwas dabei gedacht, ihr noch eine Chance zu geben. Als Julia dann mit unzähligen, klimpernden Armreifen, pinken Haaren und mindestens zwei neuen Piercings (dafür aber ohne ihren Patrick, den sie inzwischen in die Wüste geschickt hatte) ankam, wuchs die allgemeine Skepsis zunächst exponentiell. Aber in diesem Jahr war Julia anscheinend tatsächlich zum Arbeiten angetreten und war auch sonst eigentlich echt nett. Allen voran Klara hoffte inständig, dass sich das nicht wieder änderte, wenn ihr ein Tim, Tom oder Tobi über den Weg lief. Obwohl die beiden unterschiedlicher nicht sein konnten, verstanden Julia und Stina sich super. Zusammen mit Charlie bildeten sie in kürzester Zeit eine unzertrennliche Einheit. Die Wilden Hühner von Idas Haus nannte Ralph die drei.

An manchen Tagen war Ally fast schon besorgniserregend glücklich, dann war sie aber auch mal genervt, unsicher oder einfach müde. Aber das war schon ok. Denn an jedem Tag war da eine tiefe Zufriedenheit in ihr, die sich durch nichts so leicht erschüttern ließ, und das fühlte sich verdammt gut an.

Weil sie sich anscheinend nicht mehr mit Allys seltenen und kurzen WhatsApp-Nachrichten abfinden wollte, rief Laurel irgendwann im Hotel an und verlangte nach Ally. Diese verdrehte die Augen, als sie nach dem Hörer griff. Als Laurel sich erkundigte, wie es ihrem Schützling bisher ergangen war, ließ Ally die letzten Monate noch einmal in ihrem Kopf Revue passieren. Es war schon wieder so viel passiert! Anstatt Laurel aber von den Höhepunkten ihres Insellebens und besonders dem katastrophalen Tiefpunkt zu berichten, fasste Ally nur zusammen: „Wir gewöhnen uns aneinander." Überraschenderweise gab Laurel sich damit zufrieden. Es musste irgendetwas in Allys Stimme gewesen sein, das ihr sagte, dass alles in Ordnung war. Als sie aufgelegt hatte, überlegte Ally, dass es eigentlich fies war, dass Laurel ihr irgendwie immer auf die Nerven ging. Eigentlich war sie doch wirklich nett! Vielleicht konnte sie Laurel ja irgendwie in ihre Idee einbauen und mehrere Fliegen mit einer Klappe schlagen.

„Stina? Hast du mal kurz Zeit?" Ally hatte die Angesprochene auf einer sonnigen Bank vor dem Fahrradverleih aufgestöbert, wo sie in ein dickes Buch vertieft war.

„Mmh“, machte Stina nur, ohne von den Seiten aufzublicken. Sie war ganz offensichtlich beschäftigt, aber Ally fand, dass es gerade jetzt höchste Zeit war, sie zu ihrer Idee zu befragen. Immerhin war Stina nach Klara und Ralph wieder zu ihrer engsten Vertrauten in Idas Haus geworden und an die beiden konnte sie sich hiermit nicht wenden.

„Was hältst du davon, wenn wir im Sommer wieder ein Fest in Idas Haus feiern? Eine Überraschungsparty?“, fiel Ally mit der Tür ins Haus.

„Warum?“ Stina beäugte sie fragend über den dunklen Rand ihrer Brille hinweg.

„Naja, ich dachte, Ralph und Klara haben so viel für mich getan, da würde ich ihnen gerne etwas zurückgeben. Außerdem hat Klara ihren runden Geburtstag gar nicht gefeiert.“ Dass es noch ein weiteres Motiv für Allys Vorschlag gab, verschwieg sie erstmal, bis sie in Erfahrung gebracht hatte, wie realistisch ihr Einfall vor.

„Das kriegst du nicht organisiert, ohne dass Klara was mitbekommt. Außerdem haben wir im Sommer eh schon genug zu tun. Das klappt nicht!“ Damit wandte Stina sich wieder ihrer Lektüre zu und Ally stürmte wutentbrannt davon. Sie hatte ja nicht mit Begeisterungsstürmen gerechnet, mit dieser totalen Ablehnung aber auch nicht. Musste ja echt megaspannend sein, dieses blöde Buch!

Als Klara jemanden suchte, der Zeit hatte, zum Friedhof zu radeln und die Stiefmütterchen auf dem Grab von der alten Ida zu gießen, meldete Ally sich sofort und trat dann wie eine Verrückte in die Pedale. So konnte sie sich wenigstens erstmal abregen!

Der Inselfriedhof schmiegte sich versteckt in die Dünen und war eine Oase der Ruhe, egal wie voll es auf Wangerooge auch sein mochte. Ally schlenderte durch die Grabreihen und entzifferte neugierig die alten Gravuren auf den zum Teil schon verwitterten Steinen. Auch als sie Idas Grab fand, las sie zunächst die Inschrift: *Ida Paulsen. 6. September 1904 - 17. Februar 2000. Nur wer vergessen wird, ist tot, du aber wirst leben.* Diese Ida musste wirklich eine erstaunliche Frau gewesen sein. Was sie alles ganz alleine auf die Beine gestellt hatte. Bestimmt hätte sie sich von Stina nicht so schnell abwimmeln lassen! Ally betrachtete noch einmal die Jahreszahlen. In diesem Jahr wäre Ida 115 Jahre alt geworden. Plötzlich lächelte Ally und machte sich entschlossen auf den Rückweg. Auch sie würde nicht so schnell aufgeben! Sie war so euphorisch, dass sie die Stiefmütterchen völlig vergessen hatte, denen jetzt nichts anderes übrigblieb, als auf baldigen Regen zu hoffen.

~

Charlie, Stina und Julia saßen auf einer bunten Decke am Strand und schnatterten um die Wette. Zwischen ihnen lagen köstliche Reste aus Nils' Küche und ein paar Flaschen Alsterwasser. Feierabend!

„Hey, Kleine!", rief Julia, als sie eine zierliche Gestalt mit flammend roten Haaren auf sie zukommen sah. Die drei rückten zur Seite, sodass Ally sich zu ihnen setzen konnte. Zuerst hatte es Ally gestört, dass sie immer die Kleine war. Inzwischen hatte sie sich aber daran gewöhnt, denn niemand meinte es böse. Irgendjemand musste halt das Küken sein und wenn man es schlau anstellte, brachte dieser Status durchaus einige Vorteile mit sich.

„Am 6. September feiern wir Idas 115. Geburtstag." Ally sah entschlossen in die Runde, obwohl ihr Herz vor Nervosität bis zum Hals schlug. Egal, was die drei jetzt einwenden würden, dieses Mal war sie vorbereitet. Als Datum für ihre Überraschungsparty hatte sie den 6. September festgelegt, was sie nur fair fand. Es musste ja schließlich irgendwie auch an Ida liegen, das in ihrem Haus diese besondere Stimmung herrschte. Außerdem war der sechste in diesem Jahr ein Freitag und im September war die Hauptsaison schon vorbei. Passte also perfekt. Ally hatte auch bereits entschieden, dass diese Feier ein Fest für Idas Haus und sein Team werden sollte. Alle Menschen, die hier arbeiteten und die ihr so ans Herz gewachsen waren, sollten diesen Tag genießen können. Im Gegensatz zur Jubiläumsfeier im letzten Jahr würde es weder Trommler, noch Chöre, noch Journalisten geben. Ein Lagerfeuer wäre wieder schön, aber die Musik konnte auch ruhig vom Band kommen. Hauptsache die richtigen Leute waren an diesem Tag am richtigen Ort! Ally hatte alles bereits genau vor Augen und sie war selbst überrascht, wie sehr sie sich schon jetzt auf das Spektakel freute.

Die drei Mädels hörten gespannt zu und als Ally geendet hatte, wartete sie mit angehaltenem Atem auf deren Reaktion. „Cool!“ Das war Julia.

„Klingt gut“, lobte auch Charlie.

Stina hatte die Stirn gerunzelt und man sah, wie es hinter ihren Schläfen arbeitete. „Das wird echt viel Arbeit“, meinte sie dann. „Aber mit guter Planung und Vorbereitung kriegen wir das schon hin.“ Ein erwartungsvolles Grinsen breitete sich in ihrem Gesicht aus. „Idas 115. Geburtstag werden die Leute nicht so schnell wieder vergessen.“

Ally strahlte. „Dann kann es ja losgehen! Aber ihr müsst mir versprechen, dass Klara von allem nichts mitkriegen darf.“ Die drei nickten.

„Was ist mit Ralph?“, fragte Charlie.

„Ne, der erstmal auch nicht“, entschied Ally. Nach dem, was gerade passiert war, war es wohl besser, wenn die beiden vorerst keine Geheimnisse vor einander hatten.

Stina zückte ihr Notizbuch, dass sie in jeder Lebenslage bei sich trug, und sie stürzten sich in die Planung. Der 6. September war zwar noch Monate hin, aber bevor die Hauptsaison ihnen kaum eine freie Minute mehr ließ, musste das Gröbste vorbereitet sein. Vor allem die Gäste mussten natürlich rechtzeitig eingeladen werden. Auf Allys persönlicher Gästeliste standen natürlich Finn und seine Familie, aber auch Laurel sowie Maxwell Goulding nebst Gattin. Das war die ideale Gelegenheit, alle endgültig davon zu überzeugen, dass sie in Idas Haus gut aufgehoben war. Wie gesagt: Eine Klappe, mehrere Fliegen. Außerdem war es ihr enorm wichtig, dass Klaras beste Freundin Imke und ihr Mann an diesem Tag da sein würden. Klaras Eltern und Ralphs Geschwister mit Anhang gehörten natürlich auch dazu. Stina schrieb eifrig mit. Nils und Ewa durften sie natürlich auch nicht vergessen. „Was haltet ihr davon, wenn wir als Überraschung Ewas Familie aus Polen einladen?“, schlug Julia vor. Alle nickten und Ally schmunzelte in sich hinein. Anscheinend war sie doch nicht die einzige, die auf solche abenteuerlichen Ideen kam. Stina ergänzte noch ihre Familie und ihren Mats sowie die Angehörigen von Julia. Charlie wollte nur ihren Verlobten dabeihaben. Den Abschluss bildete dann noch eine lange Reihe von Insulanern – Bekannte und Freunde von Ralph und Klara –, dann war die Seite in Stinas Notizbuch auch schon so voll, wie Idas Haus an diesem Tag sein würde.

Als nächstes nahmen sie sich die Aufgabenverteilung vor: Stina würde die Einladungen entwerfen und verschicken, außerdem alle Zimmer und Wohnungen in Idas Haus an diesem Wochenende im Buchungssystem mit Fake-Gästen belegen. Ihr wurde jetzt schon ganz schlecht bei dem Gedanken, dass Klara das doch irgendwie herausfand, aber irgendwo mussten sie ihre Gäste ja unterbringen. Ihr Freund Mats wurde ungefragt als DJ verpflichtet. Julia bot an, sich um die Deko zu kümmern, mit einem Blick auf ihre pinken Haare lehnten die anderen aber dankend ab und Charlie wurde diese Aufgabe übertragen. Während Julia ein wenig schmollte, fragte Stina plötzlich wieder panisch: „Was machen wir denn mit dem Essen? Es wird auffallen, wenn Nils wieder ein riesiges Büffet zubereitet."

„Außerdem kommt er dann nicht zum Feiern", fügte Charlie hinzu.

Zum Glück hatte Ally bereits auch über dieses Problem nachgedacht. „Wir bitten einfach unsere Gäste von der Insel, dass jeder etwas mitbringt. Die Hälfte davon sind sowieso Gastronomen, die kriegen das schon hin. Und damit Nils nicht beleidigt ist, darf er zum Nachtisch eine extragroße Portion seiner Mousse au Chocolat machen."

„Aber dann haben wir nachher sieben Mal Nudelsalat und keine einzige Käseplatte", befürchtete Stina mit sorgenvollem Blick.

„Mensch, Stinchen, hab' doch mal ein bisschen Vertrauen in deine Mitmenschen!", zog Charlie sie auf und damit war die Sache entschieden. Sie einigten sich aber darauf, sicherheitshalber vorher abzufragen, wer was mitbringen würde. Das würde Julia erledigen, die somit auch wieder im Boot und damit zufrieden war.

Auch wenn sie sich in dieser Rolle alles andere als wohl fühlte, übernahm Ally selbst die Projektleitung. Der 115.

Geburtstag war schließlich ihre Idee und sie wollte selbst dafür sorgen, dass nichts schief ging. Nebenbei musste sie sich natürlich auch noch um ihr Spezialprojekt kümmern, die schwierigste Aufgabe von allen.

~

Mit ihrem Laptop auf den Knien hockte Ally auf ihrer Fensterbank. Der Cursor in der Google-Suchmaske blinkte aufmunternd, aber Ally zögerte. Es fühlte sich an, als würde sie einen Geist aus der Flasche lassen! Aber sie hatte sich fest vorgenommen, Klara eine zweite Chance zu verschaffen, also musste es sein. Mit zittrigen Fingern tippte sie: *Maren May*. Um die Ergebnisse einzugrenzen fügte sie noch das Wort „Hotel" hinzu und schloss dann die Augen. Wahrscheinlich fand sie die richtige Maren gar nicht! Wahrscheinlich hatte sie geheiratet und einen anderen Namen angenommen. Oder dem Hotelgewerbe längst den Rücken gekehrt und sich irgendwo unauffindbar zur Ruhe gesetzt. Oder im schlimmsten Fall lebte sie gar nicht mehr.

Ally öffnete vorsichtig das linke Auge und riss dann überrascht beide auf. Schon der zweite Eintrag klang vielversprechend! Ally klickte den Link an und fand sich auf der Homepage des Coast Hotels wieder, eines Fünf-Sterne-Hotels in Singapur. Eine Frau mit langen, schokoladenbraunen Haaren (die allerdings jetzt gefärbt aussahen) in einem schicken, schwarzen Kostüm lächelte ihr von einem Foto selbstbewusst entgegen. Maren May, Director Coast Hotel, stand darunter. Ally konnte ihr Glück gar nicht fassen! Klara hatte scheinbar tatsächlich noch nicht einmal versucht, ihre alte Freundin zu finden, sonst hätte auch sie Maren sofort aufgespürt. Sie scrollte durch das Profil der Hoteldirektorin und stellte fest, dass Maren sich im Gegensatz zu Klara für eine klassische Kaminkarriere entschieden hatte: Beharrlich immer weiter nach oben. Hamburg, Berlin, Paris, London, New York, Singapur. Ihr Lebenslauf las sich wie ein Ranking der besten Hotels der Welt!

Bestimmt würde diese Frau nicht nach Wangerooge reisen, um jemanden wiederzusehen, den sie vor dreißig Jahren für ein paar Wochen gekannt hatte. Aber das konnte Ally erst wissen, wenn sie es versucht hatte! Sie fand auf der Homepage eine Mailadresse, formulierte ihr Anliegen und drückte auf Senden. Der Wunsch, Klara zu helfen, machte sie so mutig, wie sie nie für möglich gehalten hätte.

~

„Ich hatte gerade einen komischen Anruf", rief Ralph zu Ally herüber, die gerade mit einem Stapel frischer Handtücher für die Hotelzimmer durchs Foyer ging. Es war Samstag und er hielt gerade an der Rezeption die Stellung.

„Aha?" Ally versuchte unbeteiligt zu klingen, in Wahrheit platzte sie fast vor Neugier. Hatte Maren etwa im Hotel angerufen?

„Es hat eine Dame angerufen", sagte Ralph jetzt tatsächlich. „Kann es sein, dass hier etwas vorgeht, dass Klara nicht weiß?"

„Könnte sein." Ally versteckte ihr rot angelaufenes Gesicht hinter den Handtüchern.

„Müsste sie es denn wissen?", hakte Ralph nach.

„Noch nicht", murmelte Ally alias der Stapel Handtücher ausweichend.

„So, so. Dann nehme ich an, dass Klara auch nichts darüber wissen muss, dass besagte Dame gerade für September ein Hotelzimmer auf den Namen Bambi reserviert hat? Ihre Stimme kam mir irgendwie bekannt vor und sie hatte einen leichten französischen Akzent.“ Ally konnte Ralph zwar nicht sehen, aber an seiner Stimme erkannte sie, dass er schmunzelte.

„Richtig, ist gar nicht wichtig für Klara“, bestätigte sie. Sie war leichtzeitig enttäuscht und erleichtert darüber, dass es nicht Maren gewesen war, und hätte schreien können, dass Imke anscheinend wirklich so verplant war, wie Klara sie immer beschrieb. In der Einladung stand doch ganz fett drin, dass die Gäste sich nur auf Allys oder Stinas Handy und auf gar keinen Fall im Hotel melden sollten!

„Das dachte ich mir auch.“ Ralph nahm ihr die Handtücher ab und jetzt sah Ally sein breites Grinsen. „Vielleicht solltest du aber den Namen im System ändern. Notting Hill ist nicht nur Immis Lieblingsfilm, sondern auch Klaras.“ Er zwinkerte ihr zu.

„An dem Wochenende ist sowieso kein Zimmer mehr frei“, verriet Ally ihm und dachte an Stinas Fake-Reservierungen. „Komm‘ mal mit, ich muss dir was beichten.“ Sie zerrte Ralph in eine Ecke und berichtete ihm flüsternd von ihren Vorbereitungen.

Ralph nickte zustimmend. „Das hätte ich selbst nicht besser organisieren können! Und Risiken kann man bei solchen Projekten nie ausschließen. Besonders wenn es wandelnde Risiken sind wie Imke.“ Sie lachten, bis Ally sich die Hand vor den Mund hielt und sich prüfend umsah. „Keine Angst, keiner hat was gehört“, beruhigte Ralph sie. „Und bei mir ist euer Geheimnis auch sicher. Weißt du was, mein Mädchen? Ich bin richtig stolz darauf, was du da alles auf die Beine gestellt hast!“

~

Am Mittwochmorgen klingelte Allys Handy. Nur noch einmal umdrehen! Ally wollte die Snooze-Taste drücken, als sie bemerkte, dass es erst 5:00 Uhr war. Was da klingelte war nicht ihr Wecker, sondern ein Anruf! Aber wer rief schon um diese Uhrzeit an? Höchstens jemand aus einer anderen Zeitzone! Plötzlich saß sie senkrecht im Bett. Nervös nahm sie den Anruf an. „Hallo?“

„Guten Tag“, meldete sich eine melodische Frauenstimme, „spreche ich mit Ally Klassen?“

„Ja.“ Ally hatte sich in ihrer E-Mail als Klaras Tochter ausgegeben, um die Sache nicht noch komplizierter zu machen, als sie sowieso schon war. Diese Notlüge fühlte sich jetzt gerade erstaunlich gut an.

„Hallo! Hier ist Maren May. Ich habe Ihre E-Mail erhalten.“

„Das freut mich!“ Mehr brachte Ally nicht heraus.

Maren musste Allys Akzent gehört haben, denn sie wechselte gewandt ins Englische (zum Glück ohne nachzufragen, warum Klaras Tochter denn keine deutsche Muttersprachlerin war). Man merkte, dass sie in dieser Sprache seit Jahren zu Hause sein musste. „Ich war sehr überrascht von Ihrer Nachricht“, erklärte sie. „Es ist sehr lange her, dass ich Ihre Mutter gekannt habe. Hat sie Ihnen erzählt, was damals passiert ist?“

Ally nickte, erinnerte sich dann aber daran, dass Maren sie nicht sehen konnte. „Ja, hat sie.“

„Wissen Sie, ihr Verhalten hat mich sehr verletzt und ich habe es nicht verstanden. Ehrlich gesagt verstehe ich es immer noch nicht.“ Marens Stimme hatte einen nachdenklichen Tonfall angenommen und Ally hatte das Gefühl, dass die alte Geschichte auch sie nie ganz losgelassen hatte. „Wie auch immer, meiner Karriere hat es bestimmt geholfen. Ab diesem Zeitpunkt habe ich angefangen, mich vor allem um mich selbst zu kümmern." Sie lachte, aber es klang bitter.

„Es tut mir leid, was passiert ist", sagte Ally und meinte es auch so. „Und glauben Sie mir, wenn ich Ihnen sage, dass es Klara auch leidtut!"

„Ich hätte nicht gedacht, dass sie sich überhaupt noch an mich erinnert", überlegte Maren. „Naja, ich überlege ja auch immer noch, ob es einen Grund für ihr Verhalten gab. Irgendwie hatte ich von Anfang an so ein Gefühl."

„Ja", bestätigte Ally, „es gab einen Grund. Aber Klara muss Ihnen das selbst erklären."

„Dann muss ich wohl tatsächlich auf eure Insel kommen, um der Sache endlich auf den Grund zu gehen."

„Sie kommen?", fragte Ally ungläubig.

„Ich komme", lachte Maren. „Ein bisschen Urlaub wird mir guttun."

Als sie aufgelegt hatten, streckte Ally sich wieder in ihrem Bett aus, aber an Schlaf war nicht mehr zu denken. Maren kam wirklich nach Wangerooge! Ally konnte es kaum abwarten, mitzuerleben, wie die Freundinnen sich dreißig Jahre später endlich wiedersahen. Und wenn Klara erstmal ihre Geschichte erzählt und sich entschuldigt hatte, würde alles gut werden, da war Ally sich sicher.

Sie lachte leise in sich hinein. Es war einfach unglaublich, was alles passieren konnte, wenn man es nur versuchte!

~

Ally hatte gerade Pause und döste entspannt in einem Liegestuhl. Es war ein warmer Maitag und die Sonne kitzelte in ihrer Nase, die bestimmt schon wieder voller Sommersprossen war. Sie war hochzufrieden mit sich. Das Projekt 115.

Geburtstag konnte gar nicht besser laufen! Ihr kam es wie die augenzwinkernde Ironie des Lebens vor, dass Klara zur Abwechselung mal keinen Schimmer hatte und sich einfach überraschen lassen musste, während sie, Ally, alles im Griff hatte.

Neben den Vorbereitungen für Idas 115. Geburtstag, plante sie nämlich noch etwas anderes. Etwas, dass sie bisher niemandem verraten hatte, Klara und Ralph nicht, Stina nicht und auch Finn nicht. Es war nur eine Kleinigkeit, aber Ally hoffte trotzdem, dass es Klara helfen würde, endlich mit ihrer Vergangenheit abzuschließen. Ally musste bei dem Gedanken an die Papierlaterne, die bereits in ihrem Zimmer versteckt lag, lächeln und wurde gleichzeitig ein bisschen nervös. Hoffentlich ging alles gut!

„Wir haben ein Problem!" Stina stand wie aus dem Nichts vor ihr und nahm ihr die Sonne.

„Was ist passiert?", fragte Ally erschrocken und setzte sich auf.

„Bei der Zimmerverteilung stimmt etwas nicht! Uns fehlen mindestens vier Betten. Außer wir stecken meine Oma und Julias Bruder zusammen und das geht ja wohl nicht!"

Erleichtert atmete Ally auf. Sie hatte schon befürchtet, dass Stina ein echtes Problem erkannt hatte. „Ich hab' schon letzte Woche mit Frauke gesprochen. In ihrer Pension „Leuchtturmblick" sind jetzt auch noch Zimmer reserviert und dorthin sind es von hier ja nur drei Minuten zu Fuß", erklärte sie beruhigend.

„Das hast du bestimmt noch nicht in unsere Projektdoku eingetragen?", fragte Stina und wollte schon ihr Notizbuch zücken, um sich einen Vermerk zu machen.

„Doch, hab' ich", erwiderte Ally fröhlich.

„Und was ist eigentlich mit Klara? Wie lenken wir sie vor dem Fest ab?“ Stina war in Gedanken schon wieder fünf Schritte weiter und schaute immer noch besorgt drein.

Ally schob ihren Stuhl wieder in die Sonne und lehnte sich gemütlich zurück. „Mach‘ dir keine Sorgen, ich hab‘ schon einen Plan!“

Und tatsächlich: Das erste Mal in ihrem Leben hatte Ally Christie einen Plan.

Epilog

Wangerooge, Juni 2019

Es war Juni. Eine windstille, weiße Nacht. Nicht ganz windstill natürlich, denn der Wind war der Atem des Meeres. An diesem Abend war er aber nur eine sanfte Brise, die das Versprechen des kommenden Sommers flüsterte. Des kommenden Lebens.

So fühlte es sich zumindest für Ally an. Genau ein Jahr war es her, dass sie zum ersten Mal auf der Fähre gestanden und Wangerooge entgegengesehen hatte – eingeschüchtert, ohne Perspektive und voller Angst. In diesem einen Jahr hatte sich das alles verändert, Ally hatte sich verändert. Menschen hatten in ihrem Leben Spuren hinterlassen wie Fußabdrücke im Sand. Und auch sie hatte Leben verändert. Wenn sie heute an die Zukunft dachte, sah sie keine unüberwindbare Mauer mehr, sondern ein unendliches Meer, auf dem die Wellen tanzten. Der Sommer, Idas 115. Geburtstag, ihre Ausbildung, alles lag vor ihr. Eine prickelnde Vorfreude packte sie.

Die Sonne sank wie eine perfekte rote Kugel dem Meer entgegen, ohne Hast und doch so zielstrebig. In den Prielen spiegelte sich das letzte Licht des Tages und malte ein abstraktes Kunstwerk auf den feuchten Sandboden. Das Meer hatte sich zurückgezogen, aber Ally wusste, es würde wiederkommen. Jedes Mal. Sie atmete tief die noch milde, feuchte Meeresluft ein und wurde bei diesem Gedanken ganz ruhig.

Das Meer war zu Hause.

Ally war zu Hause auf der Insel.

Ralph war zu Hause bei seiner Familie.

Klara war endlich zu Hause bei sich selbst.

Nebeneinander saßen sie auf den Steinen des Deckwerks, Ally, Ralph und Klara, bis die Sonne im Meer versunken und die zartrosa Schleier verblasst waren. Eins nach dem anderen flackerten zögerlich die Lichter der Schiffe am Horizont auf, als wollten sie erst um Erlaubnis bitten. Niemand schien die friedliche Stille dieses Augenblicks stören zu wollen. Nur Troll jagte in einiger Entfernung alleine imaginäre Möwen über den Strand. Er war beleidigt gewesen, dass Ally heute nicht mit ihm spielen wollte, aber sie hatte noch etwas zu erledigen.

Als es dämmerte, nahm sie die Papierlaterne zu ihren Füßen und zu dritt gingen sie aufs Wasser zu, bis sie sich ganz klein fühlten auf dieser endlosen Bühne aus Himmel, Sand und Meer. Ralph, der beste Daddy der Welt, hielt die Laterne, während Ally sie anzündete und vorsichtig ein Papierherz daran befestigte. „Das ist für..." Sie hatte lange darüber nachgedacht, wie man ein Kind wohl nennen könnte, dessen Kommen und dessen Gehen eine Welt hatte zusammenbrechen lassen und ohne das sie doch heute alle nicht hier stehen würden. Ihr war nichts eingefallen. Aber als Klara jetzt zärtlich über das Papier strich, wusste Ally, dass sie auch so verstand. Dann ließen sie die Laterne gemeinsam los und das Licht entfernte sich, stieg hoch und immer höher. Getragen vom Atem des Meeres. Funkelnd vor dem dunkler werdenden Himmel wie der erste Stern dieser Nacht.

Ally wusste nicht, wie lange sie dort gestanden hatten, um dem Licht nachzublicken, aber irgendwann spürte sie, dass sie fror. Ralph musste es genauso gehen oder er hatte bemerkt, wie Ally inzwischen bibberte: „Kommt, wir gehen nach Hause." Nach Hause. Zu Idas Haus. Ally war immer noch überrascht, was das für ein gutes Gefühl war.

Langsam schlenderten sie zurück zum Hotel, das einladend beleuchtet in den Dünen lag. Die meerblauen Fenster sahen ihnen freundlich entgegen. In ihrer Tasche piepste Allys Handy leise und ohne nachzusehen wusste sie, dass es Finn war. Sie lächelte. Es war schön, einen guten Freund zu haben. Vielleicht mussten sie aber mit dem Küssen doch gar nicht mehr so lange warten. Der Sommer war noch lang, alles war möglich. Bei dem Gedanken spürte Ally wieder dieses Kribbeln im Magen und konnte nicht verhindern, dass ihr Grinsen breiter wurde. Zum Glück war es inzwischen so dunkel, dass das sonst niemandem auffiel.

Auf dem Deckwerk war Klara stehen geblieben. Hoch über ihnen war ihr Licht immer noch zu sehen. „Mach's gut“, flüsterte sie, dann blickte sie sich um. Da war ihr Meer, ihre Insel, ihr Zuhause, ihre Familie. Ralphs große Gestalt neben Allys zierlicher Silhouette. Ihr roter Zopf schien selbst im Dunkeln zu leuchten. Jetzt war auch Ally stehen geblieben und rief nach ihr: „Mummy?“

„Ja!“

~

Vielleicht ist genau das wahre Lebenskunst.

In den richtigen Momenten Ja zu sagen und

in den richtigen Momenten Nein zu sagen.

Und zwischendurch auf den Zufall zu vertrauen.

Nachwort

Ally Christie, Klara Klassen und alle weiteren Figuren dieses Romans sind fiktiv und jede Ähnlichkeit mit realen Personen ist rein zufällig und nicht beabsichtigt. Auch Idas Haus und das Hotel Ludwig sind Produkte der Fantasie.

Die Insel Wangerooge aber gibt es tatsächlich, ich habe sie vielleicht lediglich um einige Quadratmeter Dünenlandschaft vergrößert, damit Idas Haus im Westen der Insel bequem Platz findet. Ich hoffe sehr, dass meine Beschreibungen den Eigenheiten dieses wunderschönen Fleckchens Erde und seinen liebenswerten Bewohnern zumindest im Ansatz gerecht werden. Gleiches gilt natürlich für die Stadt Edinburgh, in die ich mich schon beim ersten Besuch dort verliebt habe.

Abschließend möchte ich die Gelegenheit nutzen, meinen ersten Lesern zu danken: Ihr musstet teilweise sehr geduldig warten, bis endlich wieder ein weiteres Kapitel geschrieben war, und mir zuliebe habt ihr meine zaghaften Schreibversuche für euch behalten, bis aus wenigen Seiten viele Monate später tatsächlich ein ganzes Buch geworden war und ich auch selbst daran geglaubt habe. Danke ♥

Vielen Dank aber auch an Sie, die dieses Buch jetzt gerade in der Hand oder auf dem Display haben, dass Sie sich die Zeit genommen haben, Ally und Klara kennen zu lernen. Ich freue mich, wenn deren Geschichte Ihnen gefallen hat und ich Sie (zumindest in Gedanken) auf eine kleine Reise an die Nordsee mitnehmen konnte!

FSC
www.fsc.org
MIX
Papier aus verantwortungsvollen Quellen
Paper from responsible sources
FSC® C141904

Druck:
Customized Business Services GmbH
im Auftrag der
KNV Zeitfracht GmbH
Ein Unternehmen der Zeitfracht - Gruppe
Ferdinand-Jühlke-Str. 7
99095 Erfurt